I0574940

ବାୟା ଚଢ଼େଇର ବସା
ଓ ଅନ୍ୟାନ୍ୟ ଗଳ୍ପ

ବାୟା ଚଢ଼େଇର ବସା
ଓ ଅନ୍ୟାନ୍ୟ ଗଳ୍ପ

ବୀଣାପାଣି ପ୍ରଧାନ

ବ୍ଲାକ୍ ଈଗଲ୍ ବୁକ୍ସ
ଭୁବନେଶ୍ୱର, ଓଡ଼ିଶା

BLACK EAGLE BOOKS
Dublin, USA

ବାୟା ଚଢ଼େଇର ବସା ଓ ଅନ୍ୟାନ୍ୟ ଗଳ୍ପ / ବୀଣାପାଣି ପ୍ରଧାନ

ବ୍ଲାକ୍ ଇଗଲ୍ ବୁକ୍ସ : ଭୁବନେଶ୍ୱର, ଓଡ଼ିଶା • ଡବ୍ଲିନ୍, ଯୁକ୍ତରାଷ୍ଟ୍ର ଆମେରିକା

BLACK EAGLE BOOKS

USA address:
7464 Wisdom Lane
Dublin, OH 43016

India address:
E/312, Trident Galaxy, Kalinga Nagar,
Bhubaneswar-751003, Odisha, India

E-mail: info@blackeaglebooks.org
Website: www.blackeaglebooks.org

First International Edition Published by
BLACK EAGLE BOOKS, 2023

BAYA CHADHEIRA BASA O ANYANYA GALPA
by **Binapani Pradhan**

Copyright © **Binapani Pradhan**

All rights reserved. No part of this publication may be reproduced, stored in a retrieval system, or transmitted, in any form or by any means, electronic, mechanical, photocopying, recording or otherwise without the prior permission of the publisher.

Cover : **Tanuj Malick**
Interior Design: Ezy's Publication

ISBN- 978-1-64560-407-5 (Paperback)

Printed in the United States of America

ବୋଉ ପାଇଁ....

ନିଜ କଥା

ପିଲାଦିନରୁ ବାପାଙ୍କ ଲେଖା, ମା'ଙ୍କ ସାହିତ୍ୟ ବହିରୁ ହିଁ ସାହିତ୍ୟ ପାଇଁ ଅନୁରାଗ ସୃଷ୍ଟି ହୋଇଥିଲା। ତାହା ଯେ ଦିନେ ମୋତେ ଲେଖାଲେଖି ଆଡ଼କୁ ଆକୃଷ୍ଟ କରିବ ସେକଥା କେବେ ଭାବି ନ ଥିଲି। କିନ୍ତୁ କଲମ ଧରି ଲେଖିବା ଶିଖୁ ଶିଖୁ ତୃତୀୟ ଶ୍ରେଣୀରେ ଛୋଟ କବିତାଟିଏ ଲେଖିଥିଲି ଦଶହରା ଛୁଟି ଉପରେ, ଦରଭଙ୍ଗା ଶବ୍ଦରେ, ଅସଜଡ଼ା ଧାଡ଼ିରେ, ଯାହାକୁ ବାପା ପରେ ସଜାଡ଼ି ଦେଇଥିଲେ। ହଁ, ଲେଖାଟି ପ୍ରକାଶ ପାଇଥିଲା ସେଇ ବର୍ଷ ସ୍କୁଲରୁ ନୂଆ କରି ପ୍ରକାଶ ପାଇଥିବା ଏକ ପତ୍ରିକାରୁ ତା'ପରେ ସ୍କୁଲ୍ ଜୀବନରେ ସାହିତ୍ୟ ପଢ଼ିବାକୁ ହିଁ ଭଲଲାଗୁଥିଲା। ମୋର କବିତାଗୁଡ଼ିକ ଆପେ ଆପେ ମନେ ରହିଯାଉଥିଲା। ବାପା ସବୁବେଳେ ଲେଖାଲେଖି ଜାରି ରଖିଥିଲେ। ସେତେବେଳେ ଅନେକ ନାଟକ, କବିତା ଓ ଗପ ପଢ଼ି ଶୁଣାଉଥିଲେ। ତେଣୁ ନିଜେ ନ ଲେଖିଲେ ମଧ୍ୟ ତାଙ୍କ କବିତା ପଢ଼ିବା, ଆବୃତ୍ତି ଆଦି ମାନସପଟରେ ପ୍ରଭାବ ପକାଇଆସୁଥିଲା। ସ୍କୁଲଜୀବନ ସରିଥିଲା। କେବଳ ଭଲ ଭାଷାରେ କେମିତି ସାହିତ୍ୟ ପରୀକ୍ଷାରେ ଲେଖାଯାଏ ସେ କୌଶଳଟି ଅଳ୍ପ ବହୁତେ ଶିଖିଯାଇଥିଲି। ସାହିତ୍ୟ ଯେ ଜୀବନ, ସମାଜର ପ୍ରତିଛବିକୁ ଦେଖାଏ ସେକଥା ବୁଝିବାର ବୟସ ନ ଥିଲା। ତା'ପରେ ଗ୍ରାଜୁଏସନ୍ ବର୍ଷ। ସେ ବୟସର ଖଟା, ମିଠା ଅନୁଭୂତି ଆଉ କିଛି ସାଙ୍ଗସାଥୀଙ୍କ କାବ୍ୟିକପଣ ଯୋଗୁଁ କିଛି ଖିଆଲୀ କବିତା ଆଉ ପ୍ରବନ୍ଧ ସବୁ ଗୋଟିଏ ପୁରୁଣା ଡାଏରୀ ପୃଷ୍ଠାସବୁକୁ ସଜାଇଥିଲେ। ଏହାପରେ ବାଣୀବିହାର ଜୀବନ, ଯେଉଁଠି ଅନେକ କିଛି ଲେଖାଯାଇପାରିଥାନ୍ତା କିନ୍ତୁ ବିଜ୍ଞାନ ଛାତ୍ରୀ ହୋଇଥିବାରୁ ଭବିଷ୍ୟତ ଗଢ଼ିବା ଚିନ୍ତାକୁ ଓ ଅନିଶ୍ଚିତତା ମଧ୍ୟରେ ସାହିତ୍ୟମନସ୍କ ହେବାକୁ ସୁଯୋଗ ନ ଥିଲା। ଶ୍ରଦ୍ଧା ଓ ସମ୍ମାନ ସାହିତ୍ୟ ପ୍ରତି କମି ନ ଥାଏ। ବାପାଙ୍କ ସଂଗୃହୀତ କିଛି ସାହିତ୍ୟ ବହି ପଢ଼ିଥିଲି ସେତେବେଳକୁ। ପତ୍ର, ଫୁଲ ଓ ପରିବେଶ ବିଜ୍ଞାନ ବିଷୟରେ ପଢୁ ପଢୁ

କେଉଁଠି କେଜାଣି ସାହିତ୍ୟ ଶବ୍ଦ ମୋ ଭିତରେ ଶୀତନିଦ୍ରାରେ ଶୋଇରହି ବୀଜରୋପଣର ମନ୍ତ୍ର ପଢୁଥିଲେ ବୋଲି ଆଜି ଭାବି ଆଶ୍ଚର୍ଯ୍ୟ ହୁଏ। ପଢ଼ା ସରୁ ସରୁ ବିବାହ। ଜୀବନ ଏତେ ଶୀଘ୍ର ନୂଆ ନୂଆ ଅଭିଜ୍ଞତାକୁ ଆବୋରିବସେ ତାହା ଝିଅଟିଏ ବିବାହ ପରେ ହିଁ ଜାଣିଥାଏ। ୨୧ ବର୍ଷ ବୟସର ଝିଅଟିଏ ଘର ସମ୍ଭାଳୁ ସମ୍ଭାଳୁ ଯେ ତା ଭିତରେ ନାରୀଟିକୁ ଆବିଷ୍କାର କରିବା ପାଇଁ କବିତା ଲେଖିବ ସେକଥା ମୁଁ ପିଲାଦିନେ ଅନ୍ତତଃ ସ୍ୱପ୍ନ ଦେଖି ନ ଥିଲି। କିଛି ଭାଙ୍ଗିଯିବାର ଦୁଃଖ, କିଛି ଗୋଟେଇ ନେଇପାରୁ ନ ଥିବାର ମୁହୂର୍ତ୍ତ, କିଛି ଅଲୋଡ଼ା ଭାବପ୍ରବଣତା, ଅବାଞ୍ଛିତ ନିରବତା, ଏଇ ସବୁ ମିଶି ମିଶି ନିରୋଳାପଣକୁ କାଗଜ ପୃଷ୍ଠାରେ ଲେଖିଦେଉଥିଲେ। ଆଉ ମୁଁ ନାଁ ଦେଉଥିଲି କବିତା। ଛୋଟ ଛୋଟ ଦରଭଙ୍ଗା ଅସଜଡ଼ା କବିତାର ଧାଡ଼ି ସବୁ ଲେଖୁ ଲେଖୁ, ଶୁଣୁ ଶୁଣାଉ ମୁଁ କିଛି ପ୍ରେରଣା ମଧ୍ୟ ବନ୍ଧୁଙ୍କ ଗହଣରୁ ପାଉଁଟୁଥିଲି। ସେଇତିକ ଥିଲା ମୋ କଲମର ସାହସ, ଲେଖିବାର ବୀଜମନ୍ତ୍ର।

ବିଦେଶର ଏଇ ରହଣି ସମୟରେ ଏକା ଏକା ଓଡ଼ିଶାର ମାଟି ପାଣି ପବନକୁ ଝୁରିବା, ଆତ୍ମୀୟତାକୁ ମନେପକାଇବା, ହଜିଲା ସମୟକୁ ଖୋଜିବା ଏସବୁ ଭାବନାରେ ଏଣୁତେଣୁ କିଛି କବିତା ଗାରେଇବା କ୍ରମେ କ୍ରମେ ଭଲ ଲାଗୁଥିଲା ଏବଂ କହିବାକୁ ଗଲେ ଅଭ୍ୟାସରେ ପରିଣତ ହେଉଥିଲା। ଅପରାହ୍ଣରେ ନିଛାଟିଆ ଅସ୍ତରାଗ ରଙ୍ଗସବୁ ଚିହ୍ନୁ ଚିହ୍ନୁ କବିତାର ମୋହ ମୋତେ ଲାଗିସାରିଥିଲା। ପ୍ରଶସ୍ତ ସବୁଜ ଧାନ କିଆରୀ, ନଡ଼ିଆ ବାହୁଙ୍ଗା ପତ୍ର ଉହାଡୁ ଜହ୍ନ, ଗାଡ଼ିଆର ମାଛ, ଗାଁ ପୋଖରୀର ଦୀପଦଣ୍ଡି, ସଞ୍ଜ ଆଳତି ଏସବୁ ପିଲାଦିନୁ ମୋ ଶିରାପ୍ରଶିରାରେ ମିଶିସାରିଥିଲେ। ଏକ ନୁଆଁଣିଆ ଚାଳତଳୁ ମାଟିଚୁଲିର କୁହୁଳା ନିଆଁ ପରି ସୁପ୍ତ ଦିଶୁଥିଲା। ମଣିଷ ଯେବେ ହରାଏ ତେବେ ଝୁରେ। ଏକଥା ଓଡ଼ିଶାରୁ ଦୂରେଇଲା ପରେ ବେଶି ଅନୁଭବ ହେଲା। ସେଇ ଓଡ଼ିଆ ଅକ୍ଷର, ଭାଷା ଓ ମାଟିର ବାସ୍ନାକୁ ଧୀରେ ଧୀରେ ସାହିତ୍ୟରେ ଭେଟିଥିଲି ଆଉ ଭଲପାଉଥିଲି। ତା'ପରେ ଓଡ଼ିଶା ଯିବା ସମୟରେ କିଛି କବିତା ବହି ଆଣି ପଢ଼ିବା ଆରମ୍ଭ କଲି ଓ ଅନୁସରଣ କରୁଥିଲି। ସେ ଅଭ୍ୟାସ ମଧ୍ୟ ସମୟକ୍ରମେ କମିଆସିଥିଲା।

ସେ ବର୍ଷ ଦିନେ ମା' କହିଥିଲେ ଭଲ ଲେଖାଲେଖି କରୁଥିଲୁ ଆଗକୁ ଲେଖୁନାହୁଁ କାହିଁକି ? ମା' ଏକଥା କହିବାର ଅଳ୍ପଦିନ ଭିତରେ ଆରପାରିକୁ ଚାଲିଯାଇଥିଲା। କିନ୍ତୁ ଦେଇଯାଇଥିଲା ନିଃସ୍ୱତା। ଜୀବନର ଅନେକ ଅସହାୟତାର କାହାଣୀ ଯେମିତି ସେ ନିଜେ ପଢ଼ାଇଦେଇଗଲା ତା ଆଖିରେ ନିରବରେ। ନାରୀ ଜୀବନର ଅନେକ ବିପର୍ଯ୍ୟସ୍ତ ଦିଗ, ଅକୁଣ୍ଠିତ ତ୍ୟାଗ, ଜୀବନର ବିରାମହୀନ ବିମର୍ଷତାସବୁକୁ ମୁଁ ଆବିଷ୍କାର କରୁଥିଲି। ମୁଁ ଉପଲବ୍ଧି କରୁଥିଲି ଅନେକ କିଛି ଲେଖିବାର ଅଛି ଯାହା ଅପ୍ରକାଶ୍ୟ।

ଅନେକ କିଛି ଭାଙ୍ଗିଯାଉଥିଲା ଚାରିପାଖରେ। ମୁଁ ତାକୁ ଶବ୍ଦରେ ଯୋଡୁଥିଲି। ଅନେକ ଅସହାୟତା ମୋତେ ବ୍ୟାକୁଳ କରୁଥିଲା। ସମାଜର ଘଟଣା, ଦୁର୍ଘଟଣା ସବୁ ମୋ କଲମକୁ ବ୍ୟଥିତ କରୁଥିଲେ। ଏମିତି ଅନେକ କାହାଣୀକୁ ଯାହାକୁ ଫେରି ଆଣିପାରିବିନି, ଯାହାକୁ ମନରୁ ପୋଛିପାରୁନାହିଁ। ତାକୁ ହିଁ ଶବ୍ଦରେ ଧରିବାକୁ ଅନେକ ଦିନ ଯାଏଁ ସେଇସବୁ ଗପ ଲେଖୁଥିଲି। ମନକୁ ବୁଝାଉ ବୁଝାଉ ଯା ଭିତରେ ମୋତେ ସମୟ ଲେଖେଇ ଦେଇସାରିଥିଲା ଅଳ୍ପ କିଛି ଗପ। ଏ ବିଦେଶୀ ଜୀବନ ନିଜର ଅଭିବ୍ୟକ୍ତି ରଖିବାକୁ ସୋସିଆଲ୍ ମିଡିଆ ହିଁ ରାସ୍ତା ଦେଖାଉଥିଲା। ଏଠି ଥିବା ପ୍ରବାସୀ ଓଡ଼ିଆ ଭାଇ ଭଉଣୀମାନେ ମୋର ଛୋଟ ଛୋଟ ଲେଖାସବୁକୁ ଉତ୍ସାହ ଦେଇଆସିଛନ୍ତି। ବିଶେଷ ଭାବେ ଓଡ଼ିଆ ମାଲେସିଆ କମ୍ୟୁନିଟି ଅଧ୍ୟକ୍ଷ ଦୀପ୍ତି ରଞ୍ଜନ ନନ୍ଦ ଭାଇ ସବୁବେଳେ ଲେଖା ବିଷୟରେ ଉତ୍ସାହିତ କରିଛନ୍ତି। ଏଇସବୁ ଏମିତି କିଛିଦିନ ଚାଲିଥିଲା। କିନ୍ତୁ ପରିବର୍ତ୍ତନ ସେଇଦିନ ହିଁ ଘଟିଥିଲା, ଆମ ସଂଗଠନର ମାଲେସିଆ ଉତ୍କଳ ଦିବସ ପାଳନ ଅବସରରେ, ଯେଉଁଦିନ ମୁଁ ଭେଟିଥିଲି ଆମ ଓଡ଼ିଆ ସାହିତ୍ୟର ଯୋଗଜନ୍ମା ଦିଗ୍‌ଦର୍ଶକମାନଙ୍କୁ, ଆମ ପ୍ରତିଷ୍ଠିତ ଲେଖକ ବିଭୂତି ପଟ୍ଟନାୟକ, ବିଶିଷ୍ଟ କଥାକାର ଗୌରହରି ଦାସ, ଅନୁବାଦକ ଯତୀନ୍ଦ୍ର ମୋହନ ନାୟକ ପ୍ରମୁଖଙ୍କୁ ସାହିତ୍ୟର ପ୍ରବର୍ତ୍ତକ ରୂପେ ମାଲେସିଆ ମାଟିରେ ପାଦ ଦେଇ ସେମାନେ ସୂଚାଇଥିଲେ ଯେ ଭାଷା କେମିତି ଜୀବନକୁ ପରିବ୍ୟାପ୍ତ କରିଥାଏ, ସାହିତ୍ୟ କେମିତି ସମୃଦ୍ଧ କରେ ସମାଜକୁ। ଏଇ ମହାମହିମମାନଙ୍କ ଆଶୀର୍ବାଦରୁ ଓ ପ୍ରେରଣା ସେଇଦିନଠୁ କଲମ ସିଧା କରିବାର ପ୍ରଚେଷ୍ଟା ଜାରି ରଖିଛି। ତାଙ୍କ ଉତ୍ସାହ, ପ୍ରେରଣା ଓ ପ୍ରବର୍ତ୍ତନାରୁ ଏଠି ବିଦେଶ ଭୂଇଁରୁ ମୁଁ ଲେଖିବା ସାହସକୁ ଗୋଟାଇ ପାରିଛି। 'କାଦମ୍ବିନୀ'ର ପ୍ରକାଶନ ଓ 'ସମାଜ', 'ସମ୍ବାଦ'ର ପ୍ରକାଶିତ କେଇଖଣ୍ଡ ଗପ ମୋ ମନୋବଳକୁ ଶକ୍ତ କରିଛି ଏକଥା ମୁଁ ଏଡ଼ାଇ ଯାଇପାରିବି ନାହିଁ। ଶେଷରେ ଏତିକି କଥା ଏ ଗପସବୁ ମୋର ନୁହେଁ, ସମୟ ଭିନ୍ନ ଭିନ୍ନ ମୋଡ଼ରେ ଭେଟିଦେଇଥିବା ଉପଲବ୍ଧି।

- ବୀଣାପାଣି ପ୍ରଧାନ

ସୂଚିପତ୍ର

ଖରା ଛୁଟି

ରାସ୍ତାସାରା ମହ ମହ ବାସ୍ନା, ଖୁନ୍ଦି ଖୁନ୍ଦି ହୋଇ ଗଛ ସବୁ ବଢ଼ିଗଲେଣି ଯା ଭିତରେ। ଆଖି ଆଗରେ ନାଚୁଥାଏ ଆକାଶ ସହ ମିଶିଥିବା ବିସ୍ତୀର୍ଣ୍ଣ ଧାନକ୍ଷେତ, ଧାଡ଼ି ଧାଡ଼ି ଆଖୁ କିଆରି, କିଛି ପଛେଇ ଯାଉଥିବା ବତିଖୁଣ୍ଟ। ଗାଡ଼ିର ଚକ ଯେତିକି ଆଗେଇ ଚାଲିଥାଏ ରାସ୍ତାଦେଇ, ସେତିକି ମନ ଭିତରଟା ବତୁରି ଯାଉଥାଏ ଚିହ୍ନା ମହକରେ। କେମିତି ଗୋଟେ ଶିହରଣ ଦେହରେ ଆଜି ବି ଗାଁ କଥା ଭାବିଲେ। ସାଳନ୍ଦୀ ନଈ ପାରିହେଲା ବେଳକୁ ପାଣି ଆଡ଼େ ଟିକେ ଚାହିଁଲି, ସେଇ ସୁଅ, ସେଇ ମାଟି ଖାଲି ଯାହା ପୋଲଟି ବାଗେଇ ଯାଇଛି। ହାବୁକାଏ ପବନ ନଈ ଛାତିଦେଇ ବୋହିଆସି ମୋ ଦେହରେ ବାଜିଲା। ମୁଁ ଟାଣିହୋଇ ଯାଉଥିଲି, ପୁରୁଣା ଦିନର ଉକୁଟି ଉଠୁଥିବା ଆବେଗ ବୋଳା ଫର୍ଚ୍ଚା ଆକାଶ ଆଡ଼କୁ।

ବହୁଦିନ ପରେ ମୁଁ ଗାଁକୁ ଯାଉଥିଲି। ଆଜି ବି ପିଲାଦିନ ପରି ଗାଁକୁ ଯିବାକୁ ମନ ଛନଛନ ହେଉଥାଏ। ମୁଁ ଏମିତି ନିରବରେ ବସିଥିବା ଦେଖି, ବାପା ମୁରିଆ ଜେଜେ, ସନା ଜେଜେ, ମାଟିଆ ବୋଉ କେତେ ଗପ ପସରା ମେଲିଚାଲିଲେଣି।

ପିଲାବେଳର ଖରାଛୁଟି ଆମର ଏଇଠି କଟେ। ସ୍କୁଲ୍ ଛୁଟି ଆରମ୍ଭ ହେଲେ ଆମେ ବୋଉକୁ ରୋଷେଇ କରେଇବାକୁ ଦେଉନା। ଖାଲି କେମିତି ଗାଁକୁ ଯିବୁ ସେଇ ଚିନ୍ତା। ବାପା ଏଇ ଅଝଟ ଗୁଣ ଦେଖି ମିଛିମିଛିକା କହନ୍ତି, ଖରାଛୁଟି ବାତିଲ୍ ହେଇଛି ଏଇ ବର୍ଷଠୁ ନ ହେଲେ ଗାଁକୁ ଆଜି ବସ୍ ବନ୍ଦ ହୋଇଛି। ଏତକ ଶୁଣି ସୁଁ ସୁଁ ହୋଇ ଆମେ ଶୋଇପଡୁ। ପୁଣି ସକାଳକୁ ଉଠିଲେ ଯୋଉ କଥାକୁ ସେଇଆ। ଗାଁକୁ ବସ୍‌ରେ ବସି ଗଲାବେଳେ ହଜାରେ ଯୋଜନା ଆଉ ସ୍ୱପ୍ନ। ସୁଶାନ୍ତ ନାନା ପଦୁଆ ମା' ବଗିଚାରେ ଆମ୍ବ ପାରିବାକୁ ଯାଉଛି କି ନା, ଖରାବେଳେ ବଡ଼ ପୋଖରୀରେ ସୁରିଆ ଅପା ଆଉ ସୁମି ବଡ଼ବୋଉ କେତେ ଚିଙ୍ଗୁଡ଼ି ମାଛ ଧରୁଛନ୍ତି, ଗାଡ଼ିଆ ହିଡ଼ରେ

କଙ୍କଡ଼ା ଗାତ ସବୁ ଏବେ କେମିତି ଦିଶୁଥିବ, ଶେଷକୁ ରଜଦିନ ଦୋଲି ଘରେ ନା ବାହାରେ ବନ୍ଧାହେବ, ଏଇସବୁ ସ୍ୱପ୍ନରେ ଖରାଛୁଟି କେମିତି ସରେ ଜଣାପଡ଼େନି।

ଗାଁରୁ ଫେରିଲାବେଳକୁ ଯେମିତି ଗୋଡ଼ ଦିଇଟାକୁ କିଏ ଭିଡ଼ି ଧରିଛି। ଛାତିରେ ପଥର ନଦି ଗାଁରୁ ଫେରୁ। ଗାଁ କଥା ଭାବି ଭାବି ସ୍କୁଲ୍‌ରେ ମନ ଲାଗିଲା ବେଳକୁ ଅନ୍ତତଃ ମାସେ ଲାଗିଯାଏ।

ଆମ ଗାଁ ଆରମ୍ଭ ହୁଏ ଗୋଟେ ଆଠ ଦଶ ବଖରିଆ ଲମ୍ବା ସ୍କୁଲ୍ ଘରୁ। ସେଇଟିକୁ ଲାଗି ଗୋଟେ ପୋଖରୀ, ତା'ପରେ ପଦୁଆ ମା'ର ବଗିଚା, ତାକୁ ଲାଗି ତା' ଖଞ୍ଜାଘର। ତା'ପରଠୁ ଛାଡ଼ି ଆଠ ଦଶଟା ଘର ପରେ ଆମ ଗାଁ ଘର। ସବୁଠୁ ବେଶୀ ମନେପଡ଼େ ପଦୁଆ ମା' ବଗିଚା ଆଉ ତାକୁ ଲାଗିଥିବା ପୋଖରୀ। ପଦୁଆ ମା' ବଗିଚାରେ କୋଉ ଗଛ ନ ଥିଲା ବୋଲି ଆମେ ଜାଣିନୁ। ଆମ ଆଖି ସବୁବେଳେ ତା' ଆମ୍ବ ଗଛ ଉପରେ। ଦେଶୀ ଆଉ ବିଦେଶୀ ଦୁଇଟା ରକମର ପାଖାପାଖି ପଚିଶଟା ଆମ୍ବ ଗଛରୁ ସବୁଠୁ ପ୍ରିୟ ଥିଲା ତା'ର ତୋଟା ପଲେଇ ଆମ୍ବ ଗଛ ଚାରିଟା। ଆମ ନଜରରେ ବି ସେଇ ଚାରିଟା ଗଛ। ପଦୁଆ ମା'କୁ ରାତିରେ ନିଦ ନ ଥାଏ ଏଇସବୁକୁ ଜଗି ଜଗି। ତା' ବଡ଼ ପୁଅ ସେତେବେଳେ କଟକରେ ଚାକିରି କରୁଥିଲା। ଗାଁକୁ ଆସିଲେ ବଳେଇ ବଳେଇ ବସ୍ତାରେ ଆମ୍ବ, ପିଜୁଳି ପଠାଏ। କୋଉ ଗଛ କୋଉଠି ଆଣି ଲଗେଇଛି, କେତେ ପରିଶ୍ରମରେ ସେ ଗଛ କରିଛି ତା'ର ବୃତ୍ତାନ୍ତ ଶୁଣି ଶୁଣି ଗାଁ ଲୋକଙ୍କର ମନେ ରହିଯାଇଥିଲା। ସେ ଚାରି ପୁଅ ଝିଅ ପରି ସ୍ନେହ ଦେଇ ଗଛଗୁଡ଼ିକୁ ପାଳିଛି। ତା'ର କଡ଼ା ନଜରରେ ତା' ବଗିଚା ବୋଲି ଜେଜେଙ୍କ ମୁହଁରୁ ଆମେ ଅନେକ ଥର ଶୁଣିଛୁ। ଧୁ ଧୁ ଖରାବେଳେ ଦୁଇ ପଇଁତରା ବଗିଚା ଚାରିପାଖେ ନ ଦେଲେ ପଦୁଆ ମା'କୁ ଖାଇବା ହଜମ ହୁଏନି। ଆମେ ଜାଣି ଜାଣି ଜିଦି କରୁଥିଲୁ ତା' ବଗିଚାରୁ ଆମ୍ବ ଚୋରି ପାଇଁ। ତା' ଆଖି ସାମ୍ନାରୁ ଚଢ଼େଇ ଚିଲ ବି ବଗିଚାର ଫଳ ନେଇପାରିବେନି। ଆମ ଯୋଜନା, ସାହସ ବି କିଛି କମ୍ ନ ଥିଲା। ପଦୁଆ ମା'ର ଆଖି ଆଢୁଆଳରେ କିଛି ଘଟଣା ଘଟାଇବା ପାଇଁ ଆମେ ସବୁବେଳେ ତତ୍ପର ଥିଲୁ। ଏହିସବୁ ଦୁଷ୍ଟାମି ଭିତରେ ଥରେ ପଦୁଆ ମା' ହାବୁଡ଼ରେ ପଡ଼ିଲୁ। ତା' ବାଡ଼ି ଆମ୍ବ ବଗିଚାରେ କେତେଟା ଗଛ, ଆଉ କୋଉ ଆମ୍ବ କେତେ ଖଟା ତା' ପଦୁଆ ମା'ଠୁ ଆମକୁ ବେଶୀ ଜଣାଥିଲା। ପିଜୁଳିକୁ କାଟି ଖାଇ ତା' ଗଛ ତଳେ ଲୁଣ ଲଙ୍କା ଫିଙ୍ଗିଦେଇ ଆସୁଥିଲୁ। ବୁଢ଼ୀର ପାଟି ଶୁଣିଲେ ଆମେ ସିଧା ତା' ଲଙ୍କା ବଣରେ ପଶି ଦଳ ପୋଖରୀ ପାଣିରେ ଡେଉଁଥିଲୁ। ତା' ଆଖିରେ ଧୂଳିଦେଇ ଖସିଯିବା ବିଦ୍ୟା ଆମକୁ ବେଶ୍ ଜଣା ଥିଲା। ଥରେ ଖରାବେଳେ ସେ ଆମକୁ ବୁଦାମୂଳେ ଧରିବା ପାଇଁ

ଛକି ବସିଲା। ଏଇମିତି ମୁଁ, ସୁଶାନ୍ତ ନାନା, ବିନି ଆଉ ରୋଜି ତା' ବାଡ଼ିରୁ ଆମ୍ବ ଚୋରି କଲାବେଳେ ଧରାପଡ଼ିଗଲୁ। କାନ ମୋଡ଼ି ପଦୁଆ ମା' ଆମ ଚାରି ଜଣଙ୍କୁ ଧରି ଆମ ଘରେ ପହଞ୍ଚିଲା। ହାତରେ କଇଆଁ ଛାଟ ବି ଧରିଥାଏ। ଘରେ ଆସି ଜେଜେ ଆଉ ବାପାଙ୍କୁ କହିବା ପରେ ଆମର ଏମିତି ଅବସ୍ଥା ହେଇଥିଲା ଯେ ଆମେ ପଦିଆ ମା' ନାଁ ଶୁଣିଲେ ଡରୁ।

କ୍ରମେ ଆମ ଉତ୍କଣ୍ଠା ବଗିଚା ପ୍ରତି ଅବଶ୍ୟ କମି କମି ଆସୁଥିଲା ତା' ଗଛର ଉଚ୍ଚତା ଆଉ ଆମ ବୟସ ବଢ଼ିବା ସହ। ହେଲେ ପଦୁଆ ମା'ର ଡର ମନରୁ ଯାଇ ନ ଥିଲା। ପିଲାବେଳୁ କେମିତି ଗୋଟେ ମନ ତୁଟିଗଲା ପରି ଭାବ ପଦୁଆ ମା' ପାଇଁ। ବାହାହେଲା ଯାଏଁ ଗାଁକୁ ଯେତେଥର ଆସିଛି ତାଠୁ ଭଲ କଥା ପଦେ ଶୁଣିନି। ବୋଧେ ଗାଁର କେହି ଶୁଣି ନ ଥିବେ। କାଉ ରାବିବାଠୁ ପେଚା ରଡ଼ିବା ଯାଏଁ ସବୁବେଳେ ଶୁଭେ ପଦୁଆ ମା'ର ଅଶ୍ରାବ୍ୟ ଗାଳିଗୁଲଜ। ତାର ବଗିଚାକୁ ନେଇ ପାଟିତୁଣ୍ଡ ସମସ୍ତଙ୍କ ସହ। ପିଲାଙ୍କୁ ତ ଆଖିରେ ଦେଖେନି ପଦୁଆ ମା'। ଆମଘରକୁ ଲାଗି ରହୁଥିବା ସୁରମା, ରୁପେଇ ଜେଜେ ମା' ପିଲାଙ୍କୁ ଡାକି ସ୍ନେହରେ ପାଖରେ ବସେଇ ଭଲ ଜିନିଷ ଖାଇବାକୁ ଦେଲାବେଳେ ପଦୁଆ ମା' ହାତରେ କଇଆଁ ଛାଟଧରି ଖରାବେଳେ ପିଲାଙ୍କୁ ଗୋଡ଼ାଉଥାଏ।

ଗାଡ଼ି ମେନ୍‌ରୋଡ୍‌ରୁ ଗାଁ ଭିତରକୁ ପଶିଲା। ଗାଁ ସ୍କୁଲ୍ ଘର ଅତିକ୍ରମ କରିବାବେଳେ ବାପା କହିଲେ, ହେଇ ଦେଖ ସ୍କୁଲ୍ ଘର ନୂଆ ହେଇଚି ଏଇ ବର୍ଷ। ସତରେ ତ ପୂରା ଚକଚକିଆ କୋଠା ହେଇଗଲାଣି। ମୋ ଆଖି ସିଧା ଏଥର ପଦୁଆ ମା' ବଗିଚା ଉପରେ। ମୋ ପାଟିରୁ ଆପେ ଆପେ ବାହାରିଗଲା "ଇସ୍ ଏତେ ଆମ୍ବ। ଏଇ ବୁଢ଼ୀର ବଗିଚାରେ ଏବେ ବି।" ଗଛଗୁଡ଼ା ବିରାଟ ଶାଖାପ୍ରଶାଖା ମେଲି ଫୁଲ ଫଳରେ ନଦି ହୋଇଥାନ୍ତି। ଆଜି ବି ପଦୁଆ ମା' ବଗିଚାରେ ଗାଁକୁ ପଶୁ ପଶୁ ଆଖି ଲାଗିଯାଉଛି। ମୁଁ ଏକମୁହାଁ ହୋଇ ବଗିଚା ଆଡ଼େ ଚାହିଁଥିବା ବେଳେ ଗାଡ଼ି ଯାଇ ଆମ ଘର ଦୁଆରେ ଲାଗି ଯାଇଥିଲା। ଦାଦା ଖୁଡ଼ୀ ଘରକୁ ପଶୁ ପଶୁ ବାହାରିଆସି କୋଳେଇ ନେଲେ। କେତେ ଦିନରେ ଗାଁରେ ଗୋଡ଼ ପଡ଼ିଲା କହୁ କହୁ ଘର ଭିତରକୁ ନେଇଗଲେ ହାତଧରି। ଗୋଡ଼ହାତ ଧୋଇବାକୁ ଦେଇ କହିଲେ, ଦିନ ଏତେ ହେଲାଣି ଗଣ୍ଡେ ଖାଇଦିଅ ଆଗ। ପରେ କଥାବାର୍ତ୍ତା ଯାହା। ଭୀଷଣ ଭୋକ ଯୋଗୁ ଆମେ ବି ସେଇୟା ଚାହୁଁଥିଲୁ। ମଝିରେ ମଝିରେ ମୁଁ ବଦଳି ଯାଇଥିବା ଘରର ନକ୍ସା ଆଡ଼କୁ ଚାହୁଁଥାଏ। ବସିଗଲୁ ସଙ୍ଗେ ସଙ୍ଗେ ଖାଇବା ପାଖରେ। ପାଖରେ ଖୁଡ଼ୀ ବସି ଭଲମନ୍ଦ ପଚାରୁଥାନ୍ତି। ଖାଇବା ସରୁ ନ ଥିଲା। ଗପ ବି ଜାମିଆସୁଥାଏ। ଖୁଡ଼ୀଙ୍କ ହାତର ଆମ୍ବ ଚଟଣି ବହୁଦିନ ପରେ ଖାଉ ଖାଉ

ଖୁଡ଼ୀ କହିଲେ, ପଦୁଆ ମା' ବଗିଚାର ଆମ୍ବ ଏଇ। ମୁଁ ଚମକିଲା ପରି ଖୁଡ଼ୀଙ୍କୁ ଚାହିଁଲି। ଖୁଡ଼ୀ ହସିଲେ ଓ କହିଲେ "ତୁମେ ମନେରଖିଚ ତାହେଲେ ପଦୁଆ ମା'କୁ। ବିଚାରୀ ବହୁତ କଷ୍ଟରେ କାଳ କାଟୁଚି। ଚାରି ପୁଅ ଝିଅଙ୍କୁ ଏତେ କଷ୍ଟ କରି ବଡ଼ କରିଥିଲେ। ସେମାନେ କେହି ଅନେଇଲେନି। ସବୁବେଳେ ସେଇ ଦାଣ୍ଡରେ ବସି ଦିନ କାଟୁଚି। କେହି ଗାଁ ଝିଅ ଦି'ଟା ତା' ପାଇଁ ଫୁଟେଇଲେ ଖାଇବ, ନ ହେଲେ ନାଇଁ। ନ ହେଲେ ମାଗିଯାଚି ଖାଉଛି। ସବୁ ଥାଇ ବି ଅଭାବୀ।"

ନିଜ ଘର ବାରଣ୍ଡାରେ ପଦୁଆ ମା' ଦୁଇ ଗୋଡ଼କୁ ଅଧାଭାଙ୍ଗି କାନ୍ଥକୁ ଆଉଜି ବସିଥାଏ। ଦୋଦୋଚିହ୍ନା ହେଇ କହିଲା, "ତୁ କିଏ କିଲୋ!" ମୁହଁରେ ବୟସର ଗାଢ଼ଛାପ, ରେଖାଗୁଡ଼ା ଯେମିତି ଦୁଃଖ ସୁଖର ସମୟକୁ ବାନ୍ଧିରଖିଛି ତା' ଦେହରେ, ଆଖିରେ ପରଳ ମାଡ଼ିଗଲାଣି, ଚମସବୁ ଓହଳି ପଞ୍ଜରାକୁ ଦେହରୁ ପଛକୁ ପେଲି ପକଉଛି। ସହଜରେ ଜାଣିହେଉ ନ ଥାଏ। ତା' କଥା ଆଉ ମୁହଁ ଗଢ଼ଣରୁ ଠଉରେଇଲି ପଦୁଆ ବୁଢ଼ୀମା' ବୋଲି, ହେଲେ କେତେ ବଦଳିଯାଇଛି ସବୁ। ପାଖକୁ ଆସି ଟିକେ ଘୋଷାରି ହୋଇ ଚିହ୍ନିଲା ପରି ମୋତେ ଆଉ ଟିକେ ଦେଖିଲା ପଦୁଆ ବୁଢ଼ୀମା'। ମୁଁ ପାଦ ଛୁଉଁ ଛୁଉଁ କହିଲି, "ଚିହ୍ନିପାରୁନୁ କି ମା', ମୁଁ ଦେବ ପଧାନ ଝିଅ, ଆଇଛି ତୋତେ ଦେଖିବାକୁ।" ମୋ କଥା ଶୁଣି ଆଉଟିକେ ଦେଖି କାନ୍ଦି ପକେଇଲା ପଦୁଆ ମା'। କହିଲା, "ମୋତେ ମରଣ ହଉନି। ମୁଁ ମୋ ନାତୁଣୀକୁ ଚିହ୍ନିପାରୁନି। ଆଖି ଫୁଟେଇଲା ଦଇବ।" ଏତିକି କହି ମୋତେ ଆଉଁଶି ପକେଇଲା ତା' ଶୁଖିଲା ହାତରେ। ବୁଢ଼ୀମା' ପୁଣି କହିଲା, "ତୁ ଆଇଛୁ କିଲୋ ନାତୁଣୀ ଏତେ ଦିନେ। ଦେଖୁଛୁ ତ କ'ଣ ହେଲାଣି ମୋ ବଳ ବୟସ। ମୁଁ କ'ଣ ଆଉ ଚିହ୍ନୁଛି ନା ଜାଣୁଛି। କ'ଣ କହିବି ଲୋ ମା' ମୋ ଆଖିକୁ ତ ଦିଶୁନି ଭଲରେ। ଦେହ ଆଉ କ'ଣ ଭଲ ରହୁଛି। ମୁଁ କ'ଣ ଆଶା କରୁଛି କାହାକୁ ଦେଖିବି ବୋଲି ଆଉ ବଞ୍ଚିବି। ତୋ ଜେଜେ ତ କେବେଠୁ ଗଲାଣି, ମୋତେ କାହିଁକି ବଡ଼ ଠାକୁର ପାରି କରୁନି?" ତା' ପାକୁଆ ପାଟି ଲାଗିଯାଉଥିଲା କଥା କହିଲାବେଳେ। ଉହୁଙ୍କି ଉଠୁଥିଲା ତା' ମନର ବିରସ ଭାବ। ଯେମିତି ବହୁ ଦିନର କଥା କହିବାକୁ ଆଜି ଜୀବନ ଆଉ ଆତ୍ମା ବି ଅବଶ।

ଘର ଅନ୍ଧାରୁଆ ଦିଶୁଥିଲା। ଯେଉଁଠି ଗହଳିଚହଳିରେ ଘର ଉଠୁଥିଲା ପଡୁଥିଲା, ସେଠି କାଉ କୋଇଲି ସୁଦ୍ଧା ନ ଥିଲେ। ଜୀର୍ଣ୍ଣ ଦେହରେ ଘରଟା ନଇଁ ପଡୁଥାଏ। ବଗିଚାଟା ହୁ ହୁ ବଢ଼ି ପ୍ରତିପତ୍ତି ବିସ୍ତାର କରି ସାରିଥିଲା। ତା'ର ଆଉ ସୁରକ୍ଷା ଦରକାର ନ ଥିଲା। ଚାରି ତୋଟା ପଲେଇ ଆମ୍ବଗଛ କାୟା ବିସ୍ତାର କରି ଘର ଉପରକୁ ଝୁଙ୍କି ପଡ଼ିଲେଣି।

ପଦୁଆ ମା' କହୁଥାଏ, "ପୁଅ ବୋହୂ ପିଲା କେହି ଆଉ ଏଠି ନାହାନ୍ତି। ମୁଁ ଏକାଟିଆ ପଡ଼ିଛି ଏଇ ଘର ବାଡ଼ି ଜଗି। ଘର ଅବସ୍ଥା ଏଇଆ। ଘର ଖପରା ଉଡ଼ିଗଲାଣି। ବଗିଚାର ଆଉ ଶିରୀ ନାହିଁ। ଭିତରେ ଅରମା ହୋଇଗଲଣି। କିଏ ଦେଖୁଚି ତାକୁ। ମୋର ଆଉ ବଳ ନାହିଁ। ଏ ବାଡ଼ି ବଗିଚାକୁ ଛାଡ଼ି ମୁଁ କୁଆଡ଼େ ଯିବି ? ମୁଠେ ଖାଇ ମାଟି କାମୁଡ଼ିକି ପଡ଼ିଛି। କେବେ ସେ ଠାକୁର ଦୟା କରିବେ ମୋ କାମ ପାଇଯିବ।" ପଦୁଆ ମା' କୋହ ଚାପି ଚାପି ଏକଥା କହୁଥାଏ। ତା' ଭାରୀ ନିଃଶ୍ୱାସରେ ମୋ ଦେହଟା ବି ଶୁଖିଯାଉଥାଏ। ତା' କଥା ଶୁଣି ଭାବୁଥାଏ ସତରେ ଜୀବନଟା ବି ବୋଝ ହୋଇଯାଏ ଦିନେ। ଏମିତି ଅସହାୟ ଜୀବନଟେ ବି ମୋ ଉପରେ ଦିନେ ନଦି ହୋଇପଡ଼ିବ। ମୋତେ ମାଡ଼ି ମାଡ଼ି ପଡୁଥାଏ ପଦୁଆ ମା'ର ଘର ବାଡ଼ି ଆଡ଼କୁ ଆଖିବୁଲେଇ ଆଣିଲାବେଳକୁ। ମୁଁ ପଦୁଆ ମା'କୁ ଟିକେ ଆଉଁଶି କହିଲି, ବ୍ୟସ୍ତ ହୁଅନି ସବୁ ଠିକ୍ ହୋଇଯିବ।

ତା ବାରଣ୍ଡାରୁ ଟିକେ ଘୁଞ୍ଚିଯାଇ ପଦୁଆ ମା' କହିଲା, "ରହଲୋ ମା' ତୋ ପାଇଁ ଗୋଟେ ଜିନିଷ ରଖିଛି। ଅନ୍ଧାର ଘର ଭିତରୁ ଦରାଣ୍ଡି ଆମ୍ବ ଚାରିଟା ମୋ ହାତରେ ଧରେଇଲା। ନେଇକି ଯା' ଚଟଣି କରିବୁ। ମୋ ହାତ ଆମ୍ବ ଚୋରିକଲା ପରି ଥରୁଥାଏ ବୁଢ଼ୀମା'ର କଥା ଶୁଣି। ପଦୁଆ ମା' ପୁଣି କହିଲା, "ମୋର କିଏ ଅଛି ଯେ ଖାଇବ ଲୋ ! ସେତେବେଳେ ସିନା ମୋ ପିଲାଙ୍କ ପାଇଁ ସଞ୍ଚୁଥିଲି। ଏବେ ଆଉ ଲୋଭ ନାଇଁ ସଞ୍ଚିବାକୁ। ଏବେ ତ ସେ ବାଡ଼ିଘର ମାଡୁନାହାନ୍ତି। ଏଇ ଖରାକୁ ମିଶେଇ ଦୁଇବର୍ଷ ହେଲାଣି କାହାର ଦେଖାନାଇଁ। ମୋର ସେମିତି ଅନେଇ ଅନେଇ ବେଳଯାଉଛି। ଏଇ ଟାଉନ୍‌ରେ ରହୁଛନ୍ତି, ହେଲେ ଘରବାଡ଼ି ଅନାଇବାକୁ କି ଦେହମୁଣ୍ଡ ପଚାରିବାକୁ ତାଙ୍କୁ ସମୟ ନାଇଁ। ଆଜିକାଲି ଆଉ ଗାଁ ଘରବାଡ଼ି, ବଗିଚା କ'ଣ ପିଲାମାନେ ବୁଝାବୁଝି କରୁଛନ୍ତି ? ସେମାନଙ୍କ ପାଇଁ ସହରରେ ସବୁ ସୁବିଧା ଅଛି। ଏଇ ପୁରୁଣା ଗାଁ ମାଟିକୁ କିଏ ପଚାରେ।" ପାକୁଆ ପାଟିରେ ଥର ଥର ହୋଇ ଏତକ କହିବା ପରେ ତା' ଆଖିତଳେ ଲୁହ ଟିକେ ନିଗିଡ଼ି ପଡୁଥିଲା। ପଦୁଆ ମା' ମାଟି ବାରଣ୍ଡା କାଠ ଖୁଣ୍ଟି ଧରି ବସିପଡ଼ିଲା। ଭୂଇଁ ଦରାଣ୍ଡି ସେ କହୁଥିଲା, "ଏସବୁ ଜିନିଷ କଷରା ହୁଏ ସମୟ ସହ। ତୁ ଫେରିଲା ଦିନ ନିଜେ ଆସିକି ଯେତେ ଇଚ୍ଛା ସେତେ ଆମ୍ବ ନେଇଯିବୁ।" ମୁଁ ଆସିଲାବେଳେ ଆଉ ଥରେ ପଛକୁ ଅନେଇଲି। ପଦୁଆ ମା' କାଠଖୁଣ୍ଟିଟାକୁ ଆଉଜି ବସିଥାଏ। ତା' ଆଖିରେ ଲୁହ। ଗୋଟେ ଅସହାୟ ଗଛ ଭାଙ୍ଗିଯିବା ପରି ଦିଶୁଥାଏ ତା' ଚେହେରା। ମୋ ଭିତରେ ପିଲାଦିନର 'ଖରାଛୁଟି' କୋଉଠି ହଜିଯାଉଥିଲା।

■

ବଉଳ ଫୁଲର ବାସ୍ନା

ଉଦୁଉଦିଆ ଖରାବେଳ। ଝର୍କା ବାଟେ ପଶି ଆସୁଥାଏ ଧାରେ ତତଲା ପବନ। ଟାଣ ଖରାର ତିର୍ଯ୍ୟକ ଆଲୁଅ ଘରସାରା। ଅନ୍ୟମନସ୍କ ଭାବେ ଗୋପୀନାଥ ଚାହିଁଥିଲେ ବାହାରକୁ। ବାହାରେ ସ୍ଥିର ହୋଇ ଛିଡ଼ା ହୋଇଥିଲା ବଉଳ ଗଛଟି, ଶାଖା ପ୍ରଶାଖାରେ ଘଂଚେଇଛି ସବୁଜ ପତ୍ର, ତା ଭିତରେ ଖୁନ୍ଦାଖୁନ୍ଦି ହୋଇଥାଏ ବଉଳ ଫୁଲ ସବୁ। ସକାଳୁ ଝରି ଗଦା ହୋଇଯାଏ ଏଇ ଗୋପୀନାଥ ବାବୁଙ୍କ ଗେଟ୍ ଆଗରେ। ସଞ୍ଜ ଉଛୁର ହେଲେ ସେଇ ଫୁଲ ବାସ୍ନାରେ ଆଖପାଖ ପୂରିଯାଏ। ଏଇ ବାସ୍ନାରେ ବିଭୋର ହୋଇ ଦିନେ ଗୋପୀନାଥ ଏଇଟିକି ଗାଁରୁ ନେଇଆଣି ଏଇଠି ଲଗାଇଥିଲେ। ଖୁବ୍ ଯତ୍ନ ନେଇ ବଞ୍ଚାଇଥିଲା ରମା ବୋଉ ବି ତାକୁ। ଦେଖୁ ଦେଖୁ କେଡ଼େ ଗଛଟେ ହୋଇ ଠିଆ ହୋଇଛି ସେମାନଙ୍କ ଘର ଆଗରେ। ଏହା ଭାବୁଥିଲେ ଗୋପୀନାଥ।

ରମାବୋଉ ଚାଲିଯିବାର ଦୁଇ ମାସ ବିତିଯାଇଥିଲା। ଘରେ କେମିତି ଗୋଟେ ଖାଁ ଖାଁ ପଣ ଘୂରିବୁଲୁଥାଏ। ଯୁଆଡ଼େ ଚାହିଁଦେଲେ ଗୋପୀନାଥଙ୍କୁ ରମାବୋଉ ହିଁ ମନେ ପଡୁଥିଲେ। ଆଲମାରି, ବହିଥାକ, କାନ୍ଥ ଦର୍ପଣ, ଆଲଣା ସବୁଠି ରମାବୋଉ ବୋଲି କୋହଟେ ଗୋପୀନାଥଙ୍କ ଛାତିଟାକୁ ବାନ୍ଧିଦିଏ। ଚଷମା, ସିନ୍ଦୂର ଫରୁଆ, ପୁରୁଣା ଶାଢ଼ି, ଠାକୁରଘର, ଚନ୍ଦନ ପେଡ଼ି ସବୁଠି ତାରି ଉଷ୍ମତା ଖେଳେଇ ହୋଇ ପଡ଼ିଥାଏ। ଆଖି ଥରେ ଘରସାରା ବୁଲେଇଆଣିଲେ ଲାଗେ, ସେ ଗୋପୀନାଥଙ୍କୁ ଛାଡ଼ି କୁଆଡ଼େ ଯାଇନି। ରମା ଆଉ ବୋହୂ ବିନି, ରମାବୋଉ ଚାଲିଯିବା କିଛିଦିନ ପରେ ଏହି ଘରଟିକୁ ଗାଁରୁ ଆସି ସଫା କରିଥିଲେ ଅଳ୍ପ ବହୁତେ, ଚୂନରେ ବି ଧଉଳେଇଥିଲେ, କ୍ରିୟାକର୍ମ ଗାଁରେ ସାରିବା ପରେ ସେମାନେ ସମସ୍ତେ ଗାଁରୁ ଏଇଠିକି ଫେରି ଆସିଥିଲେ। ଗୋପୀନାଥଙ୍କୁ ଗାଁରୁ ଆସିବାକୁ ମନ ନଥିଲା। ଆଗକୁ ସେ ଏକୁଟିଆ ଜୀବନଟେ ଜିଇବେ ରମାବୋଉ ବିନା, ଏକଥା ଜାଣି ଉଦାସ ହୋଇପଡୁଥିଲେ

ନିଜେ ନିଜେ। ଗାଁରେ ନିଜ ମନକୁ ଭୁଲେଇବା ପାଇଁ ଅନ୍ତତଃ କିଛି ଦିନ କାଟିବାକୁ ଚାହୁଁଥିଲେ। ପ୍ରକୃତରେ ବିନି ଆଉ ରମା ସହ ରହିବାକୁ ପଡ଼ିବ ଯା ପରେ, ସେ ନେଇ ପ୍ରସ୍ତୁତ ନଥିଲେ ଗୋପୀନାଥ। ରମାବୋଉ ତାଙ୍କର ଆଜିଯାଏଁ ସବୁ ଦେଖାଶୁଣା କରିଆସିଥିଲା। ପୁଅ ବୋହୂ ସହ ରହିଲେ ବି ସେ ରମାବୋଉ ଉପରେ ନିର୍ଭର କରି ହିଁ ଆସିଥିଲେ ଆଜିଯାଏଁ। ତାଙ୍କର ସବୁକଥା ରମାବୋଉ ବୁଝି ଆସିଛି। ସକାଳ ଖିଆଠୁ ରାତି ଓଷଦ ଯାଏଁ ସବୁ ସେ ହିଁ ମନେ ରଖି କରିନିଅନ୍ତି। ତାଙ୍କର କହିବା ଆଗରୁ ରମାବୋଉ ବୁଝିନିଏ ତାଙ୍କ ଆବଶ୍ୟକତା। ବିନିକୁ ଏଯାଏଁ ରମାବୋଉ ଏସବୁ ଦାୟିତ୍ୱ ଦେଇ ନଥିଲା। ବିନି ପିଲାଲୋକ କହି ରମାବୋଉ ନିଜେ କରିନିଏ ଘରର ସବୁଯାକ କାମ। ବିନି ଏବେ ଘରକୁ ଆସିଲା ପରେ ବି ଯେମିତି ରମାବୋଉର କାମ ସରିଯାଉ ନଥିଲା। ବିନିର କେଇଟା ଦିନ ମାତ୍ର ଏ ଘରେ ବିତିଛି, ସେ କଣ ଏତେ ଦାୟିତ୍ୱ ନେଇ ପାରିବ ସମସ୍ତଙ୍କର। ଏ ପ୍ରଶ୍ନ ଗୋପୀନାଥଙ୍କ ମନରେ ବାରମ୍ବାର ଉଠୁଥାଏ। ତେଣୁ କେମିତି ସେ ଘରେ ପୁଅ ବୋହୂଙ୍କ ସହ ଆଗକୁ ଏକୁଟିଆ ଜୀବନ କାଟିବେ ଭାବି ସଂଶୟିତ ହୋଇଉଠୁଥିଲେ ଗୋପୀନାଥ। ତାଙ୍କ ପାଇଁ ସେ ବୋଝ ହୋଇପଡ଼ିବେନି ତ ଏଇ ପ୍ରଶ୍ନରେ ଗୋପୀନାଥ ଅଟକି ଯାଉଥିଲେ ବାରମ୍ବାର। ହେଲେ ରମା ଶୁଣିଲା ନାହିଁ, ଗାଁରେ ତୁମ ଦେହ ବେଶି ଖରାପ ହେବ କହି ଗୋପୀନାଥଙ୍କୁ ଜିଦିକରି ନେଇ ଆସିଲା।

କିଛିଦିନ ପରେ ରମା ଆଉ ବିନି ଘରୁ ଅନାବଶ୍ୟକ ଜିନିଷ ସବୁ କାଢ଼ି ଦେଇ ସଫା କରିବାକୁ ଚାହିଁଲେ। ତାଙ୍କ କହିବାନୁସାରେ ଘରଟାରେ ଗୁଡ଼ାଏ ଏଣୁତେଣୁ ପୁରୁଣା ଜିନିଷ ରହି ଘରଟା ରୁନ୍ଧି ହୋଇଗଲାଣି। ଆବଶ୍ୟକ ଜିନିଷତକ ରଖି ବାକିକୁ କାଢ଼ିଦେଲେ ଚଳିବାକୁ ସୁବିଧା ହେବ। ଘର ପରିଷ୍କାର ରହିବ।

ଗୋପୀନାଥ ଏଇ ନିଷ୍ପତ୍ତିକୁ ଗ୍ରହଣ କରି ପାରୁ ନ ଥିଲେ। ସେ ଭାବୁଥିଲେ ଆଗରୁ ଜଣେ ମଣିଷ ଅଧିକ ଥିଲା ଏ ଘରେ, ଏବେ ମଣିଷ ସଂଖ୍ୟା କମ୍, ତଥାପି କଣ ଜାଗା ଅଭାବ ପଡୁଛି? ଆବଶ୍ୟକ କି ଅନାବଶ୍ୟକ ଜିନିଷ ତାଙ୍କର ଆଉ ରମାବୋଉ ଗୃହସ୍ଥି ଜୀବନରେ ସେମାନେ ଜାଣି ନ ଥିଲେ। ରମାବୋଉ ଘରର ପ୍ରାୟତଃ ପୁରୁଣା ଜିନିଷକୁ କାମରେ ଲଗାଇ ଦେଉଥିଲା, ପରିବା ଚୋପାକୁ ବି ଖତ କରି ଛାତ ଉପରେ ଜାତି ଜାତିର ଫୁଲ ଫୁଟାଉଥିଲା, ପୁରୁଣା ଜିନିଷରୁ ବ୍ୟବହାରଯୋଗ୍ୟ ଆଉ କିଛି ଜିନିଷ ତିଆରି କରିନେଉଥିଲା। ପୁରୁଣା ଲୁଗାପଟାରୁ ପାପୋଛ, ଗଦିଖୋଳ ସବୁ ହାତରେ ସିଲେଇ କରିନିଏ। ଏମିତି ନୁହେଁ କି ସେ ଏବେ ଘରଟାକୁ ଆବର୍ଜନାପୂର୍ଣ୍ଣ କରି ରଖିଥିଲା, ବରଂ ସବୁ ଜିନିଷ ସାଇତି ରଖିବାର କାଇଦା ସେ ବୁଝିନେଇଥିଲା।

ଛୁଞ୍ଚି ଠାରୁ ଖୁଚୁରା ପଇସା ଯାଏ ସବୁ ଯଥା ଜାଗାରେ ରୁହେ, ମନେ ବି ରଖିଥାଏ ସେ ସାଇତା ଜାଗା ତାର। ରମା ପିଲାବେଳର ଜିନିଷକୁ ଆଜିଯାଏଁ ସ୍ମୃତି କରି ସାଇତି ରଖିଛି। ରମାର ପିଲାବେଳେ କୁନି ଗ୍ଲାସ୍, କୁନି ତାଟିଆ ଦେଖିଲେ ଖୁବ୍ ଖୁସି ହୁଏ ରମାବୋଉ। ରମା ପିଲାବେଳ ପୁଣି ଲେଉଟିପଡ଼େ ତା ପଣତକୁ। ଏମିତି ରମାବୋଉ ସବୁ ସ୍ମୃତି ସାଇତିଥାଏ ଘରେ, ଅତି ଅଦରକାରୀ ନହଲା ଯାଏ ଜିନିଷ ଫିଙ୍ଗିଦିଏ ନାହିଁ। ଗୋପୀନାଥ ପୁଣି ମନକୁ ବୁଝାଇଲା ପରି ଭାବୁଥିଲେ ଅବଶ୍ୟ ଆଜିକାଲି ପିଲାଙ୍କ ଚଳିବାର ଢଙ୍ଗ ବି ଅଲଗା। ଏବେକାର ଯୁଗରେ ବିଭିନ୍ନ ମେସିନ୍ ଘରର ଅଧା ଜାଗା ମାଡ଼ି ବସନ୍ତି, ପୁରୁଣା ରହିବାକୁ ଜାଗା କାହିଁ? ଭୁବନେଶ୍ୱରରେ ଫାଙ୍କାରେ ଚଳିବା ଏବେ ସ୍ୱପ୍ନ ନୁହଁ କି? ଯାହା ହେଉ ଆଗରୁ ରମାବୋଉ ଆଉ ଗୋପୀନାଥ ବହୁ କଷ୍ଟରେ ଏଇ ଘରଟିକୁ ଗଢ଼ିଦେଇଥିଲେ, ଏତିକି ତାଙ୍କ ପାଇଁ ଭାଗ୍ୟର କଥା।

ବୋହୂ ବିନି କାଠ ଆଲମାରୀଟା ସଫା କରିଦେଇଥିଲା। ରମାବୋଉର ପୁରୁଣା ଲୁଗାପଟାକୁ କେତେଟା ବାଣ୍ଟିଦେଇଥିଲା, ଆଉ କେତେଟାକୁ ଷ୍ଟୋର ଘର କାଠବାକ୍ସରେ ବାନ୍ଧି ରଖିନେଇଥିଲା। କିଛି ଜିନିଷପତ୍ର ବ୍ୟବହାର ଅନୁପଯୋଗୀ ବୋଲି ବିଚାର କରି ମଇଳାଗଦାରେ ଫିଙ୍ଗି ଦେଇଥିଲା। ଗୋପୀନାଥଙ୍କୁ କହିଗଲା "ବାପା ଆପଣ ଆଉ କଣ ଜିନିଷ ତା ଭିତରେ ପଡ଼ିରହିଛି ଦେଖି ନେବେ, ହୁଏତ ମୁଁ ଜାଣିପାରିବିନି ଆପଣ ପଛରେ ଖୋଜୁଥିବେ। ମୁଁ ସେଥିରେ ଆପଣଙ୍କ ରଖିବାକୁ ଚାହୁଁଥିବା ବ୍ୟବହାର ଜିନିଷ ସଜାଇଦେବି। ଷ୍ଟୋର ଘର କାଠବାକ୍ସରେ ରଖିଦେଲେ ମୁଁ କାହାକୁ ନେଇ ଦେଇଦେବି।" ବିନି ଏତିକି କହି ଚାଲିଗଲା ଗୋପୀନାଥଙ୍କ ପାଖରୁ। ଏମିତି ଘରୁ ବିନି ଆଉ ରମା ବହୁ ଅନାବଶ୍ୟକ ବୋଲି ଭାବୁଥିବା ଜିନିଷ ଫୋପାଡ଼ି ସାରିଥିଲେ। ଗୋପୀନାଥ ବି ଅନନ୍ୟୋପାୟ ହୋଇ ପିଲାମାନଙ୍କ କହିବାନୁଯାୟୀ ରମାବୋଉର ସିନ୍ଦୂର ଫରୁଆ, କାଠ ପାନିଆଁ, କଳା ପଡ଼ିଯାଇଥିବା କେଇଟା ଝୁଣ୍ଟିଆ, ପାଉଁଜି କାଢ଼ିନେଇ ବିନିକୁ କହି ଗୋଟାଏ ପୁରୁଣା କାଠବାକ୍ସରେ ରଖିଦେଇ ଆସିଲେ। ଏସବୁ ଘରୁ ଚାଲିଯାଉଥିବାର ଦେଖି ଗୋପୀନାଥ ରମାବୋଉକୁ ଆଉଥରେ ହଜେଇ ଦେଉଥିଲା ପରି ଘଡ଼ିଏ ଚାହିଁ ରହୁଥିଲେ ପ୍ରତିଟି ଜିନିଷକୁ। ଏଇ ଜିନିଷ ଆଜି ତାଙ୍କୁ କହୁଥିଲେ "ମୃତ୍ୟୁ ଏକ ଏମିତି ସତ ଯାହା ସବୁ ମାୟା ମୋହକୁ ନିମିଷକେ ମିଳେଇ ଦିଏ, ନିଜ ହାତରେ ଗଢ଼ିଥିବା ସୁନ୍ଦର ପୃଥିବୀକୁ ଆଖି ବୁଜିଦେଇ ଗୋଟେ ମୁହୂର୍ତ୍ତରେ ହରାଇଦିଏ।" କାଠ ଆଲମାରିର ଭିତରୁ ଗୋପୀନାଥ ଟାଣି ଆଣୁଥିଲେ ଏମିତି ଗୋଟି ଗୋଟି ରମାବୋଉର ଜିନିଷ। କେଉଁ କାଳର ମସିହା ଜିନିଷରେ ଖୁନ୍ଦି ହୋଇଥାଏ ମେଞ୍ଚେ ଆପଣପଣ। ପୁରୁଣାଦିନର ଢେଉରୁ ଉଠିଆସୁଥାଏ ମୁକ୍ତା ପରି ଚିକ୍‌ଚିକ୍ ସ୍ମୃତି। ଗୋଟାଏ

କୋଣରେ ନାଲି ସୂତାଗାଡ଼ିରେ ବନ୍ଧା ଗୋଟେ ପୁଟୁଳି ଗୋପୀନାଥଙ୍କ ହାତରେ ପଡ଼ିଗଲା । ଉତ୍ସାହର ସହ ଗୋପୀନାଥ ସେଇଟିକି ଟାଣି ଆଣିଲେ, ଭାବୁଥିଲେ ରମାବୋଉ ଏଇମିତି କେତେ କଣ କୋଉଠି ସାଇତି ଥାଏ, କଣ ଗୋଟେ ଏଇଥିରେ ବି ଲୁଚେଇ ରଖିଛି ନିଶ୍ଚୟ । ଏମିତି ସାଇତି ରଖିବା ରମାବୋଉର ପୁରୁଣା ଅଭ୍ୟାସ ।

ବିନି ଠିକ୍ ସେତେବେଳକୁ ତାଙ୍କୁ ସାହାଯ୍ୟ କରିବାକୁ ପଛରେ ଠିଆ ହୋଇଯାଇଥିଲା । ବିନି ଗୋପୀନାଥଙ୍କ ହାତରୁ ନେଇ ଉତ୍କଣ୍ଠାର ସହ ହାତରୁ ଟେକି ନେଇଗଲା ପୁଟୁଳିଟିକୁ, ଖୋଲିଦେଇଥିଲା ଅନୁସନ୍ଧିତ୍ସୁ ମନରେ । ସେମାନଙ୍କ ଆଗରେ ପୁରୁଣା କାଚ ଚୁଡ଼ିରୁ ମେଞ୍ଚେ ଭିଣି ହୋଇ ପଡ଼ିଲା ଏପାଖେ ସେପାଖେ । ବିନି କହୁଥିଲା "ବାପା ଦେଖନ୍ତୁ ବୋଉ ଏଇସବୁ ସଜାଡ଼ି ରଖିଛନ୍ତି ।" ନାଲି, ବାଇଗଣୀ, ସବୁଜ ରଙ୍ଗର କାଚ ଭିତରେ ପଇଁତିରିଶ ବର୍ଷର ଦାମ୍ପତ୍ୟ ଜୀବନକୁ ଗୋପୀନାଥ ଦେଖୁଥିଲେ, ଭାବବିହ୍ୱଳ ହୋଇ କହୁଥିଲେ ରମାବୋଉ ଏଇମିତି ବାନ୍ଧି ରଖିଛି ପଇଁତିରିଶ ବର୍ଷର ଗୋଟି ଗୋଟି ସନ୍ତକକୁ ଗଣ୍ଠି କରି ! ସେ ଗଣିପକାଉଥିଲେ ଗୋଟି ଗୋଟି ଚୁଡ଼ିକୁ ଆବେଗରେ ଆଚ୍ଛନ୍ନ ହୋଇ । ଏଇ ଚୁଡ଼ି ସହ ସ୍ମୃତି ସବୁ ତାଙ୍କୁ ଚାହିଁ ରହିଥିଲେ ପୁରୁଣା ଦିନର କଥା ଦୋହରାଇ । ଛଳ ଛଳ ହୋଇ ବୋହୁଥିଲା ଏଥର ଗୋପୀନାଥ ଦେହରେ ସେଇ ପୁରୁଣା ଦିନର ଧାରେ ଧାରେ ନିଃଶ୍ୱାସ, ସତେକି ଏଇ କାନ୍ଦିପକେଇବେ ଯେମିତି ରମାବୋଉ ଶୂନ୍ୟ ଜୀବନ ଜିଇଁବାର ଭାରୀପଣରେ ! ରମାବୋଉର ଶୂନ୍ୟତା ତାଙ୍କ ଜୀବନକୁ ଅସହାୟ କରିଦେଉଛି ବେଳକୁ ବେଳ, ଏ କଥା ସେ କାହାକୁ କହିପାରିବେ ? ରମାବୋଉ ଛଡ଼ା ତାଙ୍କୁ ଆଉ କେହି ବୁଝିପାରିବ ? ବିନି ସେତେବେଳେ ନିରୁତ୍ସାହିତ ହୋଇ ଆଉ ଗୋଟେ କାମରେ ମନ ଦେଲା ହେଲେ ଏଇ ନାଲି, ନେଳୀ ଚୁଡ଼ିରୁ ଗୋପୀନାଥ ଆଖି ଫେରାଇନେଇ ପାରୁ ନ ଥାନ୍ତି । ଗୋଟାଏ ଦୀର୍ଘ ନିଃଶ୍ୱାସରେ ସେ ଚୁଡ଼ିଗୁଡ଼ିକୁ ପୁଣି ବାନ୍ଧିଦେବାକୁ ଚାହିଁଲେ ପୁଟୁଳିରେ । ମେଘଭର୍ତ୍ତି ଆକାଶଟେ ପରି ତାଙ୍କ ନିରବତା କାୟାବିସ୍ତାର କରିସାରିଥିଲା । ଫୁଲୁଥିଲା ଗୋପୀନାଥଙ୍କ କୋହ ସବୁ ଜୁଆରିଆ ସମୁଦ୍ରଟେ ପରି । କଣ ଗୋଟେ ସଜାଡ଼ିବା ଉଦ୍ଦେଶ୍ୟରେ ବିନି ପାଖ ବଖରାକୁ ଚାଲିଗଲା । ସେ ସେୟାଏଁ ଗୋପୀନାଥଙ୍କୁ ଲକ୍ଷ୍ୟ କରିପାରି ନ ଥାଏ । ଗୋପୀନାଥଙ୍କ ଆଖିରେ ଟଳମଳ ଆକାଶେ ଲୁହ । ଅଟକିଗଲା ତାଙ୍କ ହାତ ନାଲି ପଟେ ଚୁଡ଼ି ପାଖରେ । ନାଲି ଉପରେ ଝାପ୍‌ସା ଦିଶୁଥିବା ସୁନେଲି ଛିଟସବୁ ଫିକା ଦିଶିଆସୁଥିଲା । ଗୋପୀନାଥ ଭାବୁଥିଲେ ବୋଧେ ଏଇ କାଚଚୁଡ଼ି ପିନ୍ଧି ରମାବୋଉ ଏଇ ଘରକୁ, ତାଙ୍କ ଜୀବନକୁ ନୂଆ ବୋହୂଟିଏ ଆସିଥିଲା । ନାଲି ସାଧବ ବୋହୂଟେ ପରି ଦିଶୁଥାଏ ଅବିକଳ ସେତେବେଳେ । ସେମାନେ ସମସ୍ତେ ସେତେବେଳେ ଗାଁରେ ରହୁଥିଲେ । ବିନି ପରି

ପ୍ରତ୍ୟେକ କାମରେ ଝୁଣ୍ଟୁଥାଏ। ଧୀରେ ଧୀରେ ଚୁଲି ଲଗେଇବା ବୋଉଠୁ ଶିଖିଥିଲା, ବୋଉ ପାଖରେ ସବୁବେଳେ ଲାଗିରହୁଥାଏ ତା ପରଠୁ। କେଇଟା ଦିନରେ ରମାବୋଉ ସମସ୍ତଙ୍କ ଦାୟିତ୍ୱ ମୁଣ୍ଡାଇବା ଆରମ୍ଭ କଲା। ବୋଉର କାମ କରିବା କମି ଆସୁଥିଲା। ସକାଳ ପାହିଲେ ଗୋପୀନାଥଙ୍କଠୁ ଆଗେ ରମାବୋଉକୁ ଖୋଜା ପଡ଼େ। ବାପାଙ୍କର ସକାଳର ଦାନ୍ତଘଷା ଯୋଗାଡ଼ଠୁ ସାନଭାଇର କଲେଜ ଯିବା ଯାଏଁ ସବୁକାମ ରମାବୋଉ ହିଁ ଯୋଗାଡ଼ି ଦେଉଥିଲା। ସତରେ ଘରର ସମସ୍ତଙ୍କୁ ଖୁବ୍ ଅଳ୍ପ ସମୟରେ ଆପଣେଇ ନେଇଥିଲା ରମାବୋଉ। ସେତେବେଳେ ଘରଟା ସୁଖରେ ଲଦି ହୋଇପଡୁଥିଲା। ରମାବୋଉ ସ୍ନେହ ମମତାରେ ସମସ୍ତଙ୍କୁ ବାନ୍ଧିରଖିବାର କଳା ଯେମିତି ଜନ୍ମରୁ ଶିଖିନେଇଥିଲା। ଘର ଅଗଣାର କଅଁଳ ଖରାରେ ସେ ପ୍ରଜାପତି ପରି ଉଡ଼ି ବୁଲୁଥିଲା। ଥକିପଡ଼େନି ତାର ଆଖି ଦିନସାରାର କାମରେ। ଆହୁରି ଉଜ୍ଜ୍ୱଳି ଉଠୁଥିଲା ସେ ସଂଜର ଦୀପ ଆଲୁଅରେ। ଗୋପୀନାଥ ଭାବୁଥିଲେ ତା ପରେ ରମାର ଜନ୍ମ। ସେଇବର୍ଷ ସାବିତ୍ରୀକୁ ରମାବୋଉ କହିଲା ତା ପୂଜା ପାଇଁ ଚୁଡ଼ି ମୁଠେ ଦରକାର। ସେତେବେଳେ ଗାଁଠୁ ବଜାର ସାତ କିଲୋମିଟର ରାସ୍ତା। ସାଇକେଲ୍ ନେଇ ଯିବାକୁ ପଡୁଥାଏ। ଗୋପୀନାଥ ରମାବୋଉକୁ 'ହଁ'ଟାଏ ମାରିଲେ ଅନିଚ୍ଛା ସତ୍ତ୍ୱେ। ଭାଗ୍ୟକୁ ଶ୍ୱଶୁର ଘରୁ ଆସି ପହଞ୍ଚିଲା ସଞ୍ଜବେଳକୁ ନୂଆ ଶାଢ଼ି, ଚୁଡ଼ି, ପୂଜା ଜିନିଷ ଭାର। ଯାହାହେଉ ବଞ୍ଚିଗଲା ମଣିଷ ଭାବି ସେଦିନ ମନେ ମନେ ଖୁସି ହୋଇଯାଇଥିଲେ ଗୋପୀନାଥ। ରମାବୋଉକୁ ଆଗୁଆ ଯାଇ କହିପକାଇଲେ "ମୋ କାମ ସରିଯାଇଛି। ତୁମ ଜିନିଷ ସବୁ ଆସି ଯାଇଛି। ମୋର କିଣିବା ଦରକାର ନାହିଁ ଆଉ।" ମୁକ୍ତି ମିଳିଗଲା ଯାହା ଭାବୁଥିଲେ ଗୋପୀନାଥ। ରମାବୋଉ ମୁହଁ ଶୁଖେଇ ନେଲା ଏଇକଥା ଶୁଣି, ତାଙ୍କ ପାଖକୁ ଘୁଞ୍ଚି ଆସିଥିଲା ଟିକିଏ, ମୁହଁକୁ ତଳକୁ କରି କହୁଥିଲା "ମୋର ଆଉ କିଛି ଦରକାର ନାହିଁ, ମୁଁ ବଞ୍ଚିଥିବା ଯାଏଁ ସବୁ ବର୍ଷ ସାବିତ୍ରୀକୁ ମୋ ପାଇଁ ଚୁଡ଼ି ମୁଠେ କିଣି ଦେବ, ମୁଁ ତାକୁ ହିଁ ପୂଜା କରିବି। ସେଇଥିରେ ମୁଁ ତୁମର ଶହେ ବର୍ଷକୁ ପରମାୟୁ ମନାସୁଥିବି।" ଗୋପୀନାଥ ରମାବୋଉର କଥା ଶୁଣି ସ୍ଥିର ହୋଇଯାଇଥିଲେ। ସେଦିନ ରମାବୋଉ ଆଖିରେ ଏଇ ଟିକକ ବିଶ୍ୱାସ ଗୋପୀନାଥଙ୍କ ସବୁ ଅନ୍ଧବିଶ୍ୱାସକୁ ଜିଣିଯାଇଥିଲା। ଏସବୁ କଥା ଗୋପୀନାଥଙ୍କୁ ସାମ୍ନାରେ କାଲିପରି ଲାଗୁଥାଏ। ତା ପରବର୍ଷଠୁ ସେ ହିଁ କିଣୁଥିଲେ ସାବିତ୍ରୀ ଚୁଡ଼ି। କେବେ କେବେ କାମଟେ ମୁଣ୍ଡେଇ ଥିଲାପରି କିଛି ନ ବାଛି କିଣିପକାନ୍ତି ଚୁଡ଼ି ମୁଠେ, ହେଲେ ରମାବୋଉର କେବେ ନାପସନ୍ଦ ହେଲା ପରି ଦେଖିନାହାନ୍ତି। ଯାହା ଆଣିଥିବେ ତାକୁ ସେ ଖୁସିରେ ପିନ୍ଧିପକାଏ ବରଂ ଆଉ କିଏ ଟାହିଟାପରା କଲେ କହେ "ଏସବୁରେ ଭଲମନ୍ଦ କଣ, ଶଙ୍ଖା ସିନ୍ଦୂର

ତ ସଧବା ନାରୀର ଭୂଷଣ। ତା ସରଳତା ଗୋପୀନାଥଙ୍କୁ ଛୁଇଁଯାଏ। ଏଇମିତି ଅନେକ କଥାରେ ଏସବୁ ଭାବୁ ଭାବୁ ରୁପା ଖଡୁରୁ ପଟେ ହାତରେ ଧରିପକେଇଥିଲେ ଗୋପୀନାଥ। ଚେତା ପାଇବା ପରି କହିପକାଇଲେ "ଏଇଟା ତ ତାଙ୍କ ବୋଉର ଖଡୁ!" ଛାୟାଚିତ୍ର ପରି ତାଙ୍କ ଆଖି ଆଗରେ ଭାସୁଥାଏ ଚିତ୍ର ସବୁ।

ଗାଁ ଛାଡ଼ି ଆସିଥିଲେ ଗୋପୀନାଥ ଏଇଠିକି ଆସିଥିଲେ କିଛି ବର୍ଷ ତଳେ। ରମାର ସ୍କୁଲ୍ ଆଉ ତାଙ୍କ ଭୁବନେଶ୍ୱର ପୋଷ୍ଟିଙ୍ଗ୍, ସବୁକଥାକୁ ବିଚାର କରି ଏଇଠିକି ଆସିଥିଲେ ଗାଁରୁ ରମା, ତା ବୋଉକୁ ସାଙ୍ଗରେ ନେଇ। ସାନଭାଇ ବାହା ହୋଇ ସେତେବେଳେ ଗାଁରେ ରହୁଥାଏ। ବାହାଘର ସରିଥାଏ ତାର କେଇଦିନ ତଳେ, ସେଇପାଖ କଲେଜରେ ଶିକ୍ଷକତା କରୁଥାଏ। ଗୋପୀନାଥ ପରିବାର ନେଇ ଘରୁ ଚାଲିଆସିବା ପରେ ବୋଉର ପ୍ରାୟ ଦେହ ଖରାପ ରହୁଥିଲା। ବହୁତ ଚେଷ୍ଟା ପରେ ବି ସେ ଠିକ୍ ହୋଇ ପାରୁ ନ ଥିଲା। ସବୁବେଳେ ଗୋପୀନାଥଙ୍କ ସାନଭାଇ ଡାକ୍ତର ଦେଖେଇବାକୁ ଏଇଠିକି ଆଣି ଆସୁଥିଲା ବୋଉକୁ, ହେଲେ ତାର ଗୋଟେ ଜିଦ୍ ଗାଁରେ ରହିବ ସେ। ତା ନ ହେଲେ ଘରଦ୍ୱାର ଝୁରେଇବେ ତାକୁ। ତାକୁ ବେଶି ଅସୁସ୍ଥ ଲାଗିବ। ଏଇମିତି କିଛି ଦିନ ବିତିଗଲା।

ସେଦିନ ସାନ ଭାଇ ଫୋନ୍ କରିବାପରେ ଗୋପୀନାଥ ସପରିବାର ଗାଁରେ ପହଞ୍ଚିଲେ। ରମାବୋଉକୁ ଆଉ ତାଙ୍କ ବୋଉ ପାଖରେ ଛାଡ଼ି ଆସିବାକୁ ଚାହୁଁଥିଲେ। ବୋଉର ଅବସ୍ଥା ଦେଖି ଗୋପୀନାଥ ଆସିପାରି ନ ଥିଲେ। ଗୋପୀନାଥ, ରମା, ରମାବୋଉକୁ ଦେଖିଦେବା କ୍ଷଣି ତାଙ୍କ ବୋଉ ଡାକ ପକେଇଲା ସମସ୍ତଙ୍କୁ। ସାନଭାଇ ସେତିକିବେଳେ କହୁଥିଲା "ଭାଇ ଦେଖେଲାଣି କାଲି ଯାଏଁ କଥା କହୁ ନ ଥିଲା, ଆଜି ତମମାନଙ୍କୁ ଦେଖି କଣ ଡାକିଲାଣି ସମସ୍ତଙ୍କୁ।" ଭାତ ବି ଖାଇଲା ରମାବୋଉ ହାତରୁ। ବୋଉ ବହୁତ ଅନୁନୟ କହୁଥିଲା ତୁ ଆଜିକ ରହିଯା। ସେ ବୋଧେ ଜାଣିସାରିଥିଲା ସେଇ ତାର ଶେଷ ରାତି। ରମାବୋଉକୁ ଟାଣି ଟାଣି ବୋଉ ନେଇଗଲା ଧୀର ଧୀର ପାଦ ପକେଇ ଗମ୍ଭୀର ଘର ଭିତରକୁ। ଗୋଟାଏ ସିନ୍ଦୁକରୁ ବାହାର କରିଆଣିଲା ଏଇ ଦୁଇଟା ଖଡୁ। ରମାବୋଉର ମୁଣ୍ଡ ସାଉଁଳେଇ କହୁଥିଲା "ଏଇଟା ରଖ ମା', ତୋ ଶ୍ୱଶୁର ସନ୍ତକ, ଆଉ କିଛି ନାଇଁ ମୋ ହାତରେ ତୋତେ ଦେବା ପାଇଁ। କି ପୁଣ୍ୟ କରିଥିଲି ଯେ ତୋତେ ଝିଅ ରୂପରେ ପାଇଲି।" ରମାବୋଉ ଖୁସି କି ଦୁଃଖ କୋଉଥରେ କାନ୍ଦିପକେଇଥିଲା କେଜାଣି। ଗୋପୀନାଥ ଆରପଟୁ ଥାଇ ଏସବୁ ଦେଖି ଜଳଜଳ ଚାହିଁଥାନ୍ତି ଦୁହିଁଙ୍କୁ। ତା ପରଦିନ ବୋଉ ଆଉ ଉଠିଲା ନାହିଁ, ସକାଳୁ ଡାକିଲା ନାହିଁ, ଶୋଇବା ଶେଯରେ ସେମିତି ପଡ଼ିଥିଲା। ବାହାରେ କାନ୍ଦବୋବାଳି।

ତାଙ୍କୁ ନେଇଗଲେ ଗାଁ ମଶାଣିକୁ। ତା କାମ ସାରି ସେମାନେ ବାପାଙ୍କୁ ନେଇ ୧୬ ଦିନ ପରେ ଗାଁରୁ ଫେରିଲୁ। କେମିତି ଗୋଟେ ହଜିଗଲା ପରି ଲାଗିଲା ଜୀବନରୁ ତା' ପରେ ପରେ ଗୋପୀନାଥଙ୍କୁ। ସେ ଖାଲୀପଣକୁ ରମାବୋଉ ବୁଝିନେଇଥିଲା। ମନ ପରିବର୍ତ୍ତନ ପାଇଁ ବାପାଙ୍କୁ ସେମାନେ ଏଇଠିକି ଆଣି ଆସିଥିଲେ। ତାଙ୍କରି ସେବାରେ ରମାବୋଉର ଦିନରାତି ବିତୁଥାଏ। ରମା ଆଉ ବାପା ଯେମିତି ତାର ଦୁଇ ସନ୍ତାନ ଥିଲେ।

ସେତେବେଳକୁ ଆଉ ଗୋଟେ ଖରାପ ସମୟ ଦେଇ ଗୋପୀନାଥ ଗତି କରୁଥାନ୍ତି। ଚାକିରିରେ ଅନିଶ୍ଚିତତା ଯୋଗୁଁ ତାଙ୍କ ମନ ଭଲ ରହୁ ନ ଥାଏ। ତାଙ୍କ ବିଭାଗକୁ ବନ୍ଦ କରିବାକୁ ସରକାର ନିଷ୍ପତ୍ତି ନେଇଥିଲା। ଅଭାବ ଲାଗିରହୁଥାଏ ସବୁବେଳେ। ପୁଅର ଟ୍ୟୁସନ୍, ବାପାଙ୍କ ଡାକ୍ତର, ମେଡିସିନ୍ ନୂଆ ଖର୍ଚ୍ଚ ଯୋଡ଼ି ହୋଇଗଲା ତା ପଛକୁ। ସେଇବର୍ଷ ସାବିତ୍ରୀକୁ ଗୋପୀନାଥ ରମାବୋଉକୁ କହିଥିଲେ "ଏଇଥର ନୂଆ ଚୁଡ଼ି ନ କିଣିଲେ ଚଳିବନି ?" ସେତେବେଳେ ଏଇ ଚୁଡ଼ି କେତେଟାର ଦାମ୍ ବି ଗୋପୀନାଥ ଘର ଖର୍ଚ୍ଚରେ ଯୋଡ଼ିପକାଉଥିଲେ।

ସେଇବର୍ଷ ରମାବୋଉ କୋଉଠୁ ହାତମୁଠାରେ ଏଇ ସାଗୁଆ ରଙ୍ଗର ନୂଆ ଚୁଡ଼ି ସବୁ ଧରିଆଣିଥିଲା ଆଲମାରି ଭିତରୁ। ଗୋପୀନାଥଙ୍କୁ କହୁଥିଲା ମୋର ନୂଆ କିଣିବା ଦରକାର ନାଇଁ, ଆର ଥରର କେଇଟା ପୂଜା କରି ଆଉ ବାକିତକ ମୁଁ ସାଇତି ରଖିଥିଲି ଏଇ ବର୍ଷକୁ। ଏ ତ ପିନ୍ଧା ହେଇନି। ଯାକୁ ହିଁ ମୁଁ ପୂଜା କରିଦେବି। ତୁମେ ବ୍ୟସ୍ତ ହୁଅନି। ରମାବୋଉର ଘରକରଣା ବୁଦ୍ଧି ଦେଖି ଗୋପୀନାଥ ଆଶ୍ଚର୍ଯ୍ୟ ହୁଅନ୍ତି। ରମାବୋଉ ଆଖି ଆଗରେ ସେ କୌଣସି ଜିନିଷ ନଷ୍ଟ ହୋଇଯିବାର ଦେଖି ନାହାନ୍ତି। ପୁରୁଣା ଜିନିଷକୁ ବି ଅତି ସହଜରେ କଣ ଗୋଟେ କାମରେ ଲଗେଇ ଦେଉଥାଏ ରମାବୋଉ। ଏଇମିତି ଯୋଡ଼ି ଯୋଡ଼ି ରମାବୋଉ ଏଇ ଘରଟିକୁ କରିଥିଲା। ଜମି କିଣାଠାରୁ ଘର ଛାତ ଯାଏ ବହୁ କଷ୍ଟେମଷ୍ଟେ ସେମାନେ ଏଇ ଘରଟିକୁ ତିଆରି କରିବାକୁ ଯାଇ ଚଳିଛନ୍ତି। ସେତେବେଳକୁ କେଇଟା ପଇସା ଦରମା ରମାବୋଉର ସାହସ ଯୋଗୁଁ ହିଁ ଘରଟିଏ କରିବା ସମ୍ଭବ ହୋଇପାରିଛି। ରମା ଇଂଜିନିୟରିଂ କରିବା ବର୍ଷ ୧୦,୦୦୦ ଟଙ୍କା ଗୋପୀନାଥଙ୍କୁ କୋଉଠୁ ଆଣି ହାତରେ ଧରେଇଥିଲା। ତା ପୂର୍ବରୁ ଗୋପୀନାଥ ସାହସ ଭାଙ୍ଗିସାରିଥିଲେ ରମାକୁ ଇଂଜିନିୟରିଂ ପାଠ ପଢ଼ାଇବାକୁ। ସେ ଚିନ୍ତା କରି ସାରିଥିଲେ ତାଙ୍କ ଦ୍ୱାରା ସଂଭବ ନୁହେଁ ରମାକୁ ପାଠ ପଢ଼ାଇବା ଆଗକୁ ? ସେଇ ପଇସା ବଳରେ ରମା ପାଠ ପଢ଼ିଲା। ନହେଲେ ତାଙ୍କ ପରି ଅବସ୍ଥା ଗତି କରୁଥିବା ଲୋକ ପୁଅକୁ ଇଞ୍ଜିନିୟରିଂ ପାଠ ପଢ଼ାଇବାକୁ ଚିନ୍ତା ବି କରି ନ

ଥାନ୍ତେ । ରମାବୋଉର ସଞ୍ଚି ସମ୍ଭାଳି ଚାଳିବାର ଅବଦାନ ହିଁ ଆଜିର ଏ ସୁରୁଖୁରୁ ଜୀବନ । କେଇଟା ଦରମା ପଇସାରେ ସବୁ ସମ୍ଭାଳି ନେଇଛନ୍ତି ସେମାନେ ।

ଗୋପୀନାଥଙ୍କର ପୁଣି ମନେପଡ଼ିଗଲା ରମାବୋଉର ନୂଆ ଅଳି କଥା, ଏତେ ଦିନର ସଂସାର ପରେ, ତାର ଦି'ଟା ସୁନା ଶଙ୍ଖା ଦରକାର ବୋଲି କହିଥିଲା ସେଦିନ । ରମାର ଚାକିରି ହୋଇଯାଇଥାଏ ସେ ବର୍ଷ । ସେ ନିଜେ ଆଉ ନାଇଁ କରିପାରୁ ନଥାନ୍ତି । କେବେ ତ କିଛି ହେଲେ କିଣିଦେଇନାହିଁ ତା ପାଇଁ । ତେଣୁ ହଁ ଭରିଲେ ରମାବୋଉ କଥାରେ । ଗୋପୀନାଥ ସବୁତକ ଦରମା ଧରେଇ ଆସିଥିଲେ ଗହଣା ଦୋକାନରେ ହାତରେ ଆଉ ପଇସା ନଥାଏ । ରମାବୋଉ ତା ଛୋଟିଆ ପୁଟୁଳିରୁ ବାହାର କଲା ୨୦ ଟଙ୍କିଆ ନୋଟଟେ । ଗୋପୀନାଥଙ୍କୁ କହିଲା ସାବିତ୍ରୀ ଚୁଡ଼ି ପାଇଁ ନିଅ । ଗୋପୀନାଥ ଏଇଥରକ ବି ଆଶ୍ଚର୍ଯ୍ୟରେ ତାକୁ ଚାହିଁଥିଲେ । ରମାବୋଉ ଅଳ୍ପ ହସି କହୁଥିଲା, ଏଇ ଶଙ୍ଖା ହଳକୁ ମୋ ବୋହୂ ପାଇଁ କିଣି ରଖିଲି । ତୁମେ ଏଇ ଟଙ୍କାରେ ପୂଜା କାଚ କିଣିଆଣ । ଏଇ ବାଇଗଣୀ ଚୁଡ଼ିଟା ନେଇ ଗୋପୀନାଥ ରାସ୍ତାସାରା କଣ ସବୁ ରମାବୋଉ ବିଷୟରେ ଭାବି ଭାବି ଆସିଥିଲେ । ଏମିତି ନିଃସ୍ୱାର୍ଥ ଭଲପାଇବା, ଅକୁଣ୍ଠ ତ୍ୟାଗ ଭିତରେ ଗୋପୀନାଥ ଥରକୁ ଥର ରମାବୋଉ ପାଖରେ ଦେବୀଟିଏକୁ ଆବିଷ୍କାର କରିଆସିଛନ୍ତି ଜୀବନସାରା । ସବୁ ସୁରୁଖୁରୁରେ ଚାଲିଥିଲା କିଛିଦିନ ।

କେଇଟା ବର୍ଷ ପରେ ରମାର ବାହାଘର ଠିକ୍ ହୋଇଗଲା । ବିନି ସେଇ ଶଙ୍ଖା ପିନ୍ଧି ଘରକୁ ବୋହୂ ହୋଇ ଆସିଲା । ଗୋପୀନାଥ ମନେ ପକାଉଥିଲେ ରମା ବାହାଘର ବେଳକୁ ସୁନା ଦର କଥା । ନିମ୍ନ ମଧ୍ୟବିତ୍ତ ପରିବାର ସୁନାକିଣା କଥା ଭାବିଲେ ଦୋକାନରେ ଅପଦସ୍ଥ କଥା ଯାହା । ଗୋପୀନାଥ ମନେ ମନେ ଚିନ୍ତା କଲେ ଗୋଟାଏ ମୁଦି କିଣି ନିର୍ବନ୍ଧ କାମଟା ସାରିଦେବ । ଏ କଥା ଶୁଣି ରମାବୋଉର ମନକୁ ଗଲା ନାହିଁ । କହିଲା ମୋ ପୁଅ ମୁଣ୍ଡ କଣ ତଳକୁ କରିଦେବ ତା ଶ୍ୱଶୁର ଘର ଆଗରେ ? ସେଇ ସୁନା ଶଙ୍ଖାକୁ ବଢ଼େଇଥିଲେ ତା ହାତକୁ । ଗୋପୀନାଥଙ୍କ ଜୀବନ ରମାବୋଉ ଏଇମିତି ଭର୍ତ୍ତି କରିଦେଇଥିଲା ସବୁଆଡ଼େ । କେଉଁଠି ସେ ଅଭାବରେ ଠିଆ ହୋଇ ନାହାନ୍ତି । ସ୍ୱଳ୍ପ ରୋଜଗାର ଚାକିରି ସତ୍ତ୍ୱେ କାହା ଆଗରେ ହାତ ପାତି ନାହାନ୍ତି । ଏତକ ଭାବିଲା ବେଳକୁ ଗୋପୀନାଥ ଭିତରଟା ପୂରି ବି ଉଠୁଥିଲା ଆତ୍ମସନ୍ତୋଷରେ । ଖୁସିରେ ଦୁଇବୁନ୍ଦା ଲୁହ ଝରି ପଡୁଥିଲା । ରମାବୋଉର ମହାନତାରେ ସେ ବିଭୋର ହୋଇ ଉଠୁଥିଲେ ବେଳକୁ ବେଳ । ଗୋପୀନାଥଙ୍କ ଆଖି ଆଗରେ ନାଲି, ନେଳୀ, ନାରଙ୍ଗୀ, ସବୁଜ କାଚ । ବଖାଣୁ ଥିଲେ ଦୀର୍ଘ ୩୫ ବର୍ଷର ସ୍ମୃତିକୁ ହସି-କାନ୍ଦି । ବଉଳ ଫୁଲର ବାସ୍ନା ପରି ମହକି ଉଠେ ତାରି ତ୍ୟାଗ, ପ୍ରେମ, ପରାକାଷ୍ଠା ଏ ଘରର ଅଗଣାରେ ।

ରମାବୋଉ ଉପରେ ଗୋପୀନାଥ ନିର୍ଭର ହୋଇଉଠୁଥିଲେ ବୟସ ବଢ଼ିବା ସହ। ଗୋପୀନାଥଙ୍କ ଦେହକଥା ବୁଝିବାର ଦାୟିତ୍ୱ ବି ରମାବୋଉ ମୁଣ୍ଡାଇଲା ବୟସ ବଢ଼ିବା ସହ। ଗୋପୀନାଥଙ୍କୁ ଠିକ୍ ସମୟରେ ଖାଇବା ପିଇବା ଦେବା, ସେବା ଯତ୍ନରେ ଊଣା ଅଧିକ ଭୁଲ୍‌କୁ ଗୋପୀନାଥ ଅଭିମାନରେ ରମା ବୋଉକୁ କହିପକାନ୍ତି। ଯେମିତି ତାର ସେବା ଯତ୍ନ ପାଇବାର ଅଧିକାର ତାଙ୍କର ଥିଲା। ଏଇ ଅଧିକାରତକ ମିଳେଇବା ଆରମ୍ଭ କଲା ଦିନେ। ରମାବୋଉକୁ କ୍ୟାନ୍‌ସର ବୋଲି ସମୟ କହିଗଲା। ଗୋପୀନାଥଙ୍କ ଭିତରଟା ଭାଙ୍ଗିବା ଆରମ୍ଭ ହେଲା। ସେଇଠୁ ଭାଙ୍ଗି ପଡୁଥିଲା ତାଙ୍କ ଚାରିପାଖ। ତାକୁ ଅପରେସେନ୍‌କୁ ନେଇଯିବା ଦିନ ତାଙ୍କ ହାତରେ ଧରେଇ ଦେଇଥିଲେ ଜଣେ ନର୍ସ ଆସି ଏଇ ନାଲି ଚୁଡ଼ି। ଖୁବ୍ କାନ୍ଦିବାକୁ ମନ ହେଇଥିଲା ସେଦିନ ବି ଆଜି ପରି ଗୋପୀନାଥଙ୍କୁ। ଚାରିଆଡ଼େ ଶୂନ୍ୟତାର କଳାଧୂଆଁ ବିସ୍ତାର କରୁଥିଲା ଧୀରେ ଧୀରେ। ଘୂର୍ଣ୍ଣାୟମାନ ପୃଥିବୀରେ ଗୋଟାଏ ବିନ୍ଦୁ ଉପରେ ଗୋପୀନାଥ ଏକୁଟିଆ ଠିଆ ହୋଇଥିଲେ ସେମିତି। ଦେହ ଚାରିପଟେ ବୁଲୁଥିଲା ହାହାକାର ଗୋଟେ ଭୟର ବଳୟ। ରମାବୋଉ ଫେରିଥିଲା ଓଟିରୁ। ଗୋପୀନାଥ ମୁଣ୍ଡ ଆଉଁଶି ଦେଇଥିଲେ ରମାବୋଉକୁ ଆଶ୍ୱସ୍ତିରେ। ଗୋପୀନାଥ ଧୈର୍ଯ୍ୟ ଧରିବାକୁ ସ୍ଥିର କରୁଥିଲେ ମନେ ମନେ, ହେଲେ ରମାବୋଉ ଆଉ ଚୁଡ଼ି ପିନ୍ଧି ପାରୁ ନ ଥିଲା। ଇଚ୍ଛା କରି ବି ତାର ସେ ଆଶା ପୂରା ହୋଇପାରୁ ନ ଥିଲା। କେବଳ କାଚ ପିନ୍ଧିବା ପାଇଁ ବହୁତ ସମୟରେ ଟେବୁଲ୍ ଉପର କାଚଚୁଡ଼ି କେତେଟାକୁ ଚାହିଁରହେ। ତା ଔଷଧ ଟେବୁଲ୍‌ରେ କେଇଟା କାଚ ପଡ଼ିରହେ ଅପେକ୍ଷାରେ। ଦେହରେ ପାଣି ଜମି ହାତଗୋଡ଼ ସବୁ ତାର ଫୁଲି ରହୁଥିଲା। ପ୍ରାୟ ଦିନ ତାକୁ ନର୍ସିଙ୍ଗ୍‌ହୋମ୍ ଯିବାକୁ ପଡୁଥିଲା। ବେଶି ସମୟ ତାର ଡାକ୍ତର ପାଖରେ ବିତୁଥିଲା। ସବୁଦିନ ହାତରେ ନୂଆ ଇଞ୍ଜେକ୍‌ସନ୍। ହାତ ଫୁଲି ଯାଇଥିଲା। ଇଚ୍ଛା ଥିବା ସତ୍ତ୍ୱେ ହାତରେ ଚୁଡ଼ି ପିନ୍ଧି ପାରୁ ନ ଥାଏ ସେ। ତଥାପି ଗୋପୀନାଥ ଆଶା କରୁଥିଲେ ରମାବୋଉ ଭଲ ହୋଇଯିବ। ଦିଅଁ ଦେବତାକୁ ହାତ ଯୋଡୁଥିଲେ। ତା ପାଖରେ ବସି ରହୁଥିଲେ ଘଣ୍ଟା ଘଣ୍ଟା। ଭଗବାନଙ୍କ ଇଚ୍ଛା ସେମିତି ନଥିଲା, ସେ ଆଉ ଭଲ ହେଉ ନଥିଲା। ଅବସ୍ଥା ଖରାପ ଆଡ଼କୁ ଗତି କରିଥିଲା ଦିନକୁ ଦିନ। ଗୋପୀନାଥ ଧୈର୍ଯ୍ୟ ହରାଉଥିଲେ। ରମାବୋଉହୀନ ଗୋଟାଏ ଜୀବନ ବଞ୍ଚିବାକୁ ପଡ଼ିବ ଭାବି ଶଙ୍କି ଯାଉଥିଲେ ମନେ ମନେ ଏଥର ଗୋପୀନାଥ। ହେଲେ ସେ ଦୁର୍ଦ୍ଦିନ ବି ଆସି ପହଞ୍ଚିଯାଇଥିଲା। ରମାବୋଉ ସେଦିନ ଡାକ୍ତର ପାଖରୁ ଆସି ଛାଟିପିଟି ହେଲା ଯନ୍ତ୍ରଣାରେ। ଖୁବ୍ କଷ୍ଟରେ କାନ୍ଦିପକାଉଥିଲା ଓଠ ଚାପି। ଖଟ ଉପରେ ଆଣ୍ଠେଇ ପଡୁଥାଏ ବ୍ୟସ୍ତ ହୋଇ। କିଛି ପେନ୍‌କିଲର କାମ କରୁ ନଥାଏ ସେତେବେଳକୁ।

କାହାରିକି ପାଖରୁ ଯିବାକୁ ଦେଲା ନାହିଁ ରମାବୋଉ। କହୁଥାଏ ମୋ ପାଖରେ ରୁହ। ଗୋପୀନାଥଙ୍କ ହାତକୁ ଚାପି ଧରିଥାଏ ବହୁ ସମୟରୁ। କଥା କହିବାକୁ ଶକ୍ତି ନଥାଏ। କେବଳ ଚାହିଁଥାଏ ସମସ୍ତଙ୍କୁ। ଏ ଅବସ୍ଥାରେ ରମା ବ୍ୟସ୍ତ ହୋଇ ଡାକ୍ତର ପାଖକୁ ନେଇଯିବାକୁ ଅସ୍ତବ୍ୟସ୍ତ ହେଉଥିଲା ବିକଳ ହୋଇ, ହେଲେ ରମାବୋଉ ମୁଣ୍ଡ ହଲେଇ ନାହିଁ କହିଲା। ସେ ବୋଧେ ଜାଣିସାରିଥିଲା ତାର ଏଇ କେତେଟା ଶେଷ ନିଃଶ୍ୱାସ ବାକି ଅଛି। ଏଇ ଘରେ ସମସ୍ତଙ୍କ ପାଖରେ ସେ ରହିବାକୁ ଚାହେଁ କେଇଟା ଶେଷ ମୁହୂର୍ତ୍ତ। ବହୁ ସମୟ ପରେ ଦୁଇଟା ଶବ୍ଦ କହିଥିଲା "ମୋ କାଚ"। ସମସ୍ତଙ୍କୁ ରମାବୋଉ ଥରେ ଆଖି ବୁଲେଇ ଆଣିଥିଲା ଆକୁଳରେ। ଗୋଟାଏ ମୁହୂର୍ତ୍ତ ଗୋପୀନାଥଙ୍କୁ ଚାହିଁ ଆଖି ବୁଜି ଦେଇଥିଲା ସବୁଦିନ ପାଇଁ। ସମସ୍ତେ ଲୋଟି ପଡ଼ିଥିଲେ ତା ଦେହଟା ଉପରେ। ଗୋପୀନାଥ ନିରବରେ ଚାହିଁଥିଲେ ସେଦିନ ବି ବଉଳ ଗଛ ଆଡ଼କୁ। ବିନି ଦୌଡ଼ି ଯାଇ ନାଲି ଚୁଡ଼ି ଆଣି ରମାବୋଉକୁ ଦେଇଥିଲା। ରମାବୋଉ ହାତ ଟେକିଥିଲା। ଚୁଡ଼ି ପିନ୍ଧିଥିଲା ସେଇ ଶେଷଥରକ। ଗୋଟାଏ ନାଲିଟୋପା ମୁଣ୍ଡରେ ଝଲସୁ ଥିଲା। ଅହ୍ୟ ଡେଙ୍ଗୁରା ବାଜୁଥିଲା ଗୋଟାଏ ଦେବୀର ବିସର୍ଜନ ପରି। ତାକୁ ନେଇଯାଉଥିଲେ ସମସ୍ତଙ୍କ ଠାରୁ ବହୁ ଦୂରକୁ। ଚୁଡ଼ିତକ ଖସିପଡ଼ିଲା ଏତିକିବେଳେ ଗୋପୀନାଥଙ୍କ ହାତମୁଠାରୁ। ବିନି ଆସି ପହଞ୍ଚିଯାଇଥିଲା। ସ୍ୱପ୍ନ ଭାଙ୍ଗିଯିବା ପରି ଚମକିପଡ଼ିଲେ ଗୋପୀନାଥ। ବିନି ପଚାରୁଥିଲା ବାପା ଯଦି ସବୁ ଦେଖିସାରିଲେଣି ଚାଲନ୍ତୁ ସବୁକୁ ନେଇ ବାକ୍ସ ଭିତରେ ରଖିଦେବା। ପୁଣି ପ୍ରକୃତିସ୍ଥ ହୋଇ ଉଠିଲେ ଗୋପୀନାଥ ବିନିର ସ୍ୱରରେ। ଖସି ପଡ଼ିଥିଲେ ସେ ଅତୀତ ପୃଷ୍ଠାରୁ। ବିନି ପାଖରେ ଧରା ନପଡ଼ିବାକୁ ଯାଇ ସଂଯମ ହୋଇ ଏଣେତେଣେ ଚାହିଁଲେ ଗୋପୀନାଥ, ହେଲେ ଲୁଚେଇ ପାରୁ ନଥିଲେ ଅନିର୍ଦ୍ଦିଷ୍ଟ ଭାବେ ବୋହିଯାଉଥିବା ଲୁହସବୁକୁ। ବିନି ଠାରୁ ଆଖି ଚୋରାଇ ନେବାକୁ ଗୋପୀନାଥ ଚେଷ୍ଟା କରୁଥିଲେ। ଦେହସାରା ଭର୍ତ୍ତି ରମା ବୋଉର ସ୍ମୃତିକୁ ନେଇ କୋଉଠି ଲୁଚାଇ ଦେଇପାରିବେ ସେ ଭାବୁଥିଲେ ! ଲୁହ ପୋଛି ବିନି ଆଡ଼କୁ ବଢ଼ାଇଦେଲେ ଚୁଡ଼ି ପୁଟୁଳିଟା। ବିନି ଟିକେ ଚହଲିଗଲା। ପୁଣି କଣ ଭାବିଲା କେଜାଣି ଚୁଡ଼ିପୁଟୁଳି ନେଇ ଚାଲିଗଲା ସେଠୁ। କିଛି ସମୟ ପରେ ଗୋପୀନାଥଙ୍କ ପାଇଁ ପାଣି ଗିଲାସେ ଆଣି ଧରେଇ ଦେଇ କହୁଥିଲା, ବାପା ଆଜି ବ୍ଲଡ୍‌ପ୍ରେସର ଔଷଧ ଖାଇ ନାହାନ୍ତି। ଔଷଧ ଖାଇ ଏଇଟା ପିଇଦିଅନ୍ତୁ। ଗୋପୀନାଥ ଥରଥର ହାତରେ ପାଣି ଗିଲାସ ଆଉ ଔଷଧ ନେଲେ ବିନି ହାତରୁ। କାଠ ଆଲମାରିଟି ସଜାଡ଼ିବାକୁ ଯାଇ ଆରମ୍ଭ କଲା ବିନି "ବାପା ବୋଉଙ୍କ ସବୁ ଜିନିଷ ଏବେ ମୋର ସମ୍ପତ୍ତି। ଏସବୁ ସଜାଇ ରଖିବି ମୋ ପାଖରେ। ତାଙ୍କ ଇଚ୍ଛା ଥିଲା ଏ ଘର ସବୁବେଳେ

ହସୁ। ଆମକୁ ଧୈର୍ଯ୍ୟ ଧରିବାକୁ ପଡ଼ିବ ବାପା। ସେ ଆମ ପାଖେ ପାଖେ ଅଛନ୍ତି ବାପା। ଆମକୁ ଖୁସି ଦେଖିବାକୁ ଚାହିଁଥିବେ। ଆମେ ଏମିତି ଭାଙ୍ଗିପଡ଼ିଲେ ସେ ବି କଷ୍ଟ ପାଇବେ। ଆମକୁ ପୁଣି ବଞ୍ଚିବାକୁ ହେବ ଆମ ଜୀବନ।" ବିନି ଗୋପୀନାଥଙ୍କ ହାତରୁ ପାଣି ଗିଲାସଟା ନେଉ ନେଉ କହିଥିଲା- "ଆମେ ସମସ୍ତେ ଆପଣଙ୍କ ପାଖରେ ଅଛୁ। ଆପଣ ଏମିତି ବ୍ୟସ୍ତ ହୁଅନ୍ତୁନି ବାପା।" ଗିଲାସ ତଳେ ରଖି ଗୋପୀନାଥଙ୍କ ଆଖିରୁ ଲୁହ ପୋଛିଦେଲା ବିନି। ବିନି କଥାରେ ଗୋପୀନାଥ ଛୋଟପିଲାଙ୍କ ପରି କାହିଁକି କେଜାଣି ନିଜେ ବି ଲୁହ ପୋଛିପକଉଥିଲେ ହାତ ପାପୁଲିରେ। ବିନି ମା'ଟିଏ ପରି ଦିଶୁଥିଲା ଗୋପୀନାଥଙ୍କୁ। କୋଡ଼ିଏ ବର୍ଷ ତଳର ରମାବୋଉ ଅବିକଳ ବିନି ପରି ତାଙ୍କୁ ଦିଶୁଥିଲା। କେଉଁଠୁ ଧାରେ ବଉଳ ବାସ୍ନା ମହକେଇ ଦେଉଥିଲା ଘର ଭିତର ଓ ବାହାର। କଅଁଳ ସକାଳଟେ ଅପେକ୍ଷା କରିଥିଲା ଝର୍କା ବାହାରେ। ଗୋପୀନାଥ ପ୍ରାତଃଭ୍ରମଣ ପାଇଁ ବାହାରକୁ ବାହାରୁଥିଲେ। ପୁରୁଣା କାଠ ବାକ୍ସରେ ନଥିଲା ସିନ୍ଦୂର ଫରୁଆ, କାଠ ପାନିଆ, ଚୁଡ଼ି ପୁଟୁଳି। ସେସବୁ ଶୋଭା ପାଉଥିଲା ବୋହୂ ବିନିର ଡ୍ରେସିଂ ଟେବୁଲ୍ ଉପରେ। ନାଲି ନେଳୀ ଚୁଡ଼ି ସବୁ ସଜା ହୋଇଥିଲା ବିନିର ଚୁଡ଼ିବାକ୍ସରେ। ଗୋପୀନାଥ ବିହ୍ୱଳ ଦିଶୁଥିଲେ ଘରର ଚାରିଆଡ଼କୁ ଚାହିଁଦେଇ। ବଉଳ ଗଛରୁ ଝରିପଡ଼ିଥିଲା ବଉଳ ଫୁଲ ସବୁ ଭୂଇଁ ଉପରେ।

■

ଗୋଟିଏ ରାତିର କାହାଣୀ

ଗୋଟେ ନାଲି ମଖମଲି କାଗଜ ଉପରେ ଗୋଲ ଗୋଲ ଅକ୍ଷରରେ ଲେଖା ହୋଇଥିଲା ଅମୀୟ ସହିତ ପଲ୍ଲବୀର ନାଁ। ଉପରକୁ ହଳଦିଆ ଫୁଲ ଆଉ ଆମ୍ବପତ୍ରର ତୋରଣ। ତଳକୁ ଗଣେଶଙ୍କ ବିଗ୍ରହ ସହ ଲତାଗହଳରେ ସୁନେଲି ଫୁଲଗୁଡ଼ିକର ଅଙ୍କାବଙ୍କା ଚିତ୍ର। ପଲ୍ଲବୀର ବାପା ସେଇ ବାହାଘର ନିମନ୍ତ୍ରଣ କାର୍ଡ ଧରି ପଲ୍ଲବୀ ପାଇଁ ଅପେକ୍ଷା କରୁଥିଲେ ହଷ୍ଟେଲ୍ ଆଗରେ। ତାକୁ ଦେଖିବା କ୍ଷଣି ପଚାରିଲେ, ଦେଖିଲୁ, ସତେ ଯେମିତି ତାଙ୍କ ଛାତି ଆଜି କୁଣ୍ଢେମୋଟ ଏ କାମଟି କରି। ଗୋଟେ ଗଡ଼ ଜିଣିଲା ପରି ଗର୍ବର ସହ ପଢୁଥିଲେ ଅମୀୟ ସହ ପଲ୍ଲବୀ। ପଲ୍ଲବୀ ନିରୁତ୍ତର ଥିଲା। କିଛି କହି ନ ପାରି କେବଳ ବାପାଙ୍କୁ ଦେଖୁଥିଲା। ପଲ୍ଲବୀ ବାପା ତାକୁ କହୁଥିଲେ ତୁ ଏଥର ମନ ଥୟ କର, ପାଠ ସେତିକି ଥାଉ। ଅମୀୟ ଭଲ ପିଲା। ତୁ ନିଜକୁ ପ୍ରସ୍ତୁତ କର। ପଲ୍ଲବୀର ବାପା ଫେରିଗଲେ ଗୋଟେ ଉଡ଼ାଣର ଆଶା ନେଇ, ଯାଉ ଯାଉ କହିଗଲେ ତୋ ପରୀକ୍ଷା ସରିଲା ପରେ ଏ କାମ ସାରିଦେବି। ତୁ ସୁବିଧା ଦେଖି କଥା ହେଇଯିବୁ ଅମୀୟ ସହ। ସେ ତୋ ମତାମତ ଜାଣିବାକୁ ଚାହାନ୍ତି। ମନେରଖ ତାକୁ ଇଆଡୁ ସିଆଡୁ କହିବୁନି। ପଲ୍ଲବୀ ବାପାଙ୍କ ଏ କଥାରେ ଆଦେଶର ସ୍ୱର ପରିଷ୍କାର ଶୁଭୁଥିଲା ପଲ୍ଲବୀକୁ। ତା ବାପା ଅବଶ୍ୟ ହାଲୁକା ହୋଇଯାଉଥିଲେ ଏତକ କହି। ପଲ୍ଲବୀ ଆକାଶରେ ସେଦିନ ଉଠିଥିବା କଳା ବଉଦ ଆଡ଼କୁ ଚାହିଁ ଚାହିଁ ରୁମ୍‌କୁ ଫେରିଥିଲା। ଅନେକ କଥା କହିବାକୁ ଇଚ୍ଛା ଥିଲେ ବି ପଲ୍ଲବୀର ବାପାଙ୍କୁ ଗୋଟାଏ ଶବ୍ଦ ବାହାରିଲାନି ତାଙ୍କ ଆଗରେ। ସେଇ ଚିରପରିଚିତ ନିରବତାକୁ ସାମ୍ନା କରୁଥିଲା ନିଜେ ନିଜେ।

ସେଦିନ ସନ୍ଧ୍ୟାରେ ବାହାରେ ବର୍ଷା ଆରମ୍ଭ ହୋଇଯାଇଥିଲା। ବାହାରେ ବର୍ଷା ସାଙ୍ଗକୁ ଘଡ଼ଘଡ଼ି। ହଷ୍ଟେଲ୍‌ରେ ପାୱାର ନାହିଁ ଅନେକବେଳୁ। ସୁ ସୁ ପବନ କିଟିକିଟି ଅନ୍ଧାର ଝର୍କା ବାହାରେ। ଏତିକି ବର୍ଷା ପବନରେ କେବଳ ଝର୍କା କବାଟ

ବନ୍ଦକରି ରହିଛୁଏ। ଗୋଟାଏ ରୁମ୍‌ର ଅନ୍ଧାରକୁ ଜାବୁଡ଼ି ପଲ୍ଲବୀ ବେଡ୍ ଉପରେ ପଡ଼ିରହିଥିଲା ଅନେକ ବେଳୁ। ପଲ୍ଲବୀ ଅନେକ ସମୟ କାଟିବା ପରେ ଗୋଟେ କ୍ୟାଣ୍ଡେଲ୍ ଜଳେଇଲା। ବାହାରେ ଅସରା ଅସରା ବର୍ଷାଟୋପା ଝର୍କା ଦର୍ଜାରେ ପିଟିହୋଇ ଥରଉଥାଏ ଅଳ୍ପ ଆଲୁଅର କୋଠରିକୁ। ପଲ୍ଲବୀ ଭାବୁଥିଲା କଣ ଗୋଟେ ପଢ଼ିଲେ ମନ ବଦଳିଯାଆନ୍ତା। ପାଖରେ ବ୍ୟାଙ୍କ ପରୀକ୍ଷାର ବହି ସବୁ ଗଦା ହୋଇପଡ଼ିଥାଏ। ଗତ ପରୀକ୍ଷା ଭଲ ହୋଇ ନଥିଲା ତାର। ପୁଣି ଭାବୁଥିଲା ବାପାଙ୍କର ତାଗିଦ୍ କରି ଯାଇଥିବା କଥା, ଆରଥରକୁ ଏ ପରୀକ୍ଷା ଆଉ ଦେଇପାରିବ ନାହିଁ। ଏଇ ଟିକେ ଆଗରୁ ହିଁ ତା' ବାପା କହିଦେଇଥିଲେ ଆଉ ପଢ଼ିବା ଦରକାର ନାହିଁ। ଏତିକି ପାଠପଢ଼ା ହେଉ। ଅମୀୟ ସହ ତୋର ବାହାଘର ଆସନ୍ତା ତିଥିରେ। ହଠାତ୍ କ୍ୟାଣ୍ଡେଲ୍‌ରେ ବହିସବୁକୁ ଜାଳିଦେବାକୁ ଇଚ୍ଛା ହେଲା ପଲ୍ଲବୀର। ଏଗୁଡ଼ା ରହି ଆଉ ଲାଭ କଣ ? ଅନ୍ୟମନସ୍କରେ ବିରକ୍ତିରେ ସେଲ୍‌ଫୋନ୍ ଉଠେଇଲା ଅବଶ୍ୟ। ଜାଣିଶୁଣି ଅନେକବେଳୁ ଫୋନ୍ ସୁଇଚ୍ ଅଫ୍ କରିଥିଲା। ସେ ଭାବୁଥିଲା ଏ ଝଡ଼ ଯୋଗୁଁ ଅନ୍ତତଃ ତାକୁ କେହି ଫୋନ୍ ନ କରନ୍ତୁ ଆଜି। ଅମୀୟ ଆଗରୁ ଫୋନ୍ କରି ପଚାରିଛି, ତୁମେ ଏ ପ୍ରସ୍ତାବରେ ରାଜି ନା ନାହିଁ, ମୋତେ ଭାବିଚିନ୍ତି ଜଣାଇବ। ସେ ଅମୀୟ ସହ କଥା ହେବାକୁ ଚାହେଁନି, ହେଲେ ବାପା ଏକଥା ଜାଣିଲେ... ପଲ୍ଲବୀ ମନରେ ପୁଣି ଭଉଁରୀ ଖେଳୁଥିଲା ଗୋଟାଏ ପ୍ରଶ୍ନ- ଅମୀୟଙ୍କ ଏହି ବାହାଘର ପ୍ରସ୍ତାବଟିକୁ ମୁଁ ମନା କରିପାରନ୍ତି କି ? ଏଣେ ଏ ପ୍ରସ୍ତାବକୁ ମନା କଲେ ବାପା ମନ ଊଣା କରିବେ, ରାଗରେ କ'ଣ ନା କ'ଣ କହିବେ ତାକୁ। ଏମିତି କିଛି କରି ସେ ବାପାଙ୍କ କ୍ରୋଧପୂର୍ଣ୍ଣ ଭାବମୂର୍ତ୍ତିକୁ ସାମ୍ନା କରିପାରିବ ନାହିଁ। ଏହାହିଁ ଭାବୁଥିଲା ସେ। ତା'ର ଏ ଅସହାୟତାକୁ ଆହୁରି ଉଚ୍ଛନ୍ନ କରୁଥିଲା ସେ ଝଡ଼ରାତି। ପଲ୍ଲବୀ କିଛି ଚିନ୍ତା କରିପାରୁ ନ ଥିଲା।

ସେ କେବଳ ଏକୁଟିଆ ରହିବାକୁ ଚାହେଁ ଏ ବନ୍ଦ କୋଠରିରେ। କ୍ୟାଣ୍ଡେଲ ବତିକୁ ଚାହିଁ ସେ ଭାବୁଥିଲା ଏ ଝଡ଼ ପାଇଁ ଏମିତି ହେଉ ମୋତେ ଟିକେ ମୁକ୍ତି ମିଳୁ ଏସବୁରୁ। ଅନ୍ୟମନସ୍କ ହୋଇ ଚାଲିଗଲା ପଲ୍ଲବୀ ଝର୍କା ଆଡ଼କୁ। ଖୋଲିଦେଇଥିଲା ଝର୍କା। ପବନରେ ଲିଭିଗଲା ଏଥର କ୍ୟାଣ୍ଡେଲ ଆଲୁଅର ଶିଖା। ଏମିତି ନିଛାଟିଆ ପଲ୍ଲବୀକୁ ଭାରି ଭଲଲାଗେ। ତାର ଆଉ ଇଚ୍ଛା ନଥିଲା ପୁଣି ଜାଳିବାକୁ ଆଲୁଅ। ପଲ୍ଲବୀ ଅନ୍ଧାରକୁ ଚାହିଁ କହୁଥିଲା ଜୀବନରେ ବି ଆଉ ଆଲୁଅ ନାହିଁ ଏଇ ରାତିପରି। ଗୋଟାଏ ଭାରୀପଣରେ ପଲ୍ଲବୀ ଝର୍କା ବାହାରର ଝାପ୍ସା ଅନ୍ଧାରକୁ ଦେଖୁଥାଏ। ଭାବୁଥିଲା ସବୁ ତିନ୍ତିଯାଉ ଆଜି, ମୋ ବହିପତ୍ର, ଲୁଗାପଟା, ବିଛଣା ଚାଦର, ତା ସହ ମୋ ଦେହ ବି। ସୁ ସୁ ପବନ ମୋତେ ଟାଣିନେଉ ଆଜି ଏ ଅନ୍ଧାରକୁ। ମୁହୂର୍ତ୍ତେ ପାଇଁ

ଅନ୍ତତଃ ପବନର ଫାଙ୍କ ଦେଇ ଆଜି ଅନୁଭବ ହେଉ ସେ ସ୍ୱାଧୀନ। ସେ ନିଜ ଭଳି ବଞ୍ଚିପାରେ, ନିଜକଥା କହିପାରେ ପବନକୁ, ଅନ୍ଧାରକୁ, ଓଦା ରାତିକୁ, ମାଟିକୁ ଓ ବାପାଙ୍କୁ। ଏଥର ତାକୁ ଝଡ଼ରାତି ଖୁବ୍ ଭଲ ଲାଗୁଥିଲା। ଏ ସବୁ ନିରୋଳାପଣର ଯେମିତି ସେ ଏକାନ୍ତ ମାଲିକ! ତା କେଶରୁ ଟପଟପ ପାଣି ପଡୁଥିଲା ଗାଲ ଉପରେ, ତା ଦେହ ଉପରେ। ସେ ଗୋଟାପଣେ ଭିଜୁଥିଲା ଝର୍କା ବାହାରକୁ ହାତ ବଢ଼େଇ।

ପଲ୍ଲବୀର ଆଜି ଖୁବ୍ ମନେ ପଡୁଥିଲା ସମୀର କଥା। ସେଦିନ ଏମିତି ଗୋଟିଏ ସଂଜରେ ସେ ଭେଟିଥିଲା ସମୀରକୁ। ତାପରେ କେବେ କେମିତି ଦେଖାଚାହାଁ, ତାପରେ କେମିତି କେଜାଣି ସେ ତା ପୃଥିବୀକୁ ଆୟତ୍ତ କରିବସିଚି। ସମୀର ସେଇ, ଯାହା ପାଇଁ ସେ ମନ୍ଦିରରେ ବସି ଘଣ୍ଟା ଘଣ୍ଟା ଦୀପ ଜାଳେ, ଯାହାପାଇଁ ହଷ୍ଟେଲ୍ କରିଡରରେ ଏକା ଏକା ଶୀତୁଆ ସନ୍ଧ୍ୟାରେ ବୁଲେ। ସେ ଗୋଟେ ଏମିତି ଅନୁଭବ, ଅଜାଣତରେ ତା ଦେହ ଛୁଇଁ ଚାଲିଯାଏ। ଦଲକାଏ ପବନ ପରି କାହାଣୀ କବିତା ଲେଖିଯାଏ ବାରମ୍ବାର। ସମୀର ଏ ସହରରୁ ଚାଲି ଯାଇଥିବା ରାସ୍ତାକୁ ଆଜି ବି ଅନ୍ୟମନସ୍କ ହୋଇ ବାରମ୍ବାର ଦେଖେ କାଳେ ସେ ସେଇଠି ଅପେକ୍ଷା କରିଥିବ, ଆଉ ତାକୁ ଆସି ପଛରୁ ଚମକେଇ ଦେବ। ଲଭ ପରସେଣ୍ଟ ଗେମ୍ ଖେଳିଲା ବେଳେ ଜବରଦସ୍ତି ଏଡିଟ୍ କରି କରି ୯୯ ପରସେଣ୍ଟରେ ପହଞ୍ଚାଏ, ହେଲେ ସତ କହିବାକୁ ଗଲେ ଯାହାର ୧୦ ପ୍ରତିଶତ ଉପସ୍ଥିତି ପଲ୍ଲବୀ ଜୀବନରେ ଆଜିଯାଏ ନାହିଁ। ସମୀର ଦିଲ୍ଲୀ ଗଲାଦିନ କହିଯାଇଥିଲା ମୋତେ ଅପେକ୍ଷା କରିବ ପଲ୍ଲବୀ। ସେ କହିପାରୁ ନ ଥିବା କଥାକୁ ପଲ୍ଲବୀ ବୁଝିଗଲା ପରି ହଁ ଭରିଥିଲା। ପୁଣି ପଛ ଅତୀତକୁ ଫେରି ଯାଉଥିଲା ପଲ୍ଲବୀ, ସମୀର ସେଦିନ ଆସିଥିଲା ଦେଖା କରିବାକୁ କ୍ୟାମ୍ପସ୍‌କୁ ତା ଯିବା ଆଗରୁ, କିଛି ନକହି ଭଲମନ୍ଦ ପଚାରି ଫେରିଯାଇଥିଲା। ସେ ୟା ଭିତରେ ସମୀରକୁ ଭଲପାଇ ବସିଛି, ତାଛଡ଼ା ସେ କିଛି ବି ଚିନ୍ତା କରିପାରୁନି। ସମୀର ଚୁପ୍‌ଚାପ୍, ଭରା ଭରା ଆଖିରେ ପଲ୍ଲବୀ ସେଦିନ ଠିକ୍ ପଢ଼ିପାରୁଥିଲା ଯେମିତି ସେ କହୁଥିଲା ଅପେକ୍ଷା କର ମୋ ଚାକିରି କଥା ଠିକ୍ ହେଇଯାଉ ଏଥରକ। ସମୀର ତା ଚାକିରି ସମସ୍ୟା କଥା ଅନେକଥର କହେ। ତା କଷ୍ଟ କଥା ବୁଝି ପଲ୍ଲବୀ ତା ମନ ବୁଝେଇବାକୁ ଗୁଡ଼ାଏ ଇଆଡୁ ସିଆଡୁ ଗପିଥାଏ। ସମୀର ଦିନେ ୟା ଭିତରେ ପୁଣି ଫୋନ୍ କରି ପଚାରିସାରିଛି ତା ବାହାଘର କଥା? ପଲ୍ଲବୀ ଭାବେ ସେ ଜୀବନସାରା ସମୀରକୁ ଅପେକ୍ଷା କରିବ। କେଇଦିନ ତଳେ ସମୀର ପଚାରୁଥିଲା ଫୋନ୍‌ରେ, "ତୁମେ କଣ ରାଜି ତୁମ ବାପାଙ୍କ ପ୍ରସ୍ତାବ ପାଇଁ?" ପଲ୍ଲବୀ ଉତ୍ତର ଦେଇ ପାରୁନଥିଲା ସମୀର ପ୍ରଶ୍ନର। କେବଳ ସେ ନିରବ ଥିଲା। ସମୀର ବି ଅସମ୍ଭବ ଭାବେ ଗୁମ୍‌ସୁମ୍। ସେତିକିର କାହାଣୀରେ ପଲ୍ଲବୀ ଭାବପ୍ରବଣ।

କାଲିଠୁ ଆଜିଯାଏଁ ସେ କିଛି ବି ନିଷ୍ପତ୍ତି ନେଇପାରୁନାହିଁ। ରାଗରେ ଏଥର ଦି'ଟା ନିଜ ଗାଲରେ କଷିଦେବାକୁ ଇଚ୍ଛାହେଲା ସେଇ ସମୟରେ ପଲ୍ଲବୀକୁ। ମନକୁ ବୁଝେଇବାକୁ ଚାହୁଁଥିଲା ଯେ ସମୀର ତା ଜୀବନରେ କେହି ନୁହଁ। ତା ଭିତରୁ କିଏ ଗୋଟେ କହୁଥିଲା ତୋତେ ଭୂତ ଧରିଛି। ପଲ୍ଲବୀ ଅଯଥା ସମୀର ଉପରେ ରାଗିବା ଆରମ୍ଭ କରିଥିଲା ଓ ନିଜକୁ ପ୍ରଶ୍ନ କରିଥିଲା, ସମୀର କଣ ଜାଣିନି ସେ କୋଉ ପରିସ୍ଥିତି ଦେଇ ଗତି କରୁଛି। ତାର ଏ ନିରବତା ତାକୁ କଷ୍ଟ ଦେଉଛି ନା ସେ ନିରବ ସମର୍ଥନ କରୁଛି ବୋଲି ବୁଝିନେବାକୁ ହେବ ତାକୁ। ପଲ୍ଲବୀ ନିଜ ସହ ଯୁକ୍ତି କରୁଥିଲା ଏଥର। ଅମୀୟ କାଲିଠୁ ଯୋଗାଯୋଗ କରିବାକୁ ଚେଷ୍ଟା କରିଛି। ଯା ଭିତରେ ଦୁଇଥର ଫୋନ୍ କଲାଣି। ତାକୁ ଆଉ ରୁମ୍‌ରେ ରହିବାକୁ ଇଚ୍ଛା ନଥିଲା। ବାହାରକୁ ବାହାରିଗଲା କବାଟ ଖୋଲି। ସେ ବିରହକୁ ଭୋଗିବାକୁ ଏମିତି ମୁଁ ଅନେକ ସମୟରେ ଭଲପାଏ। ବାହାରେ ଝଡ଼ଯୋଗୁଁ ସବୁଆଡ଼େ ପାଦେ ପାଦେ ପାଣି। କାଲୁଆ ପବନ ପିଟି ହେଉଥାଏ ଦେହରେ। ଭିଜିଯିବା ପରେ ଥରିଯାଉଥାଏ ଦେହ। ତଥାପି ସେ ଚାଲିଥାଏ ଶିଡ଼ିଦେଇ ଛାତ ଉପରକୁ। ପ୍ରଥମେ ପ୍ରଥମ ମହଲା, ତାପରେ ଦ୍ୱିତୀୟ, ତାପରେ ତୃତୀୟ ପରେ ସେ ପହଞ୍ଚି ଯାଇଥିଲା ଚତୁର୍ଥ ମହଲାର ଛାତ ଉପରେ। ପାଣି ପାଣି ଶିଉଳିଆ ପାହାଚ ଉପରେ ଗୋଡ଼ ଖସିଯାଉଥିଲା ହେଲେ ଆଉ ଭୟ ନାହିଁ। ଗୋଟେ ଝୁଙ୍କରେ ସିଧା ଛାତ ଉପରେ ଠିଆ ପଲ୍ଲବୀ ଅନ୍ଧାରୁଆ ଝଡ଼ରାତି ସତ୍ତ୍ୱେ। ଏତିକି ବର୍ଷା ପବନରେ କେବଳ ସେ ଗୋଟାପଣେ ଓଦା ହୋଇ ଠିଆ ହୋଇଥାଏ ଚାରି ମହଲା ଛାତ ଉପରେ। ହାତ ଖୋଲି ପବନକୁ କୋଳେଇଲା ନେବାକୁ ଚେଷ୍ଟା କଲା। ତାକୁ କାନ୍ଦିବାକୁ ବହୁତ ଇଚ୍ଛା ହେଉଥିଲା। କେଉଁ ଏକ ଆବେଗରେ ଛାତି ଭିତର ଭାରୀ ଭାରୀ କୋହସବୁ ଜମି ଯାଉଥିଲା। ସେ ଭାବୁଥିଲା ସମସ୍ତେ ନିର୍ଦ୍ଦୟ ଏଠି। ଓଦା କେଶକୁ ମୁକ୍ତ କଲା। ସବୁଯାକ ତା ପିଠି ପଛକୁ ପବନ ସହ ତାଳ ଦେଲେ। ଲୁହ ପୋଛିଲା ଆଖିରୁ, ପୁଣି ପୋଛିଲା ଗାଲରୁ, ସେସବୁ ଆଉ ମାନିବାକୁ ପ୍ରସ୍ତୁତ ନ ଥିଲେ, ବନ୍ଧବାଡ଼ ମାନୁ ନଥିଲେ। ସେ ବର୍ଷାରେ ଠିଆ ହୋଇଥିଲା ସତ, ହେଲେ ଲୁହରେ ହିଁ ଓଦା ହେଉଥିଲା ଗୋଟାପଣେ। ତା ଭିତରୁ କିଏ କହୁଥିଲା ମୋତେ ଟିକେ ସମୟ ଦିଅ, ସ୍ୱାଧୀନତା ଦିଅ, ମୋତେ ନିଜ କଥା କହିବାକୁ ଦିଅ।

ପଲ୍ଲବୀ ଭିତରୁ ଅତି ଧୀର ସ୍ୱରରେ କିଏ ଜଣେ କହୁଥିଲା ତୁ ସ୍ୱାଧୀନ, ତୋ ଇଚ୍ଛାରେ ଭଲପାଇପାରୁ, ତୁ ଜୀବନ ଗଢ଼ିପାରୁ, ତୁ ସ୍ୱପ୍ନ ଦେଖିପାରୁ, ତୁ ନିଜ ଭଳି ବଞ୍ଚିପାରୁ। ସୁ ସୁ ମାଡ଼ିଆସିଲା ପବନ ଏତିକିବେଳେ ତା ଆଡ଼କୁ। ଜୋର୍‌ରେ ତାକୁ ପିଟି ନେଇଗଲା ଛାତର ଗୋଟେ ଶେଷମୁଣ୍ଡକୁ। ଗୋଟେ ନିର୍ଜନ କୋଣକୁ। ନା ନା

ଏମିତି ସେ ଭାବିପାରିବନି.... ଏମିତି କରିପାରିବନି...। ଆଉ ଜଣେ କେହି ତାକୁ କହୁଥିଲା ହଲେଇ ଦେଇ। ସେ ଚାରିଆଡ଼କୁ ପୁଣିଥରେ ଚାହିଁଲା କିଏ ସେ... ? ପବନର ବେଗ ବେଳକୁ ବେଳକୁ ବଢୁଥିଲା ଯା ଭିତରେ। ସେ ଭୟରେ ଥରୁଥିଲା। ତା ଭିତରେ ବଢ଼ିଚାଲିଥିଲା ଉଦ୍‌ବେଳନ। ଅଣନିଃଶ୍ୱାସୀ ହେବା ପରି ସେ ଅସହାୟତା। କେମିତି ସେ ବଞ୍ଚିବ ଏ ଜଟିଳ ଚକ୍ରବ୍ୟୂହ ଭିତରେ ? ଭୟର ଲୋମଥରା ଅନ୍ଧାର ଘୋଟିଗଲା ଏଥର ତା ଚାରିପାଖେ। ସେ ଚାରିଆଡ଼କୁ ଚାହିଁଲା। କେବଳ ଗାଢ଼ କିଟିକିଟି ଅନ୍ଧାର ଛଡ଼ା କିଛି ଦିଶୁ ନଥିଲା ତାକୁ। ଟିକେ ହେଲେ ଆଲୁଅର ମାୟା ନଥିଲା କୋଉଠି। କେମିତି କେଜାଣି ହଠାତ୍ ତା ହାତରେ ଥିବା ମୋବାଇଲ୍ ଅନ୍ ହୋଇଯାଇଥିଲା ଆପେ ଆପେ। ତାକୁ ଦିଶୁଥିଲା ମୋର ଫୋନ୍ ଭିତରୁ ଅମୀୟଙ୍କର ଦୁଇଟି ନିର୍ଲିପ୍ତ ହାତ ବଢ଼ିଆସୁଛି। ହାତ ଦୁଇଟି କୋଳେଇ ନେବାକୁ ଚାହେଁ ତାକୁ ସବୁଦିନ ପାଇଁ, ହେଲେ ସେ ବୁଝେନା ତା ଯନ୍ତ୍ରଣା, ଦୁଃଖସୁଖ, ତା ଆଶା ନିରାଶରୁ କିଛି ଯାଏ ଆସେ ନାହିଁ। ଯେମିତି ତାକୁ ଲାଗୁଚି ଖୁବ୍ ଅଣନିଃଶ୍ୱାସୀ ଏ ବନ୍ଧନ। ସେ ଦୌଡ଼ିଯିବାକୁ ଚାହେଁ, ମୁକୁଳି ଯିବାକୁ ଚାହେଁ ଏ ନୂଆ ଫାଶରୁ। ସେ ଚାହେଁନି ଅମୀୟ ସହ ଛଳନାରେ ଘର ବାନ୍ଧୁ। ହେଲେ କେମିତି କହିବି ଅମୀୟକୁ ଏସବୁ, କେମିତି କହିବି ମୁଁ ସମୀର ଅପେକ୍ଷାରେ ଜୀବନ କଟାଇପାରେ ହେଲେ ଛଳନା କରି ତୁମ ସହ ଜୀବନ ନୁହଁ। ସେ ନିଜ ଜୀବନ ଗଢ଼ିବାକୁ ଚାହେଁ ନିଜ ଭଳି। ଏତକ ସତ୍‌ସାହସ କଣ ଅଛି ତା ପାଖରେ ? ଆଉ ବାପା.... ତାଙ୍କ ଆଗରେ ସେ ଠିଆ ହୋଇପାରିବ କଣ ? ତାଙ୍କୁ କଣ କହିବ ? ବିଜୁଳି ଚମକିଗଲା ଅନ୍ଧାର ଛାତି ଥରି। ପୁଣି ବହଳ ଅନ୍ଧାର। ଗୋଟେ ଟ୍ରେନ୍‌ର ବିକଟାଳ ଶବ୍ଦ ପାଖ ରେଳ ଲାଇନ୍‌ରୁ ପାଖେଇ ଆସିଲା ତା ଆଡ଼କୁ। ଦିଶୁଥିଲା ତାର ନାଲିବତି। ଭୟଙ୍କର ଶବ୍ଦ ସହ ତାରି ଆଡ଼କୁ ପାଖେଇ ଆସୁଥିଲା ଜୋର୍‌ରେ ଖୁବ୍ ପାଖକୁ। ଏବେ ସେ ଖୁବ୍ ନିକଟତର। ଓଃ... ସେ ନାଲିବତି ଦୁଇଟି ଦିଶୁଥିଲା ଠିକ୍ ବାପାଙ୍କ ନାଲିଆଖି ପରି। ସେ ରୁନ୍ଧି ହୋଇଯାଉଥିଲା ସେ ଶବ୍ଦ ଭିତରେ। ନା ନା ସେ ଆଉ ପାରିବନି। ସେ କାହାକୁ କିଛି କହିପାରିବନି ଆଉ। ସେ ନିଷ୍ପ୍ରାଣ ହୋଇଯିବ ଏ ଶବ୍ଦରେ, ବିଜୁଳିରେ। ତାକୁ ଆଉ କିଛି ଦିଶୁନି କେବଳ ଦୁଇଟି ନାଲିବତି ଛଡ଼ା। ସେ କିଛି ଚାହେଁନି ଜୀବନରେ। ସେ ବଞ୍ଚିପାରିବନି ଏମିତି। ସେ ବଞ୍ଚିବାକୁ ଚାହେଁନି ଏମିତି। ଛାତର ଶେଷଧାରରେ ଠିଆ ହୋଇଥିଲା କେତେବେଳେ ଅଜାଣତରେ। ସେଲ୍‌ଫୋନ୍ ହାତରୁ ପଡ଼ିଯାଇଥିଲା ତଳକୁ। ଓଃ...ନା..।

ଏଇ ଥିଲା ପଲ୍ଲବୀର ଶେଷରାତିର ଶେଷ ଶବ୍ଦ। ତା ପରେ ସବୁ ନିଃଶବ୍ଦ। ସମସ୍ତେ ନିରବ। ଝଡ଼ ନିରବ, ରାତି ନିରବ ଆଉ ସେ ନିଜେ ବି। ସେଲ୍‌ଫୋନ୍‌ର ସବୁ ଅଂଶ ପଲ୍ଲବୀର ମୁଣ୍ଡ ଚାରିପଟେ ଖେଳେଇ ପଡ଼ିଥାଏ। ମୁଣ୍ଡରୁ ରକ୍ତ ବାହାରି ପାଣି ସୁଅରେ ବୋହିଯାଉଥିଲା ମାଟି ଉପରେ। ରାତିର ଗୋଳିଆପାଣିରେ ଭାସୁଥିଲେ ତାର ମଳାସ୍ୱପ୍ନ ସବୁ। ତା ଦେହଟାକୁ ସମସ୍ତେ ଟେକି ନେଉଥିଲେ ହାସପାତାଳକୁ। ସେ ସେଇଠି ବସିଥିଲା। ଭାବୁଥିଲା ଗଲା ରାତିର ସେ ଝଡ଼ କାହିଁକି ଉଠିଥିଲା ? କାହିଁକି ତାକୁ ଏମିତି ପଥଚ୍ୟୁତ କଲା ? ସତରେ ଝଡ଼ କଣ ଠିକ୍ ବାପାଙ୍କ ଆଉ ନାଲିଆଖି ଭଳି ଏକଦମ୍ ଜିଦିଆ ? ସବୁ ସାରିଦେଲା ପରେ ଏବେ ଏକଦମ୍ ନିରବ। ତା' ବାପା ହସପାତାଳ ଆଗରେ ଆଣ୍ଠୁ ଭାଙ୍ଗି ଠିଆ ହୋଇଥିଲେ। ଲୁହ ଲୁହ ହୋଇ କହୁଥିଲେ "ତୋର ସେଇ ଏକା ଜିଦି, ତୁ ନିଜ ଗୋଡ଼ରେ ଠିଆ ହେବୁ, ବାହା ହେବୁ ନିଜ ହିସାବରେ, ବଞ୍ଚିବୁ ନିଜ ହିସାବରେ ନା ...ଦେଖ ଆଜି ତୁ ମୋର ଗୋଡ଼ ଭାଙ୍ଗିଦେଇ ଚାଲିଗଲୁ କେମିତି ? ଏମିତି ସବୁ କଣ କରନ୍ତି ପାଗଳୀ ? ମୁଁ ତୋ ଭଲ କଥା ଚିନ୍ତା କରୁଥିଲି, ପଲ୍ଲବୀ ବାପା କହୁଥିଲେ। ଅମୀୟ ବାପାଙ୍କ ପାଖରେ ଠିଆହୋଇ ଖୋଲା ଆକାଶକୁ ଚାହିଁ କହୁଥିଲେ ତୁମ ମନକଥା ମୋତେ କହିପାରିଥାନ୍ତ ପଲ୍ଲବୀ। ଏତିକି ଭରସା କରିପାରିଲନି। ଜୀବନ କଣ ଏତେ ଶସ୍ତା ? ଏମିତି କାହିଁକି କଲ ? ପଲ୍ଲବୀକୁ ସବୁ ସଫା ସଫା ଦିଶୁଥିଲା। କଲି ରାତିଠୁ ସବୁ ବେଶ୍ ପରିଷ୍କାର। ହେଲେ ସେ ଆଉ ଫେରିପାରୁନି ରକ୍ତମାଂସର ଜୀବନକୁ। ସତରେ କଣ କେଇଟା ମୁହୂର୍ତ୍ତରେ ସେ ମସ୍ତବଡ଼ ଭୁଲ୍‌ଟାଏ କରିଛି ! ପଲ୍ଲବୀ ବିକଳ ହୋଇ ବାପାଙ୍କ ଲୁହ ପୋଛିଦେବାକୁ ଚାହୁଁଥିଲା, ହେଲେ ଛୁଇଁ ପାରୁନଥିଲା। କାଲି ରାତିଠୁ ଆହୁରି ବେଶି କଷ୍ଟ ପାଉଥିଲା ସେ। ସମସ୍ତଙ୍କୁ ଦେଖି ସେ ନିଜକୁ ପଚାରିବାକୁ ଚାହୁଁଥିଲା ବାପା, ବାପା କାହାର ଭୁଲ୍ ? ସେ ଝଡ଼ ରାତିର ନା ମୋର ? ସମୀରର ଗଲା ରାତିର ଶେଷ ମେସେଜ- 'ମୁଁ ଚାକିରି ପାଇଯାଇଛି ପଲ୍ଲବୀ।' ଏବେ ବି ଅପେକ୍ଷା କରିଥିଲା ପଲ୍ଲବୀ ପାଖରେ ପହଞ୍ଚିବା ପାଇଁ।

■

ପ୍ରେତ

ଆକାଶରେ ତାରା ଗୁମ୍ ସୁମ୍, କେଉଁ ସ୍ୱପ୍ନକୁ ଆଖିରେ ନେଇ ରାତିଟାରେ ବିଶୁଆ ଚାହିଁଥାଏ କେଜାଣି ? ମନ୍ଦିର ବାରଣ୍ଡାରେ ବର୍ଷା, ଶୀତ, ବସନ୍ତର ନିଛାଟିଆ ଏମିତି ରାତି କେତେ ଗଲାଣି କେବଳ ବିଶୁଆକୁ ଛାଡ଼ି ସବୁ ବଦଳିଛି । ଦିନସାରାର କୋଳାହଳରେ ସେ ସମ୍ପୂର୍ଣ୍ଣ ଭୁଲିଯାଏ ଜୀବନଟା ଅଛି ବୋଲି, ହେଲେ ରାତିଟା ଢାଳିଦିଏ ମହଣେ ଦୁଃଖ, କୋହକୁ ଆଉଟିପକାଏ ରାତିର କଳାକିଟିମିଟି ଛାତିତଳେ । ନଈପରି ତା ଆଖି ଛଳଛଳ ହୋଇଯାଏ । କାହିଁ କୋଉଠି ତ ଆଶା ନାହିଁ ତା ଅପେକ୍ଷାର ଶେଷ ଗାରଟାଏ ପାଇଁ । ସତରେ କଣ ଏତେ ସମୟ ବିତିଲାଣି ଆଉ, ତା' ଘର ବାହୁଡ଼ାର ବେଳ ଆସିନି । ଜୀବନ ନଥିଲା ପରି ପଡ଼ିରହେ ଛିଣ୍ଡା ମସିଣା ଉପରେ । ବାହାରକୁ ଦେଖିଲେ ମନେପଡ଼େ ନୁଆଁଣିଆ ଘର, ଅଗଣା, ମାଟି ଚଉଁରା, ବାରିପଟ ଚାକୁଣ୍ଡା ଗୁଗୁଚିଆ ବଣ । ସେ କଣ କେବେ ଆଉ ଦେଖିବନି ତା ବିଲର ଧାନ କେଣ୍ଟା, ଚାଳର ଅଙ୍କାବଙ୍କା କଖାରୁ ଡଙ୍କ, ପଙ୍କ ଗାଡ଼ିଆ ପାଣି ତଳ ଟିକି ମାଛ, ତା ଅଗଣାରେ ବୁଣିହୋଇ ପଡୁଥିବା ଜହ୍ନରାତି । କେମିତି ଦିଶୁଥିବ କେଜାଣି ଏବେ ଏସବୁ । ଦଣ୍ଡେ ଚାହିଁଲା ଆକାଶକୁ । ସବୁ ସ୍ଥିର ଥିଲା, କେବଳ ଗାଲଦେଇ ଉଷୁମ ଲୁହ ଟୋପେ ଯାଇ ଭୂଇଁରେ ନିଗିଡ଼ି ପଡ଼ିବାକୁ ଲାଗିଥାଏ । ନିଛାଟିଆ ହାବୁକାଏ ଶୀତୁଆ ପବନରେ ତା ଲୋମ ସବୁ ଥରିଉଠିଲା । ଦେହରେ ହାତ ଥରେ ବୁଲାଇ ଆଣିଲା ।

ହାଡ଼ ଖଣ୍ଡେ ଦେହରେ ଝୁଲୁଛି । ଚମଡ଼ା ପରସ୍ତେ ଯାହା ଢାଙ୍କିଛି ଅସ୍ଥିକଙ୍କାଳସାର ଦେହଟାକୁ । କପାଳର ରେଖାଗୁଡ଼ାକ ଖାଲୁଆ ହୋଇ ତା ବୟସ ବଢ଼ାଇବାରେ ଲାଗିଛନ୍ତି । ମୁଣ୍ଡ ବାଳ ଅଧେ ପାଚିଲା ଆଉ ଅଧେ ନୁଖୁରା ହୋଇ ପବନ ସହ ତାଳ ଦେଉଛି । ଦାଢ଼ି ସବୁ ଛାତିଯାଏଁ ଲମ୍ବିଆସିଲାଣି । ପେଜୁଆ ପେଜୁଆ ଆଖିରେ ଟଳମଳ ହେଉଛି ବୁନ୍ଦେ ଲୁହ । ହେଉପଛେ ବାକି ଜୀବନ ସେ କୀର୍ତ୍ତନ କରିବ, ଭଗବାନଙ୍କ

ଜଣାଣ ଗାଇବ, ସନ୍ଧ୍ୟା ହେଲେ ତାର ସାତ ବର୍ଷ ପୁରୁଣା ସାର୍ଟଟିକୁ ଝାଡ଼ିଝୁଡି ଦେଇ ପିନ୍ଧେ, ଗାଁ ଗାଁ ବୁଲି କୀର୍ତ୍ତନ କରେ। ରାତି ଅଧରେ ଫେରେ। କେଉଁ ଦିନ କେତେଟା ପଇସା ମିଳେ କେଉଁ ଦିନ ଖାଲିହାତରେ। ଏମିତି ବିତେ ଦିନ ପରେ ରାତି, ରାତି ପରେ ଦିନ। ଅବ୍ୟକ୍ତ ଶୂନ୍ୟତାର କୁଣ୍ଡଳୀୟ ଧୂଆଁରେ ରୁନ୍ଧି ହୋଇଯାଏ ବିଶୁଆର ଶିରାପ୍ରଶିରା। କେମିତି ଛାତିଦେଇ ଘୋଟିଆସେ ତୁହା ତୁହା କୋହର ମେଘରାତି। ଆଖିରେ ନଈଟା ବୋଲ ମାନେନି ଆଉ। ବାଡ଼ବନ୍ଧ ଡେଇଁ ତାର ମନରେ କୁହାଟମାରି ଉଠେ ପୁରୁଣା ଦିନସବୁ। ଏଇ ବିଶୁଆ ଦଶ ବର୍ଷ ତଳେ ଏମିତିଆ ମଣିଷଟେ ନଥିଲା। ମାଟି ସହ ମିଶି ଥିଲା। ନିଜର ଲହୁ ମିଶାଇ ସୁନା ଫଳେଇ ଥିଲା। ତା ସ୍ତ୍ରୀ ଫୁଲି, ଛୁଆର ସଂସାର ସେ ଗଢ଼ିଥିଲା। ଯେନତେନ ଦୁଇଓଳି ଦି ମୁଠା ଖାଇବାକୁ ଅସୁବିଧା ନଥିଲା। ସମୟ ତ ବିତିଯାଉଥିଲା ଦୁଃଖ କଷ୍ଟେ। ଦି ଓଳି ଭଲ ମୁଠେ ନ ଖାଇଲେ ବି ବଞ୍ଚିଯାଉଥିଲେ, ଚାଷୀର ଦୁଃଖ ଏତିକିରେ ସରେନା, ଦାଉ ସାଧେ ଦଇବ। କୋଉ ବର୍ଷ ମରୁଡ଼ି ତ କୋଉ ବର୍ଷ ବନ୍ୟା। ଧୀରେ ଧୀରେ ବିଶୁଆର ଧୈର୍ଯ୍ୟ ଅଣ୍ଟା ଭାଙ୍ଗି ଦେଲାଣି। ସମୟ ବଳ କଷିଲା। ସଂସାର ବଢ଼ିବା ସହ ରୋଜଗାର ନିଅଣ୍ଟିଆ ପଡୁଥାଏ। ବିଶୁଆର ଚାଷ ଉପରୁ ଆସ୍ଥା ଖସି ଖସି ଆସୁଥାଏ। ଏଇ ଚାଷରେ କେତେଦିନ ଦୁଇ ପ୍ରାଣୀ କୁଟୁମ୍ବ ଆଶରା କରି ଚଳିବେ, ପିଲାଟା ବି ବଢୁଛି ଧୀରେ ଧୀରେ। ହେଲେ ବାଟ କାଇଁ ସେଇତକ ତା ଆଶା ଆଉ ଭରସା।

x x x

ସେ ବର୍ଷ ବିଲ ଫାଟି ଆଁ କଲା। ମରୁଡ଼ିରେ ହାହାକର ଦିଶିଲା ଚାରିଆଡ଼। ବର୍ଷାର ଆଶା ଦିଶୁ ନଥାଏ। ଆଷାଢ଼, ଶ୍ରାବଣରେ ନିଆଁ ବର୍ଷିଲା। କଣ ଖାଇ ସ୍ତ୍ରୀ, ପିଲା ବଞ୍ଚିବେ, କେମିତି ଚାଲିବେ ଏଇ ଚିନ୍ତା ଘାରୁଥାଏ। କେମିତି ଟିକେ ମୁକୁଳିବ ଏ ଅସୁବିଧାରୁ ସେଇକଥା ତାତିଲା ଭୂଇଁକୁ ଅନେଇ ଭାବୁଥିଲା ବିଶୁଆ। ବର୍ଷା ଆଶା ଟିକେ ଦେଉ ନଥିଲା, ବାଦଲ ଖଣ୍ଡେ ଆକାଶେ ନାହିଁ। କେମିତି ମାଟି ଓଦା ହେବ, କେମିତି ଫସଲ ଆରମ୍ଭ ହେବ ବୁଦ୍ଧି ବାଟ ଦିଶୁ ନଥାଏ। ଦାସବାବୁଙ୍କ ଘରୁ ଟଙ୍କା ମାଗିଯାଇଥିବା ବେଳେ ଟିଭିରେ ଦେଖିଥିଲା କଣ ଗୋଟେ ଚାଷୀ ଆନ୍ଦୋଳନ ଚାଲିଛି। ଚାଷୀମାନଙ୍କର ସରକାରଙ୍କ ପାଖରେ ଗୁହାରୀ "ଆମକୁ ଚାଉଳ, ଟଙ୍କା ଦିଆଯାଉ, ଆମ କଥା ବୁଝାଯାଉ।" ବିଶୁଆ ଆସି ତା ସ୍ତ୍ରୀ ଫୁଲିକୁ କହିଲା, ମୁଁ ସହରକୁ ଯିବି। ଚାଷୀମାନଙ୍କ ସହ ମିଶି ନିଜ ପାଇଁ ଲଢ଼ିବି। ଆଠ ବର୍ଷର ପୁଅ ଆଉ ସ୍ତ୍ରୀଙ୍କୁ ଘରେ ଛାଡ଼ି ଚାଲିଲା ସହର ଆଡ଼େ। ଆନ୍ଦୋଳନ କରିବ। ଅନଶନରେ ବସିବ। ସରକାରଙ୍କୁ ଯାହା ହେଲେ ମନାଇବ ତା ଭଳି ଚାଷୀ ଭାଇଙ୍କ ଅଭାବ, ଅସୁବିଧା ପାଇଁ। ଏମିତି

ପେଟର ଦୁଃଖକୁ ଘୋଡ଼େଇ ନିଜେ ଘର ଆଉଜି ସୁକୁସୁକୁ ହେଲେ କଣ ମିଳିବ, କିଛି ନ ହେଲେ ସରକାର ଶୁଣିଲେ ଦୁଃଖ ଯିବ।

ବିଶୁଆ ସହର ଚାଲିଲା। ଖୋଜି ଖୋଜି ଚାଷୀଭାଇଙ୍କ ଧର୍ମଘଟରେ ଯୋଗଦେଲା। ଦିନେ ନୁହେଁ ଚାରିଦିନ ଅଖିଆ ଅପିଆ ଅନଶନରେ ବସିଲା, ଅନର୍ଗଳ ଡାକରା ଦେଲା, "ଚାଷୀ ଦୁଃଖ ବୁଝାଯାଉ, ଆମର ଦାବି ପୂରଣ ହେଉ।" ବିଶୁଆର ତଣ୍ଟି ଫାଟିଗଲାଣି ଯା ଭିତରେ। ଦେହଟା ବି ଭୋକ ଉପାସରେ ଥରିଲାଣି। ଚେହେରାଟା ତ ପାଳଭୂତ ଭଳି ଦିଶୁଚି। ଦିହମୁଣ୍ଡ ଆଉ ତଣ୍ଟି ଅଠା ଅଠା ଲାଗିଲାଣି। ଦେହରେ ବଳ ନାହିଁ। ଅନ୍ତରାତ୍ମା ବି ତୁହେଇ ତୁହେଇ କାନ୍ଦୁଥାଏ ଭୋକ ଉପାସରେ। ଶୁଣିବାକୁ କେହି ନଥିଲେ। ଅନ୍ଧାର ଘୋଟି ଆସୁଥାଏ ଆଖି ଚାରିକଡ଼େ। ଅବଶ ଶରୀରଟା ଖାଦ୍ୟ ଖାଦ୍ୟ ଚିତ୍କାର କରୁଥାଏ ଅନଶନ କ୍ୟାମ୍ପ୍ ଭିତରେ। ଏତିକିବେଳେ ଦଳେ ବେଶ୍ ସୁସ୍ଥ ମଣିଷ ପଶି ଆସିଲେ କ୍ୟାମ୍ପ୍ ଭିତରକୁ, ପଚାରିଲେ ତୁମମାନଙ୍କ ମଧ୍ୟରୁ କିଏ ମୃତ ଘୋଷଣା ହେବାକୁ ପ୍ରସ୍ତୁତ। ମାନସିକ ବିକୃତି ନଥିବା ଭଳି ଏଇ ମଣିଷମାନେ ଏମିତି କାହିଁକି ପଚାରୁଛନ୍ତି ବିଶୁଆ ଭାବୁଥାଏ। ତାପରେ କଥୋପକଥନରୁ ସେ ଯାହା ବୁଝିଲା ଏ ଦେଶରେ କୃଷକ ମୃତ ଘୋଷଣା ହେଲେ ସରକାରଙ୍କ ନିଦ ଭାଙ୍ଗେ। ବିଶୁଆ କି ତା ସହ ଥିବା ସାଥିମାନେ ସହମତ ହେଲେନି। ଆମେ ଏପରି କରି ପାରିବୁନି। ଆମର ଆଙ୍କା ଘରସଂସାର ଅଛି । ନିଷ୍ଠୁର ଧଳା ପୋଷାକଧାରୀ ମଣିଷଗୁଡ଼ା କହୁଥିଲେ "ଆମେ ସେ କଥା ବୁଝିବୁ।" ଏଇମିତି କିଛି ଯୁକ୍ତିତର୍କ ପରେ ସେମାନେ ସେ ସ୍ଥାନ ଛାଡ଼ି ଚାଲିଯାଇଥିଲେ ଗାଳିଗୁଲଜ କରି। କହୁଥିଲେ କେହି ଶୁଣିବେନି ତୁମ କଥା। ଏତେ ସୁବିଧାରେ କଣ ସବୁ ମିଳିଯାଏ। ରାତି ଟିକେ ଅଧିକ ହେଲାରୁ ବିଶୁଆକୁ ଛାଇନିଦ ଲାଗିଯାଇଥାଏ। ଏଥର ଦଳେ କଳା ପୋଷାକରେ ସ୍ୱାସ୍ଥ୍ୟବାନ ମଣିଷ ସବୁ ଆସି କ୍ୟାମ୍ପ୍ ବାହାରେ ଉଚ୍ଚ ସ୍ୱରରେ ଧମକ ଦେଲେ। କହୁଥିଲେ "ଜଲ୍‌ଦି ଏ ସ୍ଥାନ ଛାଡ଼ି ଚାଲିଯାଅ, ନ ହେଲେ ଏମିତି ଅବସ୍ଥା କରିବୁ, ତାହା କେବେ ତୁମେ ଚିନ୍ତା ବି କରି ନଥିବ" ହାତରେ ଧାରୁଆ ଅସ୍ତ୍ର ଆଉ ଲାଠିଦେଖି ବିଶୁଆର ବୁଦ୍ଧିବାଟ ବଣା ଦିଶିଲା। କୁଆଡ଼େ ଯିବ ନ ଜାଣିପାରି ଏକମୁହାଁ ଧାଇଁଚି କ୍ୟାମ୍ପ୍‌ଛାଡ଼ି। ପାଦ କୁଆଡ଼େ ପଡ଼ିବ ଜାଣି ନପାରି ଦେହ ରାସ୍ତା, ବଡ଼ କୋଠା ଅତିକ୍ରମ କରିଯାଉଥିଲା। ସେଦିନ ରାତିରେ ଗୋଟେ ହେଲେ ତାରା ନଥିଲା। କିଟିମିଟି ଅନ୍ଧାର ଆଖିସାରା।

ବିଶୁଆ ଛାତିରେ ସବାର ଥିଲା ଅଜଣା ଭୟର କମ୍ପନ। ତା ସ୍ତ୍ରୀର କାନ୍ଦୁରା ମୁହଁଟି ମନେ ପଡ଼ିଗଲା। ଚାରିଦିନ ହେଲା ଖାଇ ନଥିବା ମଣିଷଟାର ଏତେ ବଳ କୋଉଠୁ ଆସିଲା କେଜାଣି ସିଧା ଷ୍ଟେସନ ଆଡ଼େ ଅମୁହାଁ ଧାଇଁଥିଲା। ଯେମିତି ମୃତ୍ୟୁ

ଗୋଡ଼ାଉଛି । ତା ପାଦର ବେଗକୁ ରାତିର ଅନ୍ଧାର ପରାଜିତ କରି ପାରୁନଥିଲା । ରେଳଗାଡ଼ି ସହ ପ୍ରତିଯୋଗିତାର ବ୍ୟସ୍ତ ଥିଲା ସେ । ଝଡ଼ ଭଳି ତା ପେଟର ଭୋକ ପବନରେ ମିଶିଯାଉଥିଲା । କେବଳ ସେ ରେଳଗାଡ଼ିର ଶବ୍ଦକୁ ଶୁଣି ପାରୁଥିଲା ତାଛଡ଼ା ଆଖିସାରା ଅନ୍ଧାର । ତା ନିଃଶ୍ୱାସର ପ୍ରଖରତା ରେଳଗାଡ଼ିର ଶବ୍ଦ ସହ ହଜିଗଲା ।

X X X

ପରଦିନ ବିଶୁଆର ଘର ଆଗରେ ମଣିଷଙ୍କ ଭିଡ଼ । ମିଡିଆଠୁ ରାଜନେତାଙ୍କ ଲମ୍ବା ଧାଡ଼ି ସହରରୁ ବିଶୁଆର ଗାଁ ଆଡ଼େ ଲମ୍ବିଥିଲା । ମିଡିଆ ଟିଭିରେ କହୁଥିଲା କୃଷକ ଆତ୍ମହତ୍ୟାର କରୁଣ କାହାଣୀ । ଧଳା ଚାଦର ଘୋଡ଼ା ଶବଟାଏ ଉପରେ ଫୁଲି କଚାଡ଼ି ହୋଇ କାନ୍ଦୁଥାଏ । ଲୁହଗୁଡ଼ା ଯେମିତି ମରୁଡ଼ିରେ ବନ୍ୟା ଆଣିଦେବ । କୋହରେ ତା ଝାଟିମାଟି ଘରଟା ଭାଙ୍ଗି ପଡୁଥାଏ । ଗାଁ ଲୋକ କହୁଥିଲେ "କାହିଁକି ଏମିତି କଲୁରେ ବିଶୁଆ, ଛୁଆପିଲାଙ୍କୁ ଭସେଇ ଦେଇଗଲୁ, ଏଇ ବୟସରେ କି ଦୁଃଖ ଦେଖେଇ ଦେଲୁ ତୋ ଗଢ଼ିଥିବା ସଂସାରକୁ । ଦିନେ, ଦୁଇଦିନ, ଚାରିଦିନ ଏଇମିତି କେତେ ମାସ ବିତିଗଲା । ଗାଁ ଲୋକ ଟିକେ ଥୟ ହେଲେଣି । ଚାଷୀ ଆତ୍ମହତ୍ୟାର କରୁଣ କାହାଣୀ ଗାଁ ସହ ସହର ଯାଏଁ ଚହଳ ପକେଇଥାଏ । ଫୁଲିର କୋହଗୁଡ଼ା ଜମାଟ ଏବେ ବାନ୍ଧିଲାଣି । ଧୈର୍ଯ୍ୟର ରୂପ ନେଉଥାଏ । ରାଜନେତାମାନେ ଫୁଲିକୁ ଆଶ୍ୱାସନା ଦେଉଥିଲେ ବରାବର ଘରକୁ ଆସି ।

ଏଇଠୁ ଆରମ୍ଭ ହେଲା ବିଶୁଆ ଓରଫ ବଂଶୀଧରର ଅସଲ ପରିଚୟ । ଅନେକ ସ୍ୱେଚ୍ଛାସେବୀ ଅନୁଷ୍ଠାନ ବିଶୁଆର ବିଧବା ସ୍ତ୍ରୀ, ଛୁଆର ସାହାଯ୍ୟ ପାଇଁ ଆଗେଇ ଆସିଚନ୍ତି । ଇନ୍ଦିରା ଆବାସ ଘର ପାଇଁ ସରକାର ଘୋଷଣା କରିଛି । ତା ସାଙ୍ଗକୁ କ୍ଷତିପୂରଣ ଟଙ୍କା । ଗାଁରେ ଗୋଟେ ବଂଶୀଧର କୃଷକ କ୍ଲବ୍ ହେଲାଣି । ସରକାର କୃଷକଙ୍କୁ ମାଗଣା ଚାଉଳ ଯୋଗାଇଦେବ, ମରୁଡ଼ି ପାଇଁ କ୍ଷତିପୂରଣ ଏସବୁର ବ୍ୟବସ୍ଥା ସରକାରଙ୍କ ଯୋଜନାର ପରିଭୁକ୍ତ ହେଲାଣି । ଆଉ କିଛି ମିଡିଆବାଲା ମଝିରେ ମଝିରେ ଫୁଲି ଘରକୁ ଆସି ଅଭାବ ଅସୁବିଧା ସରକାର ଜନସାଧାରଣଙ୍କୁ ଜଣାଉଥାନ୍ତି । ଫୁଲିକୁ ଏଥର ଲୋକ ଟିଭିରେ ଦେଖୁଥିଲେ । ଫୁଲିର ଅଭାବ ପୂରଣ ହେବାରେ ଲାଗିଥାଏ । ତା ପୁଅର ପଢ଼ାପଢ଼ି ଖର୍ଚ୍ଚ ପାଇଁ କିଛି ଅନୁଷ୍ଠାନ ଆଗେଇ ଆସିଥିଲେ । ଏମିତି ଛ' ମାସ ବିତିଗଲାଣି । ଇନ୍ଦିରା ଆବାସ ଘରଟା ବାରିପଟୁ ମୁଣ୍ଡ ଟେକି ଠିଆ ହେଲାଣି ।

ଫୁଲି ଆଉ ତା' ପୁଅ ସେଦିନ ରାତିରେ ଶୋଇଥାନ୍ତି । କେହିଜଣେ ଆସି କବାଟ ଠକଠକ କଲା ଭଳି ଫୁଲିକୁ ଅନୁଭବ ହେଲା । କିଏ ଏତେ ରାତିରେ । ଝର୍କା ଫାଙ୍କରେ ରାସ୍ତା ଆଡ଼କୁ ଚାହିଁଲା । ଖୁବ୍ ସୁନ୍ଦର ତୋଫା ଜହ୍ନରାତି । ଗଛପତ୍ର ସବୁ

ଶାନ୍ତିରେ ଶୋଇଛନ୍ତି। ପୁଣି କବାଟ ଠକ ଠକ ଶୁଭିଲା। ନିଜକୁ ଖୁବ୍ ସଂଯତ କରି କବାଟକୁ ଆସ୍ତେ କରି ଅଳ୍ପ ଖୋଲି ଦେଖିଲା, ବାହାରେ ତୋଫା ଜହ୍ନ ପଡ଼ିଛି। ହଠାତ୍ ଛାଇଟାଏ ଦେଖି ଚମକି ପଡ଼ିଲା। ଏ କଣ! ବିଶୁଆର ପ୍ରେତଟା କବାଟ ଆଗରେ ଠିଆ ହୋଇଛି। ଫୁଲି ଗୋଟାପଣେ ଝାଳରେ ବୁଡ଼ିଗଲାଣି। ଆଗକୁ ଘୁଞ୍ଚି ପାରୁନି କି ପଛକୁ। ଝିମେଇ ଯାଉଛି ଦେହହାତ।

ଲମ୍ବା ଲମ୍ବା ଦାଢ଼ି ସବୁ ବେକ ଯାଏ ଲମ୍ବିଚି। ହାତଗୋଡ଼ ସବୁ ସରୁ ସରୁ। ଘରଆଡ଼େ ମୁହଁ କରି ଠିଆ ହୋଇଥିବାରୁ ମୁହଁଟି ବି ସ୍ପଷ୍ଟ ଦେଖାଯାଉନଥାଏ। ପୁଣି ପ୍ରେତ ନାଁ ଧରି କହିଲା "ଆରେ ଫୁଲି ମୁଁ ବିଶୁଆ। ତୁ କଣ ଏଇ କେତେଟା ଦିନରେ ମୋତେ ନ ଚିହ୍ନି ଏମିତି ଅନେଇଛୁ।" ଫୁଲି ଭାବୁଥିଲା "ପ୍ରେତ କଣ କଥା କହେ"। ଯା ଭିତରେ ବିଶୁଆ ଘର ଭିତରକୁ ପଶି ଆସୁଥିଲା ଟିକେ କବାଟ ଫାଙ୍କର ଜହ୍ନ ଆଲୁଅ ସହ। ଯେ କଣ ତୁ ଏମିତି ଦିଶୁଛୁ, ଧଳାଶାଢ଼ି, ମଥାରେ ଟୋପେ ହେଲେ ସିନ୍ଦୂର ନାହିଁ, ହାତଗୁଡ଼ା ଲଙ୍ଗଳା। କଣ ହୋଇଛି ତୋର? ବିଶୁଆ ପଚାରୁଥିଲା ଫୁଲି ଦେହକୁ ହଲେଇ ଦେଇ। ଫୁଲି ପଥର ପରି ଠିଆ ହୋଇଥାଏ। ଜଳଜଳ ହୋଇ ଚାହିଁଥାଏ ତାକୁ। ଖାଲି ଥରୁଥାଏ ତା ଦେହ। ମାଟି ଉପରେ ଛିଡ଼ା ହୋଇଛି କି ସ୍ୱପ୍ନରେ ପହଁରୁଚି ବୁଝିପାରୁନଥାଏ। ମରିଯାଇଥିବା ମଣିଷ କଣ ପ୍ରେତ ହୋଇଯାନ୍ତି ବୋଲି ଶୁଣିଥିଲା। କିନ୍ତୁ ମଶାଣିରୁ ବି ଫେରନ୍ତି ବୋଲି ବିଶ୍ୱାସ ହଉ ନଥାଏ। ତମେ କଣ ସତରେ ବଞ୍ଚିଛ? ପାଖକୁ ଘୁଞ୍ଚିଆସି ବିଶୁଆକୁ ଛୁଇଁ ହାତମୁଣ୍ଡ ଦରାଣ୍ଡି ଦେଖିଲା ଜିଅନ୍ତା ବିଶୁଆ ସେ। ମୁହଁରେ ଲୁଗାକାନିଟାକୁ ଜାକି ଥମ୍‌କିନା ବସିଗଲା ଫୁଲି ଯେଉଁଠି ଛିଡ଼ା ହେଇଥିଲା। କହୁଥିଲା "କୋଉଠି ଥିଲ ଆଜି ଯାଏଁ? ତୁମକୁ ତ ମାଲନେଇ ପୋଡ଼ିଦେଇ ଆସିଲେ, ତମର ଶବ ସଂସ୍କାର ସରିଛି। ମୁଁ କାଚ ଭାଙ୍ଗିଲି, ସିନ୍ଦୂର ମଥାର ପୋଛିଦେଲି। ମୁଁ ତମର ବିଧବା ସ୍ତ୍ରୀ।" ବିଶୁଆ ମୁହ୍ୟମାନ। ଅଦ୍ଭୁତ ଭାବେ ଚାହିଁଲା ଚମକିପଡ଼ି। ଗୋଡ଼ ତଳର ମାଟି ଖସିଯାଉଥିଲା। ସେ ଠିଆ ହୋଇ ନପାରି କାନ୍ଥକୁ ଆଉଜି ପଡ଼ିଲା। ଫୁଲି ଏ କଣ କହୁଛି! ଫୁଲିକୁ ସେମିତି ଚାହିଁଥାଏ ଯେମିତି ନଈସୁଅରେ ଭାସିଯାଉଥିବା ଘରଟାଏକୁ ରୋକିହୁଏନି।

ବିଶୁଆ ଆଶ୍ଚର୍ଯ୍ୟ ହୋଇ କହୁଥିଲା "କଣ କହୁଚୁ ତୁ ଫୁଲି! ମୁଁ ସୁରଟରେ ଥିଲି। ଦେଖ କେତେ ପଇସା ନେଇ ଆସିଛି। ଆଉ ଅସୁବିଧା ନାହିଁ। ମୁଁ କୃଷକ ଆନ୍ଦୋଳନରୁ ହତାଶ ହୋଇ ଟ୍ରେନ୍‌ରେ ସୁରଟ ଚାଲିଗଲି। ଭାବିଲି ଘରକୁ ଫେରିଲେ କଣ ଖାଇବାକୁ ଦେବି ତମମାନଙ୍କୁ? କେମିତି ଚଳିବ ସଂସାର? ସେଠି ଏମିତି ଅବସ୍ଥା

ଯେ ଫୋନ୍, ଚିଠି ଲେଖିବା ଆମ ପାଇଁ ସ୍ୱପ୍ନ। ମଣିଷ ନୁହଁ ପଶୁ ପରି ଜୀବନଟେ ଧରି ରହିଲି। ଜୀବନଟାକୁ ଧରି ଯାହା ଫେରିଛି କହ।

ଫୁଲି ଥରି ଥରି କହିଲା "ଆଉ ଏପଟେ ତମେ ଯିବାର ପାଞ୍ଚଦିନ ପରେ ଦଳେ ଧଳାପୋଷାକ ପିନ୍ଧା ଲୋକ ଆସି କହିଲେ ବିଶୁଆ ମରିଯାଇଛି। ଏଇ ତା ଶବ। ଧଳା ଚାଦର ଘୋଡ଼ା ଶବକୁ ମୁଁ ଯେତେବେଳେ ଚାଦର ଉଠେଇ ଦେଖିଲି ମୁହଁଟା ପୂରା ଟ୍ରେନ୍ ଚକ ତଳେ ଛେଚି ହୋଇଯାଇଥିଲା। ଗୋଟେ ମାଂସପିଣ୍ଡୁଳା ପରି ଦିଶୁଥିଲା ହାତ ଆଉ ଗୋଡ଼ ଠିକ୍ ତମ ପରି। ତମେ ଘରୁ ଗଲାବେଳେ ପିନ୍ଧିଥିବା ନୀଳ ରଙ୍ଗର ସାର୍ଟ ରକ୍ତରେ ବୁଡ଼ି ରଙ୍ଗ ବଦଳେଇ ସାରିଥିଲା। ଯା ଭିତରେ ଏତେ ସବୁ କଥା ଘଟିଗଲାଣି ବିଶୁଆକୁ ବିଶ୍ୱାସ ହୋଉ ନଥାଏ। କିଛି ବୁଝି ପାରୁ ନଥିଲେ ବି ଭାବୁଥିଲା ସବୁ ସେଇ କଳା ଧଳା ପୋଷାକ ଅମଣିଷ ଗୁଡ଼ାଙ୍କ ପାଇଁ, କେତେ ସାହସ ସେମାନଙ୍କର ଜିଇଁଥିବା ମଣିଷକୁ ଏମାନେ ମାରିଦେବେ।

ଫୁଲି ଆଉ ଟିକେ ସଜାଡ଼ି ହୋଇ କହିଉଠିଲା "ଏବେ କଣ କରିବା ? ତମେ ବଞ୍ଚିଛ ଜାଣିଲେ ସେମାନେ ତୁମକୁ ନିଶ୍ଚିତ ମାରିଦେବେ। ଘରଟାରେ ଛାତ ପଡ଼ିବନି, ପୁଅକୁ ସ୍କୁଲରେ ପାଠ ପଢ଼େଇବାକୁ ଟଙ୍କା ନଥିବ। ଘର ଆଗରେ ମିଡିଆବାଲା ଆସି ପୁଣି ହୋହଲ୍ଲା ଚଲେଇବେ। ନହେଲେ ତୁମକୁ ମୃତ ବୋଲି ଦେଖେଇବାକୁ ଯାଇ ତୁମ ଜୀବନ ପଛରେ ପଡ଼ିଯିବେ। ମୁଣ୍ଡ ଉପରେ ଝୁଲୁଥିବା ଖଣ୍ଡା ଦେଖିପାରୁଥିଲା ସେଦିନ ରାତିଟାରେ ପରିଷ୍କାର। ବିଶୁଆ ନିର୍ଜୀବ ପ୍ରାୟ ସବୁ ଶୁଣୁଥିଲା, ଯେମିତି କାଠର ମଣିଷଟାଏ। ଜୀବନ କଣ ଏତେ ଶସ୍ତା ଏଠି, ଗରିବଙ୍କ ଜୀବନ କଣ ଜୀବନ ନୁହଁ ? ମୃତ୍ୟୁ ଭୟରେ ସେ ପଳାତକ ସାଜିବ।

ବିଶୁଆର ମୁଣ୍ଡ ଘୂରାଉଥାଏ। କଣ କରିବ ସେ ଭାବି ପାରୁ ନଥାଏ। ସ୍ତ୍ରୀ ଇନ୍ଦିରା ଆବାସ ଘର ତାକୁ ଦେଖେଁଉଥାଏ। ତା ପୁଅର ପଢ଼ା ବହି ସବୁ ସ୍ୱେଚ୍ଛାସେବୀ ଅନୁଷ୍ଠାନ କାଲି ଆଣି ଦେଇ ଯାଇଛନ୍ତି। ଏଇ ବର୍ଷଠାରୁ ତାର ପଢ଼ିବା ଖର୍ଚ୍ଚ ସେମାନଙ୍କର। ଭଲ ସ୍କୁଲ୍‌ରେ ଆଡ୍‌ମିସନ୍ ସରିଛି। ମାଗଣା ଚାଉଳ ଆଉ କ୍ଷତିପୂରଣ ପଇସା ସବୁ ଦେଖିବା ପରେ ତା ଗୋଡ଼ ଦୁଇଟା ଛାଏଁ ଘର ଏରୁଣ୍ଡି ବନ୍ଧ ଡେଇଁ ଯାଉଥିଲା। ସେ ସମସ୍ତଙ୍କୁ ଦେଖିପାରୁଥିଲା ହେଲେ ତାକୁ କେହି ଦେଖିପାରୁ ନଥିଲେ। ବିଶୁଆର ପରିଚୟ ଆଉ ନାହିଁ, ବଞ୍ଚିଥାଇବି ପରିଚୟ ହରାଇଛି। ସେ ବିଶୁଆର ପ୍ରେତ ଘୂରି ବୁଲୁଚି। ଫୁଲିର ଆଖିର ଲୁହ ଆଜି ବି ବନ୍ୟା କରିବାରେ ବ୍ୟସ୍ତ ଥିଲା କିନ୍ତୁ ଦୁଃଖରେ କି ସୁଖରେ ସେ ଜାଣି ପାରୁ ନଥାଏ। ବିଶୁଆ ଘରୁ ରାସ୍ତା ଆଡ଼େ ଚାଲିଥିଲା ରାତିର ଅନ୍ଧାରରେ, ମୁହଁରେ ଚାଦର ଘୋଡ଼ାଇ, ଯେମିତି କେହି ନ ଦେଖନ୍ତି କେହି ନ ଜାଣନ୍ତି

ପ୍ରେତ ପାଇଁ ଜହ୍ନରାତି ନାଇଁ। ତାପରଠୁ ବିଶୁଆ ଘର ଛାଡ଼ିଲା। ଭଜନ ଗାଏ ନିଜ ଗାଁଠୁ ବହୁତ ଦୂରରେ। ମନ୍ଦିର କି ଆଶ୍ରମରେ ଶୁଏ।

ମନ୍ଦିରରେ ଶୋଇ ଶୋଇ ଅନ୍ଧାରୁଆ ରାସ୍ତା ଆଡ଼େ ଅନାଇ କେତେ କଣ ଭାବେ। ପୁଅ ମୋର କୃଷି ବୈଜ୍ଞାନିକ କି ଓକିଲ କଣ ହେବ। କୃଷି ବୈଜ୍ଞାନିକ ହେଲେ ମରୁଡ଼ିରେ ବି ଚାଷ କରିବା ପଦ୍ଧତି ଶିଖାଇବ। ନହେଲେ ଓକିଲ ହେଲେ ବି ଚଳିବ। କିଛି ନହେଲେ କୃଷକଙ୍କ ପାଇଁ ନୂଆ ନିୟମ ଆଣିବ। ଯାହାବି ହୋଉ ସବୁ ସେଇ ମରୁଡ଼ିର ଦୋଷ, ମୋ ପୁଅକୁ ମୋ ପରିବାରକୁ ମୋଠୁ ଦୂରେଇ ଦେଇଛି। ମୋତେ ପ୍ରେତ ବନେଇଛି। ପୁଞ୍ଜା ପୁଞ୍ଜା ତାରା ସେମିତି ବିଶୁଆକୁ ଚାହିଁଥିଲେ। ତା ପାଇଁ ରାତି ସରୁ ନଥିଲା।

ବାୟା ଚଢ଼େଇର ବସା

ଛନ୍ଦା ମନକୁ ତତେଇ ଦେଲାଣି ଏଇ କେତେଦିନର "ଲୁ"। ଏତିକି ତାତିରେ ନଡ଼ିଆ ଗଛରେ ଝୁଲୁଥିବା ବାୟା ବସାଟାକୁ ନେଇ ତା'ର ଚିନ୍ତା। ସେ ବାରମ୍ବାର ଦେଖୁଥିଲା ଶୁଖି ଆସୁଥିବା ତା'ର ବାହୁଙ୍ଗାକୁ। କିଛି ଦିନ ଭିତରେ ବାୟା ବସାଟି ଧ୍ୱଂସ ହୋଇଯିବ କି ! ସେହି ବସାରେ ହଳେ ଚଢ଼େଇଙ୍କୁ ଦେଖିଲେ ଛନ୍ଦାର ମନେପଡ଼େ ସୁବାସ ଆଉ ତା' ନିଜକଥା। ସେ ଆଉ ସୁବାସ ବି ହଳେ ବାୟା ଚଢ଼େଇ ପରି ବସା ବାନ୍ଧିଛନ୍ତି ଏଇ ସହରରେ, ଏହା ଭାବୁଥାଏ ଛନ୍ଦା।

ଖରା ବେଳକୁବେଳ ଟାଣ ହେବାରେ ଲାଗିଛି। ଛନ୍ଦା ସକାଳର କାମ ସାରିଦେଲାଣି। ଝରକା ବାଟେ ବାୟା ବସା ଆଡ଼େ ଚାହିଁଲା, ପୁରୁଷ ଚଢ଼େଇଟି ଅନେକ ବେଳୁ ଚାଲିଯାଇଥିଲା। ଏଥର ଛନ୍ଦା ଆଇନା ଆଗରେ ନିଜକୁ ପ୍ରସ୍ତୁତ କଲା ଅଫିସ୍ ଯିବା ପାଇଁ। ଡ୍ରୟାରରୁ ଲାଲ୍ ଲିପଷ୍ଟିକ୍ କାଢ଼ି ଓଠରେ ହାଲୁକା ଭାବେ ଲଗାଇଲା। ରିମା ଭଳି ନିଜକୁ ସଜେଇ ରଖିବା ଅଭ୍ୟାସ ଛନ୍ଦାର ନ ଥିଲା। ନିଜକୁ ସବୁବେଳେ ସଜେଇ ରଖୁଥିବାରୁ ରିମାଙ୍କୁ ସୁବାସ ପ୍ରଶଂସା କରୁଥିବାର ଅନେକ ଥର ଶୁଣିଚି ଛନ୍ଦା। ମେକ୍‌ଅପ୍ ହେବାକୁ ଇଚ୍ଛା ନ ଥିଲେ ସୁଦ୍ଧା କିଛି ଦିନ ହେଲା ସେ ଲିପଷ୍ଟିକ୍ ଲଗେଇବା ଆରମ୍ଭ କରିଛି। ରିମା ତା' କଳା ଓଠକୁ ଲୁଚେଇବାକୁ ଲିପଷ୍ଟିକ୍ ଲଗାଉଥିଲା, ଆଉ ଛନ୍ଦା ସୁବାସଙ୍କୁ ନିଜ ସୌନ୍ଦର୍ଯ୍ୟରେ ବାନ୍ଧି ରଖିବା ପାଇଁ। ସୁବାସ ଖୁବ୍ ମେଳାପୀ, ମିଷ୍ଟଭାଷୀ ଓ ବନ୍ଧୁପ୍ରେମୀ ମଣିଷ। ସେଥିପାଇଁ ସୁବାସ ସହ ହାତଧରି ଚାଲିବାକୁ ନିଷ୍ପତ୍ତି ନେଇଥିଲା ଛନ୍ଦା। ଏବେ ସୁବାସକୁ ହରେଇବାର ଭୟ ତାକୁ ଘାରୁଛି।

ଅଫିସ୍‌ରେ ପହଞ୍ଚିଲା ପରେ ଛନ୍ଦା କାହାକୁ କିଛି ନ କହି ତା' ରୁମ୍‌କୁ ଚାଲିଗଲା। ପଙ୍ଖା ସୁଇଚ୍ ଦେଇ ଚଉକିରେ ବସିଲା। କେବଳ ଗୋଟିଏ କଥା ତା' ମୁଣ୍ଡହଟାକୁ ସବୁବେଳେ ଆଘାତ ଦେଉଥିଲା।

ଏଇ କିଛି ଦିନ ହେବ ବାୟା ଚଢ଼େଇର ବସାକୁ ଗୋଟେ ନୂଆ ଚଢ଼େଇ ବାରବାର ଆସୁଥିଲା। ସେମାନଙ୍କ ସହ ସମୟ ବିତେଇ ଘରକୁ ଫେରିଯାଉଥିଲା। ନୂଆ ଚଢ଼େଇଟି ଉଡ଼ିଗଲା ପରେ ସେମାନେ ଆଉ ବାହୁଙ୍ଗାରେ ବସି ପବନରେ ଝୁଲୁ ନ ଥିଲେ। ତା'ପରେ ନିରବରେ ମାଈ ଚଢ଼େଇଟି ବସି ରହୁଥିଲା ଅନେକ ସମୟ ଯାଏଁ। ପୁରୁଷ ଚଢ଼େଇଟି ଉଡ଼ିଯାଉଥିଲା ନୂଆ ଚଢ଼େଇଟିର ପଛେ ପଛେ।

ନୂଆ ଚଢ଼େଇଟି ଆସିବା ପରେ ଛନ୍ଦା ବସାବାନ୍ଧି ରହିଥିବା ଚଢ଼େଇ ଦୁହିଁଙ୍କର ଧୂଳି ଖେଳ ଆଉ ଦେଖିପାରୁନାହିଁ। ନୂଆ ନୂଆ ବସା ବାନ୍ଧିବା ବେଳର ଦୁଇ ଚଢ଼େଇଙ୍କ କଷ୍ଟକୁ ସେ ନିଜେ ଅନୁଭବ କରିଛି। ତାଙ୍କ ବନ୍ଧୁତ୍ୱକୁ ଶ୍ରେଷ୍ଠ ବନ୍ଧୁତା ବୋଲି ମନେମନେ ସାବାସି ଦେଇଛି। ବହୁଥର ଯା ଭିତରେ ମାଈ ଚଢ଼େଇଟି ଚେଷ୍ଟା କରୁଥିଲା ନୂଆ ଚଢ଼େଇଟିକୁ ଆଖପାଖ ନ ମଡ଼େଇ ଦେବାକୁ। କିନ୍ତୁ ନୂଆ ଚଢ଼େଇଟି ପୁଣି ଫେରିଆସୁଥିଲା ସେଇ ବସା ପାଖକୁ।

ନିଜ ବାନ୍ଧବୀ ରିମା ପ୍ରତି ସୁବାସଙ୍କର ଆବେଗ ଦେଖି ଛନ୍ଦା ଦିନକୁ ଦିନ ଅସହିଷ୍ଣୁ ହୋଇଯାଉଛି। ଅନେକ ଥର ସେ ନିଜକୁ ବୁଝାଇଛି- ସୁବାସ ଆକାଶର ତାରା ପରି ଉଜ୍ଜ୍ୱଳ, ନିଜର ସୁଗୁଣର ଆଲୋକରେ ସେ ଆଲୋକିତ। ତାଙ୍କୁ ଦେଖି ଯେ କେହି ଆକର୍ଷିତ ହୋଇପାରେ। ଏବେ ଅଲଗା କିଛି ଅନୁଭବ ତାକୁ ବିବ୍ରତ କରିପକଉଛି।

ଛନ୍ଦା ମୁହଁର ଝାଳକୁ ରୁମାଲରେ ପୋଛି ପକାଇଲା। ଲାଲ୍ ଲିପ୍‌ଷ୍ଟିକ୍‌ର ଦାଗ ତା ରୁମାଲରେ ବୋଳି ହୋଇଗଲା। ଝରକା ବାଟେ ପୁଣି ବାହାରକୁ ଚାହିଁଲା।

ରିମା ଛନ୍ଦାର ବାନ୍ଧବୀ ଥିଲା। ଏବେ ରିମା ଓ ସୁବାସଙ୍କ ମଧରେ ସମ୍ପର୍କ ଘନିଷ୍ଠ ହେବାରେ ଲାଗିଛି। ଛନ୍ଦାକୁ ରିମା ଈର୍ଷା କରେ ସୁବାସ ପରି ଜଣେ ଭଲ ମଣିଷକୁ ସ୍ୱାମୀ ରୂପରେ ପାଇଥିବାରୁ। ଏକଥା ଖୋଲାଖୋଲି ରିମା ଛନ୍ଦାକୁ କହିଛି। ରିମା ସବୁବେଳେ ତା' ନିଜ ସ୍ୱାମୀ ମୁକେଶର ତୁଳନା କରୁଛି ସୁବାସ ସହ। ବେଳେ ବେଳେ ତା' ସ୍ୱାମୀକୁ କହିପକାଏ- "ତୁମେ ସୁବାସ ଭଳି ହୋଇଯାଆନ୍ତନି।"

ରିମାର ସ୍ୱଭାବ ଛନ୍ଦାକୁ ଖୁବ୍ କଷ୍ଟ ଦେଉଥିଲା। ରିମା ପ୍ରତି ଛନ୍ଦା ମନରେ ଥିବା ଉଦାର ଭାବ ଧୀରେ ଧୀରେ ଘୃଣାରେ ପରିଣତ ହେଉଥିଲା। ତାଠାରୁ ଦୂରେଇ ରହିବାକୁ ଛନ୍ଦା ନିଷ୍ପତ୍ତି ନେଇଥିଲା। ଆରପଟେ ରିମା ଆଉ ସୁବାସ ଭିତରେ ବନ୍ଧୁତା ବଢ଼ିବାରେ ଲାଗିଥିଲା। ଛନ୍ଦାର ନିଷ୍ପତ୍ତିକୁ ସୁବାସ ଅଣଦେଖା କରି ଅଯାଚିତ ଭାବେ ରିମାକୁ ସାହାଯ୍ୟ କରିବାକୁ ଆଗେଇ ଯାଉଥିଲେ।

ଛନ୍ଦାକୁ ନିଜ ଅଫିସ୍‌ରେ ବସିବାକୁ ଇଚ୍ଛା ନ ଥିଲା। ଛୁଟି ନେଇ ଘରେ ବିଶ୍ରାମ ନେବାକୁ ଚାହିଲା।

ଘରେ ବି ସେଇ ଚିନ୍ତା। ଭାବୁଥିଲା, ସୁବାସ ପରି ମଣିଷଙ୍କ ଆଖି କ'ଣ ମିଛ କହେ! ରିମା ପାଇଁ ସେ ମିଛ ପରେ ମିଛ କହିଚାଲିଛନ୍ତି। ଆଖିରେ ଅଭିମାନର ଲୁହ ଜକେଇ ଆସିଲା।

ଛନ୍ଦା ଯେତେ ବିଚଳିତ ହେଲେ ମଧ୍ୟ ସୁବାସଙ୍କ ଉପରେ ତାହାର କୌଣସି ପ୍ରଭାବ ପଡୁନାହିଁ। ଏହା ଅଧିକ କଷ୍ଟ ଦେଉଛି। ଏସବୁ ଘଟଣା ଛନ୍ଦାକୁ ନେଇ ହତାଶା ଆଉ ସନ୍ଦେହର ଉଜୁଡ଼ା ଆକାଶରେ ପହଞ୍ଚାଇ ଦେଉଛି। ଛନ୍ଦା ନିଜେ ନିଜର ଓଜନିଆ ପଣରେ କିଛି ଦିନ ହେଲା ଯେମିତି ଧନ୍ଦି ହେଉଛି, ହେଲେ ନିସ୍ତାର କାହିଁ ତାକୁ! ସନ୍ଦେହର କଳାମେଘ ଆହୁରି ଘନେଇ ମେଘାଚ୍ଛନ୍ନ କରୁଛି ଛନ୍ଦାର ଆକାଶକୁ। ସୁବାସ ସହ କେବଳ ତର୍କ ବିତର୍କରେ ସମୟ ବିତୁଛି।

ଏବେ ଘର, ଅଫିସ୍, ଦୋକାନ ବଜାର କୌଣସି ଜାଗା ଛନ୍ଦାକୁ ଆଉ ଭଲ ଲାଗୁନାହିଁ। ସବୁଠି ସେ ଦେଖୁଛି ଜଣେ ପ୍ରତାରକର ମୁହଁ। ଯେମିତିକି ତାହାର ଅତି ପ୍ରିୟ ମଣିଷଟି ଜଣେ ପ୍ରବଞ୍ଚକ ସାଜି ତାକୁ ପ୍ରତ୍ୟାଖ୍ୟାନ କରିବାର ମୁହୂର୍ତ୍ତକୁ ଅପେକ୍ଷା କରି ରହିଛି।

ଏପରି ଏକ ମାନସିକ ଅବସ୍ଥାରୁ ମୁକ୍ତି ପାଇଁ ଛନ୍ଦା ତାହାର ବାନ୍ଧବୀ ଡାକ୍ତର ସୀମା ମିଶ୍ର ପାଖକୁ ଗଲା। ତା' ଓଠରେ ଲାଲ୍ ଲିପ୍‌ଷ୍ଟିକ୍ ଦେଖି ହସିଦେଇଥିଲେ ଡାକ୍ତର ସୀମା। ପିଲାଦିନୁ ଲିପ୍‌ଷ୍ଟିକ୍‌କୁ ଘୋର ବିରୋଧ କରୁଥିବା ଝିଅଟିର ଏଭଳି ପରିବର୍ତ୍ତନ ହେଲା କିପରି? ଏମିତି କହି ଥଟ୍ଟା କଲେ ଡାକ୍ତର। ତାଙ୍କ ଆଗରେ କାନ୍ଦି କାନ୍ଦି ସବୁକଥା କହିପକେଇଲା ଛନ୍ଦା। ତା' ଭିତରେ ଘଟୁଥିବା ପରିବର୍ତ୍ତନକୁ ସେ ବୁଝିପାରୁ ନ ଥିଲା। ଡାକ୍ତର ବାନ୍ଧବୀ ଜାଣିପାରିଥିଲେ ଯେ ଛନ୍ଦା ମାନସିକ ରୋଗର ଶିକାର ହେବାକୁ ଯାଉଛି। ଡାକ୍ତର ଭାବିଲେ ଯେ ତାକୁ ଖୁବ୍ ଶୀଘ୍ର ଏଥିରୁ ଉଦ୍ଧାର କରିବାକୁ ହେବ। "ନିଜକୁ ଅନ୍ୟ ସହ ତୁଳନା କରି ଯେଉଁ ମଣିଷ ନିଜେ ଦୁଃଖୀ ହୁଏ, ସେ ଡିପ୍ରେସନ୍‌ର ଶିକାର ହୋଇପାରେ। ସେହି ରୋଗରେ ପୀଡ଼ିତ ହୋଇ ରିମା ଦୀର୍ଘଦିନ ହେଲାଣି ଚିକିତ୍ସିତ ହେଉଛି।" ଏକଥା ଡାକ୍ତର ସୀମା କହୁଥିଲେ ଛନ୍ଦା ଆଗରେ। ଡାକ୍ତର ସୀମା ଆହୁରି ମଧ୍ୟ କହିଲେ, "ରିମା ବହୁତ ଖରାପ ଅବସ୍ଥାରେ ମୋ ପାଖକୁ ଆସିଥିଲା। ଏଭଳି ମାନସିକ ରୋଗୀମାନଙ୍କ ଠାରେ ଆତ୍ମହତ୍ୟା ପ୍ରବଣତା ବହୁତ ଅଧିକ। ଅବଶ୍ୟ ଏହା ଭିତରେ ରିମାର ବହୁତ ପରିବର୍ତ୍ତନ ଘଟିଲାଣି। ରିମା କହୁଥିଲା ଯେ ତା'ର ଜଣେ ଭଲ ସାଙ୍ଗ ତାକୁ ଏସବୁରୁ ବାହାରିବାକୁ ବହୁତ ଚେଷ୍ଟା କରୁଛନ୍ତି। ଉତ୍ତମ ପରିବେଶ, ଭଲ ଚିନ୍ତାଧାରା ଓ ହସଖୁସି ଭିତରେ ରହିଲେ ମାନସିକ ରୋଗୀମାନେ ସୁସ୍ଥ ହୋଇଯାଆନ୍ତି।" ସୀମା ପାଖରୁ ସବୁକଥା

ଶୁଣିଲା ପରେ ଛନ୍ଦା ବୁଝିପାରିଥିଲା, ରିମାର ସେହି ସାଙ୍ଗଜଣକ ସୁବାସ ବ୍ୟତୀତ ଆଉ କେହି ନୁହନ୍ତି।

ଛନ୍ଦାର ଆଖି ଲୁହରେ ଜକେଇ ଆସିଲା।

ସୁବାସ ବେଶ୍ ଖୁସ୍ ମିଜାଜର ମଣିଷ ହେଇଥିବାରୁ ରିମା ଭଲପାଉଥିଲା ତାଙ୍କ ସହିତ କିଛି କିଛି ସମୟ ରହିବାକୁ। ସୁବାସ ତାକୁ ବତାଉଥିଲେ ଦୁଃଖ ନ ଖୋଜି ସୁଖ ଖୋଜିବାର ରାସ୍ତା। ସୁବାସଙ୍କ ପ୍ରତି ଛନ୍ଦାର ହୃଦୟରେ ଆହୁରି ସମ୍ମାନ ଅଜାଡ଼ି ହୋଇପଡୁଥିଲା। ସେ ରିମାକୁ ସାହାଯ୍ୟ କରିବାକୁ ଯାଇ ଶ୍ରେଷ୍ଠ ବନ୍ଧୁତ୍ୱ ଦେଖାଇଛନ୍ତି। ଏସବୁ ଜାଣି କେଡ଼େ ବଡ଼ ବିପଦରୁ ନିଜେ ବଞ୍ଚିଗଲା ଛନ୍ଦା!

ଛନ୍ଦା ଡାକ୍ତର ସୀମା ପାଖରୁ ଫେରି ଆସିଲା। ରାସ୍ତାସାରା ଭାବୁଥିଲା, କାହିଁକି ରିମା ତା' ସହ ନିଜ କଥା ବାଣ୍ଟିପାରୁ ନ ଥିଲା। ସେ ତା' ଲିପ୍‌ଷ୍ଟିକ୍ ଲଗେଇବା କଥା ଜାଣିପାରିଛି କି? ଛନ୍ଦା ବୁଝିପାରୁଥିଲା ଯେ ଓଠରେ ଖାଲି ରଙ୍ଗ ବଦଳେଇ ଦେଲେ ମିଠା କଥା କହି ହୁଏନି କି ମଣିଷ ସୁନ୍ଦର ଦିଶେନି, ସେଥିପାଇଁ ସୁନ୍ଦର ହୃଦୟଟିଏ ବି ଦରକାର। ସୁବାସଙ୍କ ପାଖରେ ସେଭଳି ହୃଦୟଟିଏ ଅଛି। ସେ ହିଁ ପ୍ରକୃତ ବନ୍ଧୁ ଯିଏ ନିଜ ଖୁସି କଥା ବିଚାର ନ କରି ନିଃସର୍ତ୍ତ ଭାବେ ବନ୍ଧୁକୁ ସାହାଯ୍ୟ କରିଥାନ୍ତି। ସୁବାସଙ୍କୁ ଚିହ୍ନିବାରେ ସେ ଏତେ ବଡ଼ ଭୁଲ୍‌ଟାଏ କିପରି କରିବସିଲା।

ରିମାର ମାନସିକ ଅବସ୍ଥାରେ ପରିବର୍ତ୍ତନ ପାଇଁ ତାକୁ ସାହାଯ୍ୟ କରିଛନ୍ତି, ସେଥିରେ ସୁବାସଙ୍କ ଦୋଷ କ'ଣ? ଏହା ଭଲ ଭାବରେ ବୁଝିପାରିଲା ଛନ୍ଦା। ତା' ବ୍ୟାଗ୍‌ରୁ ଲିପ୍‌ଷ୍ଟିକ୍ କାଢ଼ି ବାହାରକୁ ଫିଙ୍ଗିଦେଲା। ତାକୁ ଏବେ ଖୁବ୍ ଶାନ୍ତି ଲାଗୁଥିଲା।

ଅଫିସ୍ ଯିବାବେଳେ ବାୟା ବସା ଆଡ଼େ ଚାହିଁଲା ଛନ୍ଦା, ପୁରୁଷ ଚଢ଼େଇ ଆଉ ମାଈ ଚଢ଼େଇ ଦିହେଁ ବ୍ୟସ୍ତ ଥିଲେ ଆଉ ଏକ ସୁନ୍ଦର ବସା ଗଢ଼ିବାରେ, ଅନ୍ୟ ଏକ ବାହୁଙ୍ଗାରେ।

ଭଙ୍ଗା ଜହ୍ନ

ରୁପା କାଚଝର୍କା ଖୋଲି କୁଆଁର ପୂନେଇଁ ଜହ୍ନକୁ ଦେଖୁଛି । ଆଜି ବି ଅନୁଭବ କରେ ସେ ସେଇ ଅନୂଢ଼ା କିଶୋରୀ । ମାଟି ଚଉଁରାର ସ୍ୱପ୍ନସ୍ନାତା ଗୋଟେ ଦରଫୁଟା କଇଁ । ତୋଫା ଜହ୍ନର ମାୟାବିନୀ ରାତି ସହ ସେ ହଜିଯାଉଥିଲା ବିତିଥିବା ଦିନକୁ ଦୋହରାଇ । ସେ ଆଉ ଶ୍ରାବଣୀ ମିଶି କୁଆଁର ପୂନେଇଁ ରାତିରେ ଈପ୍‌ସିତ ରାଜକୁମାର ପାଇଁ ଦୀପଜାଳି ମନାସିଛନ୍ତି ବୃନ୍ଦାବତୀ ଆଗେ । ଏଥର ଦୋହଲି ଯାଉଥିଲା ରୁପା ଶ୍ରାବଣୀ କଥା ଭାବି ।

ରୁପା ବୟସରେ ଦୁଇ ବର୍ଷ ବଡ଼ ହେଲେ ବି ଖୁବ୍ ଭଲ ଯୋଡ଼ି ସେମାନଙ୍କର । ଶ୍ରାବଣୀ ଖୁବ୍ ଚପଳମତି, ସ୍ୱପ୍ନାଭିଳାଷୀ । ଉଚ୍ଚତା ଟିକେ କମ୍, ଗହମ ରଙ୍ଗ । ଖୁବ୍ ମେଳାପୀ ବୋଲି ପରିଚିତ ଆଖପାଖରେ । ଏକାଠି ମିଶି ପାଠ ପଢ଼ିବା, ଚିତ୍ର କରିବା କି ଓଷା ପୂଜା କରିବା ସବୁଥିରେ ରୁପା ଓ ଶ୍ରାବଣୀ ଦିହେଁ ଦିହିଙ୍କୁ ଖୋଜନ୍ତି ।

ରାତିର କାଉଁରୀ ଛୁଆଁରେ ଉଲୁସନ୍ତି ସେ ଦୁହେଁ, କେହିଜଣେ ସତେ ଯେମିତି ସେମାନଙ୍କ ପାଇଁ ନିରବରେ ଅପେକ୍ଷା କରିରହିଛି ।

ସେଦିନ ଚାନ୍ଦ ବନ୍ଦାଇବା ବେଳ ଶ୍ରାବଣୀ ରୁପାକୁ ପଚାରିଲା "ସତରେ ରୁପା, ତୁମେ କ'ଣ ଅମରଙ୍କୁ ଭଲପାଅ ?" ରୁପା ଲାଜେଇଗଲା । ରୁପାର ହାତ ଟାଣିନେଇ ଦୁଇ ପାପୁଲି ରେଖା ଯୋଡ଼ି ଶ୍ରାବଣୀ କହୁଥିଲା "ତୁମ ଆକାଶର ଜହ୍ନ ଠିକ୍ ରୁପାର ଜହ୍ନପରି ରୁପା ।" ଢଳଢଳ ଆଖିରେ ଏମିତି କୁହେ ଶ୍ରାବଣୀ, ଯେମିତି ତା' ମନରେ ବି ଏମିତି ସୁଅଟେ ବହିଯାଉଛି । ଯେମିତି ତା'ର ସ୍ୱପ୍ନ ଦିନେ ଏଇମିତି ସତ ହେବ । ତା' ଜୀବନ ବି ଫୁଲ ପରି ମହକି ଉଠିବ ଦିନେ । ରୁପା କହିଲା "ଆରେ ତୁମକୁ କିଏ କହିଲା ?" ଶ୍ରାବଣୀ କହୁଥିଲା, "ତୁମ ମା' କହୁଥିଲେ । ତୁମ ବାହାଘର ଅମରଙ୍କ ସହ ଠିକ୍ କରିଛନ୍ତି ସେ, ତୁମେ ତ ତାଙ୍କୁ ଆଗରୁ ଜାଣିଛ ନା ?" କୃତ୍ରିମ

ରାଗ ଦେଖେଇ ରୁପା କହେ- "ଆରେ ଯା ଯା ଏତେ କଥା ଆଉ ଭାବନି।" ଏଇମିତି କଥା ହଉ ହଉ ଚାନ୍ଦ ବନ୍ଦାନ୍ତି, ଲାଜ ସରେ, ଜହ୍ନ ହସେ।

ସେଇ ଫଗୁଣରେ ରୁପାର ବାହାଘର ହେଲା ଅମର ସାଥିରେ। ଶ୍ରାବଣୀ ଏକଲା ହୋଇଯାଇଥିଲା। ନୂଆ ଅନୁଭୂତି, ନୂଆ ଗାଁ, ନୂଆ ସାଥି ସହ ରୁପାର ଜୀବନ ବୋହିଯାଏ ଝରଟିଏ ପରି। ଦାୟିତ୍ୱ, କର୍ତ୍ତବ୍ୟର ଶିକୁଳିରେ ଛନ୍ଦି ହୋଇଗଲା ରୁପା।

ସେଦିନ ଘର ବାହୁଡ଼ା ଗଲାବେଳେ କାହିଁକି କେଜାଣି ରୁପାକୁ ଅନୁଭବ ହେଲା ସେ ବହୁତ ବଦଳିଯାଉଛି, ଦୂରେଇଯାଇଛି ତା'ଠାରୁ ତା'ର ଅତି ଆପଣାର ଶ୍ରାବଣୀ। ତାଙ୍କ ଭିତରେ ବଦଳିଯାଉଛି ପୁରୁଣା ସ୍ନେହ ମମତା। ଶ୍ରାବଣୀ ଖୁବ୍ ଅନ୍ୟମନସ୍କ ଜଣାପଡୁଥିଲା। ମୁହଁପୋତି ମନରେ କ'ଣ କହୁଥିଲା, ଯାହା କାହାକୁ ଶୁଭୁ ନ ଥିଲା। ରୁପା ଭାବୁଥଲା, ତା'ର ବାହାଘର ପରେ ଶ୍ରାବଣୀ ଏକୁଟିଆ ହୋଇଯାଇନି ତ! ନା ସେ କାହାକୁ ଭଲପାଇ ବସିଛି ଏ ଭିତରେ? ଘରର ଅବସ୍ଥା ଆଉ ସାନ ଭାଇର ପାଠପଢ଼ା ଖର୍ଚ୍ଚ ଯୋଗୁଁ ସେ ଯୁକ୍ତଦୁଇ ପାସ୍ ପରେ ଆଗକୁ ପଢ଼ିପାରିଲାନି। ଆଗରୁ ରୁପାକୁ ସେ ତା' ଅଭାବୀ ପରିବାରର ସୁଖଦୁଃଖ କହିପକଉଥିଲା।

ଠିକ୍ ଦୁଇମାସ ପରେ ରୁପା ଖବର ପାଇଲା ଯେ ଶ୍ରାବଣୀର ବାହାଘର ମନ୍ଦିରରେ ସରିଛି। ଅଭିମାନରେ ତା' ଭିତରଟା ଛଳଛଳ ହୋଇଗଲା। ତଥାପି ସେ ଖୁସି ହେଉଥିଲା ମନେ ମନେ। ରୁପାର ମା' ଫୋନ୍‌ରେ ବଖାଣି ବସିଲେ ସବୁ କାହାଣୀ, ଶ୍ରାବଣୀ କେମିତି ଜଣେ ଅଜଣା ଅଶୁଣା ଯୁବକର ପ୍ରେମରେ ପଡ଼ିଥିଲା। ଭଲପାଇ ବାହା ହେଇଥିବାରୁ ତା କଥା ବୁଝିବାକୁ ପରିବାର ଲୋକ ଏବେ ନାରାଜ। ସମସ୍ତେ ତାକୁ ଦୂରେଇ ଦେଇଛନ୍ତି।

ରୁପା ପାଖକୁ ଶ୍ରାବଣୀର ଆଉ ଫୋନ୍ ଆସୁ ନ ଥିଲା। କିଛି ଦିନ ପରେ ରୁପା ଖବରକାଗଜରେ ଗୋଟେ ଖବର ପଢ଼ିବାକୁ ପାଇଲା। ତାହା ପଢ଼ି ଥପ୍‌କିନା ସେ ବସିପଡ଼ିଲା। ସେ ସିଧା ଦୌଡ଼ିଲା ଶ୍ରାବଣୀର ମା' ପାଖକୁ। କାହାକୁ କିଛି ନ କହି ସିଧା ଧାଇଁଛି ଶ୍ରାବଣୀର ଘର ଆଡ଼େ, କ'ଣ କହିବ ଶ୍ରାବଣୀ ମା'କୁ, କିପରି ସାମ୍ନା କରିବ। ସିଧା ଯାଇ ଜୋର୍‌ରେ ଶ୍ରାବଣୀର ମା'କୁ ଭିଡ଼ିଧରିଲା। ରୁପାକୁ ଦେଖୁ ଦେଖୁ ସେ ବାହୁନି ବସିଲେ ତାଙ୍କ ଦିହିଙ୍କ ପୁରୁଣା କଥା। ଲୁହ ପୋଛି କହୁଥିଲେ "ସବୁ ସାରିଦେଲା ଶ୍ରାବଣୀ, ସେ ଖୁସି ରହିବ ବୋଲି ତା' ନିଜ ପସନ୍ଦର ପିଲା ବାହାହେଲା, ଆଗରୁ ଆମ ମାନସମ୍ମାନକୁ ମାଟିରେ ମିଶେଇଥିଲା, ତା'ପରେ ବି ଏସବୁ ଶୁଣିବାକୁ ବାକିଥିଲା। କେମିତି ଆମେ ବାଟ ଚାଲିବୁ? ଏତେ ବଡ଼ କଳଙ୍କଟାଏ ବୋଳିଦେଇଗଲା ଆମ ପାଇଁ।"

ରୁପା ତାଜୁବ ହୋଇଗଲା ପରି ଚାହିଁଥିଲା ତାଙ୍କ ଆଡ଼େ। ବହୁତ କିଛି କହିଦେବାକୁ ମନ ହେଉଥିଲେ ବି ପାଟିରେ କିଏ କ'ଣ ପୂରେଇ ଦେଲା ପରି ଅନେଇ ରହିଲା ତାଙ୍କୁ। ଛାତି ଭିତରଟା ବିଦ୍ରୋହ କରି ଉଠୁଥିଲା। ଶ୍ରାବଣୀ ଉପରେ ଲାଗିଥିବା ଦୋଷାରୋପକୁ ହଜମ ନ କରିପାରି ଅସ୍ତବ୍ୟସ୍ତ ହୋଇଉଠିଲା ସେ। ପ୍ରତିବାଦ କରି ବସୁଥିଲା ଝିଅମାନଙ୍କ ଜନ୍ମ, ସମାଜରେ ଉପସ୍ଥିତି ଓ ତାଙ୍କ ପ୍ରତି ହତାଦରପୂର୍ଣ୍ଣ ମନୋଭାବକୁ ନେଇ। ଶ୍ରାବଣୀ ମା'ଙ୍କୁ ତୁନି କରେଇ ସେଦିନ ଫେରିଥିଲା ରୁପା, ପ୍ରଚଣ୍ଡ ଓଜନଟେ ଛାତିରେ ନେଇ।

ରୁପା ଭାବୁଥିଲା ଯେ ଶ୍ରାବଣୀର ମା' ଝିଅର ଦୁଃଖସୁଖରେ ଠିଆ ହୋଇଥିଲେ ଜୀବନଟେ ବଞ୍ଚିଯାଇଥାନ୍ତା। ଶ୍ରାବଣୀର ମା' ସତରେ କାନ୍ଦୁଥିଲେ ଝିଅକୁ ହରେଇଛନ୍ତି ବୋଲି, ନା ସେ ଆତ୍ମହତ୍ୟା ଅପବାଦକୁ ନେଇ ଉଠିଥିବା ଟାହିଟାପରା ପାଇଁ କାନ୍ଦୁଛନ୍ତି। ତାଙ୍କ ପାଇଁ ଝିଅର ଜୀବନ ଅପେକ୍ଷା ଅପମାନର ଭୟ ବଡ଼।

ଅନ୍ୟ କଥା କିଛି ଆସୁ ନ ଥିଲା ରୁପାର ମନକୁ। ବାରବାର ଘାଣ୍ଟିଚକଟି ହେଉଥିଲା ଯେ, ଶ୍ରାବଣୀ ଭୁଲ୍ କରିଛି ବୋଲି ତା'ର ପ୍ରାୟଶ୍ଚିତ୍ତ ସେ ନିଜେ ହିଁ କରିଗଲା, ନା ତା' ବାପ ମା' ଉପରେ ସେ ଆଉ ବୋଝ ହେଇ ରହିବାକୁ ନ ଚାହିଁ ଆତ୍ମହତ୍ୟା କରିଦେଲା।

ରୁପା ଶ୍ରାବଣୀକୁ ଧୀରେ ଧୀରେ ଭୁଲିବାକୁ ଚାହୁଥିଲା। ଦିନେ ହଠାତ୍ ଡାକବାଲା ଆସି ଚିଠିଖଣ୍ଡେ ଦେଇଗଲା ରୁପା ହାତରେ, ଅନେକ ଦିନ ତଳର ତାରିଖ, କୌଣସି କାରଣରୁ ଚିଠିଟି ରହିଯାଇଥିଲା ବୋଲି କହିଗଲା ଡାକବାଲା।

ଶ୍ରାବଣୀର ହାତଲେଖା ଚିଠି। ଏମୁଣ୍ଡରୁ ସେମୁଣ୍ଡ ଏକା ନିଃଶ୍ୱାସରେ ପଢ଼ିଯିବା ପରେ ରୁପାର ପାଦ ବରଫ ପାଲଟି ଯାଉଥିଲା। ଆଖପାଖର ଲୋକଙ୍କ ଶବ୍ଦ କମ୍ ଶୁଭୁଥିଲା, ତା' ଆଗରେ ଶ୍ରାବଣୀ ନିଜେ ଛିଡ଼ାହୋଇ ତା' ଜୀବନର କରୁଣ ଫର୍ଦ୍ଦକୁ ନିଜେ ଯେମିତି ଲେଉଟାଉଥିଲା, କହୁଥିଲା:

"ମୁଁ ହୀନକପାଳୀଟା ଲୋ ରୁପା ! ମୋ ଜୀବନରେ ଘୋଟିଛି ଶ୍ରାବଣ ଆକାଶର କଳାମେଘ। ମଣିଷ ଯେ ବହୁରୂପୀ ଆଉ ଘଡ଼ିକେ ଘଡ଼ି ରଙ୍ଗ ବଦଳାଏ, ତାହା ବୁଝିଲା ବେଳକୁ ମୋର ବହୁତ ଡେରି ହୋଇଗଲା। ସେ ଅମଣିଷ ପାଖରୁ ଦିନେହେଲେ ସ୍ତ୍ରୀର ମର୍ଯ୍ୟାଦା ମୁଁ ପାଇଲିନି। ସେ ଖାଲି ଦେହ ଦେଖେ, ତା ମନର ଫୁଲ ବଗିଚାକୁ ଦଳିମକଚି ତାକୁ ବନ୍ଧ୍ୟା କରେ, ସେଠି ଫୁଲ କି ଫଳ ଧରେନି। ଏକଥା କ'ଣ କାହା ଆଗେ କହି ହୁଏ ? ନିଜେ ବୁଦ୍ଧି, ବିବେକ ମୁଁ ହରାଇ ବସିଲି।

ସେ ଆଗରୁ ବିବାହିତ। ଅଦରକାରୀ ପୋଷାକ ପରି ମୋ ଜୀବନ ଏବେ। ମୋଠୁ ମନ ମେଣ୍ଟିଗଲା ପରେ ତା ଜୀବନରୁ ଫିଙ୍ଗିଦେବାକୁ ସେ ବାଟ ଖୋଜୁଛି। ଅନେକଥର ଖସିଆସିଲିଣି ତା ହାତରୁ। ଦେଖେ, ଏମିତି କେତେଦିନ ଖସିଯିବି ତା' ମୁଠାର ଗୋଟେ ଗୋଟେ ବାରୁଦ କାଠିରୁ। ସବୁ ଝିଅ କ'ଣ ଏମିତିକା ଭାଗ୍ୟ ନେଇ ଜନ୍ମ ନିଅନ୍ତି! ଯାହାର ଅଲୋଡ଼ା ଜୀବନ ତଳେ ପଡ଼ିଥିବା ଶୁଖିଲା ପତ୍ରଟାଏ ପରି, ନଈ ସୁଅରେ ଭାସିଗଲେ କାହାର କିଛି ଯାଏନି, ନା ବାପଘରର ନା ଶାଶୂଘରର? ମା' କହୁଥିଲା ବାହାଘରଟା କ'ଣ ପିଲାଖେଳ ତୋର ଇଚ୍ଛାରେ ତୁ ଭାଙ୍ଗିଦେଇ ଚାଲିଆସିବୁ, ଆଉ ଆମ ବେକରେ ପୁଣି ବନ୍ଧାହେବୁ? ତାଙ୍କ ମୁଣ୍ଡ କାଳେ ଆହୁରି ତଳକୁ ହେଇଯିବ। କୁଆଡ଼େ ଯିବି ମୁଁ ରୁପା...

ରୁପା ଆଉ ଆଗକୁ ପଢ଼ିପାରିଲାନି। ଏ ଭିତରେ ରୁପା ଖବର ପାଇଥିଲା ଯେ ଶ୍ରାବଣୀ ଦେହରେ ନିଆଁ ଲଗେଇ ହତ୍ୟା କରାଯାଇଛି। ତାହା ଆତ୍ମହତ୍ୟା ନୁହେଁ।

ଚିଠିର ଅକ୍ଷର ସବୁ ତା' ଆଖିର ପାଣିରେ ଭାସିଲା ପରି ଦିଶୁଥିଲା। କାଚଝର୍କା ବନ୍ଦ କରି ଦେଇଥିଲା ରୁପା, ଅଣନିଃଶ୍ୱାସୀ କରି ଦେଉଥିଲା ତାକୁ ସେ ଜହ୍ନରାତି। ସେ ଠେଲିଦେବାକୁ ଚାହୁଥିଲା ଦୀର୍ଘଶ୍ୱାସ ଭରା ମୁହୂର୍ତ୍ତଗୁଡ଼ିକୁ ଝରକା ବାହାରକୁ। ଭୁଲିଯିବାକୁ ଚାହେଁ ସେ ଜହ୍ନ କେହି ନୁହଁ, ଏ ଜହ୍ନରାତିର ଗଢ଼ା ସ୍ୱପ୍ନ ସବୁ ମରୀଚିକା।

ରନ୍‌ୱେ

ଏୟାରପୋର୍ଟ ରନ୍‌ୱେର ଆଲୋକ ସବୁ ଝାପ୍ସା ଦିଶୁଥିଲେ ସନ୍ଧ୍ୟାର ଅଳ୍ପ ବର୍ଷା ପରେ। ଅନ୍ଧାରରେ ମୁହଁ ଲୁଚାଇବା ପରି ଦିଶୁଥିଲା ସେଗୁଡ଼ିକ। ସୌମ୍ୟା ଅପେକ୍ଷା କରି ବସିଥିଲା ବାହାରକୁ ଚାହିଁ, ଅପେକ୍ଷା ହାଇଦ୍ରାବାଦ ଫ୍ଲାଇଟ୍ ପାଇଁ, ସେଠାରୁ ପୁଣି ସିଙ୍ଗାପୁର। ସୌମ୍ୟାର ଦଶବର୍ଷ ସିଙ୍ଗାପୁର ରହଣି ଭିତରେ ଯେତେଥର ଓଡ଼ିଶା ଆସିଲେ ସେଇ ଏକା ଦଶା। ଫ୍ଲାଇଟ୍‌ରେ ବସିଲାଯାଏଁ ସେଇ କାନ୍ଦ କାନ୍ଦ ଅନୁଭବ। ପଛରେ ଏଇ ଏୟାରପୋର୍ଟରେ ହିଁ ଛାଡ଼ିଯିବାକୁ ହୁଏ ବାପା, ବୋଉ, ଓଡ଼ିଶା ଆଉ ଅନିମେଶ। ଅନିମେଶ.... ହଁ ଏଇଠି ହିଁ ତ ସେ ପ୍ରଥମେ ଭେଟିଥିଲା ଅନିମେଶକୁ। ସୌମ୍ୟା ସୁରକ୍ଷା ଚେକ୍ ଇନ୍ ପରେ ବାହାରକୁ ଅନେଇଥାଏ।

ସେଦିନ ମେ ମାସର ସକାଳ ଖରାରେ ବି ଥିଲା ଫଗୁଣର ପଟୁଆର। ଏୟାରପୋର୍ଟ ରାସ୍ତାରେ କାର୍ ଝର୍କା ଦେଇ ସକାଳର ଖରା ମୁରୁଜ ଆଙ୍କିଲା ପରି ଖେଳେଇ ହୋଇ ପଡୁଥାଏ ସୌମ୍ୟା ଦେହରେ। ଗାଡ଼ି ଭିତରୁ ସେ ଉଚ୍ଚାଟ ହୋଇ ଅନେଇଥାଏ ବାହାରକୁ ଓ ମଝିରେ ମଝିରେ ପଚାରୁଥାଏ ଏୟାରପୋର୍ଟ ଆଉ କେତେ ବାଟ ? ପାଖରେ ବାପା ମା' ବସିଥିବା ସତ୍ତ୍ୱେ ରାସ୍ତାର ସେ ସଦ୍ୟଫୁଟା ସୁନାରୀ ଫୁଲର ଡାଳମାନଙ୍କୁ ଚାହିଁଥାଏ। ସେ ବିପ୍ଳବମନସ୍କ। ବିପ୍ଳବ ସହ ଏଇ କେଇମାସର ବାହାଘର, ଯା ଭିତରେ କେତେ କଣ ଯେମିତି ବଦଳି ଯାଉଛି। ସବୁବେଳେ ସେଇ ବିପ୍ଳବ କଥା ତା ମନରେ। ତା ରଙ୍ଗରେ ସେ ଏକବାର ବିଭୋର। କେଇମାସ ଭିତରେ ବିପ୍ଳବ ଛଡ଼ା ଆଉ କିଛି ଦିଶୁନି ତାକୁ। ହେବନି ବି କେମିତି ! ସୌମ୍ୟା ପଚାରୁଥିଲା ନିଜକୁ, କେତେବା ଜାଣିଚି ସେ ତାଙ୍କୁ ? ପନ୍ଦର ଦିନ ବାହାଘର ପରେ ପରେ ସେ ବିତେଇଛି ବିପ୍ଳବ ସହ। ତାପରେ ଏ ଦୀର୍ଘ ପ୍ରତୀକ୍ଷା। ବାହାଘର ପରେ ବିପ୍ଳବର ଯାତ୍ରା କର୍ମକ୍ଷେତ୍ରକୁ ଆଉ ଆଜି ଏଇ ଛଅ ମାସର ପ୍ରତୀକ୍ଷା ପରେ ବିପ୍ଳବ ପାଖକୁ ତାର ଏ ଏକୁଟିଆ ଯାତ୍ରା।

କର୍ମବ୍ୟସ୍ତତା ଯୋଗୁଁ ବିପ୍ଳବକୁ ଆସିବାକୁ ସମୟ ନାହିଁ। ତେଣୁ ତାକୁହିଁ ଯିବାକୁ ପଡୁଛି ରାଜ୍ୟ ବାହାରକୁ। ତାର ଏହି ପ୍ରଥମ ଯାତ୍ରା ଏକାକୀ। ବାପା ମା' କେବଳ ଏୟାରପୋର୍ଟ ଯାଏଁ ଛାଡ଼ିବାକୁ ଆସିଥାନ୍ତି। ସେଦିନ ବିପ୍ଳବ ପାଖରେ ପହଞ୍ଚିବାର ଯେତିକି ଉତ୍ସାହ ଥିଲା ସେତିକି ଭୟ ମାଡ଼ି ବସୁଥାଏ ତାର ଏ ଏକାକୀ ଯାତ୍ରା ପାଇଁ। ଏକଲା ସେ କେବେ ବି ଅଜଣା ଜାଗାକୁ ଯାଇନି। ବିଦେଶ ହେଉ ପଛେ ବିପ୍ଳବ ସହ ତାର ଏ ବିରହ ତାକୁ ସାହସ ଦେଇଛି। ସେପଟୁ ବିପ୍ଳବ ତାକୁ କହିଥାନ୍ତି ସିଙ୍ଗାପୁର କେତେ ବାଟ ଯେ ଏତେ ଡରୁଚ? ପାଠଶାଠ ପଢ଼ିବା ଝିଅ ହୋଇ ଏତେ ଡର? ଦୁଇଟା ଫ୍ଲାଇଟ୍, କେବଳ ହାଇଦ୍ରାବାଦରେ ଫ୍ଲାଇଟ୍ ବଦଳେଇବାକୁ ପଡ଼ିବ, ମାନେ ସିଙ୍ଗାପୁର ଫ୍ଲାଇଟ୍ ଧରିବାକୁ ହେବ। ଏଇ କଣ ଗୋଟିଏ ଜାଗାକୁ ତୁମେ ଏକଲା ଯିବାଆସିବା କରିପାରିବନି ଆଜିକାଲିକା ଝିଅ ହୋଇ? ଏଇକଥା ଗୋଟେ ବଡ଼ ପ୍ରଶ୍ନ ସୃଷ୍ଟି କରିଥିଲା ସୌମ୍ୟା ମନରେ। ମନେ ମନେ ଚିନ୍ତା କଲା ସେ ନିଶ୍ଚିତ ବିପ୍ଳବ ଆଗରେ ଏହା ପ୍ରମାଣିତ କରିବ। ସେ ନିଜେ ଏ କାମ କରି ଦେଖେଇବ ହେଲେ ଭୟଟି ଠିକ୍ ଜାଗାରେ ସୌମ୍ୟାକୁ ଅପ୍ରସ୍ତୁତ କରୁଥାଏ। ପାସ୍‌ପୋର୍ଟ, ଭିଜା କାମ ତ ସରିଛି ଆଉ ଅସୁବିଧା କଣ? ବିପ୍ଳବ କହୁଥିଲେ, ସୌମ୍ୟା ନିଜର ପାରଙ୍ଗମତା ଦେଖେଇବାକୁ ହଁ ବି ଭରିଥିଲା, କିନ୍ତୁ ଡର ତା ଜାଗାରେ ବସା ବାନ୍ଧିସାରିଥାଏ। ଏଇମିତି ଏକ ଅପ୍ରୀତିକର ଭାବ ନେଇ ସେ ଏୟାରପୋର୍ଟ ଆସିଥିଲା ସିଙ୍ଗାପୁର ପ୍ରଥମ ଥର ପାଇଁ ପ୍ରସ୍ଥାନ ଉଦ୍ଦେଶ୍ୟରେ। ବାପା ମା'ଙ୍କୁ ଏୟାରପୋର୍ଟ ଆଗରେ କାନ୍ଦ କାନ୍ଦ ହୋଇ ବିଦାୟ ଦେଲା। କେମିତି ଗୋଟେ ହଜିଗଲା ଭଳି ଲାଗୁଥାଏ ସେତେବେଳକୁ ତାକୁ। ଏୟାରପୋର୍ଟର ଚାକଚାକ୍ୟ ପରିବେଶ ଭିତରେ ଖୋଜୁଥିଲା ତା ଫ୍ଲାଇଟ୍‌ର କ୍ୟାବିନ୍, ଲଗେଜ ଚେକିଂ ଏହି ସବୁର ବ୍ୟବସ୍ଥାମାନଙ୍କୁ। ଏକଦମ ନୂଆ ନୂଆ ଅଜବ ଲାଗୁଥାଏ ତାକୁ ସବୁ। ସେଥିରେ ବିଭିନ୍ନ ଭାଷାଭାଷୀ ଲୋକଙ୍କ ଭିଡ଼। ଏତେ ସବୁ କାଉଣ୍ଟର, ସବୁ ଅଚିହ୍ନା ମୁହଁ ଅଚିହ୍ନା ପରିବେଶ କିଛି ସମୟ ଏପଟ ସେପଟ ଚାହିଁବା ପରେ ବି କାହାକୁ କିଛି ସାହସ କରି ପଚାରି ପାରୁ ନ ଥାଏ ସୌମ୍ୟା। ସେ ଅସହଜ ହୋଇ ପଡୁଥାଏ ଏତେ ବଡ଼ ଏୟାରପୋର୍ଟ ଭିତରେ କଉପଟକୁ ଯିବ ଓ ପ୍ରଥମେ କଣ କରିବାକୁ ହେବ ଭାବି ଭାବି। ଏଣେ ତେଣେ ଚାହୁଁଥାଏ ବ୍ୟସ୍ତ ହୋଇ। ହଠାତ୍ ତା କାନ ପାଖରେ ଶୁଭିଲା- ହଁ, ବୋଉ ମୁଁ ସିଙ୍ଗାପୁର ପହଞ୍ଚି ତୋତେ ଫୋନ୍ କରିବି। ସୌମ୍ୟା ଏକଦମ୍ ବୁଲିପଡ଼ିଥିଲା ସେ କଥା ଆଡ଼କୁ। ପଛକୁ ମୁହଁ କରି ଠିଆ ହୋଇଥିଲେ ବ୍ୟକ୍ତି ଜଣକ। ସୌମ୍ୟା ପଛରୁ ତାଙ୍କୁ ଚମକେଇ ଦେଲା ଭଳି ପଚାରିଥିଲା, "ଏକ୍ସକ୍ୟୁଜ ମି, ଆପଣ ସିଙ୍ଗାପୁର ଯିବେ ଭାୟା ହାଇଦ୍ରାବାଦ।" ବ୍ୟକ୍ତି ଜଣକ ନମ୍ର ଭାବରେ

ହଠାତ୍ ହାତରୁ ସିଗାରେଟ୍‌କୁ ଖସାଇ ଦେଇଥିଲେ ପାଖ ଡଷ୍ଟ୍‌ବିନ୍‌କୁ । ବେଶ୍ ସଂଭ୍ରମତାର ସହ କହିଲେ, "ଆଜ୍ଞା ମୁଁ ସିଙ୍ଗାପୁର ଯିବି ଭାୟା ହାଇଦ୍ରାବାଦ ।" ଆଖିରେ ତାଙ୍କର ଥିଲା ଗୋଟେ ସରଳ ପ୍ରଶ୍ନବାଚୀ ସୌମ୍ୟା ଉଦ୍ଦେଶ୍ୟରେ । କିନ୍ତୁ ସୌମ୍ୟା ମୁହଁରେ ଝଲସୁଥିଲା ଏଥର ଗୋଟେ ସାହସ । ବ୍ୟକ୍ତି ଜଣକ ପ୍ରଶ୍ନ ବୁଝିପାରିଲା ଭଳି ସୌମ୍ୟା କହିଥିଲା, "ମୁଁ ମୋ ଫ୍ଲାଇଟ୍‌ର କାଉଣ୍ଟରଟି ପାଉନି । ମୋତେ ଟିକେ ସାହାଯ୍ୟ କରିପାରିବେ ?" ବ୍ୟକ୍ତି ଜଣକ ଏଥର ସ୍ମିତ ହସି କହିଥିଲେ, "ଚାଲନ୍ତୁ ମୁଁ ଦେଖେଇଦେବି, କୋଉ ଫ୍ଲାଇଟ୍ ।" ସୌମ୍ୟା କହିଲା, "ଇଣ୍ଡିଗୋ ଭୁବନେଶ୍ୱର ଟୁ ହାଇଦ୍ରାବାଦ ।" ବ୍ୟକ୍ତି ଜଣକ ଏଥର କହିଥିଲେ, "ଆଚ୍ଛା ମୋର ବି ସମାନ ଫ୍ଲାଇଟ୍, ଚାଲନ୍ତୁ ତାହେଲେ ଚେକ୍ ଇନ୍ ଟାଇମ୍ ହେଲାଣି ।" ଅନିମେଶଙ୍କ ସେ ମୃଦୁ ହସରେ କି ଭାବ ଥିଲା କେଜାଣି ସୌମ୍ୟା ସାହସ ପାଇଗଲା । କହିଲା, "ଭଲ ହେଲା, ଆପଣ ଓଡ଼ିଆ ବୋଲି ଜାଣି ମୁଁ ପଚାରିଦେଲି ଆଉ ଆପଣ କଣ ରାତି ୧୦.୩୦ ସିଙ୍ଗାପୁର ଏୟାରଲାଇନ୍ସରେ ଯିବେ ? ସିଙ୍ଗାପୁର ବ୍ୟକ୍ତି ଜଣକ ହଁ କହିଥିଲେ । ସୌମ୍ୟା ଆହୁରି ନିର୍ଭୀକ ଭାବରେ ସେ ବ୍ୟକ୍ତିଙ୍କୁ କହିଥିଲା, "ଆଚ୍ଛା ଭଲ ହେଲା ଆମର ଗୋଟିଏ ଫ୍ଲାଇଟ୍ । ମୋତେ ଟିକେ ସାହାଯ୍ୟ କରିବେ ପ୍ଲିଜ୍ । ମୁଁ ଏକୁଟିଆ ଟ୍ରାଭେଲ୍ କରୁଛି ଭୁବନେଶ୍ୱରରୁ ହାଇଦ୍ରାବାଦ ଫ୍ଲାଇଟ୍ ପାଇଁ ।" ସେ ବ୍ୟକ୍ତି ଜଣକ ତା ପାଖେ ପାଖେ ରହି ଲଗେଜ ଚେକ୍ ଇନ୍, ସୁରକ୍ଷା ଯାଞ୍ଚ କଥା ବତାଇଥିଲେ । ସୌମ୍ୟା ଆଶ୍ୱସ୍ତ ହୋଇଆସୁଥିଲା । ମନେ ମନେ ଯା ଭିତରେ ସେ ବ୍ୟକ୍ତିଙ୍କୁ କିଛିଟା ଜାଣିସାରିଥିଲା । ବେଶ୍ ଶାନ୍ତ ସ୍ୱଭାବର, ହସ ହସ ଚେହେରା, ସାହାଯ୍ୟ ସହାନୁଭୂତି ଗୁଣରେ ଭରପୂର ଜଣେ ଆକର୍ଷଣୀୟ ବ୍ୟକ୍ତିତ୍ୱ । ତେଣୁ ସୌମ୍ୟା ସେ ଭଦ୍ରବ୍ୟକ୍ତିଙ୍କ ସହ କଥାବାର୍ତ୍ତା କରିବାକୁ କି ଏ ଯାତ୍ରା ବିଷୟରେ କିଛି ପଚାରିବାକୁ ଅସୁବିଧା ଅନୁଭବ କରୁ ନ ଥିଲା । ସେ ସହଜ ହୋଇ ଆସୁଥିଲା ତାଙ୍କ ସହ ଏଇ ଅଳ୍ପ ସମୟର କଥାବାର୍ତ୍ତା ଭିତରେ । ସୁରକ୍ଷା ଯାଞ୍ଚ ପରେ ସୌମ୍ୟା ଜାଣିଶୁଣି ସେ ବ୍ୟକ୍ତିଙ୍କ ପାଖରେ ବସିଥିଲା, କାଳେ କିଛି ଦରକାର ପଡ଼ିଲେ ବିନା ସଙ୍କୋଚରେ ସେ ତାଙ୍କୁ ଅନ୍ତତଃ ପଚାରିପାରିବ ଏଇ କଥା ଭାବି ଦୁହେଁ ବସିଥିଲେ । ଫ୍ଲାଇଟ୍ ଟାଇମ୍‌କୁ ଚାହିଁ ବ୍ୟକ୍ତି ଜଣକ ସୌମ୍ୟାକୁ ପଚାରିଥିଲେ, "କିଛି ଖାଇଛନ୍ତି, କିଛି ଖାଇବାକୁ ଚାହିଁବେ ? ସୌମ୍ୟା ସାମାନ୍ୟ ମୁଣ୍ଡ ହଲାଇ କହିଲା, "ନାଇଁ ।" "ତାହେଲେ କଫି ?" ବ୍ୟକ୍ତି ଜଣକ ପୁଣି ପଚାରିଥିଲେ । ସୌମ୍ୟା ସ୍ଥିର ଭାବେ କହିଲା, "ନାଇଁ ଥାଉ, ଚଳିବ ।" ବ୍ୟକ୍ତି ଜଣକ ସେଇଠୁ ତା ପାଖକୁ ଫେରିଥିଲେ ଗୋଟେ କ୍ୟାପିଚୁନ କଫି ସହ ଗୋଟେ ପେପର କପ୍‌ରେ । ସୌମ୍ୟା ଆଡ଼କୁ ବଢ଼ାଇଥିଲେ ଆଉ କହିଥିଲେ, "ବହୁ ସମୟ ବସିବାକୁ ପଡ଼ିବ ।

ବୋର୍ ହେଇଯିବେ, ପିଅନ୍ତୁ।" ସୋମ୍ୟା ଆଉ ମନା କରିପାରୁନଥିଲା। ତା ପାଇଁ କିଏ ଟିକେ ଚାହା ଆଣି ଦେବା ତାହା ସେ ବାହାଘର ପରେ ଦେଖିନି, ବିପ୍ଲବଙ୍କ ସହ ସେଇ ପନ୍ଦର ଦିନର ରହଣି ଭିତରେ ସବୁଦିନ ତାଗିଦ ତାଙ୍କର ସକାଳ କଫି ଟାଇମ୍‌ରେ ଦରକାର। ଶେଷ ବେଳକୁ ଖପା ହୋଇଯାନ୍ତି। ଆଜି ସେ କଫିଟି ଆଉ କେହି ଆଣି ଦେଇଥିବାରୁ ତାକୁ ଧରି ଖୁବ୍ ଆନନ୍ଦ ଅନୁଭବ କଲା ଅନେକ ଦିନ ପରେ ସୌମ୍ୟା।

ଫ୍ଲାଇଟ୍ ଅପେକ୍ଷାର ସମୟ ଅତିବାହିତ କରିବା ପାଇଁ କିମ୍ବା କିଛି ଗପସପ କରିବା ଉଦ୍ଦେଶ୍ୟ ନେଇ ବ୍ୟକ୍ତି ଜଣକ କହିଥିଲେ, "ମୋ ନାଁ ଅନିମେଶ ଆଉ ଆପଣଙ୍କର ?" ସୌମ୍ୟା ହସ ହସ ମୁହଁରେ କହିଥିଲା, "ସୌମ୍ୟା।" ନିଜ ପରିଚୟକୁ ଆଉ ଟିକେ ବିସ୍ତୃତ କରିବାକୁ ଯାଇ ଏଇଆ ବି କହିଥିଲା, "ସ୍ୱାମୀ ରୁହନ୍ତି ସିଙ୍ଗାପୁରରେ। ସେଠି ଚାକିରି କରନ୍ତି। ମୁଁ ତାଙ୍କ ପାଖକୁ ଯାଉଛି।" ଅନିମେଶ ଗପ ବଢ଼ାଇଲା ଭଳି ଅଳ୍ପ ହସି କହିଲା, "ଆଚ୍ଛା ଆପଣ ବିବାହିତା। ଜମା ଜଣାପଡୁନାହାନ୍ତି।" ସୌମ୍ୟା ଏ ଉତ୍ତର ପାଇଁ ଅପ୍ରସ୍ତୁତ ଥିଲା ପରି ଅନିମେଶକୁ ଚାହିଁଲା। ଅନିମେଶ ବି ବୁଝିଗଲା ଭଳି କହିଲା ପିଲାଳିଆ ଢଙ୍ଗରେ, "ନା ନା, ମୁଁ ମଜା କରୁଥିଲି। ଆପଣ ଅନେକବେଳୁ ଖୁବ୍ ଗମ୍ଭୀର ଦିଶୁଥିଲେ, ସେଥିପାଇଁ ଆପଣଙ୍କୁ ଖୁସି କରିବାକୁ କହିଥିଲି।" ପ୍ରକୃତରେ ସୌମ୍ୟା ଉତ୍ତର ଶୁଣି ବି ଆଶ୍ଚର୍ଯ୍ୟ ହୋଇଥିଲା। ତାକୁ ଅନିମେଶ କଥା ଭଲ ଲାଗିବା ଭଳି କହିଲା, "ଆମେ ସମବୟସରେ ହେବା ବୋଧେ ! ତେଣୁ ଆପଣ ସମ୍ବୋଧନ ନ କହିଲେ ଭଲ ହୁଅନ୍ତା।" ଦୁହେଁ ହସିଥିଲେ ଏ କଥାରେ। ସୌମ୍ୟା ମନଖୋଲି କହୁଥିଲା ଏଥର ଅନିମେଶକୁ- "ଓଡ଼ିଶା ବାହାରକୁ ମୁଁ କେବେ ଫ୍ଲାଇଟ୍‌ରେ ଟ୍ରାଭେଲ୍ କରିନି। ସେଥିପାଇଁ ଟିକେ ଅପ୍ରସ୍ତୁତ ବାସ୍ ଆଉ ଆପଣଙ୍କୁ ଅନେକ ବେଳୁ ଅସୁବିଧାରେ ପକାଇଲିଣି। ଅନେକ ସାହାଯ୍ୟ କଲେଣି ମୋତେ। ଧନ୍ୟବାଦ, ସତରେ ଆପଣ ନଥିଲେ ଆଜି ମୁଁ କଣ କରିଥାନ୍ତି ?" ସୌମ୍ୟା ଏତକ ଗୋଟେ ନିଃଶ୍ୱାସରେ କହିଗଲା। ଅନିମେଶ ହସି ହସି କହୁଥିଲା, "ପୁଣି ଆପଣ ସମ୍ବୋଧନ କଲେ। ହଉ ହଉ ତୁମକୁ ସିଙ୍ଗାପୁର ଯାଏ ପହଞ୍ଚାଇଦେବି। ବ୍ୟସ୍ତ ହୁଅନି। ଜଣେ ମଣିଷକୁ ପ୍ରଭାବିତ କରିବା ପାଇଁ ଅନିମେଶ ପାଖରେ ସବୁ ଥିଲା। ଉଦାରତା, ନମ୍ରତା, ଭଦ୍ରାମି ସହ ସୁନ୍ଦର ବ୍ୟକ୍ତିତ୍ୱ। ଦୁହେଁ ଗପସପ ଭିତରେ ପରସ୍ପରକୁ ଅଳ୍ପ ବହୁତେ ଜାଣିସାରିଥିଲେ। କଫି ପିଇବା ଭିତରେ ଅଳ୍ପ ବହୁତ କଥା ନିଜ ନିଜ ବିଷୟରେ କହୁଥିଲେ ନହେଲେ ବି ସମୟ ସରିଥାନ୍ତା କିପରି ? ହାଇଦ୍ରାବାଦ ଫ୍ଲାଇଟ୍ ଟେକ୍ ଅଫ୍ ପୂର୍ବରୁ ସେ ଆଶ୍ୱସ୍ତ ଥିଲା। ତାର ଆଗକୁ ରାସ୍ତା ପାଇଁ କିଛି ବ୍ୟସ୍ତ ହେବାର ନାହିଁ। ତାର ଅନିମେଶ ସହ ଏ ଯାତ୍ରା ନିଶ୍ଚିତ ସୁଖଦ ରହିବ।

ସେଦିନ ଫ୍ଲାଇଟ୍‌ରେ ସୋମ୍ୟା ପାଖରେ ବସିବାକୁ ଏୟାର ହୋଷ୍ଟେସ୍‌କୁ ଅନୁରୋଧ କରିଥିଲେ ଅନିମେଶ। ତାର ଆଉ କିଛି କାରଣ ଥାଉ ନ ଥାଉ ସୌମ୍ୟାର ଅସ୍ୱାଭାବିକ ଭାବେ ବାନ୍ତି ହେବା ହିଁ ମୁଖ୍ୟ କାରଣ ଥିଲା। ସୌମ୍ୟାର ବାନ୍ତି କମିବା ନାଁ ନେଉ ନଥିଲା। ତା ଅବସ୍ଥା ଦେଖି ଅନିମେଶ ବ୍ୟସ୍ତ ହେଉଥିଲା। ତା ପାଖରେ ବସି ତା କଥା ବୁଝାଶୁଣା କରିଥିଲା। ପାଖ ସିଟ୍‌ରୁ ଆଉ କେଇଟା ଅନୁରୋଧ କରି ବାନ୍ତି କରିବା ଉଦ୍ଦେଶ୍ୟରେ ଥିବା ସିଟ୍ ପଛ ବ୍ୟାଗ ମାଗିନେଇଥିଲେ। ସୌମ୍ୟାକୁ ଏସବୁ ତା ପାଇଁ କିଏ ଅଜଣା ମଣିଷ କରୁଥିବା ଦେଖି ଭଲ ଲାଗୁଥିଲା। ଏ ସମୟରେ ତାକୁ ବହୁ କଷ୍ଟ ହୋଇଥିଲେ ବି ଅନିମେଶ ଥିବା ଯୋଗୁଁ କିଛିଟା କଷ୍ଟ ଭୁଲିଯାଇଥିଲା। ପ୍ରକୃତରେ ଅନିମେଶ ସହ ଏୟାରପୋର୍ଟରେ ଦେଖା ହେବା ପରଠାରୁ ଅନିମେଶର ସାନ୍ନିଧ୍ୟ ତାକୁ ଏବେ ଉତ୍ସାହିତ କରୁଥିଲା। କେମିତି ଗୋଟେ ସମ୍ମୋହନରେ ପଡ଼ିଯିବା ପରି ଲାଗୁଥାଏ ସୌମ୍ୟାକୁ ଏଇ ଚାରି ଘଣ୍ଟା ଭିତରେ ଅନିମେଶ ସହ। ତାପରେ ସୌମ୍ୟା ଆଉ ଅନିମେଶ ସିଙ୍ଗାପୁର ଫ୍ଲାଇଟ୍ ଆଉ ଭିଜା ସବୁ ଔପଚାରିକତା ସାରି ସିଙ୍ଗାପୁର ଯାତ୍ରା ପାଇ ଅପେକ୍ଷା କରିଥିଲେ। ଯା ଭିତରେ ସୌମ୍ୟାକୁ ଅନିମେଶର ଏଇ ଯାତ୍ରାଜନିତ ଉପସ୍ଥିତି ଭଲ ଲାଗୁଥିଲା। ସେ ପାଖରୁ ଦୂରେଇ ଗଲେ ସୌମ୍ୟାକୁ ଲାଗୁଥିଲା ତା ଆଖି ଅନିମେଶକୁ ଖୋଜୁଛି। ଦୁହେଁ କଫି ପିଇବା, ଫ୍ଲାଇଟ୍ ଅପେକ୍ଷା, ଗପସପ ଭିତରେ ସମୟ କାଟିଥିଲେ। କେଇଘଣ୍ଟା ଭିତରେ ସୌମ୍ୟାକୁ ଲାଗୁଥିଲା ସେ ଯେମିତି ଅନିମେଶକୁ ବହୁ ଆଗରୁ ଜାଣିଚି। ତାଙ୍କ ଭିତରେ ଗପଟି ବେଶି ଜମିଥାଏ ଏଥିପାଇଁ ଯେ ସେ ଉଭୟଙ୍କ ପସନ୍ଦ ମିଶିଯାଉଥିଲା। ଏଇ ଯେମିତି କଫିରେ ଉଭୟଙ୍କ ପସନ୍ଦ କ୍ୟାପିଚୁନ, ଥଣ୍ଡା ଏସି ଉଭୟଙ୍କୁ ଭଲ ଲାଗେନି। ଆଉ ଉଭୟ ପୁରୁଣା ଅକ୍ଷୟ ମହାନ୍ତି ଗୀତ ଭଲପାଆନ୍ତି। କଥା ହେବା ଭିତରେ ସେମାନେ ଏସବୁ ଆବିଷ୍କାର କରିସାରିଥିଲେ। ଅକ୍ଷୟ ମହାନ୍ତି ଗୀତ କଥା ତା ସେଦିନ ପାଖରେ ବସିଥିବା ଅବିକଳ ଅକ୍ଷୟ ମହାନ୍ତି ପରି ଦିଶୁଥିବା ଲୋକଟି ପାଖରୁ ଆରମ୍ଭ ହୋଇଥିଲା। ତାପରେ ଗୋଟେ ପରେ ଗୋଟେ ଗୀତ ବିଷୟରେ ଆଲୋଚନା। ନ ହେଲେ ଏତେ ଗୁଡ଼ାଏ ଅପେକ୍ଷାର ସମୟ କଟିଥାନ୍ତା ବା କିପରି? ସୌମ୍ୟାକୁ ଲାଗୁଥାଏ ଏ ସମୟ ନ ସରୁ। ସେ ଏମିତି ଆହୁରି ଗପି ପାରନ୍ତା କି ଅନିମେଶ ସହ। ସିଙ୍ଗାପୁର ଏୟାରପୋର୍ଟରେ ବି ବହୁତ ସାହାଯ୍ୟ କରିଥିଲେ ଅନିମେଶ ତାକୁ ବିନା ଦ୍ୱିଧାରେ। ଦୁହେଁ ଉଭୟଙ୍କ ସ୍ୱଭାବକୁ ଏଇ କେତେ ସମୟ ଭିତରେ ଭଲପାଇ ସାରିଥିଲେ। ସମୟ କୁଆଡ଼େ କଟିଗଲା ସୌମ୍ୟାକୁ ଜଣାପଡ଼ିଲା ନାହିଁ। ସିଙ୍ଗାପୁର ଏୟାରପୋର୍ଟର ସବୁ ଫର୍ମାଲିଟି ପରେ ସୌମ୍ୟାକୁ ଲାଗୁଥାଏ ସେ ସଫଳ ଭାବେ

ପହଞ୍ଚିଯାଇଛି ସିଙ୍ଗାପୁରରେ ଆଉ କିଛି ବ୍ୟସ୍ତ ହେବାର ନାହିଁ। ଅନିମେଶ ପଚାରିଲେ, "ତୁମ ଦେହ ଠିକ୍ ଅଛି ତ ? ରାତିରେ ଫ୍ଲାଇଟ୍‌ରେ ଶୋଇପାରିଲ ନା ନାହିଁ ? ଯାହା ହେଉ ତୁମ ବାନ୍ତି କରିବା ବନ୍ଦ ହୋଇଛି ସିଙ୍ଗାପୁର ଫ୍ଲାଇଟ୍‌ରେ, ନ ହେଲେ ପୁଣି ମୋତେ ତୁମ ପାଖରେ ବସିବାକୁ ପଡ଼ିଥାନ୍ତା।" ମଜା କରିବା ଛଳରେ କହୁଥିଲେ ଅନିମେଶ। ସୌମ୍ୟାକୁ ଛୁଇଁଯାଉଥିଲା ଅନିମେଶର କଥା। ମନେ ମନେ ଭାବୁଥିଲା ସେଇଆ ହେଲେ ଭଲ ହୋଇଥାନ୍ତା।

ସେମାନେ ପହଞ୍ଚିଲେ ସିଙ୍ଗାପୁର ଏକ୍‌ଜିଟ୍ ଗେଟ୍ ପାଖରେ। ବାହାରେ ବିପ୍ଳବ ଅପେକ୍ଷାରତ, ସ୍ପଷ୍ଟ ଦେଖିପାରୁଥିଲା ସୌମ୍ୟା। ଏକ ଅଜଣା ପୁଲକରେ ସୌମ୍ୟା ବିପ୍ଳବକୁ ଦେଖି ତାଙ୍କ ଆଡ଼କୁ ଧାଇଁଯାଇଥିଲା। କେବଳ ହାତ ହଲାଇ ଅନିମେଶକୁ ବିଦାୟ ଜଣାଇଥିଲା। ଭଲରେ ଧନ୍ୟବାଦ ବି ଦେଇ ପାରିନି ସେଦିନ ଏତେ ସବୁ ପରେ ଅନିମେଶ ବି ତା ରାସ୍ତାରେ ଚାଲିଯାଇଥିଲା। ସୌମ୍ୟା ଜାଣିଥିଲା ଏଇଯାଏଁ ଥିଲା ସେ ଯାତ୍ରାର କାହାଣୀ। ଏବେ ତା ଜୀବନ ବିପ୍ଳବ ସହ ଯୋଡ଼ି ହୋଇଯିବ।

ବିପ୍ଳବର ସୌମ୍ୟାକୁ ଦେଖି ବିଷଣ୍ଣ ମୁହଁ। "କଣ ଦୁଇଘଣ୍ଟା ଫ୍ଲାଇଟ୍ ଲେଟ୍। ତୁମେ ଜଣାଇ ପାରିଲନି।" ବିପ୍ଳବ କହୁଥିଲା ରାଗ ତମତମ ହୋଇ। ସୌମ୍ୟା ଟିକେ ଶଙ୍କି ଗଲାପରି କହିଲା, "ତୁମେ ବହୁତ ସମୟ ଅପେକ୍ଷା କଲ କି ? ଆଉ କଣ ଦୁଇଘଣ୍ଟା ହେଲା ମୁଁ ଏଠି ଠିଆ ହୋଇଛି।" ରାଗରେ ନାଲି ଦିଶୁଥିଲେ ବିପ୍ଳବ। ସୌମ୍ୟା ମନେ ପକାଉଥିଲା ଏଇ ଟିକକ ଆଗରୁ ତାର ବ୍ୟାଗ୍ ଫ୍ଲାଇଟ୍‌ରେ ଛାଡ଼ି ଆସିବା କଥା। ଦୁଇଘଣ୍ଟା ଅପେକ୍ଷା ପରେ ଅନିମେଶ ସେ ବ୍ୟାଗ୍‌ଟିକୁ କାଉଣ୍ଟରରୁ ଆଣିଲେ, ହେଲେ ହସ ହସ ମୁହଁରେ ବ୍ୟାଗ୍‌ଟିକୁ ଆଣି ଦେଇଥିଲେ। ତାର ଏହି ଭୁଲ୍ ପାଇଁ ଅନିମେଶ କଷ୍ଟ ପାଇଥିଲେ ନିଶ୍ଚୟ ହେଲେ ଅସନ୍ତୁଷ୍ଟ ଜଣାପଡୁ ନ ଥିଲେ। ବିପ୍ଳବ ପରି ରାଗି ଲାଲ୍ ତ ଦିଶୁ ନ ଥିଲେ ଅନ୍ତତଃ। ସୌମ୍ୟା ସିଙ୍ଗାପୁରରେ ପହଞ୍ଚି ବେଶ୍ ଆଶ୍ଚର୍ଯ୍ୟ ହୋଇଥିଲା ସବୁ ପରେ ବିପ୍ଳବଙ୍କ ଭାବମୂର୍ତ୍ତି ଦେଖି। ସେ ଧୀରେ ଧୀରେ ଖାପଖୁଆଇବାକୁ ଚେଷ୍ଟା କଲା ଯା ଭିତରେ। ତା ଭିତରେ ଗୋଟିଏ କଥା ବଦଳୁ ନ ଥିଲା, ସେ ଥିଲା ବିପ୍ଳବର ତା ପ୍ରତି ବେଖାତିର ମନୋଭାବ ଆଉ ଅନିମେଶ ସେଇଦିନୁ ଛାଡ଼ିଯାଇଥିବା ଏକ ସୁନ୍ଦର ବ୍ୟକ୍ତିତ୍ୱର ପ୍ରଭାବ। ଅନିମେଶ ହିଁ ତାକୁ ଆଚ୍ଛନ୍ନ କରି ରଖିଥିଲା ଅନେକକାଂଶରେ ତା ପରଠାରୁ। ସେ ଅନିମେଶକୁ ଖୋଜୁଥିଲା ଧୀରେ ଧୀରେ କିନ୍ତୁ ସେ ତା ଫୋନ୍ ନମ୍ବର ସୁଦ୍ଧା ରଖିପାରିନଥିଲା ପ୍ରକୃତରେ ବିପ୍ଳବର ଅସଲ ଚେହେରାର ପରିଚୟ ପାଇବା ପରେ ତାକୁ ଅନିମେଶ ପ୍ରତି ଢଳି ରହିବାକୁ ଭଲ ଲାଗୁଥିଲା, ଜଣେ ଅଜଣା ଅଶୁଣା ଯାତ୍ରୀ ଅନିମେଶ ହେଲେ

ବି ସ୍ନେହ ଓ ଭଲ ପଣିଆରେ ଜଣେ ହୃଦୟବାନ ମଣିଷ ବୋଲି ସୌମ୍ୟା ଜାଣିସାରିଥିଲା। ତା ଅଜ୍ଞାତରେ ସେ ଅନିମେଶକୁ ହୃଦୟରେ ସ୍ଥାନ ଦେଇଥିଲା। ବିପ୍ଳବର ଅହଙ୍କାରୀ ସ୍ୱଭାବରୁ ଅନେକ କଷ୍ଟ ପରେ ସେ ଦୂରେଇ ଯାଇଛି ବିପ୍ଳବଠୁ। ସମୟ ସହ ବିପ୍ଳବ ସହ ଦାମ୍ପତ୍ୟ ସମ୍ଭବ ହୋଇ ପାରିଲାନି।

ଯା ଭିତରେ ଅନେକ ସମୟ ବିତିଗଲାଣି। ବିପ୍ଳବଠୁ ଦୂରେଇ ସେ ନିଜ ଜୀବନରେ ଆଗେଇଛି। ସିଙ୍ଗାପୁରରେ ଚାକିରି ଜଏନ୍ କରିଛି। ଅନେକ ଲୋକ ତା ଜୀବନରେ ଭେଟିଲାଣି, ହେଲେ ଅନିମେଶ ଭଳି କେହି ତାକୁ ପ୍ରଭାବିତ କରିପାରୁନଥିଲେ। ଅନିମେଶକୁ ସେ ଭୁଲିଯାଉ ଆଉ ବିପ୍ଳବକୁ ତାର କଠୋର ଆଚରଣ ପାଇଁ କ୍ଷମା ଦେଉ ତା ଜୀବନରେ ସେ ଏହି ପ୍ରାର୍ଥନା କରିଆସିଛି। ପରେ ପରେ ଦଲକାଏ ମେଘ ପରି ଅନିମେଶ ଯେ ତା ଜୀବନକୁ ଆସିବନି କେବେ ସେ ଜାଣେ, ଯେଉଁ ବର୍ଷାରେ ସେ ଭିଜିଛି ସେ ସ୍ମୃତି ହେଇ ରହୁ ଏଇଆ ହିଁ ଚିନ୍ତିଛି। ଆହ୍ଲାଦିତା ହୋଇ ଏୟାରପୋର୍ଟରେ ଅନେକ ଖୋଜିଛି ମନେ ମନେ ଆଜିବି।

ଯା ଭିତରେ ଫ୍ଲାଇଟ୍ ଆସି ପହଞ୍ଚିସାରିଥିଲା। ସୌମ୍ୟା ଭାବନାରେ ବୁଡ଼ିଥିବା ବେଳେ ଫ୍ଲାଇଟ୍ ଆଟେଣ୍ଡାଣ୍ଟ୍ ଘୋଷଣା କରୁଥିଲେ, last call for ସିଙ୍ଗାପୁର୍ ଫ୍ଲାଇଟ୍ ..... last call for ସିଙ୍ଗାପୁର୍ ଫ୍ଲାଇଟ୍ ..... ସୋମ୍ୟା ଜାଗାରୁ ଉଠି ଠିଆହେଲା ଧାଡ଼ିର ଶେଷକୁ ସେଇକଥା ତା କାନକୁ ଶୁଭୁଥିଲା last call for ସିଙ୍ଗାପୁର ଫ୍ଲାଇଟ୍। ଗେଟ୍ ବନ୍ଦ ହେବାକୁ ଅଳ୍ପ ସମୟ ବାକିଥାଏ ବିଦାୟ ଓଡ଼ିଶାମାଟି କହିବାର ବେଳ ସୋମ୍ୟା ପାଇଁ। ହଠାତ୍ ପଛରୁ ଜଣେ ବ୍ୟକ୍ତି ତା ପାଖରେ ଠିଆହୋଇ ଫ୍ଲାଇଟ୍ ଆଟେଣ୍ଡାଣ୍ଟ୍‌କୁ କହୁଥିଲେ ମୁଁ ଅନିମେଶ ପଟ୍ଟନାୟକ, ମାଇଁ ୱାଇଫ୍ ବିଚିତ୍ରା ପଟ୍ଟନାୟକ। କ୍ଷମା କରିବେ, ଆମେ ଡେରିରେ ପହଞ୍ଚିଛୁ। ଦୟାକରି ଟିକେ ସାହାଯ୍ୟ କରନ୍ତୁ। ମାଇକ୍‌ରେ ବି ସେଇଆ ଶୁଭୁଥିଲା- last call for ଅନିମେଶ ପଟ୍ଟନାୟକ। ସୋମ୍ୟା ଚମକି ପଡ଼ିଲା, ଠିକ୍ ସେଇଦିନ ଭଳି। ଭୟରେ ତାର ହୃଦୟ ଧଡ଼ପଡ଼। ପ୍ରଥମ ଯାତ୍ରାର ଅବିକଳ ଭୟ ପୁଣି ଥରେ ଫେରିଲା ପରି ସେ ଅନୁଭବ କରୁଥିଲା। ତା ହାତଗୋଡ଼ ଅଜାଣତରେ ଥରିବା ଆରମ୍ଭ କରିଥିଲା। ଖୁବ୍ ଚେଷ୍ଟା ପରେ ଅଳ୍ପ ଟିକେ ବୁଲି ଚାହିଁଲା ପଛକୁ। ସେ ଦେଖିଥିଲା ସେଇ ସୁନ୍ଦର ଚେହେରା ହସ ହସ ମୁହଁରେ ସେଇ ଭଦ୍ରବ୍ୟକ୍ତି ଜଣକ ଅନିମେଶ, ପାଖରେ ଥିଲେ ତାଙ୍କ ସହଧର୍ମିଣୀ। ଗେଟ୍ ଆଡ଼କୁ ଅଗ୍ରସର ହେଉଥିଲେ ଦୁହେଁ ପରସ୍ପରର ହାତ ଧରାଧରି ହୋଇ। ସୌମ୍ୟା ଥରଥର ପାଦରେ ନିଜ ହୃଦୟର କମ୍ପନକୁ ଆଶ୍ୱାସନା ଦେଇ ବସିଯାଇଥିଲା ଫ୍ଲାଇଟ୍ ଭିତରେ। ମନେ ମନେ ଈଶ୍ୱରଙ୍କୁ ସୁମରୁଥିଲା- ହେ ଭଗବାନ ତାକୁ ଅନିମେଶ ନ

ଦେଖନ୍ତୁ । ସବୁଚେଷ୍ଟା ପରେ ସେ ସଫଳ ହେଲା । ଅବଶ୍ୟ ଏକା ଫ୍ଲାଇଟ୍‍ରେ ଥିଲେ ବି ସେମାନେ ପରସ୍ପରକୁ ଦେଖିପାରି ନ ଥିଲେ । ସିଙ୍ଗାପୁରରେ ଫ୍ଲାଇଟ୍‍ ପହଞ୍ଚିଲା । ସେଦିନ ସିଙ୍ଗାପୁର ଆକାଶରେ ଖଣ୍ଡେ ହେଲେ ଭସା ମେଘ ନ ଥିଲା । ଯେମିତି ଅସରାଏ ବର୍ଷା ପରେ ରାସ୍ତା, କୋଠାବାଡ଼ି ସବୁ ସଫା ସୁନ୍ଦର ଦିଶୁଚି ଆଉ ଆକାଶର ଛାତି ନୀଳ ରଙ୍ଗ ମାଖୁଚି ।

ନିଃସଙ୍ଗ ସ୍ୱପ୍ନର ସ୍କେଚ୍

ଆଗରେ ପକ୍କା ପ୍ରଶସ୍ତ ରାସ୍ତା। ରାସ୍ତାକୁ ଢାଙ୍କିଛି ଗଛଡାଳର ତୋରଣ ଦୁଇପାର୍ଶ୍ୱରୁ। ଡାଳଗୁଡ଼ିକ ଏତେ ଘଞ୍ଚ ଯେ ପତ୍ରଗହଳରେ ଲୁଚିଯାଏ ଖରା। ଠାଏ ଠାଏ ପୁଣି ଖରାର ଅଳ୍ପ ଅନୁପ୍ରବେଶ। ଏମିତି ଗୋଟେ ଛାଇଛାଇକା ରାସ୍ତାରେ ଏକଲା ଚାଲିଥାଏ ମିତା। ଖୁବ୍ ଶୀତଳତା ସେ ରାସ୍ତାରେ, ହେଲେ ମିତା ଶେଷ ସୀମା ଦେଖିପାରୁ ନ ଥାଏ। ଗଛଡାଳର ତୋରଣ ଭିତରେ କେବଳ ସେ ରାସ୍ତାଟି ଗୋଟେ ସବୁଜ ଗୁମ୍ଫା ଭଳି ଦିଶୁଥାଏ। ଅନେକ ବାଟ ମିତା ଚାଲିଆସିଥାଏ। ହଠାତ୍ ମିତାର ଇଚ୍ଛା ହେଲା ସେ ସେଇଠୁ ଫେରିଯିବ। ସେ ଆଗକୁ ଯିବାକୁ ଚାହେଁନି। ପଛକୁ ବୁଲିପଡ଼ିଲା ମିତା। ପଛରେ ସେ ଦେଖୁଥିଲା କେବଳ ବହଳ ଅନ୍ଧାର। ତା ଆଖିକୁ କିଛି ଦିଶୁ ନ ଥିଲା। ଝାଳ ସରସର ହୋଇ ମିତା ଉଠିପଡ଼ିଲା ସ୍ୱପ୍ନରୁ। ପାଖରେ ସ୍ୱାମୀ ତାପସ। ଉଠିପଡ଼ିଲେ ନିଦରୁ ମିତାର ବାଉଳି ହେବା ଶୁଣି। ତାପସ ପଚାରିଲେ, "ଆରେ କଣ ହେଲା ?" "ନାଇଁ ଗୋଟେ ସ୍ୱପ୍ନ..." ମିତା ସାରିପାରିଲା ନାହିଁ ତା କଥା। ତାପସ କିଛି ନ କହି ଆରପଟକୁ ମୁହଁ ବୁଲାଇ ଶୋଇପଡ଼ିଲେ। ମିତାକୁ ଆଉ ନିଦ ନ ଥିଲା। ବାହାରକୁ ଯିବାପାଇଁ ଇଚ୍ଛା କରୁଥିଲା। କଞ୍ଚାନିଦର ଅଳସପଣରୁ ଏଣେ ବଳ ପାଉ ନ ଥିଲା ତାକୁ। ଠିକ୍ ତାକୁ ଲାଗୁଚି ଯେମିତି ସେ ସ୍ୱପ୍ନପରି ମଝିରାସ୍ତାରେ ଠିଆ ହୋଇଛି ଏକାକୀ। ମିତା ବେଡ୍‌ଲାଇଟ୍ ଅନ୍ କରି ପାଣି ପିଇଲା। ଶୋଇବାକୁ ଚେଷ୍ଟା କଲା। ନିଦ ନ ଥିଲା ଆଉ ଆଖିରେ ତାର। ସେ ପୁଣି ତା ନିଜ ଭିତରେ ଅନୁଭବ କରୁଥିଲା ଗତ ଅପରାହ୍ଣର ଦୃଶ୍ୟସବୁକୁ। ସେ ସେଇ ଝର୍କା ପାଖକୁ ଠିଆହୋଇ ବାହାରକୁ ଦେଖୁଚି। ସେଇଟି ତାର ସବୁଦିନର ପ୍ରିୟ ଜାଗା। ନିତି ସେ ଏଇ ସତର ମହଲାର ଝର୍କାରୁ ଦୁନିଆକୁ ଦେଖେ। ଭାବେ ସତରେ ତା ଦୁନିଆଟି କେତେ ଛୋଟ ଆଉ ଉପରର ଆକାଶଟି ଏମିତି ନିରବ, ନିଃସଙ୍ଗ ! ପ୍ରତିଦିନ ସକାଳ, ସଞ୍ଜ ହୁଏ ହେଲେ

ବଦଳେନି ମିତାର ପୃଥିବୀ। ସବୁଦିନ ଦେଖେ ଝର୍କା ସେପାଖେ ସବୁଜ ବିରାଟ ଉଦ୍ୟାନ। ସୂର୍ଯ୍ୟ କିରଣର ବର୍ଣ୍ଣବିଭାରେ ରାଶି ରାଶି ଗଛବୃଛର ବଦଳୁଥାଏ ରଙ୍ଗ। ମିତା ବେଳେ ବେଳେ ଆଶ୍ଚର୍ଯ୍ୟ ହୁଏ, ସତରେ ସବୁଜର ବି ଏତେ ସେଡ୍ ଥାଏ? ମିତା ମନେ ମନେ ଖୋଜେ ସେ ରଙ୍ଗର ଭାଗମାପ। ଥାକ ଥାକ ପାହାଡ଼ ପରି ଦିଶୁଥିବା ସବୁଜ ବନାନୀରେ ବୁଣି ହୁଏ ସବୁଜ ରଙ୍ଗର ଭଳି ଭଳି ସେଡ୍। ଗାଢ଼ ସବୁଜ, ଫିକା ସବୁଜ, ହଳଦୀ ମିଶା ସବୁଜ, ଧଳା ମିଶା ସବୁଜ.. କେତେବେଳେ ପୁଣି ସବୁ ସବୁଜର ମିଶାମିଶି ପାଖାପାଖି କେଇଟା ରଙ୍ଗ। ମିତା ବେଶ୍ ବୁଝିପାରେ ଏ ରଙ୍ଗର ଖେଳ। ପତ୍ର ଗହଳକୁ, ଆକାଶକୁ, ଗଛ ଛାଇକୁ ମନଭରି ଦେଖେ, ମନେ ମନେ ମିତା ଚିତ୍ର ଆଙ୍କେ। ଠିକ୍ ଅବିକଳ ଏମିତି ଚିତ୍ରଟିଏ ଆଙ୍କୁଥାଏ ତା ମନର କାନ୍‌ଭାସ୍ ଉପରେ। ସେ ଖୁବ୍ ଭଲ ଚିତ୍ର ଆଙ୍କେ ବୋଲି ସମସ୍ତେ କୁହନ୍ତି। ଅଳ୍ପ କେତେଟା ଆଙ୍କିଛି ବି ସେ ଅନେକ ଦିନ ତଳେ। ତାପସ ଠିକ୍ ଏତିକିବେଳେ ପଛରୁ ଆସି ତା ଧ୍ୟାନ ଭାଙ୍ଗିଥିଲେ। ମିତା ଉଦ୍ଦେଶ୍ୟରେ କହୁଥିଲେ କଣ ଏମିତି ଏତେ ସମୟ ଯାଏଁ ଚାହିଁଛ ଝରକା ବାହାରକୁ? ଏମିତି କଣ ଠିଆ ହୋଇ ଦେଖୁଥିବ? ଆଜିର ସନ୍ଧ୍ୟା ବ୍ୟବସ୍ଥା କଣ କିଛି ହେବ ନା ନାହିଁ? ଚା ଜଳଖିଆ ହେଉ। ମିତା ଏତିକିବେଳେ ପଚାରିଥିଲେ ତାପସଙ୍କୁ- ମୁଁ ଯୋଉ ଦୁଇଦିନ ହେଲାଣି ରଙ୍ଗ କଥା କହୁଥିଲି ତୁମେ ବଜାରରେ ପାଇଲ କି? ତାପସ ଚିଡ଼ି ଉଠିଲେ ଏକଥା ଶୁଣି। କହିଥିଲେ "ତୁମକୁ କଣ ଜଣାପଡୁନି କେତେ ପ୍ରେସରରେ ମୁଁ ରହୁଛି? ଏତେ କାମରେ ମୋର ମନେ ରହୁନି ତୁମ ଫର୍ମାଇସ ସବୁକୁ ଭାବିବାକୁ?" ଏତିକି କଥାରେ ହିଁ ମିତା ଆଖି ଜକେଇ ଆସିଲା। ସେ ପିଲାବେଳୁ ସେମିତି। ଲହୁଣି ପରି ନରମ ସେ। କାହାକୁ ଚଢ଼ାଗଳାରେ ସେ କିଛି କହିପାରେନି କି ଶୁଣି ବି ପାରେନି। ସମସ୍ତଙ୍କୁ ଖୁସି ରଖିବାକୁ ଯେମିତି ତାକୁ କିଏ ଘୋଷେଇ ଦେଇଛି। ତାପସଙ୍କ ଦାନ୍ତରଗଡ଼ା କଥା ଶୁଣି କୌଣସିମତେ ନିଜକୁ ସମ୍ଭାଳି ଚା କରିବାକୁ ରୋଷେଇ ଘରକୁ ତରତର ହୋଇ ଚାଲିଗଲା। ଚା ଛାଣୁ ଛାଣୁ ଅନୁତାପ କରୁଥିଲା କାହିଁକି ସେ ଅଯଥାରେ ତାପସଙ୍କୁ ଏକଥା ପଚାରୁଥିଲା? ନିଜକୁ ଦୋଷ ଦେଇ କହୁଥିଲା କଣ ଗୁଡ଼େ ଆଙ୍କିପକେଇବ ଯେ ସେ ଜିଦ୍ କରିବସିଚି, ସେଇ ରଙ୍ଗ କେତେଟା ପାଇଁ। ଚା କପ୍‌ରେ ଚା'କୁ ଚାହିଁ ଭାବୁଥିଲା ପିଲାଦିନର କଥା। ସେ ପିଲାଦିନେ ସ୍ୱପ୍ନ ଦେଖିଥିଲା ସେ ଚିତ୍ରକର ହେବ। ତାର ଗୋଟାଏ ରଙ୍ଗତୂଳୀର ଘର ହେବ। ସେଠି ରହିବ ଭଳି ଭଳି ରଙ୍ଗ, କାନ୍‌ଭାସ୍, ତୂଳିର ଦୁନିଆଁ। ବାହାରରୁ ଦିଶୁଥିବ ଫୁଲଗଛ, ଘାସଲନ୍, ପ୍ରଜାପତିର ଡେଣା, ସେଇଠି ତାର କାନ୍‌ଭାସ୍‌ଟି ଝୁଲିଥିବ ଗୋଟେ ଲମ୍ବା ଷ୍ଟାଣ୍ଡ୍‌ରେ। ସେଇଠି ସେ ଆଙ୍କୁଥିବ ଏକା ଏକା, ଉଡ଼ନ୍ତା ପ୍ରଜାପତିର ରଙ୍ଗିନ ଡେଣା, ଆକାଶରେ

ମେଘର ବଗିଚା, ଦୂର ତାଳବନ, ଉଦାସୀ ଅପରାହ୍ଣର ପ୍ରତିଛବି, କଥାକୁହା ଜହ୍ନରାତି, ରାତିର ସହର, ଦୂର ମାଇଲ ଖୁଣ୍ଟ ଏମିତି କେତେ କଣ। ଗରମ ଚା କପ୍‌ରେ ହାତ ବାଜି ସେ ଫେରି ଆସିଲା ତା ବାସ୍ତବ ଦୁନିଆକୁ। ଚା ଦେଇଥିଲା ତାପସଙ୍କୁ ନିଜ ଚାହା କପ୍ ନେଇ ସେ ଚାଲିଗଲା ସେଇ ଝର୍କା ପାଖକୁ। ପୁଣି ଭାବୁଥିଲା ମିତା ଏଇ ଦୁଇଦିନ ତଳେ ସେଇ ରଙ୍ଗକୁ ନେଇ ତାପସ ସହ ତାର ଯୁକ୍ତି। ତାପସ କହୁଥିଲା କାହିଁକି ଆଙ୍କୁଛ ଏସବୁ, କଣ ମିଳୁଛି ଏସବୁରୁ, ଗୁଡ଼େ ଅଯଥା ଖର୍ଚ୍ଚ? ମିତା କହିବାକୁ ଚାହିଁ ବି କହିପାରେନି ତାପସଙ୍କୁ କଣ ମିଳେ ଏସବୁ ଚିତ୍ରରୁ? ସେ କେବଳ ଏକା ଜାଣେ, କେମିତି କହିବ ସେ ନିଜକୁ ଖୋଜିପାଏ ରଙ୍ଗତୂଳିରେ ଏକ ନୂଆ ପୃଥିବୀକୁ। ପିଲାଦିନର ଆଶାକୁ ସେ ଆଉଥରେ ଦେଖେ ହାତମୁଠାରେ। ସେତେବେଳେ ବାପା ପ୍ରଶ୍ରୟ ଦେଲେନି ତାର ଏ ଆଶାକୁ। ଝିଅ ପିଲାଟା ଏ ରଙ୍ଗତୂଳି ନେଇ କଣ ସଂସାର କରିବ? ପାଠ ଦି ଅକ୍ଷର ପଢ଼ିଲେ କାମ ଶେଷ। ଦିନେ ଏମିତି ଚିତ୍ର ଆଙ୍କୁ ଆଙ୍କୁ ସ୍କୁଲ୍ ଯିବାକୁ ଭୁଲିଯାଇଥିଲା। ସେଇଦିନଠୁ ବାପାଙ୍କ କଡ଼ା ତାଗିଦ ପରେ ରଙ୍ଗ ତୂଳି ଛାଡ଼ିଥିଲା ସେ ତା ଅନିଚ୍ଛା ସତ୍ତ୍ୱେ। ଏସବୁ ମନେପଡ଼ିଲେ ଆଜିବି ମନେ ମନେ ଦୀର୍ଘଶ୍ୱାସ ନିଏ ମିତା। ଏମିତି ସେଦିନ ତାପସଙ୍କ ସହ ରଙ୍ଗତୂଳି କଥାରୁ ପାଟିତୁଣ୍ଡ। କଥା ଯାଇ କୋଉଠୁ କେଉଁଠି ପହଞ୍ଚିଲା। ତାପସ ରାଗିଯାଇ ଶେଷରେ ଭଙ୍ଗାରୁଜା କରୁଥିଲେ। ସେ ସେମିତି ବଦ୍‌ରାଗୀ। ରାଗିଗଲେ କଣ ସବୁ କହିପକାନ୍ତି, ମୋ ଜୀବନରୁ ଚାଲିଯାଅ ତୁମେ। ମିତା ବିବଶ ହୋଇ କାନ୍ଦେ ଏକଥା ଶୁଣି। କହିପାରେନି ତାକୁ କେଉଁଥିରେ ଶାନ୍ତି ମିଳିବ ସେତକ ତାପସ ଆଜିଯାଏଁ ବୁଝିପାରିନ। ମିତା ଜାଣିଶୁଣି ଚୁପ୍ ରହେ। ଅନେକ ଥର ଏଇ ସମାନ କଥାରେ ତାଙ୍କ ଭିତରେ ମତଭେଦ। ମିତା ଅନେକ ସମୟରେ ଏ ପ୍ରସଙ୍ଗ ଉଠାଏନି। ସେ ଗୋଟେ ଟାଙ୍ଗରା ପାହାଡ଼ ପରି ଠିଆ ହୋଇଥାଏ। ଯାହାର କଳ୍ପନାରେ ବି ସବୁଜିମା ଦେଖିବା ମନା, ଦଳେ ପକ୍ଷୀର ବସା ଯେମିତି ସୁଦୂର ସ୍ୱପ୍ନ ସେ ପାହାଡ଼ ପାଇଁ, ସେମିତି ରଙ୍ଗମଖା ଚିତ୍ରର ସହର ସବୁ ମିତା ପାଇଁ କଳ୍ପନା ଯାଏଁ ହିଁ ସୀମିତ। ସେ ଚୁପ୍ ରହିବାକୁ ପସନ୍ଦ କରେ। ଏ ରଙ୍ଗ ତୂଳି କଥା ଉଠିଲେ ବେଳେ ବେଳେ ଭାବେ ଏ ରଙ୍ଗ ତୂଳିର ଦୁନିଆ ତା ପାଇଁ ମନା। ସେ ସବୁରେ ସେ ମନଦେବା କଥା ନୁହଁ। ତାର ଏ ପରିବାରର ଯତ୍ନ ନେବା ହିଁ ପ୍ରକୃତ କାମ। ସେଇଥିରେ ସେ ସବୁ ସମୟ ଉପଯୋଗ କରିବା କଥା। ସେଇଥିରେ ହିଁ ତାପସ ଖୁସି, ଏ ଘର ଖୁସି। ମିତା ଶୋଇଯାଇଥିଲା ରାତି ଶେଷଆଡ଼କୁ। ସେ ପୁଣି ସ୍ୱପ୍ନ ଦେଖିଥିଲା।

ସଞ୍ଜରେ ଅସରାଏ ବର୍ଷା ଝରି ଛାଡ଼ିଯାଇଥାଏ। ଝର୍କା ବାହାରର ସେ ଗଛପତ୍ରରେ ଅସ୍ତଗାମୀ ସୂର୍ଯ୍ୟଙ୍କ ନରମ କିରଣ ବିଛୁରି ହୋଇ ପଡ଼ିଥାଏ। ଗୋଟେ

ଅପୂର୍ବ ସତେଜତା ସେ ସବୁଜିମାରେ। ମିତା ବିମୁଗ୍ଧ ହୋଇ ଚାହିଁଥାଏ ସେଇ ଗଛପତ୍ରଙ୍କୁ। ପଛରୁ ତାପସ ଆସି ଭିଡ଼ି ନେଇଥିଲେ ମିତାକୁ କୋଳକୁ। ମିତା ଚମକିପଡ଼ିଲା। ତାପସ କହୁଥିଲେ ଦେଖ, ମୁଁ କଣ ଆଣିଛି, ତୁମ ପ୍ରିୟ ସବୁଜ ରଙ୍ଗର ଚାରିଟା ସେଡ୍। ମିତା ତାପସ ହାତରୁ ଖସିଆସି ରଙ୍ଗସବୁକୁ ଚାହିଁଥିଲା। ମିତା ମୁହଁରେ ଗୋଟେ ଉଛୁଳି ପଡୁଥିବା ଖୁସିର ଭଉଁରି। ଏଥର ମିତା ଖୁସିରେ ନାଚି ଉଠିଥିଲା। ତାପସ ପାଖରୁ ଖସିଯାଇ ତାଙ୍କ ହାତରୁ ଛଡ଼ାଇ ନେଇଥିଲା ରଙ୍ଗସବୁକୁ। ଗୋଟେ କୋଣରେ ବସିପଡ଼ିଲା। ଅନେକ ଦିନରୁ ବନ୍ଧା ହୋଇ ପଡ଼ିଥିବା କାନ୍‌ଭାସ୍‌ରୁ ଧୂଳି ଝାଡ଼ିଲା। ପାଣିରେ ତୂଳି ସବୁ ଓଦା କଲା। ଏଇ ରଙ୍ଗ ସବୁକୁ ଦେଖିଲେ ମିତା ଦେହରେ ପ୍ରାଣ ସଞ୍ଚରିଯାଏ ସତରେ। ମଗ୍ନ ହୋଇଯାଏ ଅଜଣା ଇଲାକାରେ। ସେ ଭୁଲିଯାଏ ସୁଖ ଦୁଃଖ, ଜୀବନ ଯନ୍ତ୍ରଣା, ଦିନରାତିର ଗତିବିଧି। ସେ ହଜି ହଜି ବୁଲୁଥାଏ ରଙ୍ଗର ସହର ଭିତରେ। ସେ ଆଙ୍କୁଥିଲା ସବୁ ରଙ୍ଗର ସମାହାରରେ ଏକ ଅନନ୍ୟ ଚିତ୍ର, ସେଠି ପଣତ ଉଡୁଥିଲା ପବନ ସହ, ଆଗରେ ଠିଆ ହୋଇଥିଲା ନୀଳ ଆକାଶ ବୁଦା ବୁଦା ମେଘଫୁଲ, ସବୁଜ ପାହାଡ଼, ପାଦତଳେ ଘାସପତ୍ର। ମିତା ଗଢ଼ିସାରିଥିଲା ଅତି ନିଖୁଣ ଭାବରେ ଗୋଟିଏ ନାରୀ ଚିତ୍ର। ସବୁଥିରେ ଭରିଥିଲା ଜୀବନ୍ତ ସ୍ପର୍ଶ, ପ୍ରକୃତିର ଅବିକଳ ବର୍ଣ୍ଣବର୍ଣ୍ଣାଳି। ସେ ଶିହରି ଉଠୁଥିଲା ବେଳକୁ ବେଳ। ଆଙ୍କୁଥିଲା ତା ଭିତରେ ଜଣେ ନାରୀର ମୁଖମଣ୍ଡଳ। ପ୍ରକୃତିର ସେଇ ପ୍ରାଚୁର୍ଯ୍ୟ ଭିତରେ ତାର ଉଡୁଥିଲା ଆଲୁଳାୟିତ କେଶ, ରେଖାୟିତ କପାଳ, ଆକାଶ ଆଡ଼କୁ କୁଞ୍ଚିତ ତାର ଭ୍ରୂଲତା, ଦୁଇଟା ସମୁଦ୍ର ପରି ଆଖି, କେଉଁ ଏକ ଅବସୋସ ଓ ଅତୃପ୍ତି ସେ ଚାହାଣିରେ। ନିବୁଜ ସଂକୁଚିତ ଓଠ, ଶେଷକୁ ଚିବୁକ ଉପରେ ଦୁଇଟୋପା ଲୁହର ସ୍ଥିରଚିତ୍ର ମିତା ଆଙ୍କିଥିଲା ଏମିତି ଗୋଟେ ନିଃସଙ୍ଗ ନାରୀମନର ଚିତ୍ର, ଯାହା ମିତା ନିଜକୁ ବିଶ୍ୱାସ କରିପାରୁ ନ ଥିଲା ଏହା କିପରି ସମ୍ଭବ ହେଲା। ସେ ଚିତ୍ରରେ ତା ଚରିତ୍ର କଥା ନ କହିଲେ ବି ତା ଆଖିସାରା ଲୁହ। ତା ଆଗରେ ଘାସଫୁଲ ହସୁଥିଲେ ବି ଚରିତ୍ରରେ ମନସାରା ଯନ୍ତ୍ରଣା। ଗୋଟେ ନିରବ ଆବେଗର ଗୁଞ୍ଜରଣରେ ତାର ପ୍ରତିଟି ଅବୟବ ଅସ୍ଥିର। ତାର ଭଙ୍ଗୀରେ ଆଲୋଡ଼ିତ ଅବ୍ୟକ୍ତ ଅସହାୟତା। ତା ନିଃସଙ୍ଗପଣର ବ୍ୟଥା ନା ଏହା କେବେ ସମ୍ଭବ ନୁହଁ। ସେ ଆଙ୍କିପାରିବନି ଏମିତି ଚିତ୍ର। ମନେ ମନେ କହିଲା ମିତା। ସବୁଠୁ ବେଶି ମାଡ଼ିପଡୁଥିଲା ମିତାକୁ ଏ ଚିତ୍ର ଦେଖିଲେ ତାକୁ ତାପସ କଣ କହିବେ ! ନିଶ୍ଚିତ ପ୍ରଶ୍ନ କରିବେ, ତୁମକୁ ରଙ୍ଗ ତୂଳି ଦେବାର କଣ ଏଇ ପରିଣାମ ? ତୁମେ ନିଜେ ନିଜର କାନ୍ଦୁଥିବାର ଛବି ଆଙ୍କୁଛ। ସାଙ୍ଗସାଥୀ, ପରିବାର ଓ ସମାଜକୁ କଣ ଏଇଆ ଦେଖେଇବାକୁ ଚାହଁ ? ସତରେ ତୁମକୁ କଣ ମୁଁ ଏତେ କଷ୍ଟରେ ରଖିଛି ? ଆଉ କଣ

କରିଥାନ୍ତି ତୁମ ପାଇଁ? ଏ ଘର ଗାଡ଼ି ବ୍ୟାଙ୍କ୍ ବାଲାନ୍ସ, ଏ ସୁଖ ସ୍ୱାଚ୍ଛନ୍ଦ୍ୟର ସ୍ୱପ୍ନ ଭଳି ଜୀବନରେ ଆଉ କଣ ଖୋଜୁଛ ତୁମେ? ଏମିତି ସହସ୍ର ପ୍ରଶ୍ନ ମିତା ଚାରିପଟେ ଘୂରିବୁଲୁଥିଲେ ଅସହ୍ୟ କରିଦେବାକୁ ମିତାକୁ। ତାପସ ଏତିକିବେଳେ ତା ଆଡ଼କୁ ଆସି ଜୋର୍‌ରେ ଭିଡ଼ିନେଇଥିଲେ ମିତା ହାତରୁ ସେ ଛବିଟିକୁ। ନିଜ ମୁଣ୍ଡରେ ବାରମ୍ବାର ପିଟୁଥିଲେ ରାଗରେ। କଣ ଚାହଁ ମିତା, କଣ ଚାହଁ ମିତା, ତୁମେ - କହି ଚିତ୍କାର କରୁଥିଲେ ପାଗଳଙ୍କ ପରି। ମିତା କାକୁତିମିନତି ହୋଇ ଖୁବ୍ ସଂଭ୍ରମତା ସହ କହୁଥାଏ- ମୁଁ ଜାଣିଶୁଣି ଆଙ୍କିନି ଏ ଛବି। ମୋତେ କ୍ଷମା କର, ମୋତେ କ୍ଷମା କର, ମୁଁ ଆଙ୍କିବିନି ଆଉ ଛବି। ମିତା ଜାଣେ ତାପସ ସେମିତି ରାଗିଲେ କିଛି ବି କରିବସିବେ। ତାଙ୍କ କଥା ଅମାନ୍ୟ କଲେ ସେ ଜମା ସହିବେନି, ତାଙ୍କ ଶାସନ, ଆକ୍ରୋଶ, ଜିଦିଖୋର ମନୋଭାବ ଆଗରେ ସେ ପଥର ହୋଇଯାଇଛି ଅନେକ ଦିନରୁ। ଏଠି ତାଙ୍କ ହିସାବରେ ଜୀବନ ବଞ୍ଚିବାକୁ ପଡ଼େ। ମିତା ଏଥର ଭୟରେ କାନ୍ଦୁଥାଏ। ଥରୁଥାଏ ତା ଦେହ। ତାପସ ମୁଣ୍ଡରେ ହାତ ରଖି କହୁଥାଏ- କ୍ଷମା କର ଏଥରକ, ଆଉ ମାଗିବିନି ତୁମକୁ ରଙ୍ଗ, ଆଙ୍କିବିନି ଏ ଚିତ୍ରସବୁ। ଓଃ ଏଇ ଯେ ତୁମ ମୁଣ୍ଡ ଫାଟି ରକ୍ତ ବୋହିଲାଣି ତାପସ, ଏ କଣ କଲ ତୁମେ? ମିତା ପାଟି କରୁଥିଲା ତାପସ ତାପସ .. ଭୋ ଭୋ କାନ୍ଦି ମିତା ଉଠିପଡ଼ିଲା ସ୍ୱପ୍ନରୁ। ସେତେବେଳକୁ ରାତି ଶେଷ ପ୍ରହର। ପାଖରେ ତାପସ ନିଶ୍ଚଳ ହୋଇ ଶୋଇଥିଲେ। ମିତା ଧଇଁସଇଁ ହୋଇ ଉଠିପଡ଼ିଲା। ଗୋଟାପଣେ ଝାଳ ଜୁଡୁବୁଡୁ। ପାଖରେ ତାପସଙ୍କ ଦେଖି ଆଶ୍ୱସ୍ତ ହେଲା। ତାପସ ମୁଣ୍ଡରେ ହାତ ମାରିଲା, ନିଜକୁ ଆବିଷ୍କାର କଲା ଆଉଥରେ। ମନେ ମନେ ହାଲୁକା ହେଲା ଯାହାହେଉ ସେସବୁ ନିଃସଙ୍ଗ ସ୍ୱପ୍ନ ଥିଲା, ସତ ନୁହଁ। କେହି ସେ ସ୍ୱପ୍ନର ସୁରାକ ବି ପାଇ ନ ଥିବେ କେବଳ ତା ବ୍ୟତୀତ। ଯାହାହେଉ ତାପସଙ୍କ ମୁଣ୍ଡ ଫାଟିନାହିଁ। ସବୁ ଠିକ୍ ଅଛି। ସେ ପ୍ରଶାନ୍ତିରେ ଚାହିଁ ରହିଲା ତାପସଙ୍କ ଆଡ଼କୁ ଟିକେ ସମୟ। ସକାଳୁ ତାପସ ଉଠିଲେ ବେଡ୍‌ରୁ। ଆଖି ମଳିମଳି ମିତା ଆଡ଼କୁ ଚାହିଁ କହୁଥିଲେ, କେତେ ତୁମେ ସ୍ୱପ୍ନ ଦେଖ ମିତା? ମିତା କେବଳ ଗୋଟିଏ କଥା ଭାବୁଥିଲା ଯାହାହେଉ ତାପସଙ୍କ ମୁଣ୍ଡ ସତସତିକା ଫାଟିନାହିଁ, ନ ହେଲେ ସେ କାହାକୁ କି ମୁହଁ ଦେଖେଇଥାନ୍ତା? ଆଉ ଏଇ ସମାଜକୁ କଣ କୈଫିୟତ ଦେଇଥାନ୍ତା? ତା ଜିଦ୍ ପାଇଁ ସ୍ୱାମୀଙ୍କ ମୁଣ୍ଡ ଫାଟିଛି। ଓଃ ଯାହାହେଉ ସେକଥା ଘଟିନି। ସେ ସକାଳୁ ପୁଣି ଚାହା କରି ତାପସଙ୍କୁ ବଢ଼େଇ ଦେଉ ଦେଉ ମନେ ମନେ କହୁଥିଲା ମୋ ରାତିର ସ୍ୱପ୍ନ ଏତେ ନିଃସଙ୍ଗ କାହିଁକି?

ମଲାନଈ

ବାହାରେ ମାଛି ଅନ୍ଧାର। ଝର ମଥାରେ ସିନ୍ଦୂର ଦାଉଦାଉ ଦିଶୁଛି ମହଳଣ ଆଲୁଅ ସତ୍ତ୍ୱେ। ପାଖ ମଧୁମାଳତୀ ଲତାରୁ ଫୁଲସବୁ ତରାଟି ଚାହିଁଛନ୍ତି ଘରଆଡ଼େ। ମଝିରେ ମଝିରେ ବାସ୍ନା ଝରି ଆସୁଥାଏ ମେଲା କବାଟ ବାଟେ। ନିରୋଳା ରାତିଟା ଝରକୁ ଆଜିବି ଏକାଏକା ଲାଗୁଥିଲା। ସବୁଦିନ ପରି ଆନମନା ହୋଇ ଭାବୁଥିଲା, ଏଇ ପାହିଆସୁଥିବା ସକାଳଟା କଣ ବଦଳିଯିବ ଏମିତି ? ସିନ୍ଦୂରା ଫାଟିବା ପରେ ଆକାଶରେ ଉଇଁବ ତା ନୂଆ ଜୀବନର ପହିଲି ସୁରୁଜ। ଚୁନାଚୁନା ସୁନେଲି କିରଣ ବିଛେଇ ହୋଇଯିବ ତା ନୂଆ ଘରର ଚାଳଠୁ ଅଗଣାଯାଏଁ। ସତେ ଏତେ ସୁନାରଙ୍ଗୀ ସୁଖକୁ ତା'ର କଣ ଆଖିପାଇବ ?

ଆଜି ବାହାହେଇ ସୁନିଆଁକୁ ସେ ତା' ଘରକୁ ଆସିଛି। ଛାଡ଼ି ଆସିଛି ଝର ତାର ପିଛିଲା ଜୀବନ ଆଉ ବାବୁଘର। ଏଇଠି ଗଢ଼ିବ ସେ ପତର କୁଡ଼ିଆ ହେଲେବି ତା ନିଜର ନୀଡ଼ଟାଏ। ଉଦୁଉଦିଆ ଦିନ, ଜହ୍ନତରା ଜୋଛନା, ବର୍ଷା, କାକର, ଶୀତ ଏଇଠି ଭେଟିବେ ତାକୁ ବାକିତକ ଜୀବନପାଇଁ। ପିଠିଟାକୁ କାନ୍ଥକୁ ଡେରି ଗୋଡ଼ ଦିଇଟା ଭାଙ୍ଗି ଆଉଜି ବସିଛି ଏମିତି ଭାବନାରେ କେତେବେଳ ହେଲାଣି ଏଇମିତି। ଛାତିଟା ହାଲୁକା ଲାଗୁଥିଲା ତାକୁ। ହେଲେ ନିଦ ନାହିଁ ଆଖିକୁ।

ଝର ସୁନିଆଁ ପାଖକୁ ଘୁଞ୍ଚିଗଲା। ମୁଣ୍ଡରୁ ଲୁଗା କାଢ଼ି ତା ସ୍ୱାମୀ ସୁନିଆଁକୁ ଆଉଟିକେ ଭଲକରି ଚାହିଁଲା। ସଞ୍ଜୀରୁ ମୁହଁମାଡ଼ି ପଡ଼ିଛି ସୁନିଆଁ। ଝାଳୁଆ ଗନ୍ଧ ମାରିଲାଣି ଶୋଇ ଶୋଇ। କଳା ମଚମଚ ଦେହଟାରେ, ଜଟ ହୋଇଯାଇଥିବା ବାଳ, ଦାଢ଼ିଆ ଅଣଭଣିଆଁ ମୁଣ୍ଡଟାଏ। ମୋଟା ମୋଟା ଆଲୁରା କହରା ଦାଢ଼ି ସବୁ ପାଟି ଉପରକୁ ମାଡ଼ିପଡ଼ିଛି। କପାଳରେ ବୟସର ଭାଙ୍ଗ, କେଇଟା ଗାଲ ଆଖି ତଳେ। ଝର ପ୍ରଥମ କରି ଦେଖୁଥିଲା ସୁନିଆଁକୁ। ତା ନୂଆ ଜୀବନର ପ୍ରଥମ ରାତିର ଝାପ୍‌ସା ଆଲୁଅରେ

ମୁଣ୍ଡରେ ହାତେ ଓଢ଼ଣା ଦେଇ ବାହାହୋଇ ସୁନିଆଁ ଘରକୁ ଆସିଥିଲା। ସେଯାଏଁ କାହାକୁ ବାହାହେଇଛି ତାକୁ ଜାଣିନଥିଲା। ଏବେ ସୁନିଆଁକୁ ଦେଖି ସେ ଭାବୁଥିଲା କାହିଁକି ତା ବାବୁଆଣୀ ବାହାକଲା ବେଳେ ତା ମୁଣ୍ଡରେ ହାତେ ଲୁଗା ଟାଣି ବସ ବୋଲି କହୁଥିଲେ। ସୁନିଆଁକୁ ଉଠେଇଦେବାକୁ ବଢ଼ିଯାଉଥିବା ଝରି ହାତଟା ପୁଣି ଫେରି ଆସୁଥିଲା ନିଜ ଜାଗାକୁ। ଝରିର ଛାତି ରୁନ୍ଧି ହୋଇଯାଉଥିଲା ପାଉଁଶ ଭର୍ତ୍ତି ଚୁଲିରେ ଜାଳ ମୁହେଁଇଲା ପରି।

ଛାଟିପିଟି ହୋଇ ବାହାରିଗଲା ଝରି କବାଟ ଖୋଲି। ଲୁଗାପଣତଟାକୁ ପିଠିରୁ ଉପାୟହୀନ ପରି କାଢ଼ିଦେଇ ବାରଣ୍ଡା ଭୂଇଁରେ ପାରି ପକାଇଲା। କିଏ ଅଛି ଯେ ତା ଛାତି ଭିତରଟାକୁ ଦେଖି ଆହାଃ ବୋଲି କହିବ! ଅଧା ଖୋଲା ଦେହଟାକୁ ପବନକୁ ଦେଖେଇ ଡବଡବ ଉପରକୁ ଚାହିଁଲା କୋହରେ। ତା' ଭିତରଟା ଗୋଳେଇ ପକାଉଥାଏ ଏଥର। ରାତି ପାହିବାକୁ ଆହୁରି ଢେର୍ ସମୟ ବାକି ଅଛି। ମନେ ମନେ କହୁଥିଲା ଝରି। ତା ଜୀବନର ରାତି ଏମିତି ଲମ୍ବା କାହିଁକି ? ଥୁଣ୍ଟା ଜଡ଼ିଗଛଟା ମାଡ଼ିବସିଲା ପରି ଝାପ୍‌ସା ଦିଶୁଛି ଦୂରରୁ। କେତେଟା ବାଦୁଡ଼ି ଝୁଲୁଛନ୍ତି ଭଙ୍ଗା ଚାଳତଳୁ। ସେମିତି ତା ସ୍ୱାମୀ ସୁନିଆଁ ଟାଙ୍କେ ପିଇ ଗୋଡ଼ହାତ ଲମ୍ବେଇ ଝୁଲିଛି ଛିଣ୍ଡା ଖଟିଆରୁ।

ଆକାଶଟା ଫାଳେ ଦିଶୁଛି ବାରଣ୍ଡାର ଭଙ୍ଗା ଚାଳବାଟେ। କେତେଟା ତାରା ବଲବଲ ଚାହିଁ ତାକୁ ମୁହଁ ଫେରେଇ ନେଲେଣି। ଏ ସୁନିଆଁର କେବେ ନିଦ ଭାଙ୍ଗେ କେଜାଣି ମନେ ମନେ ଭାବୁଥିଲା ଝରି। ଭାବୁଥିଲା ବାହାହେଲା ବେଳେ ତାକୁ ଦେଖିଚି କି ନାଇ, ଟଳମଳ ହୋଇ ବସିଥିଲା ତା ପାଖରେ। ଗଣ୍ଠିଟା ପଡ଼ିଗଲା ପରେ ଉଭାନ। ବାବୁଘର ଲୋକ କେଇଟା ତାକୁ ଆଣି ଛାଡ଼ିଦେଇଗଲେ ଏଇଠି। ଗଲାବେଳେ ବାବୁଘର ଲୋକ କହିଗଲେ ବହୁତ ଟଙ୍କାଦେଇ ସୁନିଆଁକୁ ବାହା ଦେଇଚୁ ତୋତେ। ଏବେ ଏଇଠି ରହିବୁ ତୁ ଝରି।

ଯାହାବି ହେଉ ସେ କାଳ ଘରଟାଠୁ ମୁକ୍ତି ମିଳିଛି ତାକୁ। ନ ହେଲେ ଆଉ କେତେଟା ଦିନରେ ସେଠି ତାର ଜୀବନ ଚାଲିଯାଇଥାଆନ୍ତା। ଏମିତି କୋଉ ସେ ବଞ୍ଚିଛି ଯେ ଆଜିଯାଏଁ! ତା ଭିତରଟା କେବେଠୁ ପାଉଁଶ ହୋଇଛି। ଫୁଲ ବଗିଚାରେ ନିଆଁ ଲାଗିଲା ପରି ସବୁ ଜଳି ଅଙ୍ଗାର ହୋଇଛି। କେତେଟା ହାଡ଼ ଯାହା ବଞ୍ଚିଥିଲା ତା ଦେହରେ, ସେତକ ଯେଉଁଦିନ ମା' ବି ଗଳା ଫଟେଇ କହିଲା ତୁ ମଲୁନି ପୋଡ଼ାମୁହାଁ, ଏ ପାପଛୁଆଟାକୁ ପେଟରେ ଧରି କଳା ବୋଳିଲୁ ମୁହଁରେ। ମୁହଁକୁ ଥୁ କରି ଘରୁ ବାହାର କଲା। ସେଦିନ ତା ବାକିତକ ଅସ୍ଥିକଙ୍କାଳ ଜଳିପୋଡ଼ି ପାଉଁଶ ହୋଇଥିଲା। ସେଦିନ ସତରେ ଝରଣା ମରିଯାଇଥିଲା। ଛାତି ଫଟେଇ ବହୁତ କାନ୍ଦିଥିଲା ସେ

ଗୋଟା ରାତିଯାକ। ଆକାଶ ତାର ଖସିପଡ଼ିଥିଲା ସେଇଦିନ କେତେଖଣ୍ଡ ହୋଇ। ଏମିତି ଝଡ଼ର ମୁହୂର୍ତ୍ତ ଆଜି ବି ମନେପକେଇଦିଏ ତା ଦେହର ଶିରପ୍ରଶିରା ଯା ଘର ତା ଘର କେତେ ଲୋକଙ୍କୁ ଆଶରା ନ ମାଗିଚି ସେ। ସବୁଠି ଛିଛାକର, ଗାଳିଗୁଲଜ। ନିରୁପାୟ ହୋଇ ବାବୁଘରକୁ ପୁଣି ଫେରିଥିଲା। ବାବୁ ମା' ଆଗରେ ଲୋଟିପଡ଼ିଥିଲା ଆଶ୍ରା ପାଇଁ ନିର୍ଲଜ୍ଜୀଙ୍କ ଭଳି। ବହୁତ କଥା ଶୁଣେଇଲା ବାବୁ ମା' ଚରିତ୍ରହୀନାଟାଏ ତୁ। ମୋ ଘରେ କଳଙ୍କ ବୋଳିବୁ ପୁଣି ଘରେ ପୂରେଇଲେ ଯାହା କର୍ମ କଲୁ ତାରି ଫଳ ଭୋଗୁଛୁ। ତୋତେ ଘରେ ରଖି ମୋ ମୁହଁ ବି ପୋଡ଼ିଯାଉଛି। ବହୁତ ଗାଳିଗୁଲଜ କରିଗଲା ବାବୁ ମା', ପୁଣି କହିଲା, "ବାବୁ ମା', ମୁଁ ସେମିତିକା ମଣିଷ ବୋଲି ଘରେ ରଖୁଛି। ଆଉ କିଏ ହେଲେ ତୋତେ ଘରେ ପୂରେଇବେନି। ଖାଲି ତୋ ବାବୁ କହୁଛନ୍ତି ବୋଲି ରଖୁଛି। ସେ ତୋତେ ଦେଖିକି କୋଉଠି ହାତକୁ ଦି ହାତ କରେଇଦେବେ। ଜାଣିଲୁଟି ବାବୁ କେମିତିକା ଲୋକ। ଛିଃ ଛିଃ ତୋତେ କହି ଲାଭ କଣ? ଏଗୁଡ଼ାକ ଯୋଉଠି ଖାଇବେ ସେଇଠି ମଇଳା କରିବେ -" କହି ଦୁମ୍‌ଦୁମ୍ ଚାଲିଗଲା ବାବୁ ମା' ଘର ଭିତରକୁ କବାଟ ଖୋଲିଦେଇ। ଛାତି ତାର ବିଦାରି ହୋଇ ଯାଉଥିଲା ଏଇକଥା ଶୁଣି। ବଡ଼ପାଟିରେ ଚିତ୍କାର କରି ଇଚ୍ଛା ହୋଉଥିଲା ହେଲେ ପାଟି ଖୋଲିଲାନି। କାକୁତିମିନତି ହୋଇ ସେଇଠି ପଡ଼ିରହିଲା ପେଟ ବିକଳରେ ତା ପିଲାଟାକୁ ଧରି। କଣ ବା କରିଥାନ୍ତା ସେ ଆଉ ଚାରିକାନ୍ଥ ଭିତରେ ରାତିଗୁଡ଼ା ତାର କୁହୁଳିଛି ସେଠି। କାହାକୁ କହିପାରିନି ତାର ଦୋଷ ନାହିଁ। ନିଅଣ୍ଟିଆ ଅଣ୍ଟିରେ ଦି ଦିନର ଖାଇବା ପକେଇଦେଇ ଜୀବନଟାକୁ ଚିଲ ଶାଗୁଣା ପରି ଛିଣ୍ଡେଇପକାନ୍ତି ଏମାନେ। ଚିତ୍କାର କରିବାକୁ ବଳ କି ସାହସ ପାଏନି ନାଲିଆଖି ଭୟରେ। ଜୀବନକୁ ନଳିତା ବିଡ଼ାପରି ଚୁଲିକୁ ମୁହାଁଇ ଦିଅନ୍ତି ଏମାନେ। ଘୃଣାରେ ବିଷପରି ଲାଗୁଥାଏ ତାକୁ ସବୁ ସେତେବେଳେ।

କେତେ ଭାବିନଥିଲା ତା ମା', ଦି'ଟା ପଇସା କମେଇଲେ, ତା ଝିଅ ବାହାହେବ, ଭାତଲୁଗାର ସଂସାର କରିବ। ସେ ନିଜେ କଣ ସ୍ୱପ୍ନ ଦେଖିନଥିଲା ତା ପଡ଼ିଶା ଘର ଚମ୍ପାନାନୀର ବାହାବେଳେ। ବେଦୀ ଆଗରେ ବସି ସେ ଚମ୍ପାନାନୀର ବାହାଘର ଦେଖିଥିଲା। ଶଙ୍ଖ ହୁଳହୁଳିରେ ଆଖପାଖ ଦୁଲୁକୁଥିଲା ସେତେବେଳେ। ଚମ୍ପାର ଲାଜୁଆ ଆଖି, ତା ବରର ମୁଚକୁନ୍ଦିଆ ହସକୁ ଦେଖି ମନେ ମନେ କଣ ଭାବିପକଉଥିଲା ସେ। ଟିପିଟିପି ଚନ୍ଦନରେ ସଜେଇ ହୋଇ ଚମ୍ପାନାନୀ ଶାଶୂଘର ଗଲା। ତା ବରଘର ସେଇ ପାଖ ସାହି ଯୋଗୁଁ ଚମ୍ପାକୁ ନିତି ଦେଖେ ସେ। ତା ପରଠୁ ତା ସହ ମିଶି ଦିନେ ମିଛିମିଛିକା ଭାତତୁଣ ରାନ୍ଧୁ ରାନ୍ଧୁ ଚମ୍ପାନାନୀ ସତସତିକା ଘରଟାଏ

କରିପକେଇଲା ଭାବି ଉଲୁସି ଉଠେ ମନେ ମନେ । ଚମ୍ପାକୁ ତା ବରକଥା ପଚାରିଲେ ତଳକୁ ଅନେଇ ଓଠ ଦି'ଟାକୁ ଲମ୍ବେଇ ଦିଏ । ସତେ ଯେମିତି ଭରାନଈର ସୁଅ ପରି ଉଛୁଳା ତା ମନ ! ଭରିଯାଏ ସତରେ ତା ମନ ଚମ୍ପାନାନୀର ସଂସାର ଦେଖି । ତା ଅଗଣାର ଶାଗକିଆରୀ, ବାଇଗଣ ବାରି, ଚାଳ ଉପର ଲାଉଡଙ୍କ କେଡ଼େ ଛନଛନ ଦିଶେ । ସେଦିନ ତାକୁ ମନେ ହେଉଥିଲା ଚମ୍ପାନାନୀ ଏ ଦୁନିଆଁର ସବୁଠୁ ସୁଖୀ ମଣିଷଟାଏ । ତାର ବି ଦିନେ ଏମିତି ଶାଗମୁଗ, କୁଟାକାଠିର ବସାଟାଏ ହେବ । ଚମ୍ପାନାନୀ ପରି ସେ ବି ଡେଇଁଯିବ ପଟାଳୀ ପଟାଳୀ ଜୀବନର ସବୁ ଦୁଃଖସୁଖକୁ ସ୍ୱାମୀର ହାତଧରି । ମନଟା ଶୀତେଇଯାଏ ତାର ଆଜି ଏଇସବୁ ମନେପଡ଼ିଲେ । ସ୍ୱପ୍ନଗୁଡ଼ା କେତେ ଶସ୍ତା ସତେ ! ପାଣି ଫୋଟକା ପରି ମିଳେଇ ଯାଏ ମୁହୂର୍ତ୍ତକେ । ଝରଭାବୁଥିଲା ଏମିତି କେତେ ରାତି ବିତିଛି ତା ଜୀବନରେ । ମିଟିମିଟି ଅନ୍ଧାରକୁ ଚାହିଁ ଅନେକ ପ୍ରଶ୍ନ କରିଛି । ଜୀବନ କଣ ଏମିତି ଅଲୋଡ଼ା ? ପେଟ ନିଆଁହୁଳାରେ ଦେହ ମନ ସବୁ ସିଝିଯାଏ ତତଲା ବାମ୍ଫ ଧାସରେ । ଫୁଟିବା ଆଗରୁ ମରିଯାଏ ଆଶାର କଢ଼ସବୁ ।

ମନେପଡୁଥିଲା ଝରର ପିଲାଦିନ । ତା ମା'ର ପରଘରେ ଖଞ୍ଜାକାମ । ଏମିତି କେତେଦିନ ଭୋକଉପାସରେ କଟିଯାଏ । ଚାରିଚାରିଟା ଛୁଆର ପେଟକୁ ଭାତ ଯୋଗାଇବା କାଠିକର କଥା । ଦିନଯାକର ଖଟଣି ପରେ ତା ମା' ଶୁଖିଲା ମୁହଁରେ ଫେରେ । ୟା ତା ଘରେ ତୋରାଣି ମାଗିବା ତାର ନିତିଦିନିଆ କାମ ଥିଲା । ବା' ମରିଯିବା ପରେ ନିଜର ବକତ ଖାଇବା ପିଲାକୁ ବାଢ଼ିଦିଏ । ଝର ଆଖିରୁ ଦୁଇ ବୁନ୍ଦା ଲୁହ ନିଗିଡ଼ି ଆସୁଥିଲା ତା ଗାଲଚମ ଦେଇ । କାନରେ ଶୁଭୁଥିଲା ତା ମା'ର ସେଇ ପଦକ, ଝିଅଟାକୁ ବାବୁ ମା' ନିଜ ଝିଅ ଭଳି ଦେଖିବ । ବାବୁ ଘରେ ତାକୁ ଛାଡ଼ି ଯାଇଥିଲା ଦଶ ବରଷର ହେଲାବେଳକୁ । କଅଁଳିଆ ଛୁଆଟା ଆପେ ଆପେ ଶିଖିଯିବ ସବୁ କାମ ବାବୁଆଣୀ, କହି ଆଖି ଛଳଛଳ କରି ଚାଲିଗଲା ସେଦିନ ମା' । ସେ ନିଜେ ବି ଆକୁଳିଆ ହୋଇ ସମସ୍ତଙ୍କୁ ସେଦିନ ଚାହୁଁଥାଏ । କଣ କଣ ଘରକାମ କରିବାକୁ ପଡ଼ିବ ତାକୁ ବାବୁ ମା' ତାଗିଦ୍ କରିଦେଲେ ପଖାଳ କଂସାଟା ଧୋଇ ନିଗାଡୁ ନିଗାଡୁ । କାମରେ ତା ଅଣ୍ଟାଭାଙ୍ଗି ପଡୁଥିଲା ତାପରଠୁ । ସିଧା ହୋଇ ଉଠିବାକୁ ବଳ ପାଏନି । ଏମିତି କେତେ ବର୍ଷ ବିତିଥିଲା । ବାବୁ ବାବୁଆଣୀଙ୍କ ପୁଅ ଝିଅ କଲେଜ ପଢିଲେ ବଡ଼ ହୋଇ । ତା ଭିତରେ ବୋଧେ ସେ ବି ବଡ଼ ହୋଇସାରିଥିଲା କିଛି ନ ହେଲେ ଚାରି ପାଞ୍ଚ ବର୍ଷର ଖଟଣି ବାବୁଘରେ । ମଲାପରି ଘୋଷାରି ହୁଏ କାମ ସରୁ ସରୁ ସବୁଦିନ । ଶୁଣିବା ପାଇଁ କେହି ନ ଥିଲେ । ପଖାଳ ଆମ୍ବୁଲ ଫଡ଼ାଏ ସକାଳର, ଦିନ ଚାରିଘଡ଼ିରେ ଆଉ ବକତେ ଖାଇଲାବେଳକୁ ପେଟ କୋରଡ଼ି ପକାଏ ତାର ।

ଏତକ ପରେ ବି ତା ଦୁଃଖ ସରୁ ନ ଥାଏ। କୁଆଡେ ପଳେଇବ ତା' କବ୍‌ଜାରୁ ବାଟ ପାଏନି। ଲୁଚିଛପି ପଳେଇବାକୁ ଅନେକ ଚେଷ୍ଟା କରିଛି, ହେଲେ ପାରିନି। ସେକଥା ଭାବିଲେ ଦେହହାତ ହେମାଳ ପଡ଼ିଯାଏ ତାର।

ବାବୁ ମା' ନ ଥିବା ବେଳେ ସେ ବାବୁଟା ତାକୁ ପାଖକୁ ଡାକେ। ଡରାଏ, ଧମକାଏ, ବେଶୀ ମୁଣ୍ଡ ହଲେଇଲେ ଟଣାଓଟରା କରି ଦି ଜାବୁଡ଼ା ତା ଶକ୍ତ ହାତରେ, ସଁ ସଁ ହୋଇ ମାଡ଼ିବସେ ତାକୁ। ତା ଲାଲ୍ ଆଖିତଳେ ତା ହାତଗୋଡ଼ ସବୁ ସ୍ଥିର ହୋଇଯାଏ। ଜାକିଜୁକି ହୋଇ ମୁହଁ ଲୁଚାଇନିଏ। ତା ପେଟ ଭିତରଟା ଘାଣ୍ଟିପକାଏ ଯନ୍ତ୍ରଣାରେ। ଦୁଇ ଟୋପା ଲୁହ ବୋହିଯାଏ ତାର ଆଖି କୋଣ ଦେଇ। ପ୍ରତିବାଦ କରିବାକୁ ପାଟି ଖୋଲେନି। କାହା ପାଖରେ ତା ଡରରେ, କେମିତି ସହିବ ଏସବୁ ବାଟ ପାଏନି ତାକୁ। ସେ କାଳ କେମିତି କାଟିଛି ସେ ନିଜେ ହିଁ ଜାଣେ। ନିଜ ମଳିମୁଣ୍ଡିଆ ଭାଗ୍ୟକୁ ନିନ୍ଦି ନିନ୍ଦି। ସବୁ ସାରିଦେଲା ସେ ଅମଣିଷଟା ତା ଜୀବନର। ଆଉ ଯାହା ଯୋଡ଼ିବାକୁ ଚେଷ୍ଟା କଲେ ସଜାଡ଼ି ହୁଏନି।

ଆଖି ସ୍ଥିର ତାର ଥିଲା ଆକାଶ ସହ। ଚାଳ ଫାଙ୍କରୁ ଚାହିଁଥିଲା ଫାଳେ ଆକାଶ। ନୀଳପାହାନ୍ତିର ଥପ୍ ଥପ୍ କାକରରେ ଭୂଇଁ ଓଦା ହୋଇଯାଇଥିଲା। ମୁକୁଳା ହୋଇ ପଡ଼ିଥିଲା ଝରର ଦେହ। ଦୁଇ ହାତ ବିସ୍ତାରି ଭୂଇଁ ଉପରେ ଜୀବନ ନଥିବା ପରି। ସବୁ ଅସଜଡ଼ା, ଅଲୋଡ଼ା, ଆଶାଶୂନ୍ୟ କେହି ତାକୁ କୋଳାଇ ନେବାକୁ ଛାତି ମେଲେଇ, କହୁ ନ ଥିଲେ ଦେଇଦେ ତୋ ଦୁଃଖରୁ କିଛି ମୋ ଅଣ୍ଟିରେ। ତା ଆଖିରେ ଆଖି ମିଶେଇ କେହି ପଢ଼ିବାକୁ ଚାହୁଁ ନଥିଲେ ତା ଭିତରେ ଅସ୍ଥିର ହୋଇ ଲହଡ଼ି ଭାଙ୍ଗୁଥିବା ଅସରା ଶ୍ରାବଣକୁ। କାହା ଉଷ୍ମତା ସତେ ସାତସ୍ୱପ୍ନ ତା ପାଇଁ। ଛାତିରେ ଛାତିଏ ଦୁଃଖ, ପାହାଡ଼େ କୋହକୁ ନେଇ କେତେଦିନ ବୋହିଚାଲିବ ବା ସେ, ଥକିପଡ଼ିଲାଣି ଜୀବନ।

କେବେ କେବେ ଚିହିଁକି ଉଠେ ତା ଭିତରେ ତା ପିଲାଦିନର ଆଶା ତାର ଘରଟାଏ ହେବ। ତା ବାଡ଼ିବଗିଚାରେ ଫୁଲ, ଫଳ କଷିହେବ। କାହା ଅଗଣାରେ ସେ ନିଜେ ଝରଣାଟିଏ ହୋଇ ଛଳଛଳ ବୋହିବ। ଏ ଜୀବନର ମରୁରେ ଥକିପଡ଼ିଲାଣି ସେ। ଆଉ କେତେବାଟ ସେ ଏକାକୀ ଚାଲିବ? ଏଇ ସୁନିଆଁ ହିଁ ତାର ମୁକ୍ତି। ତା ଭିତରୁ କିଏ କେଜାଣି କହିପକେଇଲା।

ସକାଳ ହୋଇସାରିଥିଲା। ସୁରୁଜ କେତେବେଳୁ ଉଇଁସାରିଲେଣି ଆକାଶରେ। କାନ୍ଥଆଡ଼େ କଡ଼େଇ ହୋଇ ପଡ଼ିଛି ଝର। ଆଖି ଲାଗିଯାଇଛି କେତେବେଳୁ। ଭିଣି ଭିଣି ହୋଇ ପଡ଼ିଛି ତାର ମୁଣ୍ଡବାଳତକ ଭୂଇଁ ଉପରେ। ସୁନିଆଁ କେତେବେଳୁ ତା

ପାଖକୁ ଘୁଞ୍ଚିଆସିଥିଲା। ତା ବାଳତକ ଗୋଟାଇ ନେଉଥିଲା। ଆସି କହୁଥିଲା ତୋ ଦୁଃଖଦିନ ସରିଆସୁଛିଲୋ। ନୂଆ ଋତୁ ଆସିବ ଉଜୁଡ଼ିଥିବା ନଈ ଛାତିରେ ଭସା ବାଦଲର ଛାଇ ଚମକିବ।

କାହିଁକି କେଜାଣି ଭୋ ଭୋ କାନ୍ଦି ଉଠିଲା ଝରେ ଏଥର। ଧଡ଼ପଡ଼ ହୋଇ ଉଠିବସିଲା। ଆଖି ଖୋଲିଲା ବେଳକୁ ତା ପୁଅ ଲଙ୍ଗଳା ହୋଇ ମାଟି ଖେଳୁଥିଲା। ଅଗଣାରେ ପଡ଼ିଥିଲା ଖରାଦିନିଆ ଟାଇଁ ଟାଇଁ ଟାଣଖରା। ସୁନିଆଁ ପାଟିକରି କହୁଥିଲା ହେ ଉଠ୍, ବାବୁ ଘରକୁ ଯା ପଇସା ନେଇ ଆସିବୁ। ଏଠି କଣ ମାଗଣାରେ ରହିବୁ, ଖାଇବୁ ତୋ ଛୁଆକୁ ଧରି ? ଏଇ ପାଞ୍ଚଶହ ଟଙ୍କାର ମଦ ଦେଇ ଯୋଉ ତୋ ବାବୁ ବାହାକଲା ତୋ ପରି ଗୋଟେ ବାରବୁଲୀ ଝିଅକୁ, ତୁ କଣ ଭାବିଛୁ ଏଠି ରହି ଶୋଇ ଶୋଇ ସ୍ୱପ୍ନ ଦେଖିବୁ ମୋ ଘର ମାଡ଼ିବସିବୁ। ତୋର ତ ବହୁତ ସାହସ। ପଇସା ଏଣିକି ଦେବୁ ତ ଭଲ ନ ହେଲେ ଘରୁ ବାହାର। ମୋର ଭାଟି ପାଇଁ ସବୁଦିନ ପଇସା ଦରକାର।

ସୁନିଆଁ ମୁହଁର ଭାଷାରେ ଝରେ ଥରଥର। ଲାଜ ଆଉ ଅପମାନରେ ସତେ ଆଉଥରେ ସେ ମରିଯାଉଛି। ଗୋଟେଇ ନେଲା ନିଜକୁ ଭୂଇଁ ଉପରୁ। କାଖରେ ଜାକି ତା ପୁଅକୁ ଆଉଥରେ ଫେରିଚାହିଁଲା ସୁନିଆଁକୁ। ଅଗଣାର ମଧୁମାଳତୀ ସବୁ ଝାଉଁଳି ପଡ଼ିଥିଲେ ଟାଣଖରାରେ। ରାତିର ଲୁହତକ ଶୁଖିଯାଇଥିଲା ଝରେ ଗାଲ ଉପରେ ଦାଗ ହୋଇ। ବାଲିଚର ଝରେ ଜୀବନରେ ବୁନ୍ଦେ ବର୍ଷାର ଆଶା ନ ଥିଲା। ଶୁଖିଆସିଥିବା ଶେଷ ଧାରଟାଏର ବୋହିଯିବାକୁ ଆହୁରି ଅନେକ ରାସ୍ତା ବାକିଥିଲା। ସବୁଦିନ ପରି ଝରେର ଛାତିରୁ ନଈଧାରଟେ ଆରମ୍ଭ ହୋଇ ଶୁଖିଯାଇଥିଲା ମୁହାଣ ଛୁଇଁବା ଆଗରୁ।

■

ରାତି ପାହିଯାଇଛି

ସେଦିନ ଶନିବାର ରାତି। ଶୂନ୍‌ଶାନ୍ ଜଙ୍ଗଲରେ ଝାପ୍‌ସା ଜହ୍ନ ଆଲୁଅ। ମୁକେଶ ଆଉ ରବି ଗୋଟିଏ ଛୋଟ ବ୍ୟାଗ୍‌ରେ ଜିନିଷପତ୍ର ଭର୍ତ୍ତି କରିସାରିଥିଲେ। କେବଳ ଛୋଟ ପାଣି ବୋତଲ, କିଛି ଖାଇବା ଛଡ଼ା କିଛି ସମ୍ପତ୍ତି ନାହିଁ ତା ଭିତରେ। ସେମିତି ବ୍ୟାଗ୍‌ରେ ନେବା ପାଇଁ ସୁବିଧା ନ ଥିବାରୁ ଦୁଇଜଣ ଦୁଇ ହଳ ଡ୍ରେସ୍ ଏକସଙ୍ଗେ ପିନ୍ଧିପକାଇଥିଲେ। ରାତି ପାହିବାକୁ ଅନେକ ସମୟ ବାକି ଅଛି। ତାଙ୍କୁ ଘେରିଥିବା ତାରବାଡ଼ କାଟିବା ପାଇଁ ହତିଆର ଧରିଥିଲେ। ଅନେକ ଦିନ ପରେ ସେମାନେ ଏ ସାହସ ଜୁଟାଇଥିଲେ। ତାଙ୍କୁ ସଂଘର୍ଷ କରି ଏଠାରୁ ପଳେଇଯିବାକୁ ପଡ଼ିବ, ନ ହେଲେ ଏ ନିକାଞ୍ଚନରେ ମୃତ୍ୟୁ ନିଶ୍ଚିତ। ଆଉ କାହାର 'ଆହା' ପଦେ ଶୁଭିବନି।

କବାଟ ଠକ୍‌ଠକ୍ ଶବ୍ଦ ଶୁଣି ରବି ଚମକିପଡ଼ିଲା। ଦେଖିଲା ସେ ଏକୁଟିଆ ଗୋଟେ ରୁମ୍‌ରେ ଶୋଇଛି ଆଉ ମୁକେଶ ...ସେ କୁଆଡ଼େ ଗଲା ? ରବି ପ୍ରକୃତିସ୍ଥ ହେଲା। ଦେଖିଲା ଚାରି କାନ୍ଥ ଭିତରେ ସେ ଏକା। ନୂଆ ଜାଗା ଏଇଟା ତା ପାଇଁ, ଯେଉଁଠି ତା ସହ ଛାଇ ପରି ଲାଗିରହିଥିବା ମୁକେଶ ନାହିଁ। ଚାରିପାଖକୁ ଅବିଶ୍ୱାସରେ ପୁଣି ଚାହିଁଲା। ମୁଣ୍ଡରେ ତାର ଘୂରୁଥିଲା ଗୋଟାଏ ଶବ୍ଦ ମୁକେଶ। ରବି ମନେ ପକାଇବାକୁ ଚେଷ୍ଟା କରୁଥିଲା ପୂର୍ବକଥା।

ପାମ ବଣର ଆରପାଖେ ଲାଲ ଅସ୍ତରାଗ ଫିକା ପଡ଼ିଆସୁଥାଏ। ସଞ୍ଜ ରତରତ ସମୟ। ଦଳେ ପକ୍ଷୀ ଧାଡ଼ି ବାନ୍ଧି ନିରବରେ ନୀଡ଼କୁ ଫେରୁଥିଲେ। ରବି ସ୍ୱାଇଁ ବି ଫେରୁଥିଲା ସେ ଟେମ୍ପୋରାରି ହାଉସ୍‌କୁ। ସମୟ ତାକୁ ଜଣାପଡ଼େନି ସେ ସ୍ଥାନକୁ ଆସିବା ପରଠାରୁ। କେବଳ ବେଳବୁଡ଼ିବା ଆଉ ରାତି ପାହିବା ସମୟକୁ ଅପେକ୍ଷା ଥାଏ ତାର। ବାର ଆଉ ତାରିଖ ମନେ ନାହିଁ। ଏମିତି ଆଖି ପାଉ ନଥିବା ଜଙ୍ଗଲ ଭିତରେ ଟିଣପିଟା ଗୋଟେ ଛୋଟିଆ ଘରେ ସେ ଜିଏଁ ଗୋଟେ ନିରୁଦ୍ଦିଷ୍ଟ ବ୍ୟକ୍ତିର

ଜୀବନ। ଏଇଠିକି କେତେଦିନ ହେଲା ଆସିଲାଣି ତା ଆଉ ହିସାବ କରିପାରୁ ନ ଥାଏ ରବି। ଭାବୁଥିଲା ପାଖାପାଖି ଦୁଇବର୍ଷ ହେଇଯିବଣି, ତା କୁନି ପୁଅ ଯା ଭିତରେ ପରିଷ୍କାର କଥା କହିବଣି। ଘରକଥା ଭାବି ଆକାଶ ଆଡ଼କୁ ରବି ଚାହିଁଲା। ତା ଛୋଟ ପୁଅର କୁନି କୁନି ହାତ, ଜୁଳୁଜୁଳୁ ଆଖି, ଦରୋଟି କଥା ସବୁ ତା ଆଖି ଆଗରେ ଭାସୁଥିଲା। ଘରଛାଡ଼ି ଆସିଲା ଦିନ ତା ପୁଅ ହାତ ଲମ୍ବେଇ କହୁଥାଏ, ବାପା ମୋ ପାଇଁ ଆନିବ, ଗୋଟେ ବଡ଼ ଟ୍ରେନ୍। ରବି ତଳକୁ ମୁହଁ କରି ତା ଅଭାବୀ ହାତ ଆଡ଼କୁ ଚାହିଁଲା। ଏମିତି ସେ ଅନେକ ରାତି ଶୋଇପାରେନି ତା ଅଭାବୀ ହାତକୁ ଚାହିଁ ଚାହିଁ। ଘରର ଦିନକୁ ଦିନ ଶୋଚନୀୟ ଅବସ୍ଥା, ଅଭାବ ଅନଟନରେ ସଢ଼ି ସଢ଼ି ତା ବୁଦ୍ଧି ଲୋପ ପାଇଥିଲା। କିଛି ଉପାୟ ନ ପାଇ ଦେଶ ଛାଡ଼ି ଏଇଠିକି ଆସିଲା। ଏବେ ସେ ଏଇଠି ରୁହେ, ତା ଗାଁରେ ନୁହଁ, ନିଜ ଦେଶରେ ନୁହଁ, ଅନେକ ଦୂରରେ। ବିଦେଶର ଗୋଟେ ଟିଣପିଟା ଛାତର ଟେମ୍ପରାରି ହାଉସ୍‌ରେ ଆଖପାଖରେ ପାମ ବଣର ବିସ୍ତୀର୍ଣ୍ଣ କ୍ଷେତ, ପଛକୁ ପଛକୁ ଜଙ୍ଗଲ, ନିର୍ଜନିଆ ବିଦେଶୀ ପାଣି ପବନ ସହ ମୁଣ୍ଡଉପରେ ନିଃସଙ୍ଗ ଉଦାସ ଆକାଶ। ରାତିହେଲେ ଅନେକ ସମୟରେ ଝୋ ଝୋ ବର୍ଷା। ନିଛାଟିଆ ଅନ୍ଧାର। ସେଇ ଅନ୍ଧାର ଭିତରେ ରବି ଦେଖେ ଏଠୁ ମୁକୁଳି ନ ପାରିବାର ଘେରା ଘେରା ଦୁଃସ୍ୱପ୍ନ।

ରବି ଆଖି ଆଗରେ ନାଚିଉଠେ ନିଆଁ ପରି ଜଳୁଥିବା ଦୁଇଟି ଆଖି। ରବି କହୁଥାଏ ଛାଡ଼ିଦିଅନ୍ତୁ ବସ୍ (ମାଲିକ) ମୋତେ। ମୁଁ ସହିପାରୁନି। ମୁଁ ଘରକୁ ପଳେଇବି। ରବି ଆଖିରେ ଲୁହ ଭର୍ତ୍ତି ହୋଇଯାଏ, ତଥାପି ଆକୁଳ ହୋଇ ଚାହିଁଥିଲା ତା ମାଲିକକୁ। ତା ପିଠିରେ ନିର୍ଘାତ ପ୍ରହାର। ଓଃ ସେଦିନ ଏତେ ଶକ୍ତ ଆଘାତରେ ସେ ବସିପଡ଼ିଲା ଠିଆହୋଇଥିବା ଜାଗାରେ। ତାକୁ ଲାଗୁଥିଲା ତା ପିଠି ଫାଟିଯାଇ ରକ୍ତ ବାହାରୁଚି। ଟିକେ ସମୟ ପୂର୍ବରୁ କାମରୁ ଚାଲି ଆସିଛି ବୋଲି ଏ ତାର ଅବସ୍ଥା। ଏମିତି ସୁଯୋଗ ମାଲିକ ଖୋଜୁଥାଏ ତା ଉପରେ ପଶୁ ଭଳି ଜୁଲୁମ କରିବାକୁ। ଅମଣିଷଟା ଏକଦମ୍, ତାର ହୃଦୟହୀନ ଚେହେରା ରବି ପାଇଁ ନୂଆ ନଥିଲା। ଗତ ଦୁଇବର୍ଷରୁ ସେ ଏ ପରିସ୍ଥିତିରେ ଲହୁଲୁହାଣ। ବସ୍ (ମାଲିକ) ବିଦେଶୀ ଭାଷାରେ କଣ ସବୁ ଗାଳି କରିଥିଲା ସବୁଥରପରି। ତା ରାଗ ଥମୁ ନ ଥିଲା। ମାଲିକ ରାଗେ ବେଶି ରବି ତା ବିଦେଶୀ କଥା ନ ବୁଝିପାରିଲେ, ଖରାପ ଭାଷାରେ ଗାଳିକରେ। ରବି ଡବଡବ ଚାହିଁଥାଏ ବସ୍‌କୁ। ସେଥିରେ ବସ୍ ଆହୁରି ଉତ୍‌କ୍ଷିପ୍ତ ହୋଇ ନିଆଁଝୁଲ ପରି ମାଡ଼ିଆସେ ରବି ଉପରକୁ। ରାଗରେ ଜୋର୍‌ରେ ରବିକୁ ଭିଡ଼ିଆଣି ତା ଅଣ୍ଟା ଉପରେ ଦିଇ ଧକ୍କା ପକାଇଲା ଗୋଡ଼ରେ ପିନ୍ଧା ବୁଟ୍‌ରେ। ରବି ସମ୍ଭାଳି ନ ପାରି ଲୋଟିପଡ଼ିଲା ଭୂଇଁରେ। ପାଖରେ

ଥିବା ଭଙ୍ଗା ଟିଣରୁ ଖଣ୍ଡେ ବାଜି ରକ୍ତ ବୋହୁଥିଲା। ଏସବୁ ରବି ପାଇଁ ନୂଆ ନଥିଲା। ନିତିଦିନ ମାଲିକର ମାଡ଼ଗାଳି ତା ସହ ଯୋଡ଼ି ହୋଇସାରିଥିଲା। ଏମିତି ଶାସନ କରି ମାଲିକ ଆଶ୍ୱସ୍ତ ହୁଏ ସେ ଯେମିତି ଭୟରେ ଏଠୁ କୁଆଡ଼େ ଯାଇପାରିବନି। ତା ଜୀବନ ପ୍ରତି ବିପଦ ଦେଖେଇ ଧମକ ଦିଏ। ଏକଥା ରବି ବି ବେଶ୍ ବୁଝେ ଆଉ ତା ସହ ବୁଝି ଏଠି ପଡ଼ିରହିଚି ଅନେକ ଦିନରୁ ମୁକେଶ। ନା ଶକ୍ତି ଅଛି ନା ସାହସ ଅଛି ସେ ନୃଶଂସ ମାଲିକ ସହ ଲଢ଼ିବା ପାଇଁ କାହାର। ସେ ଇଲାକାରେ ସେ ମାଲିକ। ତା ପ୍ରକୋପରେ ରବି ଆଉ ମୁକେଶ ନର୍କରେ ପାପ କାଟୁଛନ୍ତି ବୋଲି ଭାବନ୍ତି। କେଉଁ ଖରାପ କର୍ମ ଯୋଗୁଁ ଏ ଭାଗ୍ୟ ଧରି ତା କବଳରେ ପଡ଼ିଛନ୍ତି ବୋଲି ଉଭୟ କଥା ହୁଅନ୍ତି। ପରସ୍ପରକୁ ଆଶ୍ୱାସନା ଦେବାକୁ ସେ ଦୁଇଜଣ ସାହା ଭରସା ଏଠି। ମାଲିକ ଗଲା ପରେ ମୁକେଶ ତାକୁ ତଳୁ ଉଠେଇ ରୁମ୍‌କୁ ନେଇଥିଲା। ମୁକେଶ ଉପରେ ମଧ୍ୟ ଏମିତି ଅତ୍ୟାଚାର ବେଳେ ରବି କାନ୍ଦିଥାଏ। ରବି ଓ ମୁକେଶର କଷ୍ଟ ଦେଖିନାହିଁ ମାଲିକ, ରାଗ ତମତମ ହୋଇ ଗେଟ୍‌ରେ ତାଲା ପକେଇ ଚାଲିଯାଏ ସବୁଦିନ ଭଳି। ତା ମାଲିକର ସବୁଦିନ ଏମିତି ଫୁତ୍କାରରେ ରବିର ରକ୍ତ ଶୁଖିଆସିଲାଣି। ମୁକେଶ ପଥର ପ୍ରାୟ ହେଲେ। ମୁକୁଳି ଯିବାକୁ ବାଟ ଦେଖାଯାଏନି। ଗୋଟିଏ କୋଣରେ ରବି ମୁହଁ ପୋତି ବସିରହିଲା। ମୁକେଶ ହାତକୁ ପାଣିଟିକେ ବଢ଼େଇଦେଇ କହିଲା, ଏ ମାଲିକଟାକୁ କେହି ଖୁସି କରିପାରିବେନି। ମଣିଷଙ୍କୁ ଗଧ ବୋଲି ଭାବେ ସେ। ଏମିତି ମାରପିଟ କରି ଡରେଇ ରଖିବ। ତାର ଆମ ମଲା ଗଲାରୁ କଣ ଯାଏ। ରବିର କଥା କହିବାକୁ ଉତ୍ତର ନଥିଲା। ସେ କେବଳ ଆଖିବୁଜି ଅନ୍ଧାରକୁ ମାପୁଥିଲା। ତା ଦେହ ହାତ ଅବଶ। ଲୁହ ଆଉ ନ ଥିଲା। ମୁକେଶକୁ ମାଲିକର କଥାଭାଷା ବୁଝାପଡ଼େ। ଅନେକ ଦିନରୁ ସେଠି ରହିଥିବା ଯୋଗୁଁ କିଛିଟା ଶିଖି ଅନୁମାନ କରିନିଏ। ମୁକେଶ ମାଲିକକୁ ଯେତିକି ବୁଝିଛି ସେ କୁହେ ସେ ମଣିଷଖିଆଟା, ହାଡ଼ମାଂସ ସବୁ ନ ଖାଇବା ଯାଏଁ ସେ ଏଠୁ ଛାଡ଼ିବନି। ଏଇମିତି ଜୁଲୁମ କରି ସେ ମଣିଷକୁ ପଶୁ ଭଳି ରଖେ। ନ ମରିବା ଯାଏଁ ସେ ଏଇଠି ରଖି ତା କାମ ଆଦାୟ କରିବ। ବାହାର ଦେଶରୁ ଲୋକ ଆଣି ଏମିତି ତା କାମ କରେଇବାର ଫନ୍ଦି। ମୁକେଶ ବେଳେ ବେଳେ କୁହେ ଏମିତି କିଛି ଶୁଣାକଥା, ସେ ଅନେକଙ୍କୁ ଜୀବନରୁ ମାରିଦେଇଛି ଏଠି। କାହାକୁ ଖବର ହୁଏନି। ଭଙ୍ଗାଟିଣ ନେଇ ଆସୁଥିବା ଗାଡ଼ି ଡ୍ରାଇଭର ତାକୁ କହିଛନ୍ତି ଏ କଥା। ଏସବୁ ମୁଣ୍ଡରେ ପଶିଲେ ଗାଁ କଥା, ପରିବାର କଥା ମନେପକାଇ କୋହରେ ଅଣନିଶ୍ୱାସୀ ହୋଇଯାଏ ରବି।

ମନେପକାଏ ତା ସ୍ତ୍ରୀ ଝରିର ଭାତରନ୍ଧା ବାସ୍ନା। ଅଗଣାର ଉଛାଟ ଜହ୍ନରାତି।

ତା ନୁଆଁଣିଆ ଚାଲି। ଏସବୁ ସତେ ତା'ଠୁ ବହୁତ ଦୂରରେ। ସ୍ୱପ୍ନ ପରି ଲାଗିଲାଣି ତାକୁ ଏବେ। ସେ କଣ ସତରେ କେବେ ଗାଁକୁ ଫେରିବ? ଏସବୁ ଭାବି ବହୁତ ବାଉଳି ହେଲା ସେଦିନ ଛାଇନିଦରେ ବି। ମୁକେଶ କଣ ଖାଇବାକୁ ରଖିଥିଲା। ରବି ତାକୁ ଛୁଇଁଲା ନାହିଁ। ଗାଁ ମାଟିର ବାସ୍ନା, ତା କୁନିପୁଅର ଛୁଆଁ, ଝରି ଦେହର ଉଷ୍ମତାକୁ ପାଗଳପରି ଖୋଜିଥିଲା ମନେ ମନେ। ଅଳ୍ପ ଆଲୁଅର କୋଠରିରେ ସେଦିନ ଟିକେ ହେଲେ ପବନ ଯା-ଆସ ହେଉ ନ ଥିଲା। ରବିକୁ ଯେମିତି ଲାଗୁଥିଲା ତାର ଅଳ୍ପ ସମୟରେ ପ୍ରାଣ ଚାଲିଯିବ। ସେ ଆଉ ମୁକେଶ କେମିତି ପ୍ରାଣ ନେଇ ଫେରିପାରିବ ଏଠୁ କେବଳ ଏଇକଥା ହିଁ ଦିନକୁ ଦିନ ସେମାନଙ୍କୁ ବିକଳ କରେଇଦେଉଥାଏ। ରବି ମୁକେଶକୁ ଚାହିଁ କହୁଥିଲା ଏ ରାତି କଣ ପାହିବନି ଆମ ପାଇଁ? ସେଦିନ ମୁକେଶ ବି ଶୋଇପାରିଲା ନାହିଁ। ରବି ଭାବୁଥିଲା କେତେ ସ୍ୱପ୍ନ ନେଇ ସେ ବିଦେଶ ଆସିଥିଲା। ଖବରକାଗଜ ବିଜ୍ଞାପନରୁ ଆବେଦନ ତାପରେ ଜମି ଖଣ୍ଡିକ ବିକ୍ରି ପରେ ଟଙ୍କା ଦେଇ ସବୁ ବ୍ୟବସ୍ଥା କଲା। ସେତେବେଳେ ସେ ଏଠିକି ଆସିବା ପାଇଁ ବୁଝାଶୁଝା କରୁଥିବା ଦଲାଲ କହିଥିଲା ଭଲ ରୋଜଗାର ଅଛି ଏଠି। ଏଠାକାର ଏ ଅସହ୍ୟ ଜୀବନ ବିଷୟରେ କିଛି ବି ସୁରାକ ଦେଇ ନଥିଲା। ସେ କଣ ଜାଣିଥିଲା ଏଠାକୁ ଆସିଲେ ତାକୁ ଏଇମିତି ଜୀବନ ଧରି ରହିବାକୁ ପଡ଼ିବ। ଗୋଟେ ହୃଦୟହୀନ ମାଲିକ ପାଖରେ କାମ କରି ନିତି ନିତି ସଢ଼ିବାକୁ ପଡ଼ିବ। ମଣିଷ ସଭ୍ୟତା ବାହାରେ ନିକାଞ୍ଚନରେ କାଟିବାକୁ ହେବ ବର୍ଷ ବର୍ଷ। ରାସ୍ତାଘାଟ ନଥିବା ଜନଶୂନ୍ୟ ଗୋଟେ ପରିବେଶ ଭିତରେ କାମ କରିବାକୁ ପଡ଼ିବ। କାମ ନୁହଁ କଳାପାଣି ଯେ ତା ପାଇଁ। ଜଙ୍ଗଲ ଦେଇ ଅଳ୍ପ ନଜରକୁ ଆସୁଥିବା ଗୋଟେ କଚ୍ଚା ରାସ୍ତାରେ ମାଲିକ ଆସେ, ପୁଣି କୁଆଡ଼େ ଚାବି ଦେଇ ଚାଲିଯାଏ। ସବୁଦିନର ହାଡ଼ଭଙ୍ଗା ପରିଶ୍ରମ ପରେ ବି ମାଲିକର ଟିଣଭଙ୍ଗା କାମ ସରେ ନାହିଁ। ମୁଣ୍ଡଫଟା ଖରାରେ ସିଝିଯାଇ ରଙ୍ଗ ବଦଳାଇ ସାରିଲାଣି ଦେହ ହାତ। ଦିନଯାକ ଟିଣଭାଙ୍ଗିବା ପରେ ଭଙ୍ଗାଟିଣକୁ ନେଇ ଏକାଠି ରଖିବା କାମ। ସବୁଦିନ ସଂଜରେ ସେ ଅମଣିଷ ମାଲିକ ଆସେ କାମ ତଦାରଖ କରିବାକୁ। ଯେତେ କାମ କଲେ ସୁଦ୍ଧା ସେ କେବେ ଖୁସି ହୁଏ ନାହିଁ। ତା ଜୁଲୁମ ଆଗରେ ଅଳ୍ପ କେଇଟା ପଇସା ତୁଚ୍ଛ ଲାଗେ। ତା ମନ ହିସାବରେ ଦେଇଯାଏ। ମନ ନଥିଲେ କିଛି ନାହିଁ। ଦରମା ବନ୍ଦ ଅଧେ ଦିନ। ଗାଳିଗୁଲଜ କରି, ଶେଷକୁ ଘରକୁ ବି ପଇସାଟେ ପଠେଇବାର ସୁବିଧା ନାଇଁ। ଘର ସହ ସମ୍ପର୍କ ରଖିବାର ସବୁ ରାସ୍ତା ବନ୍ଦ। ଫୋନ୍ ନାହିଁ। ଫୋନ୍‌ରେ କଥାବାର୍ତ୍ତା ହେବାର ସୁବିଧା କି ସୁଯୋଗ ବି ନାହିଁ। ବହୁତ ଅନୁନୟ ବିନୟ ପରେ ଦୁଇ ମିନିଟ୍ କୋଉ ବର୍ଷରେ ଥରେ କଥା ହେବାକୁ ଫୋନ୍ ଦିଏ ମାଲିକ। ମନର କଥା ମୁହଁ

ଯାଏ ଆସିବା ଯାଏ ସରିଯାଏ ସମୟ ସୀମା। ଏମିତି ବିତିଗଲାଣି କେତେଦିନ। ରବି ଆଉ ମୁକେଶକୁ ଜଣା ନାହିଁ ସେ ଦୁଇଜଣ ଏଇ ଟିଣ ଛପରର ଡହଡହ ତାତିରେ ଚୁପ୍‌ଚାପ୍ ଅନ୍ଧକାର ଭବିଷ୍ୟତକୁ କଳନା କରନ୍ତି। କିଛି ବି ବଦଳେନି। ସେମିତି ସମୟ ଗଡ଼ିଚାଲେ। କେବଳ କୁଢ଼ କୁଢ଼ ଟିଣ ଭଙ୍ଗା ସାରିଲେ ଆଉ ଜମା ହୁଏ, ଛୋଟ ଛୋଟ ଗାଡ଼ି ସେଗୁଡ଼ିକୁ ନେଇଯାନ୍ତି କୁଆଡ଼େ ରବି ଆଉ ମୁକେଶ କିଛି ଜାଣନ୍ତିନି। କେବଳ ସପ୍ତାହକ କେତେ ଟିଣସବୁ ଭାଙ୍ଗିବାକୁ ହେବ ମାଲିକ ଜିମା ଦେଇଯାଏ, ଯାହା ସେ ଦୁଇଜଣଙ୍କ ସାମର୍ଥ୍ୟରୁ ଯଥେଷ୍ଟ ଅଧିକ ଥାଏ। ଅନେକ ଦିନ କାମ ସରୁ ସରୁ ଭୋକ ବି ମରିଯାଏ। ପାଣି ପିଇ ଶୋଇବାକୁ ହୁଏ।

ସପ୍ତାହକୁ ଥରେ ମାଲିକ ନେଇଯାଏ ହାଟ ସଉଦା ପାଇଁ ସେ ଦୁଇ ଜଣଙ୍କୁ କେଉଁ ନିଛାଟିଆ ସରୁ ଜଙ୍ଗଲୀ ରାସ୍ତା ଦେଇ। ପାଣି ଦେଇଯାଏ ଭଙ୍ଗାଟିଣ ମାଲ ନେଇ ଆସୁଥିବା ଗାଡ଼ି। ନ ହେଲେ ବର୍ଷା ପାଣି ସାହାରା। ଅପରାହ୍ଣରେ ପ୍ରାୟ ବର୍ଷା ହୁଏ, ସେଇ ପାଣିକୁ ସାଇତିଥାନ୍ତି ସେମାନେ। କେବେ ଗାଧେଇବା ଆଶା ନେଇ ପୁଣି କେବେ ପିଇବା ଉଦ୍ଦେଶ୍ୟରେ ନ ହେଲେ ସେମିତି ଅଗାଧୁଆ ରହିବାକୁ ହୁଏ ଦିନ ଦିନ। ଏଠାକାର ବର୍ଷାଟୋପା ବି ରବି ଆଉ ମୁକେଶର କୋହକୁ ଆହୁରି ତିନ୍ତେଇ ଦିଏ। ନିଛାଟିଆ ଲାଗେ। ହୃଦୟହୀନ ବର୍ଷାଶବ୍ଦ ଯେମିତି ଏଇ ବର୍ଷାରେ ଟିକେ ହେଲେ ଓଦାପଣ ନାହିଁ। ବଡ଼ ବଡ଼ ବର୍ଷାଟୋପା ସବୁ ରୁନ୍ଧିପକାଏ ଗାଁ ପରିବାରର ସ୍ମୃତିରେ ଗୋଟେ ଖାଁ ଖାଁ ପରିବେଶ ଭିତରେ। ରବିକୁ ଲାଗେ ଏଠି ସମସ୍ତେ କାନ୍ଦୁଛନ୍ତି ସେମାନଙ୍କ ଦୁଃଖରେ।

ସେଦିନ ହାଟ ସଉଦା ବେଳେ ସେମିତି ଜଣେ କିଏ ସେମାନଙ୍କ କାନ୍ଦିବାର ଦେଖିପାରିଥିଲେ। ବାହାର ଦୁନିଆଠୁ ବିଛିନ୍ନ ଏମିତି ଗୋଟେ ଜାଗାରେ ତାଙ୍କର ଅକୁହା ବେଦନା ଯେ କେହି ଶୁଣିପାରିବ ଏକଥା ସେମାନେ ବିଶ୍ୱାସ କରି ପାରି ନ ଥିଲେ। ମୁକେଶ ଆଉ ରବିକୁ ସେହି ହାଟରେ ଭେଟିଥିଲେ ଜଣେ ସହୃଦୟ ମଣିଷ। ମଣିଷ ନୁହଁ, ଭଗବାନଙ୍କ ସେହି ଚଳନ୍ତି ପ୍ରତିମା। ସେ ବୋଧେ ତାଙ୍କ ମାଲିକଙ୍କୁ ଦେଖି ହିଁ ବୁଝିପାରିଥିଲେ ତାଙ୍କ ଦୁହିଁଙ୍କ ଅବସ୍ଥା। ସେ ସେଠୁ ଖସିବାର ବାଟ ବତେଇଥିଲେ। ତା ସହ ତାଙ୍କପରି କେତେ କେତେ ଶ୍ରମିକଙ୍କର ଅତୀତକୁ ଉନ୍ମୋଚନ କରିଥିଲେ, ଯେଉଁମାନେ ସେ ମାଲିକର କବଳରୁ ଖସି ନ ପାରି ଆତ୍ମହତ୍ୟା କରିଛନ୍ତି, ଜୀବନ ହରାଇଛନ୍ତି। ସେ ଆହୁରି କହିଥିଲେ ଏ ମାଲିକ କବଳରୁ ଖସିବା କଥା ଭାବିଲେ ସମସ୍ତଙ୍କ ଲୋମ ଟାଙ୍କୁରି ଉଠେ। ଜଙ୍ଗଲକୁ ନ ବୁଝି ନ ଶୁଝି ବାହାରିଗଲେ ପଥଶୂନ୍ୟ ହୋଇ ଜଙ୍ଗଲରେ ଜୀବଜନ୍ତୁଙ୍କ ଖାଦ୍ୟ ହେବ। ଏଇଆ ହିଁ ସେମାନଙ୍କ ଭବିଷ୍ୟତ

ସେମାନେ ଜାଣିଥିଲେ ତାଙ୍କଠାରୁ। ମୁକେଶ ଆଉ ରବି ସେଦିନ ହାଟରୁ ଫେରିଥିଲେ ଡରିଲା ଡରିଲା ଆଖିରେ ଭୟ ଜୁଡୁବୁଡୁ ହୋଇ। ସେମାନେ ଜାଣିସାରିଥିଲେ ଏଠାରୁ ଖସି ପଳାଇବାର ମାନେ ମୃତ୍ୟୁ ଡାକିଆଣିବା, ହେଲେ ଏଠାରେ ଆଉ ଅଧିକ ଦିନ ରହିଲେ ବି ସେମାନେ ଜୀବନ ହାରିବେ ଏକଥା ସ୍ପଷ୍ଟ ଦିଶୁଥାଏ ରବିକୁ।

ଯା ପରେ ମୁକେଶଙ୍କୁ ଭୀଷଣ ଜ୍ୱର ହେଲା, ଦେହ ହାତ କମ୍ପିଲା ତାତିରେ। ଡାକ୍ତର କି ଔଷଧ ଦୂର କଥା ପାଣି ଟୋପାଏ ସୁଦ୍ଧା ମିଳୁ ନ ଥିଲା ତାକୁ। ସପ୍ତାହ ତଳେ ମାଲିକ ଦେଇ ଯାଇଥିବା ପାଣି ସରିସାରିଥିଲା। ରବି ବିକଳ ହୋଇ ବର୍ଷାକୁ ଚାହିଁଥାଏ। ମୁକେଶକୁ ଶ୍ୱାସ ଧରିସାରିଥିଲା ଟିଣ ଧୂଳିରେ। ଦିନ ରାତି ଲମ୍ୱେଇ ଲମ୍ୱେଇ କାଶୁଥିଲା। ବେଳେ ବେଳେ ରକ୍ତ ପଡ଼ିବା ଆରମ୍ଭ ହୋଇଥିଲା। ମାଲିକ ଆସିଥିଲା। ମୁକେଶ ଅବସ୍ଥା ଦେଖି କିଛି କହି ନ ଥିଲା। ଖୁବ୍ ଖୁସି ହେଇ ଅଧିକ କାମ ଆସିଛି କହିଥିଲା। କାମ ଆଗୁଆ ସାରିବାକୁ ତାଗିଦ କରିଗଲା। ମୁକେଶ ରାତିରେ ବାଉଳି ହେଲା ମୁଁ ମରିଯିବି, ମୋର ଶେଷ ସମୟ ଆସିଗଲାଣି, ମୋର ଆୟୁଷ ଆଉ ନାହିଁ ଏ ରୋଗରେ। ତୁ ଏଠୁ ପଳା ରବି। ସେଦିନ ରାତିରେ ଘୋର ବର୍ଷା ହେଲା। ବିକଳ ହୋଇ ମୁକେଶ ବର୍ଷାପାଣି ପିଇଗଲା। କହିଲା ଯେ କୌଣସିମତେ ଏଠୁ ପଳେଇଯିବାକୁ ହେବ। ସେଇଦିନ ସେମାନେ ନିଷ୍ପତ୍ତି ନେଲେ କୌଣସିମତେ ସେ ସ୍ଥାନ ଛାଡ଼ିବେ। ଜୀବନ କଥା ଭାବିଲେ ବିପତ୍ତି ଛଡ଼ା କିଛି ଦିଶୁ ନ ଥିଲା। ସେପଟେ ପରିବାରଠୁ ଦୀର୍ଘଦିନ ଯାଏଁ ଦୂରେ ରହି ଚିନ୍ତା ମାଡ଼ି ବସୁଥାଏ। ସେ କଥା କହିଲାବେଳକୁ ରବି କାନ୍ଦୁକୁ ଆଉଜି ପାମ ଗଛଫାଙ୍କର ହତାଶ ସୂର୍ଯ୍ୟାସ୍ତକୁ କଷରା ଆଖିରେ ଅନେଇ ରହେ। ତାଙ୍କ ଉପରେ ଆଉ ଜୀବନ ନିର୍ଭର କରେ। ତେଣୁ ସେମାନଙ୍କୁ ବଞ୍ଚିବାକୁ ପଡ଼ିବ। ମାଲିକର ପ୍ରକୋପ ବଢ଼ିଚାଲିଥିଲା। କଥାକଥାକେ ତିରସ୍କାର, ଭର୍ତ୍ସନା, ପ୍ରହାର। ମୁକେଶ ଆଉ ରବି କାନ୍ଦୁଥିଲେ ପରସ୍ପରକୁ ମନକଥା କହି।

ମୁକେଶକୁ ଜର ଛାଡ଼ିଥିଲା, କାଶ କମୁ ନ ଥିଲା। ସେମାନେ ବହୁତ କଥା ହେଲେ। ମୁକେଶ କହୁଥିଲା ଗତ ପାଳି ହାଟରେ ସେ ସେହି ସହୃଦୟ ବ୍ୟକ୍ତିଙ୍କୁ ଭେଟିଥିଲା। ସେ ଏଠିକାର ବାସିନ୍ଦା। ତା ପରି ଅସୁବିଧାରେ ପଡ଼ିଥିବା ଲୋକଙ୍କୁ ସାହାଯ୍ୟ କରିଆସିଛନ୍ତି। ସେ କିଛି ଜଙ୍ଗଲର ରାସ୍ତା କଥା କହୁଥିଲେ। ଗୋଟେ କାଗଜରେ ନକ୍ସା ଦେଇଛନ୍ତି। ମୁକେଶ ସ୍ଥାୟୀ ବାସିନ୍ଦାଙ୍କ କଥା ବୁଝିପାରୁଥିଲା ଅଳ୍ପବହୁତେ। ତେଣୁ ତାକୁ ସେ ବୁଝେଇଥିବା କଥା ବୁଝିବାକୁ ଅସୁବିଧା ହେଲା ନାହିଁ। ପାମ ଜଙ୍ଗଲ ଅତିକ୍ରମ କଲେ ପାଖ ଟାଉନ୍‌ରେ ସେ ରୁହେ। ତେଣୁ ଜଙ୍ଗଲ ପାରିହୋଇ ଗଲେ ତାପରେ ସେ ତାଙ୍କ ଦାୟିତ୍ୱ ନେଇପାରିବ। ସେଯାଏଁ ସେମାନଙ୍କୁ ସୁରକ୍ଷିତ ରହି

ଏଠାରୁ ମୁକୁଳିବାକୁ ହେବ। ରବି ଆଉ ମୁକେଶ ଏ ଜଙ୍ଗଲ ଆରପଟ ବି ଦୁନିଆ ଅଛି ଜାଣି କିଛି ଆଶା ଦେଖିପାରିଥିଲେ। ବହୁତ କଷ୍ଟରେ ଜଙ୍ଗଲ ରାସ୍ତାକୁ ବୁଝିଥିଲେ ସେଦିନ ରାତିରେ। ଜଙ୍ଗଲ ଭିତରର ସରୁ ରାସ୍ତାକୁ ଅନୁମାନ କରିଥିଲେ ଦୁହେଁ ଏକାଠି। ମାଲିକର ଏ ସାମ୍ରାଜ୍ୟ ଯେ ଗୋଟେ ମରଣର ସୁଡ଼ଙ୍ଗ ସେକଥା ସେମାନେ ପରିଷ୍କାର ଜାଣିପାରୁଥିଲେ। ମୁକେଶ ରବି କାମ ସରାଇବା ପରେ ସେଇ ଚିନ୍ତାରେ ବ୍ୟସ୍ତ ଥିଲେ।

ସେଦିନ ଶନିବାର। ମାଲିକ ଆସି ଅଳ୍ପ ସମୟରେ ଚାଲିଗଲା। କାମ ତଦାରଖ କରିବାକୁ ଦୁଇଦିନ ପରେ ଆସିବ ବୋଲି କହିଗଲା। ତା ସହ କହିଯାଇଥିଲା ଏଠୁ ପଳାଇବାର ବୁଦ୍ଧି କଲେ ନିଶ୍ଚିତ ମୃତ୍ୟୁ। ଏ ଜଙ୍ଗଲ ଚାରିପଟେ ତାରି ଲୋକ। ତଥାପି ସେଦିନ ରାତିରେ ମୁକେଶ ଆଉ ରବି ମନରେ ବଳ ବାନ୍ଧିଲେ। ତାରବାଡ଼ ସବୁ ନିଜେ କାଟିପକାଇଲେ ରାତିରେ। ରାତି ପାହିବାକୁ ଆହୁରି ଅନେକ ସମୟ ବାକିଥିଲା। ମନରେ ଅଦମ୍ୟ ସାହସ, ଜଙ୍ଗଲ ଭିତରେ ଛପା ଛପା ଅନ୍ଧାର ସହ ଆକାଶରେ ଜହ୍ନ ପକ୍ଷ। ହେଲେ ଏତେ ଗହଳ ଜଙ୍ଗଲ ଭିତରେ ମୁହଁକୁ ମୁହଁ ଦେଖିବା ବି କଷ୍ଟକର। ରବି ମନେ ମନେ ଡାକୁଥିଲା 'ହେ ଭଗବାନ।' ହଠାତ୍ ସେମାନେ ଶୁଣିଲେ ସେମାନଙ୍କୁ କିଏ ଅନୁସରଣ କରୁଛି। ଖୁବ୍ ଜୋର୍‌ରେ ତାଙ୍କ ଆଡ଼କୁ ଆସୁଛନ୍ତି। ମୁକେଶ ଆଉ ରବି ଜାଣିସାରିଥିଲେ ସେମାନେ ମାଲିକର ଲୋକ ହୋଇଥିବେ। ସେମାନଙ୍କ ଖସିଯିବା କଥା ଜାଣିପାରିଛନ୍ତି। ଦୁହେଁ କିଛି ରାସ୍ତା ନ ପାଇ ଅମୁହାଁ ଦୌଡ଼ିଲେ। କଣ୍ଟାଝଟା, ବାଟ ଅବାଟ କିଛି ସେମାନଙ୍କ ପାଦ ମାନିଲାନି। ଆଖିବୁଜା ଦୌଡ଼ିବାକୁ ଲାଗିଲେ। ରବି ମୁକେଶକୁ କିଛି ସମୟ ପରେ ଆଉ ଦେଖି ପାରିଲାନି। ସେ କେବଳ କାନ୍ଦ କାନ୍ଦ ହୋଇ ଚାରିଆଡ଼କୁ ଚାହିଁଲା, ଜୋର୍‌ରେ ଡାକିବାକୁ ଚାହିଁଲା, ହେଲେ ପାରିଲା ନାହିଁ। ତାକୁ ଶୁଭୁଥିଲା ଦୂରରୁ ତାକୁ ଅନୁସରଣ କରୁଥିବା ପାଦ ଶବ୍ଦ, ପୁଣି ସେ ଦୌଡୁଥିଲା ଜୀବନମୂର୍ଚ୍ଛା ଜଙ୍ଗଲ କଣ୍ଟାଝଟା ବାଟଦେଇ। ଏମିତି କେତେ ବାଟ ଆଗେଇ ଆସିଥିଲା। ହଠାତ୍ ଶୁଭିଲା ପଛରୁ- ରବି ତୁ ଚାଲିଯା, ମୋତେ ଖୋଜେନା, ପଛକୁ ଫେରନା ରବି। ମୁକେଶ କଥା ସବୁ ସେ ଜଙ୍ଗଲ ଭିତରେ ପ୍ରକମ୍ପିତ ହେଉଥିଲା। ଥରୁଥିଲା ମାଟିବି ସେ ରାତିରେ। ତାପରେ ଗୋଟିଏ ଗୁଳି ଶବ୍ଦ। ମୁକେଶର ଚିତ୍କାର ଆଃ...। ରବି ପାଦ ରହିଗଲା ସେଇ ଗହଳିଆ ବୁଦା ଭିତରେ। ସେ ଆଉ ଦୌଡ଼ିପାରୁ ନ ଥିଲା। ଆଗକୁ ଯାଇପାରୁ ନ ଥିଲା କି ପଛକୁ ଚାହିଁପାରୁ ନ ଥିଲା। ପାଦ ଦୁଇଟି କୁଆଡ଼େ ପଡୁ ନ ଥିଲା। ଅସହାୟ ହୋଇ ବସିପଡ଼ିଲା ବୁଦା ଆଡୁଆଳରେ। ଅଦୂରରୁ ଦିଶୁଥିଲା ତାରା ଭଳି ସହରୀ ବତି। ସେ ବିଶ୍ୱାସ କରିପାରୁ ନ ଥିଲା ତା ସହ ଛାଇ ଭଳି ରହି ଆସିଥିବା ମୁକେଶ ଯେ ଆଉ ଜୀବନରୁ ନାହିଁ। ସେ କ୍ଷଣିକ ପାଇଁ ଭାବୁଥିଲା ମୁକେଶ ପରି ସେ ହେଲେ ତା ସହ

ମରିଯାଇଥାନ୍ତା। ମୁକେଶ ବୋଲି ବିକଳରେ ଚିତ୍କାର କରିବାକୁ ଖୁବ୍ ଇଚ୍ଛା ହେଲେବି ପାଟିରେ ହାତମାଡ଼ି ପାଟିକୁ ବନ୍ଦ ରଖିଥିଲା। କଣ କରିବ ସେ ଭାବିପାରୁ ନ ଥିଲା। ଓଠ ଚାପି ଲୁହକୁ ଛାଡି ଦେଇ ବୋହିବାକୁ ଦେଲା। 'ହାୟରେ ଅସମର୍ଥ ବନ୍ଧୁଟିଏ ମୁଁ' କହି ନିଜକୁ ଧିକାରିଲା। ତା ଆଖିସାରା ଅନ୍ଧାର ଘୋଟିଗଲା ସେତିକିବେଳେ। ଶେଷକୁ ଅସହାୟ ହୋଇ ଭୂଇଁରେ ଲୋଟିପଡ଼ିଥିଲା ସେଇଠି। ତାପରେ ରବି ଆଉ କିଛି ଜାଣିନି।

ରବି ଗୋଟେ ଲମ୍ବା ଦୀର୍ଘ ନିଃଶ୍ୱାସ ନେଲା ଏଥର। ନିଜ ହାତଗୋଡ଼କୁ ଆଉ ଥରେ ଦେଖିଲା ସେ ବଞ୍ଚିଛି ବୋଲି ଭାବି ବାହାରକୁ ଚାହିଁଲା। ହାବୁକାଏ ନିଃଶ୍ୱାସ ଭିତରକୁ ନେଲା, ହେଲେ ସେ ଜାଣିପାରୁ ନ ଥିଲା ସେ ଏବେ କୋଉଠି ଅଛି। ବାହାରେ କିଏ କବାଟ ଠକ୍‌ଠକ୍ କରୁଛି। ପୁଣି ସେ ସେଇ ଅମଣିଷ ମାଲିକ ପାଖରେ ଧରା ପଡ଼ିଯାଇନି ତ! ତାର ରାତି ଜଙ୍ଗଲ କଥା ପରେ କିଛି ମନେ ନାହିଁ। ତା ମୁଣ୍ଡ ଭିତରେ ଅଜସ୍ର ପ୍ରଶ୍ନ ଲହଡ଼ି କାଟି ଧସେଇ ପଶି ଆସୁଥିଲା। ସେ ବ୍ୟସ୍ତ ହୋଇ କବାଟ ଖୋଲିଥିଲା। ଦେଖିଲା ବାହାରେ ଜଣେ ବ୍ୟକ୍ତିଙ୍କର ଶାନ୍ତ ସୌମ୍ୟକାନ୍ତିଯୁକ୍ତ ଚେହେରା। ସେ ବ୍ୟକ୍ତି ଜଣକ କହୁଥିଲେ, "ମୁଁ ଅନେକ ସମୟରୁ ଅପେକ୍ଷାରେ ଅଛି ରୁମ୍ ବାହାରେ। ମୁକେଶକୁ ମୋତେ ଜଣାଇଥିଲା। ଆମେ ହାଟରେ କଥା ହେଇଥିଲୁ। ଆମ ଟିମ୍ ଏଇମିତି ଅସୁବିଧାରେ ପଡ଼ିଥିବା ଲୋକଙ୍କୁ ସାହାଯ୍ୟ କରିଥାଏ। ତୁମେ ଦୁହେଁ ରାତିରେ ସେ ଜାଗାରୁ ଖସି ଆସିବ। ସେଥିପାଇଁ ଜଙ୍ଗଲ ବାହାରେ ମୁଁ ଆଉ ମୋର ସହଯୋଗୀମାନେ ଅପେକ୍ଷା କରୁଥିଲୁ। ସକାଳୁ ଜଙ୍ଗଲ ଭିତରେ ଖୋଜିଲା ପରେ ବେହୋସ ଅବସ୍ଥାରେ ତୁମକୁ ପାଇଲୁ। ଏଠାକୁ ନେଇ ଆସିଛି ତାପରେ। ତୁମେ ସୁସ୍ଥ ହେଲେ ଫେରିପାରିବ। ରବି କାନ୍ଦ କାନ୍ଦ ହୋଇ ମୁହଁ ପୋତି କହିଲା ଏ ଦୁନିଆରେ ଆପଣଙ୍କ ପରି ବି ଲୋକ ଅଛନ୍ତି, ଆପଣଙ୍କ ଉପକାର ଶୁଝି ହେବନି ଏ ଜୀବନରେ, ହେଲେ ମୁକେଶ ନାହିଁ ମୋ ସହିତ। ମୁଁ ହରାଇଲି ଜଙ୍ଗଲ ଅତିକ୍ରମ ବେଳେ। ମୋ ସହ ଆଉ ସେ ନାହିଁ। ରବି ଆହୁରି ଭାଙ୍ଗି ପଡୁଥିଲା ଏକଥା କହି। ମୁକେଶର ଚେହେରା ଜଳଜଳ ଦିଶୁଥିଲା ତାକୁ।

ପରଦିନ ରବି ଫ୍ଲାଇଟ୍‌ରେ ବସିଥିଲା। ଝର୍କାରୁ ଦିଶୁଥିଲା ପାମ ବଣ। ତା ଉପରେ ଚିକ୍‌ଚିକ୍ ସବୁଜିଆ ଖରା। ରବିର ଆଖି ତନ୍ନତନ୍ନ କରି ତା ଭିତରେ ଖୋଜୁଥିଲା ମୁକେଶକୁ। ମୁକେଶ ଯେମିତି ତାରି ଭିତରେ ଆଶ୍ୱସ୍ତିରେ ଶୋଇ ଶୋଇ ତାକୁ କହୁଥିଲା ଆମ ଉଭୟଙ୍କ ରାତି ପାହିଯାଇଛି। ହାତ ହଲେଇ ଲୁହ ଛଳଛଳ ହୋଇ ରବି କହୁଥିଲା, ଗରିବ ଜୀବନର ରାତି ସବୁ ଅପୁହା।

ଚେନାଏ ଆକାଶ

ଆଜି ସେ ସେଇ ଗାଁକୁ ଫେରୁଛି। ବାଘୁଣୀ ନଈରେ ପାଣି ଭର୍ତ୍ତି। ସେ ଆଗରୁ ବି କେବେ ବାଘୁଣୀକୁ ଶୁଖିବାର ଦେଖିନାହିଁ। ନଈ ଡେଇଁଗଲା ବେଳକୁ କୋଡ଼ିଏ ବର୍ଷ ତଳର ସେଇ ଉଛୁଳା ନଈ। ପାଣି କଣ ଶୁଖେନି ଏ ନଈରେ ଠିକ ତା ଆଖି ଭଳି। ସୁନନ୍ଦା ଲୁହ ଆଉ ଥରେ ହାତରେ ପୋଛିଲା। ମନେ ମନେ କହିଲା, ଏଇ ତ ଦିଶିଲାଣି ସେଇ ଘର ଯେଉଁଠିକି ସେ କୋଡ଼ିଏ ବର୍ଷ ତଳେ ଆସିଥିଲା। ଅଗଣାର ଛନଛନିଆ ନଡ଼ିଆ ଗଛ ହଳକ ସିଧା ସିଧା ସମାନ୍ତରାଳ ଭାବେ ଲମ୍ବିଗଲେଣି ଛାତ ଉପରକୁ। ଲମ୍ବା ଲମ୍ବା ଛାଇ ଭିତରେ କେତେ ଦୂରତା ସ୍ପଷ୍ଟ ଜଣାପଡୁଛି ପାଖରୁ। ବାରିପଟକୁ ଅନେଇ ଦେଖୁଥିଲା ସୁନନ୍ଦା ଗୋଟେ ବିରାଟ ଚାକୁଣ୍ଡା ବଢ଼ି କାୟା ବିସ୍ତାର କରିଛି ତାର ଶାଖାପ୍ରଶାଖା ମେଲି। ସୁନନ୍ଦା ଏଥର ଭାବୁଥିଲା ସତରେ କେତେ କଣ ବଦଳି ଯାଇଛି ଏଇ କେତେଟା ବର୍ଷରେ। କେବଳ ସେଇ ମାଟିର ରଙ୍ଗ, ସେଇ ଘରର ନକ୍ସା ଛଡ଼ା ସବୁ ଭିନ୍ନ ଦିଶୁଥିଲେ ତା ଆଖିକୁ। ସୁନନ୍ଦା ଆଗରୁ ଭାବିସାରିଥିଲା କାହାକୁ କିଛି ନକହି ସେ ସିଧା ପୂର୍ବର ସେଇ ବଖରାଟିକୁ ଚାଲିଯିବ। ଭିତରକୁ ଗଲାବେଳକୁ ଘର ବାହାରେ କିଛି ସ୍ତ୍ରୀ ଲୋକ ରୁଣ୍ଡ ହୋଇଥିଲେ, ସୁନନ୍ଦାକୁ ଦେଖିବା କ୍ଷଣି କଣ ସବୁ କଥାବାର୍ତ୍ତା ଆରମ୍ଭ କରିଦେଇଥିଲେ। ତାକୁ ବି ଅଳ୍ପ ବହୁତ ଶୁଭୁଥିଲା। ସୁନନ୍ଦା କିଛି କାନ ଦେଇ ନଥିଲା। କିଛି ନ ଶୁଣିବା ପରି ଆଗେଇ ଗଲା ତା ବଖରା ଆଡ଼କୁ। ବାହାରେ ସବୁଯାକ ଆଖି ତାରି ଉପରେ ନିବଦ୍ଧ ଥିଲା। ଘର ଭିତରର ଅନ୍ଧାରୁଆ ପରିବେଶ ଭିତରେ ଅଦୃଶ୍ୟ ହୋଇଯିବା ଯାଏଁ ସମସ୍ତେ ଚାହିଁଥିଲେ ତାକୁ, ହେଲେ କେହି ତାକୁ ଲେଉଟି କିଛି ପଚାରି ନ ଥିଲେ। ସୁନନ୍ଦା ମନେ ମନେ ଖୋଜୁଥିଲା ଜଣକୁ, ହେଲେ ଦେଖିପାରି ନ ଥିଲା ସେଯାଏଁ। କବାଟ ଖୋଲୁ ଖୋଲୁ ସୁନନ୍ଦା ମୁହଁରେ ମେଞ୍ଚେ ଅଳନ୍ଧୁ ବୋଳି ହୋଇଗଲା। ଅଣନିଃଶ୍ୱାସୀ ହୋଇ ଲାଇଟ୍‌ର

ସୁଇଚ୍ ଖୋଜିବାକୁ ବ୍ୟଗ୍ର ହୋଇପଡ଼ିଲା। ମନେପକେଇବାକୁ ଚେଷ୍ଟା ଗଲା ସୁଇଚ୍ ବୋର୍ଡ କେଉଁଠି ଥିଲା। ଅଜାଣତରେ ତା ଡାହାଣ ହାତ ସେ କବାଟ କୋଣରେ ବୋର୍ଡ ଉପରେ ପଡ଼ିସାରିଥିଲା। ନିଜେ ନିଜେ ସେ ଆଶ୍ଚର୍ଯ୍ୟ ହେଲା ସତରେ କେତେ ଟିକିନିଖି ମନେ ଅଛି ଏ ଘରର ସ୍ମୃତି ସବୁ। ଆଜି ବି ଏଇ ଘର ଭିତରେ ସେଇ ଧିମା ଆଲୁଅର ଆସ୍ତରଣ, ଯେଉଁଠି କିଛି ପରିଷ୍କାର ଦିଶେନି। ଏବେବି ସେଇ ଅବିକଳ ଅବସ୍ଥା ପୂର୍ବପରି। ଭାବିଲା ସେ ଖଟ ଉପରେ ଯାଇ ବସିପଡ଼ିବ। ଏତିକିବେଳେ କାନରେ ଶୁଭୁଥିଲା ବାହାରୁ ଅଳ୍ପ କନ୍ଦାକଟା। ସୁନନ୍ଦା ବ୍ୟଥିତ ହେଲା ନାହିଁ ଗୋଟାଏ ଧୂଳି ଖାଇ ପଡ଼ିଥିବା ଚୌକିକୁ ଟାଣିଆଣି ବସିପଡ଼ିଲା ଝରକା ପାଖକୁ। ଏଇଟି ତାର ପ୍ରିୟ ଜାଗା ଅନେକ ଦିନରୁ। ଭାବୁଥିଲା ତା ପାଳି ପଡ଼ିଲେ କେହି ଜଣେ ତାକୁ ଡାକିବାକୁ ନିଶ୍ଚିତ ଆସିବେ। ସେ ଅପେକ୍ଷା କରୁଥିଲା ବଡ଼ଦେଈଙ୍କ ନିର୍ଦ୍ଦେଶକୁ। ତା ଆସିବାର ଖବର ସେ ନିଶ୍ଚୟ ପାଇ ସାରିଥିବେ। ସେ ନିଜେ ନିଜେ କଣ କାହା ପାଖକୁ ଯାଇପାରିବ ବଡ଼ଦେଈଙ୍କ ବିନା ଅନୁମତିରେ ଏଠି। ତେଣୁ ସେ ଅପେକ୍ଷାରେ ବସିରହିଲା ଝର୍କା ଆଡ଼କୁ ଅନେଇ। ବାହାରେ ସନ୍ଧ୍ୟା ଆଚ୍ଛନ୍ନ। ଆକାଶର ଦେହସାରା ଲାଲିମାର ଦାଗ, ହେଲେ ଆଜି ଆକାଶ ବେଶ୍ ନିରବ ଆଉ ଗମ୍ଭୀର। ସୁନନ୍ଦା ଫେରୁଥିଲା ପୁରୁଣା ଦିନକୁ। କେତେ ସୁନ୍ଦର ଥିଲା ଏଇ ଚେନାଏ ଆକାଶରେ ଲହଡ଼ି ଭାଙ୍ଗୁଥିବା ତାର ସ୍ୱପ୍ନସବୁ! ତାରି ଝର୍କା ସେପାଖର ସୀମା ବଳୟ ଭିତରେ ଆବଦ୍ଧ ସେଇ ଆକାଶ। ସେଇତକ ହିଁ ତ ସେ ଚାହିଁଥିଲା ଜୀବନରେ। ଚେନାଏ ଆକାଶର ଦୁନିଆ, ଯେଉଁଠି ସେ ଜୀବନର ପ୍ରତ୍ୟେକଟି ମୁହୂର୍ତ୍ତର ରଂଗବୋଳା ଆକାଶକୁ ଆବିଷ୍କାର କରିବ। ସେଇଠି ସେ ସୂର୍ଯ୍ୟ ଉଇଁବାର ଦେଖିବ। ସୂର୍ଯ୍ୟ ବୁଡ଼ିବାର ବି ଦେଖିବ। ସେଇ ଆକାଶର ବର୍ଷା ଛିଟାରେ ସେ ମନଭରି ଭିଜିଯିବି ତ କେବେ ଡହଡହ ଖରାରେ ଜୀବନ ଜିଇବା ଶିଖିବ ହେଲେ ତାହା କଣ ସମ୍ଭବ ହେଲା ? ନା ସେ ପାରିଲା ନାହିଁ। ଏସବୁ ସୁନନ୍ଦା ଭାବିଚାଲିଥିଲା।

ଅତୀତ ଠିକ୍ କାଲିପରି, ସୁନନ୍ଦାଙ୍କୁ ବୋହୂ ବେଶ କରି ସ୍ୱାମୀ ପରେଶଙ୍କ ପାଖରେ ବଡ଼ଦେଈ ବସେଇଦେଇ ଗଲେ ସେଦିନ ଏଇ ଘରେ। ବଡ଼ଦେଈଙ୍କ ଉପସ୍ଥିତିରେ ପରେଶ ତା ମୁହଁକୁ ଚାହିଁ ପାରୁ ନ ଥାନ୍ତି। ସବୁ ବୁଝିପାରିଲା ପରି ବଡ଼ଦେଈ କବାଟ କିଳି ଦେଇଥିଲେ ଋଆ ଋଆ ଅନ୍ଧାରୁଆ ଏଇ ବଖରାଟିକୁ। ସେଦିନ ସୁନନ୍ଦା ଭାବିଥିଲା ଏମିତି କିଏ କଣ ତା ସ୍ୱାମୀକୁ ଆଉ ଜଣେ ନାରୀ ପାଖେ ସମର୍ପି ଦେଇ ଯାଇପାରେ !

ଆଉ ସେଇଦିନ ରାତିରେ ହିଁ ପରେଶ କହିଥିଲେ ମୁଁ କେବଳ ସୁଷମା କଥାରେ

ତୁମକୁ ବାହା ହେଇଚି। ଆମର ବାହାଘରର ସାତବର୍ଷ ପରେ ସନ୍ତାନ ଧାରଣରେ ସୁଷମା ଅକ୍ଷମ ବୋଲି ଡାକ୍ତର କହିବାପରେ, ସୁଷମା ଏତେ ବଡ଼ ନିଷ୍ପତ୍ତି ନେଇ ତୁମକୁ ମୋ ଏ ଘରକୁ ଆଣିଛନ୍ତି। ତେଣୁ ତୁମେ ସୁଷମାକୁ ସମ୍ମାନ ଦେବାକୁ ଭୁଲିବ ନାହିଁ। ପରେଶ ଏମିତି କହୁଥିଲେ, ସୁଷମାର ବଡ଼ପଣ ଆଗରେ ସେ ଛୋଟ ହୋଇଯାଇଛନ୍ତି। ତାପରେ ସୁନନ୍ଦାର ପାଖକୁ ଆସି ସେଦିନ ପରେଶ ଆହୁରି କହୁଥିଲେ, ତାର ଏଇ ତ୍ୟାଗ ବଦଳରେ ମୁଁ ତୁମଠାରୁ ସୁଷମା ପାଇଁ ସବୁବେଳେ ସମ୍ମାନ ଆଶା ରଖିବି ଆଉ କୌଣସିଥିରେ ତୁମର ହେଳା ହେବ ନାହିଁ। ସୁଷମା କଥା ମାନି ଚାଲିବ। ସେ ତୁମକୁ ଭଉଣୀ ପରି ସ୍ନେହ ଦେବ। ସ୍ୱାମୀଙ୍କ ମୁହଁରୁ ସୁଷମା ପାଇଁ ଏତେ ପ୍ରଶଂସା ଶୁଣିବା ପରେ ସୁନନ୍ଦା ପରେଶର ହାତମୁଠା ଭିତରେ ଅଣନିଃଶ୍ୱାସୀ ହୋଇଯାଉଥିଲା। ସେ ନିଜ ସ୍ୱାମୀ ଆଖିରେ ଥିବା ଆଉ ଜଣେ ନାରୀ ପ୍ରତି ଭଲପାଇବାକୁ ସ୍ୱୀକାର କରି ପାରୁ ନ ଥିଲା। କେଉଁ ବିପର୍ଯ୍ୟୟର ଆଶଙ୍କାରେ ସେଦିନ ସୁନନ୍ଦା ପରେଶ ଛାତିରେ ମୁହଁ ଲୁଚେଇ ଦେଇଥିଲା। ଏମିତି କେତେଟା ରାତି ପାହିଥିଲା। ଫର୍ଚ୍ଚା ଆକାଶର ସୁନେଲି କିରଣ ମୁଠେ ତା ଝର୍କାବାଟେ ଭେଟି ଦେଇଥିଲା ଏଇମିତି ହାତଗଣତି କେଇଟା ସୁଖର ଦିନ। ସୁନନ୍ଦା ସେତେବେଳେ ଦେଖେ ନୀଳ ରଙ୍ଗର ସେ ଚେନାଏ ଆକାଶ ତା ହାତପାହାନ୍ତାର ଗୋଟେ ସୁନ୍ଦର ଆକାଶ। କିଛିଦିନ ପାଇଁ ସେ ସତରେ ଭୁଲିଯାଇଥିଲା ତା ଭାଗର ଆକାଶରେ ବି ଆଉ କାହାର ଦଖଲ ଅଛି। ଏଇମିତି କିଛିଦିନ ବିତିଥିଲା। ଏଥର ପରେଶ ତା ପାଖକୁ ଆସିବା କମେଇ ଦେଉଥିଲେ। ଘରେ କାମଦାମ କରୁଥିବା ରମାକୁ ସୁନନ୍ଦା ତା ଅଳ୍ପ ବୁଦ୍ଧିରେ ପଚାରିବସେ- ବାବୁ କାଲି ରାତିରେ ଘରେ ନ ଥିଲେ କି ? ରମା ଅଳ୍ପ ହସି କହେ, ବଡ଼ଦେଈଙ୍କ ପାଖରେ ଥିଲେ। ସୁନନ୍ଦା ଚୁପ୍ ହୋଇଯାଏ।

ସ୍ୱାମୀଙ୍କ ପୂର୍ବ ପରାମର୍ଶ ଅନୁଯାୟୀ ସୁନନ୍ଦା ବଡ଼ଦେଈଙ୍କ ପଛେ ପଛେ ବୁଲେ। ବଡ଼ଦେଈଙ୍କ ହାତରେ ସବୁ ଘରର ଚାବି। ସେ ବି ତାଙ୍କ ପଛରେ ବୁଲନ୍ତାନି କେମିତି ? ଘରେ କୌଣସି ବିଚାର ବିମର୍ଶ ବେଳେ, ପୂଜାପାଠ, ଦେବାନେବା ଇତ୍ୟାଦି ବଡ଼କାମରେ ବଡ଼ଦେଈ ମୁଣ୍ଡ ପୂରାନ୍ତି। ତାଙ୍କୁ ସମସ୍ତେ ପଚାରନ୍ତି। ସେ ଘରର ବଡ଼ଦେଈ ମାଲିକାଣୀ ବୋଲି ସୁନନ୍ଦା ବୁଝିଯାଉଥିଲା ଧୀରେ ଧୀରେ। ସୁନନ୍ଦାର ଏ ଘର କଥା ବୁଝିବା ପାଇଁ ଏତେ ମୁଣ୍ଡ କାହିଁ ପରେଶ କହିଦେଇଥିଲେ ବଡ଼ଦେଈ ଆଉ ତା ଆଗରେ ଯେ ନ ଥିଲା ଘରର ଝିଅ ସେ। ସୁନନ୍ଦା ଏ କଥାରେ ବି ଚୁପ୍ ରହିଥିଲା। ସମସ୍ତେ ବଡ଼ଦେଈଙ୍କୁ ଘରର ବୋହୂ ମାନୁଥିଲେ ଆଉ ସୁନନ୍ଦା ପରିଚିତି ହେଉଥିଲା ସୁନନ୍ଦା ଭାବରେ। ଏଇ ପରିଚୟ କାହିଁକି କେଜାଣି ସୁନନ୍ଦାକୁ ଧୀରେ ଧୀରେ କଷ୍ଟ ଦେବା

ଆରମ୍ଭ କରିଥିଲା। ସେ ପ୍ରତିବାଦ କରିବାକୁ ସାହସ କୁଳେଇ ପାରେନି, ହେଲେ କଷ୍ଟ ପାଏ। ବଡ଼ଦେଈ ଯୋଗୁଁ ହିଁ ତାର ଉପସ୍ଥିତି ଏ ବଡ଼ ପରିବାରରେ, ତା ପରି ଅଭାବୀ ଘରର ଝିଅ ପାଇଁ ଏଇଟା ସ୍ୱପ୍ନ ଭଳି କଥା। ଏଇକଥା ଭାବି ଚୁପ୍ ରହେ।

କିଛିଦିନ ପରେ ସୁନନ୍ଦାର ପାଦ ଭାରୀ ହେଲା। ସେ ମା' ହେବାକୁ ଯାଉଛି ବୋଲି ଘରେ ଖୁସିର ଲହରୀ ଛୁଟୁଥିଲା। ପରେଶ ବଡ଼ଦେଈଙ୍କୁ ପ୍ରଶଂସାରେ ପୋତିପକାଉଥିଲେ। ସୁଷମା ସୁନନ୍ଦାର ମାତୃତ୍ୱକୁ ନିଜ ଭିତରେ ଅନୁଭବ କରିବାକୁ ଲାଗିଥିଲା ଯେମିତି ପିଲାଟିକୁ ସେ ଜନ୍ମ ଦେବାକୁ ଯାଉଛି। ପରେଶ ଖୁସିରେ ନାଚିଉଠୁଥିଲେ, ହେଲେ ସୁନନ୍ଦା ଭିତରେ କଣ ଗୋଟେ ବଦଳିଯାଉଥିଲା। ସେ ଆକାଶକୁ ଅନେଇ କେତେ କଣ ଏକା ଏକା ଗପୁଥିଲା। ସୁନନ୍ଦାର ଆବଶ୍ୟକତା ପରେଶ ପାଇଁ ଆଉ ନଥିଲା। ସୁନନ୍ଦା କିଛି ବୁଝିପାରିଲା ନାହିଁ ଅନେକଦିନ ଯାଏଁ ଏସବୁର ଅର୍ଥ। କେବଳ ତାକୁ କାନ୍ଦିବାକୁ ଇଚ୍ଛା ହୁଏ। ତା ଝାଟିମାଟିର ଘର ମନେପଡ଼େ, ଶାଗ ପଖାଳର ଜୀବନକୁ ଝୁରେ, ଝୁରେ ତା ଆପଣାର ମଣିଷମାନଙ୍କୁ। ସେ ଧୀରେ ଧୀରେ ଅନୁଭବ କରୁଥିଲା ତାର ଏଠି କିଛି ନାହିଁ। କେବଳ ସେ ଗୋଟେ ପିଲାଟିଏ ଜନ୍ମ ଦେବାକୁ ଏ ଘରକୁ ଆସିଛି। ତାର ପରିଚୟ ସେ ଖୋଜି ପାଉ ନ ଥିଲା। ସ୍ୱାମୀଙ୍କ ଆଗରେ ଦିନେ ଠିଆ ହୋଇଗଲା ସେ ତା ପ୍ରତି ଅବହେଳାର ପ୍ରତିବାଦ କରି। ପରେଶ ରାଗରେ କହିଥିଲେ ମୋର ସୁଷମା ଉପରେ ଯଥେଷ୍ଟ ବିଶ୍ୱାସ ଅଛି। ସେ ମୋଠୁ ଅଧିକ ତୁମ କଥା ବୁଝିବେ। ସେତିକିବେଳେ ବି ସୁନନ୍ଦା କହିପାରି ନ ଥିଲା ମୋତେ ତୁମରି ସ୍ନେହ ଦରକାର, ବଡ଼ଦେଈଙ୍କର ନୁହଁ। ତା ଚେନାଏ ଆକାଶରେ ସେ ଆଉ କାହାର ଅନୁପ୍ରବେଶ ଚାହେଁନି, ହେଲେ ସେ କହିପାରିନଥିଲା। ବଡ଼ଦେଈଙ୍କର ଦୟାର ଋଣ ତା ପାଟି ମୁଦି ଦେଇଥିଲା, ହେଲେ ପରେ ପରେ ବଡ଼ଦେଈଙ୍କ ଉପସ୍ଥିତି ତା ଜୀବନରେ ଶୀତଳ ବିଦ୍ରୋହ ଆରମ୍ଭ କରିସାରିଥିଲା। ପରେଶଙ୍କ ଆଗରେ ଯୁକ୍ତି କଲା ସବୁବେଳେ। ପରେଶଙ୍କ ସେଇ ଗୋଟିଏ କଥା- ତୁମ ବଡ଼ଦେଈଙ୍କ ପାଇଁ ତୁମେ ଆଜି ଏ ଘରେ ସୁଖ ସ୍ୱଚ୍ଛନ୍ଦରେ ଚଳୁଛ। ତୁମ ଘର ଅବସ୍ଥା ଦେଖି ହିଁ ତୁମକୁ ଏଠାକୁ ଆଣି କଣ ସେ ତୁମର କିଛି ଉପକାର କରିନାହାନ୍ତି ? ଏବେ ପୁଣି ତୁମର କଣ ଦରକାର ଯାଠୁ ଅଧିକ ? ସୁନନ୍ଦା ସହିପାରେନି ଏ ସବୁ କଥା। ଚୁପ୍‌ଚାପ୍ ଶୁଣେ। ଲୁହ ଝରିଯାଏ ତା ଆଖିରୁ ସ୍ୱାମୀଙ୍କ କଥାରେ। କହିପାରେନି କିପରି ସ୍ୱାମୀ ସ୍ନେହକାଙ୍ଗାଳ ହୋଇ ତା ଜୀବନ ଶୁଖିଲା ପତ୍ର ପରି ଶୁଖିଆସୁଛି। ପେଟପୂରା ଖାଏ ସିନା ଦେହ ଜଳିଯାଏ ଏଠି। ଦିନକୁ ଦିନ ବିତୁଥିଲେ ବି ତା ଦିନ ସବୁ ବିତିବା କେତେ କଷ୍ଟସାଧ୍ୟ ହୋଇଉଠୁଥିଲେ। ଝର୍କାପାଖ ଏଇ ଜାଗାରେ ବସି ଅନେକ ଥର ଭାବେ ତାର ଏ

ଘରେ ପରିଚୟ କଣ ? ସ୍ଥିତି କଣ ? ସେ କଣ ଅଭାବୀ ମଣିଷଟେ ବୋଲି ପିଲାଟିଏ ଜନ୍ମ କରିବା ଉଦ୍ଦେଶ୍ୟରେ ଏ ଘରକୁ ଆସିଛି । ରମା ବି ତା କାମ କରି ପେଟ ପୋଷୁଛି ଏ ଘରେ । ଯେମିତି ତାର ବି ବୋଧେ ସେଇଭଳି ପିଲା ଜନ୍ମ କରିବାଟା ଗୋଟିଏ କାମ । ଏ ଘରଦ୍ୱାର, ସ୍ୱାମୀ କାହା ଉପରେ ତାର ଅଧିକାର ନାହିଁ । ବଡ଼ଦେଈ ସୁଷମା ତାକୁ ସତରେ ଦୟା କରିଛନ୍ତି ନା ତା ଜୀବନରେ ଦୁର୍ଭାଗ୍ୟର ଲମ୍ବା ଗାରଟେ ଟାଣିଛନ୍ତି, ଯାହାର ଆଉ ଶେଷ ନାହିଁ । ଏସବୁ ଚିନ୍ତା କରି ନିଷ୍ପ୍ରାଣ ହୋଇଯାଇଥିଲା ସେ ଧୀରେ ଧୀରେ । ସୁନନ୍ଦାର ଚେନାଏ ଆକାଶରେ ଘୋଟିଗଲା ଉଦାସୀ ରଙ୍ଗର ଭସା ବଉଦମାନ । ସେଥିରେ ଯେତେ ରଙ୍ଗ ଭରିବାକୁ ସେ ଚେଷ୍ଟା କଲା ସବୁ ଅସାର ହେଲା । ସେ ବୁଝିପାରୁଥିଲା ଆଉ କିଛି ବି ବଦଳିବନି । ବର୍ଷାଛିଟାରେ ଅନେକ ଭିଜିଲା, ଦେହହାତ ହେମାଳ ହେଲା ସିନା କାହା ଉଷ୍ମତାରୁ କାଣିଚାଏ ମିଳିବା ସ୍ୱପ୍ନ ହୋଇସାରିଥିଲା ତା ପାଇଁ ।

ପୁଅ ଜନ୍ମ ହେବାକୁ ଆଉ ଦୁଇମାସ ବାକିଥିଲା ସେ ଏ ଘରୁ ଗୋଡ଼ କାଢ଼ିଲା । ଫେରିବାର ଆଶା ସେଦିନ ବି ସେ ରଖି ନ ଥିଲା । ପିଲା ହେଲା ପରେ ତୋତେ ତୋ ବାପଘରେ ଛାଡ଼ିଦେଇ ଆସିବୁ ସେଦିନ ପଛରୁ କହିଥିଲେ ବଡ଼ଦେଈ । ବୋଧେ ମା' ହେବାର ଆନନ୍ଦ ତାଠୁ ସୁଷମା ବେଶୀ ଅନୁଭବ କରୁଥିଲେ ଆଉ ସନ୍ତାନ ହେଲା ପରେ କିଏ ଜାଣେ ତା ସନ୍ତାନକୁ ବି ତାଠାରୁ ଛଡ଼େଇ ନ ନେବେ । ଏକଥା ଭାବି ସେଦିନ ସୁନନ୍ଦା ଅସ୍ୱସ୍ତି ଅନୁଭବ କରୁଥିଲା ସ୍ୱାମୀକୁ ବାଣ୍ଟିବା ପରେ ସେ କିପରି ସନ୍ତାନର ସ୍ନେହକୁ ବି ବାଣ୍ଟି ପାରିଥାନ୍ତା ? ଦେବକୀ କଣ କୃଷ୍ଣଙ୍କ ଜୀବନ ପ୍ରତି ବିପଦ ନ ଥିଲେ ଯଶୋଦା କୋଳକୁ ଟେକିଦେଇ ପାରିଥାନ୍ତେ ତାଙ୍କ କୃଷ୍ଣକୁ ? ସୁନନ୍ଦା ଏହି କଥା ଭାବି ହିଁ ଗୋଡ଼ କାଢ଼ିଥିଲା ଏ ଘରୁ । ସେ ଫେରିଯାଇଥିଲା ତା ବାପଘର ପାଖ ଗାଁ ମଧୁପୁରକୁ, ଅନ୍ତତଃ ତା ସନ୍ତାନକୁ କେହି ଛଡ଼େଇ ନେବେନି ତାଠୁ । ସେଇଟିକ ସମ୍ବଳରେ ସେ ଜୀବନଟେ କାଟି ପାରିବ । ସେଇ ନିଷ୍ପତ୍ତି ତାର କଣ ଭୁଲ୍ ଥିଲା ? ଏ କଥା ସେ ବହୁଦିନ ଯାଏଁ ଭାବିବସିଛି, ଭୁଲ୍ କି ଠିକ୍‌ର ମାପକାଠି ଭିତରେ ଅନେକ ଥର ଦ୍ୱନ୍ଦ୍ୱ ଭିତରେ ଝୁଲିଛି । ପୁଅ ହେଲା ପରେ ଅନେକ ଥର ବଡ଼ଦେଈ ଡାକିବାକୁ ଆସିଲେ, କହିଲେ ରାଜାଘର ପୁଅ କଣ ଏଇ ଝାଟିମାଟି ଘରେ ବଢ଼ିବ ? ପୁଅକୁ ଦେଇଦେ ଆମକୁ । ବଡ଼ଦେଈଙ୍କ ଏଇତକ କଥା ଭିତରେ ସେ ବୁଝିପାରିଥିଲା ପୁଅକୁ ନେଇଯିବା ପାଇଁ ତାଙ୍କର ଏ ସବୁ ପ୍ରଲୋଭନ । ହେଲେ ସ୍ୱାମୀ ପରେଶ କେବେ ଆସି ନ ଥିଲେ ସୁନନ୍ଦାକୁ ଡାକିବାକୁ କୋଡିଏ ବର୍ଷରେ, ଲୋକ ପଠାଇଛନ୍ତି ସୁନନ୍ଦାଠୁ ତା ସନ୍ତାନ ଛଡ଼େଇ ନେବାକୁ । ଏହି କୋଡ଼ିଏ ବର୍ଷ ଭିତରେ ସେ ପରେଶକୁ ଠିକ୍ ବୁଝିପାରିଛି

ସେ ଜଣେ ସ୍ୱାର୍ଥାନ୍ଧ ମଣିଷ ଆଉ ସେ ଠିକ୍ କରିଛି ସେଠାରୁ ଚାଲିଆସି । ଶେଷକୁ ବଡ଼ଦେଈ ଆଉ ପରେଶ ପୁଅ ବଡ଼ ହେଲା ପରେ ତାଙ୍କ ସମ୍ପତ୍ତିର ପ୍ରଲୋଭନ ଦେଖେଇ ତା ପୁଅକୁ ନେଇଯାଇଥିଲେ ତା କୋଳରୁ । ତା ପରେ କେହି ସୁନନ୍ଦାକୁ ଆଉ ଫେରିଯିବାକୁ କହୁ ନ ଥିଲେ ସେହି ଘରକୁ । ସୁନନ୍ଦା ଭାବୁଥିଲା ଆଉ କେଉଁ ସମର୍ପଣ ବାକି ଥିଲା ତାର ସ୍ତ୍ରୀ ବୋଲି ମର୍ଯ୍ୟାଦା ପାଇବାକୁ ?

ଆଜି ସେ ଫେରିଛି ପୁଣି ସେଇ ଘରକୁ ଅନେକ ବର୍ଷ ପରେ । ସେ ଟେନାଏ ଆକାଶ ମୋହରେ ନୁହଁ କି କୋଉ ଅଭିମାନକୁ ଜାବୁଡ଼ି ଧରି ନୁହଁ, ସେ ଆଜି ଫେରିଛି ତାର ଶେଷ ସନ୍ତକକୁ ଲିଭେଇଦେବା ଉଦ୍ଦେଶ୍ୟରେ । ଠିକ୍ ଏତିକିବେଳେ ବଡ଼ଦେଈ ସୁଷମା ଭୋ ଭୋ କାନ୍ଦି ପଶିଆସିଥିଲେ ସୁନନ୍ଦା ବସିଥିବା ଜାଗା ପାଖକୁ । ତାଙ୍କୁ ବୋଧେ କେହି କହିସାରିଥିଲେ ସୁନନ୍ଦା ଆସିବା କଥା । ସୁନନ୍ଦାକୁ ଦେଖି ତାକୁ ଜୋର୍‌ରେ ହଲେଇ ଦେଇ- ଆଲୋ ଆଉ କାହା ମୁହଁ ଦେଖିବାକୁ ଆସିଚୁ ଏଠିକି ? ସ୍ୱାମୀର ମଲାମୁହଁ - କହି ସୁଷମା ଆହୁରି ଜୋର୍‌ରେ କାନ୍ଦି ଉଠିଥିଲେ । ସୁନନ୍ଦାର ଆଖିରେ ଲୁହ ନଥିଲା । ଖୁଣ୍ଟଟା ପରି ଛିଡ଼ା ହୋଇଥିଲା । ଶୁଖିଲା ଗାଲରେ ବୟସର କେତେଟା ରେଖା ଯାହା ଅଙ୍କଟିକେ କୁଞ୍ଚିତ ହୋଇଥିଲା । ସୁନନ୍ଦା ଭସା ଭସା କଣ୍ଠରେ କହୁଥିଲା- ବଡ଼ଦେଈ ତୁମ ଆକାଶର ବୋଝକୁ ମୁଁ କେବେଠୁ ମଥାରେ ବୋହି ବୋହି ଆସିଛି । ଆଜି ମୁଁ ମୁକ୍ତ । ମୋର ଆଉ ସେ ଆକାଶଠି ନା ମୋହ ଅଛି ନା ଅଭିମାନ । ଏଥର ଦୁଇବୁନ୍ଦା ଲୁହ ଶୁଖିଲା ଆଖିରୁ ନିଗିଡ଼ି ପଡ଼ିଥିଲେ । ସୁଷମା ଆଗରେ ହାତରୁ ଚୁଡ଼ି, ମଥାରୁ ସିନ୍ଦୂର ନିଜେ ପୋଛିଦେଇଥିଲା ସୁନନ୍ଦା । ପରେଶର ଜୁଇ ଡେଇଁ ସେ ଧାଇଁଥିଲା ବାଘୁଣୀମୁହାଁ । ଆକାଶରେ ବୋଳା ଥିଲା ସୂର୍ଯ୍ୟାସ୍ତର ଶେଷରଙ୍ଗ । ବାଘୁଣୀ ଛାତିରେ ପ୍ରତିଫଳିତ ହେଉଥିଲା ସୂର୍ଯ୍ୟୋଦୟ ପରି ସେଇରଙ୍ଗ ।

■

ପାହାଡ଼ର ଆଖି

କିଛି କହୁଥିଲେ ଯାହାହେଉ ପାହାଡ଼ ଉପରେ ଆଜି ଟେନାଏ ଜହ୍ନ ଆଲୁଅ। କିଛି କହୁଥିଲେ ମେଘ ଢାଙ୍କି ଦେଉଛି ପରା। ଶରତ ସାହୁ ବାଲ୍‌କୋନିରେ ସେଇ ମେଘଢଙ୍କା ଜହ୍ନ। ମଳିନ ଉଦାସୀ ଆଲୁଅ ଗଛ ଫାଙ୍କ ଦେଇ ଛପା ଛପା ଆଲୁଅ କାହାର ଛାଇ ପରି ଦିଶୁଥିଲା ଶରତକୁ। ସେ ବାହାରକୁ ନ ଚାହିଁ ଘର ଭିତରକୁ ଚାହୁଁଥିଲା। ଘର ଭିତରେ ବି ସେଇ ଅବସ୍ଥା। ଶରତର ଘର ଭିତର ବାହାରଠୁ ବି ବେଶି ଶୂନ୍‌ଶାନ୍‌। ଉଦାସୀ ତାକୁ ଛାଡ଼ି ଚାଲିଯାଇଛି। ସେ କୁଆଡ଼େ ଯାଇଛି ଏ କଥା କାହାକୁ କହିନାହିଁ। ତାକୁ ବି ନୁହେଁ। ତା ଗଲା ପରେ ଘରେ ଅସହ୍ୟ ନିରବତା। ଘର ଭିତରେ ଉଦାସୀ ପରି କିଏ ଗୋଟେ ବୁଲିବା ପରି ଲାଗୁଚି ଦୁଇଦିନ ହେଲା। କେହି ଯଦି ଜାଣିନାହାନ୍ତି, ତାହେଲେ ଉଦାସୀ କଣ କୋଉଠି ଜୀବନ ହାରିଛି, ଆଉ ଏଠି ତା ଭୂତ ଘୂରି ବୁଲୁଚି। ଶରତ ଏତିକି ଭାବିପାରୁଛି ଏବେ କେବଳ। ଦୁଇଟା ବିଅର୍‌ ପିଇ ଶୋଇଥିଲା। କିଛି ନ ଖାଇ ମୁଣ୍ଡ ଭାରୀ ଲାଗୁଛି ତାକୁ। ଶରତ ଚାହୁଁଥିଲା ରୋଷେଇଘର ଆଡ଼କୁ। ସେଇଠି ଉଦାସୀ ଗ୍ୟାସ୍‌ ଚୁଲା ପାଖରେ ଠିଆ ହୋଇ ରୋଷେଇ କରେ। ଶରତ ଭାବୁଥିଲା ସେ କଣ ଖାଇବ। ତାକୁ ରୋଷେଇ ଆସେନି, ତା ଦ୍ୱାରା ସେ କାମ ଆଜିଯାଏଁ ହେଇନି। ରାଗରେ ଉଦାସୀକୁ ଖରାପ ଭାଷାରେ ଗାଳି କରିବା ଆରମ୍ଭ କରିଥିଲା। ଉଠିଯାଇ ଗ୍ୟାସ୍‌ ଚୁଲାକୁ ଶକ୍ତ ପାହାରେ ଦେଇଥିଲା। ତା ମୁହଁରୁ ବାହାରୁଥିଲା ଏମିତି ବଜ୍ଜାତ ସ୍ତ୍ରୀ ଲୋକଟେ ତୁ। ତୋର ଏତେ ସାହସ, ଘର ଛାଡ଼ି ଚାଲିଯିବୁ? ରାଗରେ ଫଁ ଫଁ ହୋଇ ପୁଣି ଶରତ କିଛି ଭାବୁଥିଲା- 'ନାଇଁ ତା ଆଖି ଆଢୁଆଳରେ ସେ କିଛି ଗୋଟେ କାରନାମା କରି ତାକୁ ଆଡ଼େଇ ଦେଇ ଚାଲିଯାଇଛି। ଏତେ ସୁଖ ସ୍ୱାଚ୍ଛନ୍ଦ୍ୟ ସେ ଦେଇଥିବା ପରେ ବି ..ହଁ ହଁ ସେ ଧୋକା ଦେଇଛି, ହେଲେ କିଏ ସେ କଓ୍ୱାର୍ଡ? ସେଇ ତାର ପୁରୁଣା ବନ୍ଧୁ ବିକାଶ ନା ଧୀର ଗୌଡ଼ ସେ କ୍ଷୀରବାଲା, ନା ସେ

ସେଲ୍‌ସମ୍ୟାନ୍ ହେଇଥିବ ନିଶ୍ଚୟ, ଯେ ଉଦାସୀକୁ ସାବୁନ, ମଞ୍ଜି ଆଉ ମହୁ ବିକିବାକୁ ଦୁଇଥର ଆସିଥିଲା । ତା ସହ ଉଦାସୀର ମଲ୍‌ରେ ଦେଖାପରେ ସେ ଦୁଇଜଣଙ୍କ ବନ୍ଧୁତା, ସେ ଓଉକାତ ଲେସ୍ ସେଲ୍‌ସମ୍ୟାନ୍‌କୁ.. ଛିଃ କହୁଥିଲା ଶରତ ...ମନେ ମନେ ଉଦାସୀକୁ ଭର୍ତ୍ସନାର ଶେଷ ସ୍ତରକୁ ପହଞ୍ଚିସାରିଥିଲା ଶରତ ।

ଶରତ ଫ୍ରିଜରୁ ନିଶା ବୋତଲ ଖୋଜୁଥିଲା । ସବୁ ସେ ଶେଷ କରିସାରିଛି ଯା ଭିତରେ । ।କେଉଁ ବୋତଲରେ ଟୋପେ ହେଲେ ମଦ ନାହିଁ । ରାଗରେ ସବୁ ବୋତଲକୁ ଭୂଇଁ ଉପରେ କଚାଡ଼ିଲା । ଭାବିଲା ବିଅର ପାଖ ଦୋକାନରୁ ନେଇ ଆସି ପୁଣି ପିଇ ଶୋଇଯିବ । ତାକୁ କେହି ନାହାନ୍ତି ରୋକିବାକୁ । ଉଦାସୀ ଘରକୁ ଫେରିଲେ ଫେରୁ ନ ହେଲେ ନାଇଁ । ତା ପାଇଁ ଘର ବନ୍ଦ ସେ କହିଦେବ ଆସିଲେ ଏସବୁ ଭାବି ରାଗ ତମତମ ହୋଇ ଘର ଦରଜାକୁ ଗୋଇଠା ଦେଇ ସେ ବାହାରିଗଲା । ତା ମୁଣ୍ଡରେ ଅଦ୍ଭୁତ ଭୂତ ସବାର । ସତେ ଯେମିତି ସେ ଉଦାସୀ ଏହିକ୍ଷଣି ପାଖରେ ପାଇଲେ ସେ କଣ ନ କଣ କରି ବସିବ । ଯେଉଁ ଗୋଡ଼ରେ ସେ ଏଠୁ ବାହାରିଯାଇଛି ସେଇ ଗୋଡ଼କୁ ଖଣ୍ଡ ଖଣ୍ଡ କରିଦେବ ନ ହେଲେ ଦୁଇ ଶକ୍ତ ଚାପୁଡ଼ାର ଭୂଇଁରେ ଗଡ଼ାଇଦେବ । ଏସବୁ ନୂଆ ନୁହଁ ଅବଶ୍ୟ ତା ପାଇଁ । ଦୁଇ ଦିନ ହେଲା ଏମିତି ଉଦାସୀ ଉପରେ ରାଗି ରାଗି ସେ ଅନେକ ଜିନିଷପତ୍ର ଭାଙ୍ଗିସରିଲାଣି । ଏବେ ସେ ସବୁ ଭଙ୍ଗା ଜିନିଷ ସଫା କରିବାକୁ ବି ତାକୁ ବଳ ପାଉନି । ରାଗରେ ପାଗଳପ୍ରାୟ ସେ କହୁଛି ବିଚ୍ ଉଦାସୀ, ତୁ ଆସି ଏସବୁ ସଫା କରିବୁ । ତାର ଏ ସବୁ କାମ । ତା ଘର ସଫା କରିବା, ତାର ଯତ୍ନ ନେବା, ତା କଥା ବୁଝିବା, ଏଇ ସବୁ କାମ ତାର । ନିଜ କାମ ଛାଡ଼ି ଚାଲିଯାଉଛି । ସେଲ୍‌ଫିସ୍ ଇଡିଏଟ୍, ହାକ୍.. କହି ଗଡ଼ିପଡ଼ିଲା ଶରତ ଭୂଇଁରେ । ଆଉ ବଳ ନ ଥିଲା ଉଠିବାକୁ । କେତେଟା ବିଅର କ୍ୟାନ୍ ତା ପାଖରେ ଗଡୁଥିଲା ସେ ଗଣିପାରୁନଥିଲା ।

X X X

ଟ୍ରେନ୍ ଝରକା ଦେଇ ଉଦାସୀ ଦେଖୁଥିଲା ବଉଦ ଭର୍ତ୍ତି ଆକାଶକୁ । ମେଘୁଆ ପବନରେ ସଞ୍ଜ ନଇଁ ଆସୁଥିଲା । ଆଜି ଅନେକ ଦିନ ପରେ ସେ ଗୋଟେ ଅଜଣା ସ୍ୱାଧୀନତାକୁ ଅନୁଭବ କରୁଛି ତା ନିଃଶ୍ୱାସରେ । ସେ ଏକା ଏକା ଚାଲିଛି ଆଜି । ପଛରେ ଛାଡ଼ିଆସିଚି ସେ ଅନାଗ୍ରହତାର ବଳୟକୁ । ଗୋଟେ ପୃଥିବୀ ଯେଉଁଠି କେବଳ ଶରତ ରୁହେ, ତା ହିସାବରେ ଦିନରାତି ହୁଏ, ସେ ଉଠେ ବସେ, ଆଜି ସେ ସେଇ ଘରୁ ଗୋଡ଼ କାଢ଼ି ନିଜେ ନିଜେ ଚାଲିଆସିଛି । ଶରତକୁ କିଛି ବି କହିନି । ଚିଠିଟିଏ ବି ଲେଖିନି । ଶରତ ପାଖରେ ତାର ଦୀର୍ଘ ପନ୍ଦର ବର୍ଷର ସ୍ମୃତି । ଏତେ ସହଜରେ କଣ ସବୁ ଛାଡ଼ିହୁଏ ? ସେଥିପାଇଁ ତ ସେ ବାରମ୍ବାର ସେଇ ଶରତ କଥା ହିଁ ଭାବୁଛି । ସେ

ସ୍ମୃତି ସବୁ ଧୂଳି ଭଳି ତା ଆଖପାଖରେ ଉଡ଼ି ବୁଲୁଚି। ଖୁବ୍ ଅଣନିଃଶ୍ୱାସୀ କରିଦିଏ ସେ ଧୂଳିସବୁ। ଉଦାସୀ ଲମ୍ବା ନିଃଶ୍ୱାସ ନେଲା ଝର୍କା ସେପାଖ ଧୂସର ମେଘ ଆଡ଼କୁ ଚାହିଁ। ଶରତ ଆଉ ସେ ପ୍ରକୃତରେ ଗୋଟିଏ ସମାନ୍ତରାଳ ସରଳ ରେଖା। ଉଭୟଙ୍କ ମନୋଭାବ ଭିନ୍ନ। ଆକାଶ ପାତାଳ ତଫାତ। ଏସବୁ ଭାବନା ତାକୁ ଅନେକ ଦିନଧରି ଅଥୟ କଲାଣି। ସେ ଦୀର୍ଘ ବର୍ଷ ହେଲା ଖାଲି ଅପେକ୍ଷା କରି ଆସିଛି। ପାଗଳ ଭଳି ଭାବି ଚାଲିଛି ଶରତ କିଛି ବଦଳିବ ସମୟକ୍ରମେ, ହେଲେ ସମୟ ସହିତ କିଛି ବଦଳୁ ନ ଥିଲା ଶରତର ସ୍ୱଭାବରେ। ନିଶା ଅଭ୍ୟାସରେ ଦିନକୁ ଦିନ ଆସକ୍ତ ହୋଇ ଶରତର ଜିଦ୍, ରାଗ, ରୁକ୍ଷତା, ଅହଂକାର ଆହୁରି ନୀଚ ସ୍ତରକୁ ବଦଳିଥିଲା। ନିତି ନିତି ମତାନ୍ତରର ପରିଣତି ଏଇଆ ହିଁ ହୁଏ ଦିନେ। ଏକଥା ଭାବୁଥିଲା ଉଦାସୀ। ଶରତର ପୋଜିସନ୍ ପାୱାର ଦିନକୁ ଦିନକୁ ଦିନ ଗର୍ବରେ ଫାଟି ଉଠୁଥିଲା। ନିଜର ସ୍ୱଭାବରେ ସୁଧାର ଆଣିବାକୁ ଉଦାସୀ କହିଲେ ସେ ଅସ୍ୱୀକାର କରେ ଯେ ତାର କିଛି ଭୁଲ୍ ହେଉଛି, ବରଂ ଯୁକ୍ତି କରେ ତାର ଉଦାସୀକୁ ସୁଖ ସ୍ୱାଚ୍ଛନ୍ଦ୍ୟ ଯୋଗାଇଦେବାକୁ ନେଇ। ଉଦାସୀ ପାଇଁ ସୁଖ ସୁବିଧାର ପରିଭାଷା ହିଁ ଅଲଗା। ଏକଥା ବୁଝିବାକୁ ଶରତ ଅପ୍ରସ୍ତୁତ। ପ୍ରକୃତରେ ସମୟ ଯେତିକି ପ୍ରାଚୁର୍ଯ୍ୟ ଭରିଛି ସେତିକି ସ୍ନେହ, ପ୍ରେମ, ବିଶ୍ୱାସ ଚୋରେଇ ନେଇଛି। ଶରତ ତା ଜୀବନର ଆକାଙ୍‌କ୍ଷାକୁ ଅନାୟାସରେ ହାତ ପାହାନ୍ତାରେ ପାଇଛି, କିନ୍ତୁ ଅହଂକାରରେ ସେ ପ୍ରକୃତ ମଣିଷପଣିଆ ଭୁଲିଛି। ନିଶା ତାକୁ ଏତେମାତ୍ରାରେ ଅକ୍ତିଆର କରିବ ସେକଥା ଉଦାସୀ ଚିନ୍ତା କରି ପାରି ନ ଥିଲା। ବାହାରର ଟ୍ରେନ୍ ଅଟକିଲା, ପ୍ରକୃତିସ୍ଥ ହେଲା ଉଦାସୀ। ଉଦାସୀର ଆଜିର ଘର ଛାଡ଼ିଆସିବା କଥାଟା ନିଶ୍ଚିତ ପ୍ରଘଟ ହୋଇସାରିଥିବ। ଉଦାସୀର ଆଖି ଭାରୀ ଲାଗୁଥିଲା। ଟ୍ରେନ୍ ଛାଡ଼ିଥିଲା କେଉଁ ଏକ ଅଜଣା ଷ୍ଟେସନ୍‌ରେ। ବାହାରେ କିଏ ଜଣେ ଠିଆହୋଇ ସିଗାରେଟ୍ ଟାଣିବା ଆରମ୍ଭ କରିଥିଲା। ଧୂଆଁ ଛାଡୁଥିଲା ଉପରକୁ ବେଖାତିର ଭାବେ। ଏଇ ବାସ୍ନାକୁ ଆଜିଯାଏଁ ଉଦାସୀ ଶଯ୍ୟ କରିପାରେନି। ମୁହଁ ଉପରେ ରୁମାଲଟିକୁ ରଖିଥିଲା। ଏଇ ସପ୍ତାହକ ତଳେ ସେଦିନ ରାତିରେ ଏମିତି ସିଗାରେଟ୍ ଧୂଆଁ ଛାଡ଼ି ଫେରିଥିଲା ଶରତ। ନିଦ ଲାଗିଯାଇଥିବାରୁ ଯୁକ୍ତିତର୍କ। ଉଦାସୀ ହଠାତ୍ ତା ଗାଲ ଉପରକୁ ହାତଟି ଉଠାଇଥିଲା। ସେ ଏବେ ବି ଅନୁଭବ କରିପାରୁଥିଲା ଶରତର ସେ ରାତିର ଶକ୍ତ ଚାପୁଡ଼ାକୁ। ତା ହୃଦୟ ଆଉ ଥରେ ଫାଟିଯିବା ପରି ଲାଗିଲା। ଅବଶ୍ୟ ଏ ସବୁ ନୂଆ ନ ଥିଲା ତା ପାଇଁ। ଶରତ ଏମିତି ନିଶାରେ ନିଜର ଜ୍ଞାନ ହରାଇ ବସେ। ଏମିତି ପଶୁ ପରି ବ୍ୟବହାର କରେ। କଥାକଥାକେ ଯୁକ୍ତି କରେ। ଆତ୍ମବଡ଼ିମା ଦେଖେଇ ଉଦାସୀକୁ ଭୁଲ୍ ସାବ୍ୟସ୍ତ କରେ ଏସବୁ ସହି ସହି ତ ପଥର ପାଲଟିଛି। ପୁଣି ଆଜି ଏତେଦିନ

ପରେ ଏମିତି ନିଷ୍ପତ୍ତି ? ସେ ନିଜକୁ ପ୍ରଶ୍ନ କରୁଥିଲା- ନା, ସେ ସହିବାର ସୀମା ହରାଇଛି। ସେଇଥି ପାଇଁ ସେ ଆଜି ଧାଇଁ ଆସିଛି ଏକ ନିଃଶ୍ୱାସେ ସେ ସେଲ୍ସମ୍ୟାନ୍ ନରେନ୍ ପାଖକୁ, ଯିଏ ତାକୁ ବୁଝେ, ସ୍ୱାନ୍ତନା ଦିଏ।

X X X

ଶରତ ମଝିରାତିରେ ବିଳିବିଳେଇ ଉଠିଲା। ଦେଖିଲା ଚା କପ୍ ଧରି ଉଦାସୀ ଠିଆ ହୋଇଛି। ଶରତ ଉଦାସୀକୁ ଦେଖି ଆଶ୍ୱସ୍ତ ଅନୁଭବ କରୁଥିଲା। ସେ ନିଜେ ବୋଧେ ଭଙ୍ଗାରୁଜା ଜିନିଷପତ୍ରର ବିକ୍ଷିପ୍ତ ଘରକୁ ସଜାଡ଼ିବାକୁ ଭୁଲିଯାଉଛି। ଉଦାସୀ ମୁହଁରେ ଥିଲା ସବୁଦିନ ସକାଳର ପ୍ରଶ୍ନଟିର ଭାବ, ଏମିତି ଶରତକୁ ଲାଗୁଥାଏ ଆଉ ସେ ସବୁ ରାତିର ମତମତାନ୍ତରକୁ ଭୁଲିଯାଉଥାଏ। ସେ ବୁଝେ ତା ଛଡ଼ା ଉଦାସୀର ଅନ୍ୟ ଗତି ନାହିଁ। ତେଣୁ ସେ ତାରି ପାଖରେ ପଡ଼ିରହିବ। ସେ ପୁଣି ଦେଖୁଥିଲା ଉଦାସୀ ଗୋଟେ ଟାଙ୍ଗରା ପାହାଡ଼ ପାଲଟି ଯାଉଛି। ସେଠି ସବୁଜିମା ନାହିଁ ଆଉ ସେ ପାହାଡ଼ର ଦୁଇଟା ଆଖି ଅଛି, ଯାହା ମୁଦିହୋଇ ରହିଛି ସେଠି ଅନେକ ଲୋକ ତା ପାଖକୁ ଆସୁଛନ୍ତି। ତାକୁ ଆଖି ଖୋଲିବାକୁ ସମସ୍ତେ କହୁଛନ୍ତି ପୁଣି ଜଣେ କେହି ପଥିକ ହାତରେ ବ୍ୟାଗ୍ ଧରି ସେ ପାହାଡ଼ ଆଡ଼କୁ ଆସୁଛି। ତା ସ୍ପର୍ଶ ମାତ୍ରକେ ସେଠି ସବୁଜିମା ଭର୍ତ୍ତି ହୋଇଯାଉଛି। ଗଛ ହସୁଚି, ମଞ୍ଜି ସବୁ ବୁଣି ହୋଇ ପଡୁଛି, ଚାରା ଉଠୁଛି, ଫୁଲ ଧରୁଛି କେଉଁ ଗଛରେ, ପୁଣି ମହୁ ଝରୁଛି। ସେ ପଥିକଟି ତାକୁ ଅବିକଳ ସେଲ୍ସମ୍ୟାନ୍ ଭଳି ହଠାତ୍ ଦିଶିଗଲା। ଶରତର ରାଗରେ ନିଦ ଭାଙ୍ଗିଗଲା। ରାଗରେ ସେ କମ୍ପି ଉଠିଲା ଯେମିତି- ତାହେଲେ ତୁ ସେଇ ବାଷ୍ଟାର୍ଡ, ଯିଏ ଉଦାସୀ ଆଖିରେ ପ୍ରେମର ମଞ୍ଜି ବୁଣିଚୁ। ସେ ମୋତେ ଛାଡ଼ି ତୋ ପାଖକୁ ଚାଲିଯାଇଛି। ଶରତ ଆଖି କଟମଟ କରି ଚାହିଁଲାବେଳକୁ କେହି ନଥିଲେ। ସେ ଏକୁଟିଆ ଚଟାଣ ଉପରେ। ଜାଣିଲା ସ୍ୱପ୍ନ ଥିଲା। ସେ ଯାହା ଅନୁଭବ କଲା ସେଲ୍ସମ୍ୟାନ୍, ଟାଙ୍ଗରା ପାହାଡ଼। ତା ନିଶା ଖସି ଆସୁଥିଲା। ସେ ଭାବୁଥିଲା ସେ ଅନେକ ଥର ଉଦାସୀକୁ ସେଲ୍ସମ୍ୟାନ୍ ସହ ଦେଖିଚି। ସେ ଶଳାଟା ଏତେ କାମ କରିବସିବ ଏଇଆ ଚିନ୍ତା କରିପାରିନି ? ଅନେକ ସମୟରେ ଉଦାସୀ ସହ ଗପସପ ହେବାର ସେ ଦେଖିଚି। ଜିନିଷପତ୍ର ବିକ୍ରି କରି ବନ୍ଧୁତା ବଢ଼ାଇଛି। ଶରତକୁ ତା ବି ଜଣାନାହିଁ ସେ କଣ ବିକୁଥିଲା ? ଶରତର ନିଶାଖୋର ମସ୍ତିଷ୍କ ସେତେବେଳେ କେବଳ ଏତିକି କଥା ହିଁ ଭାବିପାରୁଥିଲା। ଉଦାସୀକୁ ତିରସ୍କାର ଆଉ ସେ ସେଲ୍ସମ୍ୟାନ୍ର ଚରିତ୍ର ସଂହାର କରିବା ଛଡ଼ା ସେ ଅନ୍ୟ କିଛି ଭାବିପାରୁ ନ ଥିଲା। ତା ନିଦ ଭାଙ୍ଗିଯାଇଥିବାରୁ ଆଉ ନିଦ ଆସୁ ନ ଥିଲା।

ଉଦାସୀ ନରେନ୍ର ଠିକଣା ବ୍ୟାଗରୁ କାଢ଼ି ହାତରେ ଧରିଥିଲା। ଆଚ୍ଛା ଆଉ

ଦୁଇଟା ଷ୍ଟେସନ୍ ପରେ ତା ଘର। ସେତେବେଳକୁ ଆକାଶରେ ସିନ୍ଦୁରା ଫାଟି ଆସୁଥାଏ। ସେ ମେଘରାତି ପରେ ପୂର୍ବ ଆକାଶ ଉଜ୍ଜ୍ୱଳ ଦିଶୁଥାଏ। ଆଗାମୀ ସୂର୍ଯ୍ୟର ବାର୍ତ୍ତା ନେଇ ପାହାନ୍ତି ନୀଳ ଚାଦର ଅପସରି ଯାଉଥାଏ ଦୂର ପାହାଡ଼ ଉପରୁ। ବିଲବାଡ଼ି, ଖେତ, ବନ ଜଙ୍ଗଲ ଉପରୁ ଆସ୍ତେ ଆସ୍ତେ ପୂରା ଗୋଟାଏ ରାତି ଲାଗିଗଲା ତାକୁ ଏଠାକୁ ଆସିବାକୁ। ପୃଥିବୀ ଉପରେ ଆଜି ଯେମିତି ଗୋଟେ ନୂଆ ସକାଳ ହୋଇଛି, ଉଦାସୀକୁ ସେମିତି ଲାଗୁଥାଏ। ଚେନାଏ ସକାଳର ଖରା ତା ଦେହରେ ଝର୍କା ଦେଇ ଉପରେ ଲୁଚକାଳି ଖେଳୁଥାଏ। ତା ଭାବନା ସ୍ଥିର ହୋଇଥିଲା ଟ୍ରେନ୍‌ର ହର୍ନରେ। ସେ ଦେଖିଲା ଏଇ ସେଇ ନରେନ୍‌ର ରହୁଥିବା ଜାଗାର ଷ୍ଟେସନ୍। ଯାହାହେଉ ସେ ଏତେ ସାହସ କରିପାରିଛି। ଶେଷରେ ତା ଲାଗି ନିଜକୁ ଧନ୍ୟବାଦ ଦେଉଥିଲା। ଗୋଟିଏ ଛୋଟ ହ୍ୟାଣ୍ଡ୍ ବ୍ୟାଗ୍ ନେଇ ଓହ୍ଲାଇଥିଲା ସେ ଷ୍ଟେସନ୍‌ରୁ। ନରେନ ଆଗରୁ ଉଦାସୀର ଫୋନ୍ ପାଇଁ ତାକୁ ଅପେକ୍ଷା କରିଥିଲା। ନରେନ୍‌କୁ ଦେଖିବା କ୍ଷଣି ଉଦାସୀ ଦେହରେ ଉତ୍ସୁକତା ଖେଳିଯାଇଥିଲା। ନରେନ୍ ବି ସେମିତି ଆଦର ଦେଖେଇ ବ୍ୟାଗ୍‌ଟି ଉଦାସୀ ହାତରୁ ନିଜ ହାତକୁ ଖସେଇ ନେଇଥିଲା। ନରେନ୍ ତା ଗାଡ଼ି ଆଡ଼କୁ କଢ଼ାଇ ନେଇଥିଲା ଉଦାସୀକୁ। ଦୁହେଁ ବସିଥିଲେ ଗାଡ଼ିରେ। ଗାଡ଼ିଟି ଗଡ଼ି ଯାଉଥିଲା ଅଙ୍କାବଙ୍କା ଗୋଟିଏ ସଂକୀର୍ଣ୍ଣ ରାସ୍ତା ଦେଇ ବଣୁଆ ବାଟରେ। କିଛି ସମୟ ପରେ ସେମାନେ ପହଞ୍ଚିଥିଲେ ଗୋଟିଏ ଛୋଟ ପାହାଡ଼ ତଳେ। ପାହାଡ଼କୁ ଲାଗି ଛୋଟ କୁଟୀର। ନିଛାଟିଏ ଜାଗାଟିଏ। ଘର ଆଗରେ ବିସ୍ତୀର୍ଣ୍ଣ ବଗିଚା, ଜାତିଜାତିକା ଗଛ, ଫୁଲ ଫଳରେ ଭର୍ତ୍ତି। ଉଦାସୀର ପାଦ ଦୁଇଟି ଅଜଣାରେ ସେଇଆଡ଼କୁ ବଢ଼ିଚାଲିଥିଲା। ସବୁଜିମା ଭିତରେ ସବୁ ଫୁଲ ଫଳକୁ ତନ୍ନ ତନ୍ନ କରି ଦେଖୁଥିଲା, ନରେନ୍ ତା ପଛରେ ଅଛି ସେ ଏକଥା ଅନୁଭବ କରିପାରୁ ନ ଥିଲା। ଉଦାସୀର ଏପରି ପ୍ରଜାପତି ପରି ବୁଲିବା ଦେଖି ନରେନ୍‌କୁ ସ୍ୱର୍ଗ ଛୁଇଁଲା ପରି ଅନୁଭବ ହେଉଥାଏ। ବଗିଚା ବୁଲା ସାରି ସେ ଘର ଆଡ଼କୁ ଆଗେଇଲା। ନରେନ୍ ତାକୁ ତା ବଖରା ଆଡ଼କୁ କଢ଼ାଇ ନେଲା ବେଳକୁ କହୁଥିଲା ଏତେ କଷ୍ଟ କରି ଆସିଲ, ମୋତେ କହିଥିଲେ ମୁଁ ଚାଲିଆସିଥାନ୍ତି। ଉଦାସୀ ହସ ହସ ହୋଇ କହି ଉଠିଲା- ମୁଁ ନ ଆସିଥିଲେ ଏସବୁ ଦେଖିଥାନ୍ତି କିପରି ? ତୁମେ ଯେ ଏକ ସ୍ୱର୍ଗର ମାଲିକ ଏକଥା ଜାଣିଥାନ୍ତି କିପରି ? ସହରରେ ତୁମର ପ୍ରକୃତ ପରିଚୟ ତ ମୁଁ ଏଯାଏଁ ପାଇ ନ ଥିଲି, ତୁମକୁ ବିଶ୍ୱାସ କରିଥାନ୍ତି କିପରି ? ଏମିତି ଟାଙ୍ଗରା ପାହାଡ଼ ତଳେ ଯେ ତୁମେ ଏକ ସ୍ୱର୍ଗ ପରି କରି ପାରିଚ ତାହା କଣ କମ୍ କଥା ! ତୁମର ଏ ପାରିବାପଣିଆ ଦେଖି ମୋର ତମ ଉପରେ ସମ୍ପୂର୍ଣ୍ଣ ବିଶ୍ୱାସ ବଢ଼ିଯାଇଛି। ନରେନ୍ ଏତେ ପ୍ରଶଂସାରେ ଲାଜରେ ମୁହଁପୋତି ଓଠ ଲମ୍ୱେଇ ଖୁସି ହେଉଥିଲା। ପ୍ରତି ଉତ୍ତରରେ କିଛି କହିପାରୁ

ନ ଥିଲା । ସବୁ ଗପସପ ପରେ ନରେନ୍ ଉଦାସୀକୁ ଦେଖେଇଥିଲା ବଖୁରିଆ ଘରଟିଏ । ଉଦାସୀ ଉଦ୍ଦେଶ୍ୟରେ କହିଥିଲା ଏଇ ବଖରାଟିରେ ତୁମର ରହଣି, ଉଦାସୀକୁ ସେ ଜାଗାଟି ଲାଗୁଥିଲା ଗୋଟିଏ ଆଶ୍ରମ ପରି ପ୍ରଶାନ୍ତି, ସକାରାତ୍ମକ ପରିବେଶରେ ଭରା ସେଇ ବଗିଚାର ଫୁଲ ଫଳ ନେବା ଲାଗି ଅନେକ ଲୋକଙ୍କ ଯିବା ଆସିବା ସେ ଜାଗାକୁ ଲାଗିରହୁଥାଏ । ଏସବୁ ଦେଖି ଉଦାସୀର ସମ୍ମାନ ନରେନ୍ ପ୍ରତି ଆହୁରି ବଢ଼ିଯାଇଥିଲା । ସୁଲଭ ଢଙ୍ଗରେ ପଚାରିଥିଲା ତୁମ ବିଷୟରେ ଅନେକ ଜାଣିଲି । ଖୁସି ଲାଗୁଚି ଏସବୁ ଦେଖି । ନରେନ୍ ସ୍ମିତ ହାସ୍ୟର କେବଳ ତା କଥାକୁ ସ୍ୱାଗତ କଲା ଭଳି ମନେ ହେଉଥିଲା । ଉଦାସୀ ତା ଉଷ୍ମ ଆତିଥ୍ୟତାରେ କୃତ ହୋଇ ଧନ୍ୟବାଦ ଅର୍ପଣ କରିବାକୁ ଭୁଲି ନ ଥିଲା । ସେଇ ଦିନଟି ସେ ନରେନ୍ ସହ ଘୂରି ଘୂରି ଦେଖିଥିଲା ସେ ପ୍ରକୃତିକୁ, ବଣ ଜଙ୍ଗଲ, ପକ୍ଷୀର କଳରବ । ନଈର ଉଚ୍ଚାଟ ସଂଗୀତରେ ସେ ବେଶ୍ ହାଲୁକା ଅନୁଭବ କରୁଥିଲା । ରାତିରେ ଶୋଇଲା ବେଳକୁ ସେ ନିଜକୁ ବିଶ୍ୱାସ କରିପାରୁ ନ ଥିଲା ସେ ଏକାଟିଆ ଏତେ କାମ କରିପାରିଛି । ଏ ଶୋଭାକୁ ମନଭରି ଦେଖୁଚି । ସେ ଘରୁ ଚାଲି ଆସିପାରିଛି । ସକାଳେ ନରେନ୍ ଡାକରେ ତାର ନିଦ ଭାଙ୍ଗିଲା । ନରେନ୍ ଟ୍ରେନ ସମୟ କଥା କହିଗଲା । ଉଦାସୀ ଜାଣେ ସେ ଷ୍ଟେସନଟି ଛୋଟ ହୋଇଥିବାରୁ ସେଠାରେ ଟ୍ରେନ୍ ଅଧିକ ସମୟ ଅଟକେ ନାହିଁ । ତାକୁ ଯଥାଶୀଘ୍ର ପ୍ରସ୍ତୁତ ହେବାକୁ ପଡ଼ିବ । ନରେନ ଓ ଉଦାସୀ ସେ ଷ୍ଟେସନ୍‌ରେ ଛିଡ଼ା ହୋଇଥିଲେ । ସେ ଏଯାଏଁ ନରେନ୍‌କୁ କିଛି କହିପାରିନି ତାର ଏମିତି ଏଠାକୁ ଆସିବାର ଉଦ୍ଦେଶ୍ୟ । କେବଳ ସେ ଏଠାରେ ପହଞ୍ଚିବା ପରଠୁ ସବୁ ଭୁଲିଗଲା ପରି ଅନୁଭବ କରୁଛି । ଏତେ ଶୀଘ୍ର ତାକୁ ଫେରିବାକୁ ପଡ଼ିବ, ସେ କଥା ବିଶ୍ୱାସ କରିପାରୁନାହିଁ । ଟ୍ରେନ୍‌ଟି ଦିଶିଯାଉଥିଲା ଏଥର ଅଳ୍ପ ଦୂରରୁ । ଉଦାସୀ ମନେ ମନେ ବ୍ୟସ୍ତ ହେଉଥିଲା ସେଇ କଥା ସବୁ ନରେନ୍‌କୁ କହି ନ ପାରି । ତାକୁ କିଛି କହିବାର ଅଛି ବୋଲି ସେ ନରେନ୍‌କୁ ବାରମ୍ବାର ଚାହୁଁଥିଲା । ନରେନ୍ ମୂର୍ତ୍ତିଟିଏ ପରି ସ୍ଥିର ଶାନ୍ତ ଚିତ୍ତରେ ଠିଆ ହୋଇଥିଲା । ହାତରେ ବ୍ୟାଗ୍‌ଟିଏ । ଉଦାସୀ ଅନେକ ଚେଷ୍ଟା କଲାଣି ଯା ଭିତରେ ନରେନ୍‌କୁ ତା ଆସିବାର କାରଣ କହିବାକୁ । ନରେନ୍‌କୁ ଚାହିଁ ପୁଣି ଚୁପ୍ ହୋଇଯାଉଛି । ଟ୍ରେନ୍ ଆସିସରିଥିଲା । ଉଦାସୀର ଏଇ ଦ୍ୱିଧା ଭିତରେ ନରେନ୍ ତା ବ୍ୟାଗରୁ କାଢ଼ି ଉଦାସୀ କୁ ଦେଇଥିଲା କିଛି ଫୁଲ, ମଞ୍ଜି ଆଉ ଫୁଲର ରସ ବୋତଲଟିଏ । ନରେନ୍ କହୁଥିଲା ବଣୁଆ ଭାବିବନି, ଏ ଔଷଧ ନିଶ୍ଚିତ କାମ କରିବ । ବହୁ ପରୀକ୍ଷିତ । ଦେଖିବେ ନିଶ୍ଚିତ କାମ କରିବ । ଶରତବାବୁ ନିଶ୍ଚିତ ସୁଧୁରିଯିବେ । ନରେନ୍ ମୁହଁରେ ଥିଲା ଆତ୍ମବିଶ୍ୱାସର ଧାରେ ହସ । ଉଦାସୀ ହତବାକ୍ ହୋଇ ତାକୁ ଚାହିଁଥିଲା । ସେ କିଛି କହିଁନାହିଁ ଯା

ବିଷୟରେ। ସେ ଲୁହ ଟଳଟଳ ଆଖିରେ ନରେନ୍‌କୁ ଠାରେ ଚାହିଁଦେଇ ଟ୍ରେନ୍ ଆଡ଼କୁ ପାଦ ବଢ଼ାଇଥିଲା। ଟ୍ରେନ୍ ଛାଡ଼ିଥିଲା ଷ୍ଟେସନ୍। ନରେନ ହାତ ହଲାଇ ବିଦାୟ ଦେଲା। ଟ୍ରେନ୍ ଛାଡୁ ଛାଡୁ ସେ ପୁଣି ନରେନ୍ ଆଡ଼କୁ ବୁଲି ଚାହିଁଥିଲା। ନରେନ୍ ପଛେଇ ଯାଉଥିଲା ଦୂରକୁ ଟ୍ରେନର ଗତି ସହ। ଦୂରରୁ ଦିଶୁଥିଲା ସେ ଟାଙ୍ଗରା ପାହାଡ଼ଟି। ତା ତଳେ ସେ ସବୁଜିମା ଭରା ଉଦ୍ୟାନଟି। ସେ ଅନୁଭବ କରୁଥିଲା ସେଇଠି ଜଣେ ଦେବଦୂତ ରୁହନ୍ତି। ସେ ଉଦାସୀ ପରି ଅନେକ ହୃଦୟରେ ହସ ଫୁଟାନ୍ତି। ତାକୁ ଦିଶୁଥିଲା ପାହାଡ଼ଟି ତାରି ଆଡ଼କୁ ଚାହିଁଛି ଏକ ପରିପୂର୍ଣ୍ଣ ଚାହାଣିରେ।

କୁହୁଡ଼ି

ଶୀତର ନରମ ସଞ୍ଜ। ବେଶ୍ ଥଣ୍ଡା ପଡ଼ିଥାଏ। ଚା ଦୋକାନରେ ଖୁବ୍ ଭିଡ଼ ଜମିଥାଏ। ଥଣ୍ଡା କୋହଲା ପାଗରେ ହିନ୍ଦୀ ଗୀତର ଗୋଟେ ପୁରୁଣା ଧୁନ୍ ପୂରବୀକୁ ଅଳ୍ପ ଶିହରେଇ ଦେଉଥିଲା। ପୂରବୀର ହାତ ଚାଲିଥିଲା ମୋବଇଲ୍ ସ୍କ୍ରିନ୍ ଉପରେ। ଏଇ ପାର୍କ ଆଗରେ ସେ ଅପେକ୍ଷା କରିବ ବୋଲି ଏଇ ଅଧଘଣ୍ଟା ଆଗରୁ ସୁଧୀରକୁ କହି ଆସିଛି। ସେଇଥିପାଇଁ ତାର ଆଜି ଏ ଅପେକ୍ଷା। ପନ୍ଦର ମିନିଟ୍ ସୁଧୀରର ବାଟ ଚାହିଁ ସେ ବିତେଇ ସାରିଲାଣି। ଶୀତୁଆ ପବନରେ ସେ ଟିକେ ବେଶୀ ଥରୁଥିଲା ଶୀତବସ୍ତ୍ର ପିନ୍ଧିଥିବା ସତ୍ତ୍ୱେ। ସେ ଗୀତ ତାର ଓ ସମୀରର ସେଇ ପୁରୁଣା ଦିନ କଥା ମନେ ପକାଇ ଦେଉଥିଲା ପୂରବୀର ଅନିଚ୍ଛା ସତ୍ତ୍ୱେ। ଏଗାର ବର୍ଷ ପରେ ଏଇ ଦୁଇମାସ ତଳେ ଅନ୍‌ଲାଇନ୍ ମାଧ୍ୟମରେ ସେ ପୁଣି ସୁଧୀର ସହ ଯୋଡ଼ିହୋଇଛି। ତାପରେ ଏହି ଦେଖାକରିବାର ପ୍ଲାନ୍ ଏଥର ପୂରବୀ ପୁରୁଣା ପୂରବୀ ଭଳି ଭାବପ୍ରବଣ ନୁହେଁ, ବେଶ୍ ସହଜ ଥିବା ଭଳି ଅନୁଭବ କରୁଥିଲା। ଅନେକ କିଛି ସମୟ ବଦଳେଇ ସାରିଛି ତା ଜୀବନରେ। ପୂର୍ବର କଲେଜ ପଢୁଆ ଝିଅ, ଗୋଟେ ରଙ୍ଗିନ ପ୍ରଜାପତିର ଚପଳାମୀ ସରିଯାଇଛି। ସମୟ ତାକୁ ସ୍ଥିରତା, ପରିପକ୍ୱତା, ସଂଭ୍ରମତା ଶିଖେଇ ଦେଇଛି। ସେମିତି ସୁଧୀରର ଜୀବନରେ ମଧ୍ୟ ଅନେକ କିଛି ବଦଳିଯାଇଥିବ - ଭାବୁଥାଏ ପୂରବୀ। ସେ ଖୁବ୍ ସ୍ଥିର ଭାବେ ଚାହିଁଥିଲା ସୁଧୀର ଆସିବାର ରାସ୍ତାଆଡ଼କୁ। ସଞ୍ଜ ବଢ଼ିବା ସହ ରାସ୍ତାର ଲାଇଟ୍ ସବୁ କ୍ଷୀଣ ହୋଇ ଆସୁଥିଲେ। କୁହୁଡ଼ିର ପ୍ରଭାବରେ ସୁଧୀରର ବିଳମ୍ବ ହେଉଥିବାରୁ ପୂରବୀ ଭାବୁଥିଲା ସତରେ ସମୀର ଆସିବ କି ନା.. ? ଏଥର ଗୋଟେ ଗାଡ଼ିର ହେଡ୍‌ଲାଇଟ୍ ତା ପାଖକୁ ସ୍ପଷ୍ଟ ଦିଶି ଆସୁଥିଲା ଅଳ୍ପ ଦୂରରୁ। ସୁଧୀର ଗାଡ଼ିରୁ ଓହ୍ଲେଇ ତା ଆଡ଼କୁ ହାତ ହଲେଇଥିଲେ। ପୂରବୀ ଆଶ୍ୱସ୍ତ ହେଲା। ପରସ୍ପର ନିମିଷେ ଦେଖିଥିଲେ ପରସ୍ପରକୁ ନିଜ ନିଜ ଅଜାଣତରେ। ଏତେଦିନର ବ୍ୟବଧାନ ପରେ ସେମାନେ ଯେମିତି ଆଖି

ମିଳେଇ ପାରୁ ନଥିଲେ, କେହି କାହାକୁ କିଛି ନକହି ଆଗେଇ ଯାଇ ବସିଥିଲେ ଗୋଟାଏ ଚଟାଣ ଉପରେ। ଉଭୟଙ୍କ ଭିତରେ ଗୋଟେ ଅସ୍ପଷ୍ଟ ନିରବତା। କାହା ପାଖରେ କିଛି କଥା ନଥିବା ପରି ଅଭିମାନ ଯେମିତି ସତେ। ଏମିତି କିଛି ସମୟ ଅସ୍ୱାଭାବିକ ନିରବତାରୁ ମୁକୁଳିବାକୁ ପୂରବୀ ପ୍ରଥମେ ଆରମ୍ଭ କଲା, "ଖୁବ୍ ଥଣ୍ଡା ପଡ଼ିଛି ଏ ବର୍ଷ, ନୁହେଁ? ଆସିଲାବେଳେ କିଛି ଅସୁବିଧା ହୋଇନି ତ? ଘରେ ସମସ୍ତେ କେମିତି ଅଛନ୍ତି?" ସୁଧୀର ଆଗରୁ ସେମିତି ଚୁପ୍‌ଚାପ୍। ଆଉ ଏକଥା ବି ପୂରବୀ ଭାବୁଥିଲା କିଛି ବଦଳିନି ତାହେଲେ ଯା ଭିତରେ ସୁଧୀରଙ୍କ ସ୍ୱଭାବରେ। ସୁଧୀର ଏଥର ବାହାରର ଅଳ୍ପ ଅନ୍ଧାରକୁ ଚାହିଁ କହିଥିଲା "ଯା ଭିତରେ ଏତେଦିନ ବିତିଗଲାଣି, ବିଶ୍ୱାସ ହେଉନି ସତରେ ଆଜି ଏତେଦିନ ପରେ ଏମିତି ଦେଖାହେବ! ସତରେ.. ଏସବୁ ମୋ କଳ୍ପନା ବାହାରେ।" ସୁଧୀର ପୁଣି ନିରବ ରହିଲା। ପୂରବୀ ଭଙ୍ଗା ଭଙ୍ଗା ସ୍ୱରରେ ଆଗେଇଥିଲା କଥାକୁ - "ହଁ ମୁଁ ବି ଭାବି ନଥିଲି। କଲେଜ ଛାଡ଼ିବା ପରେ ଆଉ ଦେଖିନି ତୁମକୁ।" "ହଁ, ମୁଁ ମୋ ରାସ୍ତା ପ୍ରଥମେ ବାଛିନେଲି। ତୁମକୁ ଜଣାଇବାକୁ ସମୟ ପାଇନି।" "ଜଣାଇକି ବି କଣ କରିପାରିଥାନ୍ତି? ତୁମ ଆଖିରେ ଲୁହ ଦେଖିବାର ସାହସ ନଥିଲା ମୋର। ଅନ୍ତତଃ ମୋ ସାମ୍ନାରେ।" "ଭାବୁଛି ଏତେ ଦିନ ଭିତରେ ମୋତେ କ୍ଷମା ଦେଇସାରିଥିବ" ପୂରବୀର କଣ୍ଠ ଶୀତୁଆ ପବନରେ ଥରିଲା ପରି ଶୁଭୁଥାଏ। ବୁନ୍ଦା ବୁନ୍ଦା କାକରରେ ତା ଆଖି ଓଦା ଲାଗୁଥାଏ। ସୁଧୀର ଆକାଶ ଆଡ଼କୁ ଅନାଇ ତିର୍ଯ୍ୟକ୍ ହସି କହିଥିଲା, "ହଁ ମୁଁ କ୍ଷମା ନ ଦେଇଥିଲେ ଆଜି ତୁମକୁ ଦେଖା କରିବାକୁ ଏଠାକୁ ଆସି ନ ଥାନ୍ତି।" ପୂରବୀକୁ ଟିକେ ହାଲୁକା ଲାଗିଲା ଏଥର। ବହୁଦିନରୁ ଛାତିରେ ନଦି ହେଇଥିବା ପଥରଟେ ଯେମିତି ଆପେ ଆପେ ଖସିଯାଇଛି। ସୁଧୀରକୁ ଆଉଟିକେ ସହଜ ଭାବରେ ପୂରବୀ କହିଲା, "ଆମର ସେ ଦିନସବୁ ପିଲାଳିଆମି ସତରେ।" ସୁଧୀର ଅନ୍ୟମନସ୍କ ହେବାପରି ହସି କହିଥିଲା "ଆଉ ସେସବୁ ମନେପକାଇ ଲାଭ କଣ? ସେ ସମୟ ଫେରିଯାଇଛି। ସମୟ ତ ଆଉ ଲେଉଟି ପାରେନା।" ଏଥରକ ପୂରବୀଙ୍କୁ ଦଲକାଏ ଥଣ୍ଡା ପବନ ଶୀତେଇ ଦେଉଥିଲା। ଗଛ ଫାଙ୍କର ଝାପ୍‌ସା ଜହ୍ନ ଆଲୁଅକୁ ଦେଖୁଥିଲା ଆଉ ପୂରବୀ କହୁଥିଲା- "କେତେ କଣ ବଦଳିଗଲାଣି ଯା ଭିତରେ। ସେଦିନ ତୁମରି ପାଖରେ ଘୂରିବୁଲୁଥିବା ପୂରବୀ ଝିଅରୁ ସ୍ତ୍ରୀ, ବୋହୂ, ମା' ଅନେକ କିଛି ପାଲଟିଛି। ଘର, ପିଲା, ସଂସାର ସବୁ ଆପଣେଇ ଗୋଟେ ନୂଆ ପୃଥିବୀ କରି ସାରିଛି ଯା ଭିତରେ।" ସୁଧୀର ଅଳ୍ପ ହସି କହିଥିଲା, "ମୋର କିଛି ବଦଳିନି ପୂରବୀ। ହଁ, ବଦଳିଛି ଯଦି ମୋର ସେଦିନର କ୍ଷୀଣକାୟରୁ ସ୍ଥୁଳକାୟ ରୂପ ଯାହା।" ଦୁହେଁ ହସିଥିଲେ ମିଶି କିଛି ନାମ ନଥିବା ଫୁଲ

ଆଡ଼କୁ ଚାହିଁ। କିଛି ପୁରୁଣା ଦିନ ସହ ନୂଆ ଜୀବନ କଥା ଗପୁଥିଲା ପୂରବୀ। ମୋଟାମୋଟି ସବୁ ଯେମିତି ଠିକ୍‌ଠାକ୍ ଚାଲିଛି ସୁଧୀର ତା ଜୀବନରେ ନଥିବା ସତ୍ତ୍ୱେ। ସୁଧୀର ଚୁପ୍‌ଚାପ୍ ଶୁଣିଚାଲିଥିଲେ ପୂରବୀର କଥା ସବୁ। ପୂରବୀ ଠାରୁ ଏଇମିତି ବସି କଥା ଶୁଣିବା ପରେ ତାକୁ ଲାଗୁଥିଲା ସେ ସେଇ ପୁରୁଣା କଲେଜ ଜୀବନକୁ ଫେରିଯାଇଛି। ପୂରବୀର ଗପ ସବୁ ଶୁଣିବାକୁ ତାକୁ ଯେତେ ଭଲ ଲାଗୁ ନ ଥିଲା ପୂରବୀ ତା ପାଖରେ ସେଇ ପୁରୁଣା ଦିନ ପରି ବସି ଗପୁଚି ଏତକ ଶିହରାଉ ଥିଲା ସୁଧୀରକୁ। ଆଜିବି ପୂରବୀର ଗପ ସରିବା ପରେ ସୁଧୀର କହୁଥିଲା, "କୁହୁଡ଼ି ମାଡ଼ିଆସିଲାଣି। ଶୀତ ବି ବଢ଼ିଲାଣି। ଚାଲ ଏଥର ଘରକୁ ଫେରିଯିବା। ଆମ ପାଖରେ ବେଶି ସମୟ ନାହିଁ। ତୁମକୁ ଦେଖିବାର ଇଚ୍ଛା ଥିଲା ସେଇଟି ପୂରଣ ହୋଇଛି।" ପୂରବୀ ଆଖି ଛଳେଇଦେଲା ସୁଧୀରର ଏଇକଥାରେ। ତା ଭାବମୂର୍ତ୍ତି ବଦଳି ଯାଉଥିଲା। ପୂରବୀ ନିଜ ଜାଗାରୁ ଉଠି ସୁଧୀରକୁ କହିଲା, "ମୋ କଥା ତ କହିଲି। ତୁମେ କେମିତି ଅଛ, କେତେଯାଏଁ ଆଗେଇଗଲଣି ଜୀବନରେ କିଛି କହିଲନି ଯେ? ତୁମ ବିଷୟରେ ଜାଣିବାକୁ ବହୁତ ଇଚ୍ଛା। ତୁମେ ଭଲ ଅଛ ତ?" ପୂରବୀ ପଚାରୁଥିଲା ସୁଧୀରକୁ। ସୁଧୀର ଉତ୍ତର ନ ଦେଇ ଓଲଟି ପୂରବୀଙ୍କୁ କହିଲା, "ତୁମେ ଖୁସି ଅଛ ପୂରବୀ? ସେତିକି ହିଁ ତ ମୋର ଦରକାର।" ପୂରବୀ ଶତପ୍ରତିଶତ ଖୁସି ଥିବା ଭଳି କହିଲା, "ମୁଁ ଭଲ ଅଛି। ପିଲାମାନଙ୍କ ସହ ଘର ସଂସାରରେ ମୋର ସମୟ କୁଆଡ଼େ ଯାଏଁ ଜଣାପଡ଼େନି। ସତ କହିଲେ ମୋର ତ ପୁରୁଣା କଥା ବି ମନେପଡ଼େନି। ସବୁ ସମୟ ଏମିତି ହିଁ ଚାଲିଯାଉଛି। କିଛି ଜଣାପଡେନି ସମୟର ସୁଅରେ।" ଗପିଚାଲିଥିବା ପୂରବୀ ପୁଣି ଯୋଡ଼ିଥିଲା- "ତୁମ ବିଷୟରେ ବହୁତ ଇଚ୍ଛା ହୁଏ ଜାଣିବାକୁ ସୁଧୀର।" ସୁଧୀର ମୁହଁ ତଳକୁ କରି ଶୁଣୁଥିଲା। କୁହଡ଼ିର ପ୍ରଭାବ ଦେଖି ଉଭୟ ଏଇ କଥାବାର୍ତ୍ତା ଭିତରେ କେଇ କଦମ ଚାଲି ଆସିଥିଲେ ଘର ଫେରିବା ଉଦ୍ଦେଶ୍ୟ ନେଇ। ସୁଧୀର ସେଯାଏଁ ନିଜ ବିଷୟରେ କିଛି ବି କହିପାରିନଥିଲେ କେବଳ ଯାହା ପୂରବୀଙ୍କୁ ଶୁଣିଚାଲିଥିଲେ। ପୂରବୀ ଏଥର କଥା ଆଦାୟ କରିବା ଉଦ୍ଦେଶ୍ୟ ନେଇ ଚାଲୁ ଚାଲୁ ଟିକେ ରହିଯାଇ ସୁଧୀରକୁ କହିଥିଲା, "ଥରେ ସୋସିଆଲ୍ ସାଇଟ୍‌ରେ ତୁମ ଝିଅର ପୁରୁଣା ଫଟୋ ଦେଖିଥିଲି। ଫଟୋ ପରିଷ୍କାର ନଥିଲା। ତୁମ ଝିଅ ହେଇଥିବ ଭାବିଲି।" ସୁଧୀର ଏଥର ଗମ୍ଭୀର ଦିଶୁଥିଲା ଧୂଆଁଳିଆ ଷ୍ଟ୍ରିଟ୍ ଲାଇଟ୍ ପରି। କୁହୁଡ଼ି ଘେରକୁ ଅନେଇ କହିଲା, "ସେ ହିଁ ମୋର ଏକଲାପଣର ସାଥୀ। ତା ବାପା ମା' କିଏ ମୁଁ ଜାଣିନି ଏଯାଏଁ। ଏଗାର ବର୍ଷ ତଳେ ଦିନେ ହସ୍‌ପିଟାଲ୍‌ରେ ମୋ ଦେହ ଖରାପ ଯୋଗୁଁ ଅପେକ୍ଷା କରୁଥାଏ କରିଡରରେ। ପିତୃମାତୃହୀନ ଛୁଆଟିଏ ହସ୍‌ପିଟାଲ୍ କରିଡରରେ

ରଖିଦେଇ ଯାଇଥିଲା। ଏଇ ଝିଅଟିର ଦାବିଦାର କେହି ନଥିଲେ ସେଠି। ପିଲାଟି ମଝି ଅଗଣାରେ ଶୋଇ କାନ୍ଦୁଥାଏ ଜୋର୍‌ରେ। ସମସ୍ତଙ୍କ ମୁହଁରେ ସେଇ ଗୋଟିଏ କଥା- ଘୃଣାର ଆଖି ତା ଆଡ଼କୁ ଛିଟିକି ପଡୁଥାଏ କାହା ପାପକର୍ମର ଫଳ ହୋଇଥିବ, କିଏ କହୁଥାଏ ଝିଅଟାଏ ବୋଲି ବାପା ମା' ଛାଡ଼ିଯାଇଥିବେ। ଏଇମିତି ଅନେକ କଥା ଲୋକଙ୍କ ମୁହଁରୁ ଶୁଭୁଥାଏ। ଡାକ୍ତରମାନେ ଚିନ୍ତିତ ଥିଲେ। ସମସ୍ତେ କହୁଥିଲେ କିଏ ଜଣେ ରାତିରେ ସେ ପିଲାକୁ ଏଠି ରଖିଦେଇ ଯାଇଛି କେଜାଣି ? କେମିତି ଏତେ ସୁନ୍ଦର ଝିଅଟିକୁ ସେଠି କିଏ ଛାଡ଼ିଥିଲା। ମୁଁ ତା ପ୍ରତି ଅଜାଣତରେ ଟାଣି ହୋଇଯାଇଥିଲି। ତା ଆଖି ଯୋଡ଼ିକ ଠିକ୍ ତୁମ ଭଳି ଖୁବ୍ ଗଭୀର। ମୁଁ ମୁହଁ ଫେରେଇ ପାରିଲିନି। ତୁମେ ଗଲା ପରେ ପରେ ତାକୁ ହିଁ ମୁଁ ପାଇଛି ମୋ ପାଖରେ। ସେଇ ୧୧ ବର୍ଷର ବ୍ୟବଧାନରେ। ମୁଁ ତୁମକୁ ନିତି ନିତି ତାରି ଆଖିରେ ଦେଖିଚି। ସେଇଦିନଠୁ ମୋ ପାଖରେ ଅଛି ସେ, ତୁମେ ଦୁହେଁ। ଏବେ ସେ ମୋ ଝିଅ, ମୁଁ ତାର ବାପା ଆଉ ମା'। ବଡ଼ ହୋଇଗଲାଣି, ସ୍କୁଲ୍ ବି ଗଲାଣି। ସେଇ ମୋର ଦୁନିଆ.." ସୁଧୀର ପୂରିଉଠିଲା ପରି କହୁଥିଲା।

ଏକଥା ସୁଧୀର ମୁହଁରୁ ଶୁଣିବା ପରେ ପୂରବୀ ଜାଣିପାରୁ ନ ଥିଲା ମାଟି ଉପରେ ଠିଆ ହୋଇଛି ନା ଆଉ କୋଉଠି। ସାରା ପୃଥିବୀଟା ଯେମିତି ତାରି ଚାରିପାଖରେ ଖୁବ୍ ଜୋର୍‌ରେ ବୁଲୁଚି। ତା ପାଟିରୁ ବାହାରିଆସିଲା- "ତା ମାନେ ସୁଧୀର, ତୁମେ ଏବେ ବି ଅବିବାହିତ ? ଆଉ ସେ ଝିଅ ?" ପୂରବୀର ମନେ ପଡୁଥିଲା ଅନେକ କିଛି। ଯେମିତି ତାକୁ ଏହିକ୍ଷଣି ଅନେକ କିଛି କହିବାର ଅଛି। ସୁଧୀରକୁ ଏହିକ୍ଷଣି ଅଟକେଇ ଦେବାକୁ ହେବ ଏବଂ ସବୁ ସତ ତାକୁ କହିବାକୁ ପଡ଼ିବ। ପୂରବୀ ବ୍ୟସ୍ତ ହୋଇ କହୁଥିଲା, "ସୁଧୀର ଏସବୁ ତୁମେ କଣ କହୁଚ।" ..ସୁଧୀର ସେତେବେଳକୁ ନିଜ ରାସ୍ତାରେ ଆଗେଇ ଯାଉଥିଲେ। ସୁଧୀର ପୂରବୀର ପ୍ରଶ୍ନରେ ଅଟକି ନଥିଲା। କିଛି ପ୍ରତିକ୍ରିୟା ନଥାଇ ଏଥର ଗାଡ଼ି ଷ୍ଟାର୍ଟ କଲା। ଆଗକୁ ମୁହଁ କରି କହିଲା, "ଭଲରେ ଯିବ ପୂରବୀ, ରାତି ହୋଇଗଲାଣି ?" ପୂରବୀ କଣ କରିବ କଣ କହିବ ଜାଣିପାରୁ ନ ଥିଲା। ଥରଥର ହାତରେ ଟାକ୍ସି ନମ୍ବର ଖୋଜୁଥିଲା ଜାଣିଶୁଣି ସେ କିଛି ଦେଖିପାରୁ ନ ଥିବା ପରି ଅନୁଭବ କରୁଥିଲା। ନିଜକୁ ଯେତେ ଘୋଡ଼ାଇବାକୁ ଚେଷ୍ଟା କଲେ ବି ସୁଧୀରର କଥା ଯେମିତି ବରଫ ଝଡ଼ ପରି ତା ଦେହକୁ ଅସ୍ତବ୍ୟସ୍ତ କରୁଛି ଆଉ.. ସେ ଝିଅ... ସେ ଝିଅ ତ ତାଙ୍କରି ଝିଅ, ଯାହାକୁ ସେ ନିଜେ ଦୂରେଇ ଦେଇଛି ନିଜଠୁ। ମନେ ପକାଉଥିଲା ସେ ଏଗାର ବର୍ଷ ପୁରୁଣା କଥା। ଏମିତି ତାଠାରୁ ଜନ୍ମ ଝିଅଟିକୁ ତା ବାପା ମା' ହସ୍‌ପିଟାଲ୍‌ରେ ରଖିଦେଇ ଆସିଥିଲେ। ଆଜି ବି ମନେ

ମନେ ସେ ତାକୁ ଖୋଜେ। ତା ମମତା ଧିକାରେ ତାକୁ। ତାକୁ ଲାଗୁଥିଲା କାକର ବୁନ୍ଦାରେ ଓଦା ହୋଇ ବତି ଖୁଣ୍ଟ ତା ସହ କାନ୍ଦୁଛନ୍ତି। ଏକାଥରକେ ସେ ଚାହୁଁଥିଲା ସୁଧୀରକୁ କହିବ ମୁଁ ଟିକେ ଦେଖନ୍ତି ତାକୁ କିନ୍ତୁ ସେ କହିପାରିନଥିଲା। ଗୋଟାପଣେ ସେ ଅଣନିଃଶ୍ୱାସୀ। ଆଉ କେମିତି କହିବ ସେ ସୁଧୀରକୁ ଏ କାହାଣୀ ଯାହା ପୃଷ୍ଠା ଲେଉଟାଇଲେ ଅନେକ କିଛି ବଦଳିଯିବ ତା ପୃଥିବୀରେ। ପୂରବୀ ଭାବୁଥିଲା ଆଜି ବି କଣ ସମୟ ଆସିନାହିଁ ସୁଧୀରକୁ ଏସବୁ ଜଣାଇବାକୁ, କାନ୍ଦିବାକୁ, ସୁଧୀରକୁ କନ୍ଦେଇବାକୁ ତା ସାମ୍ନାରେ। ନା, ସେ ପୁରୁଣା ପୂରବୀ ପରି ନିରୁପାୟ ହୋଇ ରାସ୍ତା ମଝିରେ ଠିଆ ହୋଇଥିଲା ଘରକୁ ଫେରିବା ପାଇଁ। ଶୀତ ବଢ଼ିବା ପରି ତା ଦେହ ଆହୁରି ଶୀତେଇ ଉଠୁଥିଲା। କେମିତି ଗୋଟେ ଅକୁହା ଯନ୍ତ୍ରଣା ତା ଭିତରେ କଣ ଗୋଟେ ଅଥୟ ହେବାର ଆଲୋଡ଼ନ। ସୁଧୀର ସେ ଝିଅ ଆମର, ଜୋର୍‌ରେ କହିବାକୁ ଇଛା ହେଉଥିଲା ପୂରବୀକୁ ଗଳା ଫଟେଇ, ହେଲେ କହିବା ପୂର୍ବରୁ ପରସ୍ତ ପରସ୍ତ କୁହୁଡ଼ି ତା ଆଖି ଆଗରେ, ତା ଭିତରେ ସୁଧୀର ଗାଡ଼ିର ହେଡ୍‌ଲାଇଟ୍ ଅପସରି ଯାଉଥିଲା ଦୂରକୁ ଦୂରକୁ। କାକରରେ ସେ ଏକବାର ଓଦା। ଟାକ୍ସି ଡ୍ରାଇଭର ପୂରବୀ ପାଖକୁ ବ୍ରେକ୍ ଦେଇ କହିଲା, "ମାଡାମ୍ ଚାଲନ୍ତୁ। ଆଜି ବହୁତ କୁହୁଡ଼ି ରାସ୍ତାରେ। ଏ କୁହୁଡ଼ି ସବୁ ନ ଫେରିଲେ ଭଲ। ଆଗକୁ ରାସ୍ତା ଦେଖିବାକୁ କଷ୍ଟ କରିଦିଏ ସତରେ।

■

ମଲାଜହ୍ନ

ସେଇ ଆଖି, ସେଇ ମୁହଁ, ସେଇ ଓଠ। ବୟସର ଟିକେ ଛାପ ନ ହେଲେ ଝିଅଟାକୁ ଚିହ୍ନିବାରେ ମୋ ଆଖି ଭୁଲ୍ କରି ନ ଥିବ। ମୁଁ ନିଜ ସହ ଯୁକ୍ତି କରୁଥାଏ। ଏଇ ଅଳ୍ପ ସମୟ ଆଗରୁ କଲିକତା ଷ୍ଟେସନ୍‌ରେ ଦେଖିଥିବା ସେହି ଚେହେରାଟିକୁ ମୁଁ ଭୁଲିପାରୁ ନ ଥାଏ। ଟ୍ରେନ୍‌ର ଝର୍କା ରେଲିଂ ଆରପଟେ ସମସ୍ତେ ଧାଉଁଥିଲେ ମୋ ଆଖି ସାମ୍ନାରେ। ଗଛଲତା, ପାହାଡ଼, ଶୁଖିଲା ଧାନ କିଆରି, ସଞ୍ଜ ଆକାଶର ଲୋହିତ ରଙ୍ଗମଖା ମେଘଖଣ୍ଡ, ଆଉ ତା ସହ ମୁହଁ ଲୁଚାଇ ଚତୁର୍ଥୀର ମଲାଜହ୍ନ। ସନ୍ଧ୍ୟା ସତ୍ତ୍ୱେ ତତଲା ପବନ ବହୁଥାଏ। କଲିକତାରୁ ଭୁବନେଶ୍ୱର ଆଡ଼କୁ ମୁଁ ଯାଉଥାଏ। ଭାବୁଥିଲି ଏ ଆଖି ଯଦି ଭୁଲ୍ କରୁ ନ ଥାଏ ସେ ନିଶ୍ଚିତ ପାର୍ବତୀ, ମାନେ 'ପାର'। ମୁହଁକୁ ଚାହିଁଲା ବି ନାହିଁ, ଫେରେଇନେଲା। ସେ କଣ ମୋତେ ଚିହ୍ନିପାରିଲା ନାହିଁ ନା ଆଉ କିଛି ! ମୁଁ ଏଇ ଭାବନାରେ ଥାଏ। ଆଜି ବି ପାର ନାଁଟା ଶୁଣିଲେ ଛାତିଟା ରୁନ୍ଧି ହୋଇଗଲା ଭଳି ଲାଗେ। ପାର କିଏ ଯେ ମୋର !

ପାର ସହ ମୋର ଦେଖା ମୁଁ ଯେତେବେଳେ ନବମ ଶ୍ରେଣୀରେ ପଢୁଥାଏ। ତାହାର ସୁଢ଼ଳ ଶରୀର, ଶ୍ୟାମଳୀ ରଙ୍ଗ, ପୂରିଲା ଗାଲ, ମୋତି ଭଳି ଦାନ୍ତ। ସରଳ ହସରେ ତାର କଇଁଫୁଲ ଝଡ଼ିପଡ଼େ। ମୋ ବୋଉ ପାଖରୁ ବି ଅନେକ ଥର ଏକଥା ଶୁଣିଚି। ଆମ ପଡ଼ିଶା ଘରକୁ ତା ଦାଦା ଖୁଡ଼ୀଙ୍କ ସଙ୍ଗେ ରହିବାକୁ ଆସିଥିଲା। ମୋର ଠିକ୍ ମନେଅଛି ତା ମୁହଁ, ଗୋଟେ ଫୁଲପକା ପୁରୁଣିଆ ଫ୍ରକ୍ ପିନ୍ଧି ଠିଆ ହୋଇଥିଲା ଘର ସାମ୍ନାରେ। ପାଖାପାଖି ମୋରି ବୟସର ହେବ। ମୋ ନଜର ପଡ଼ିଯିବାରୁ ମୋତେ ଲାଜରେ ଚାହୁଁ ନ ଥାଏ। କଥା କହିବା ତ ଦୂର କଥା ଡରିଲା ଠାଣିରେ କବାଟକୁ ଆଉଜି ଠିଆ ହୁଏ। ପଡ଼ିଶା ଘର ପୁଅ ହୋଇଥିବାରୁ ମୋର ବି ସେଇ ସମାନ ପ୍ରତିକ୍ରିୟା। ସେଦିନ ପାରର ଖୁଡ଼ୀ ମୋ ବୋଉଙ୍କୁ କହୁଥିଲେ, "ମାଛେଉଣ୍ଡୀଟା, ସାବତ ମା' ତା

କଥା ବୁଝିବ କଣ, ତାକୁ ଘରେ ରଖେଇ ଦେଲାନି। ଏମିତି ଚାଷବାସରେ ଘରର ଚଳଣି, ଯା ପାଠଶାଠ କଥା କିଏ କୁଆଡ୍ରୁ ବା ଭାବିବ! ନ ଖାଇ ନ ପିଇ ପଡ଼ିଥିଲା ଗାଁରେ। ଗାଁ ଲୋକ କହିଲାରୁ ମୋ ପାଖକୁ ନେଇଆସିଲି। କାମଦାମ ଶିଖିବ। ମୋତେ ସାହାଯ୍ୟ କରିବ। ପ୍ରସ୍ତାବ ପାଇଲେ ବାହା କରିଦେବୁ। ଆଉ ଆମେ କଣ ତାକୁ ଘରେ ସବୁଦିନ ରଖିବୁ।" ବୋଉ ଏସବୁ ଶୁଣି ଉତ୍ତର ଫେରେଇଛି କି ନାହିଁ ମାଉସୀ ପୁଣି କହୁଥିଲେ, "ଯାହା କୁହ ଏମିତି ଗାଁ ଭାଇମାନେ ଖର୍ଚ୍ଚ ମୁଣ୍ଡେଇ ଦିଅନ୍ତି ଆମ ଉପରେ। ଆମ ଛୋଟକାଟିଆ ଚାକିରିକୁ ଯେ ଗୋଟେ ଖର୍ଚ୍ଚ ବଢ଼ିଲା ଜାଣ।"

ମାଉସୀ ଆଉ ତାଙ୍କ ପରିବାର ଗାଁରୁ ଆସି ଆମ ଘର ପାଖରେ ରହୁଥିଲେ। ବଡ଼ ଚାକିରି ନ ହେଲେ ମଧ୍ୟ ଚଳିବାରେ ଅସୁବିଧା ନ ଥିଲା। ବୋଉ ବି ମାଉସୀଙ୍କ ସହ ତାଳଦେଇ ସେଦିନ କହିଥିଲା, "ହଁ ଆଜିକାଲି କିଏ କାହା କଥା ବୁଝୁଛି? ଭଲ କଲ ଝିଅଟିକୁ ପାଖକୁ ନେଇ ଆସିଲ। ସ୍କୁଲ୍ ଯାଉ, ଦି ଅକ୍ଷର ପଢ଼ିବ।" ବୋଉକୁ ମାଡ଼ି ବସିଲା ପରି ସେ ପୁଣି କହିଲେ- "ଭଲ କଥା କହୁଛନ୍ତି, ବାହା କରାଇବି ବୋଲି କହି ଆସିଛନ୍ତି ବାବୁ ଆମର। ପୋଷିବି, ପୁଣି ପାଠ ପଢ଼େଇବି! ମୁଁ ନିଜ ପିଲାଙ୍କ କଥା ଭାବିବି ନା ଯା କଥା ବୁଝୁଥିବି?" ବୋଉ ଚୁପ୍ ରହିଲା।

ଆମେ ଅନେକ ଥର ଶୁଣିଛୁ ମାଉସୀଙ୍କ ଗାଳିଗୁଲଜ ଓ ତାଗିଦ। କାମ ଠିକଣା ଭାବରେ କରିପାରୁନି ବୋଲି ମଉସାଙ୍କ ଆଗରେ ମାଉସୀଙ୍କର ସବୁବେଳେ ଅଭିଯୋଗ। ଗାଳିଗୁଲଜ ଶୁଣି ମୋ ମନ ନରମି ଯାଏ। ଇଚ୍ଛା ହୁଏ ତାଙ୍କ ଘରକୁ ଯାଇ କହନ୍ତି, ପାର ତୁ ମୋ ଘରକୁ ଆସିଯା। ଆମେ ସାଙ୍ଗ ହୋଇ ପାଠ ପଢ଼ିବା। ସ୍କୁଲ୍ ଗଲେ ଅନେକ କଥା ଜାଣିବୁ। ତା କାନ୍ଦ କାନ୍ଦ ମୁହଁଟି ମୋତେ ଆପେ ଆପେ ଦିଶିଯାଏ ନିଛାଟିଆ ବେଳେ, ହେଲେ ପାର ଖୁଡ଼ୀଙ୍କ ଆଗରେ ସମସ୍ତେ ଚୁପ୍। ଲୁଚି ଲୁଚି ତାକୁ ଦେଖିବାକୁ ସେତେବେଳେ ମୋର ଭାରି ଇଚ୍ଛା ହୁଏ। ତାକୁ ସାନ୍ତ୍ୱନା ଦେବାକୁ ମନେ ମନେ ଭାବେ। କେମିତି ଗୋଟେ ଅନୁରାଗ ତା ପାଇଁ ମନ ଭିତରେ ବସା ବାନ୍ଧିଯାଇଥିଲା। ତା କାନ୍ଦୁରା ମୁହଁ ଦେଖିଲେ ବୁଝିହେଉଥିଲା ସେ ଟିକିଏ ସ୍ନେହ ପାଇଁ ଯେମିତି ଅନେଇ ରହିଛି କାହାକୁ।

ପାରର ପ୍ରସ୍ତାବ ଦେଖା ଚାଲିଥାଏ। ମାଉସୀ ପାରକୁ ଖୁଣ୍ଟୁଥାନ୍ତି, ଏମିତି ଝିଅକୁ କିଏ ପସନ୍ଦ କରିବ? ଉପରକୁ ମୁହଁ କରି ଚାଲିବ, ଦାନ୍ତ ଦେଖେଇ ହେଁ ହେଁ ହେବ। ସଖଣା ଶିଖିଲୁଣି ଆଜିଯାଏଁ। ଖାଲି ଯାହା ବରପାତ୍ର ଦେଖାରେ ଜଳଖିଆ ଖର୍ଚ୍ଚ ବଢ଼ି ବଢ଼ି ଚାଲିଛି। ପାର ଖାଲି ଶୁଣେ କିଛି କହେନି। ଘର ଭିତର ଅନ୍ଧାରରେ ଲୁଚିଯାଏ। ଏକଥା ମୋ ଆଖି ଆଗରେ ଅନେକ ଥର ଦେଖିଛି। ତା ବାହାଘର କଥା ଶୁଣିଲେ

କାହିଁକି କେଜାଣି ମୋ ମନରେ ବିଷ ଚରିଯାଏ। ଏଇମିତି ସମୟ ବିତୁଥାଏ। ପାର ସହ ପ୍ରାୟ ତରକାରି ଦିଆନିଆ ଭିତରେ ଯାହା ଦେଖାଚାହାଁ। ହେଲେ ସାହସ କରି କେବେ କଥା ହୋଇପାରିନାହିଁ। ଏମିତି ସମୟ ବିତୁଥାଏ।

ଖରା ଛୁଟି ସମୟ। ମୋର ପଢ଼ାପଢ଼ି ବିଶେଷ ନ ଥାଏ। ବୋଉ ପାଟି କରି କରି ବାଡ଼ିପଟୁ ଆସିଲା, "ଆରେ ଶୁଣୁଛି ପାରର ବାହାଘର ଠିକ୍ ହୋଇଯାଇଛି। କଲିକତାରେ ପୁଅ ଚାକିରି କରିଛି। ଯାହାହେଉ ଏତେବେଳେ ଯାଇ ଭଗବାନ ମୋ ଡାକ ଶୁଣିଲେ।" ମୋ ବୋଉ ଖୁସିରେ କହୁଥାଏ। ମନେ ମନେ ମୁଁ ଖୁସି ନ ହୋଇବି ଭାବୁଥିଲି ଯାହାହଉ ବିଚାରୀଟା ମୁକ୍ତି ପାଇଯିବ। ଗାଁରେ ପାରର ଖୁଡ଼ୀ ବାହାଘର ସାରି ଦୁଇ ଦିନରେ ଫେରିଆସିଲେ। ଗାଁରୁ ଫେରି ପାର ଖୁଡ଼ୀ ବାହାଘର କଥା ବଖାଣୁଥାନ୍ତି। ଜ୍ୱାଇଁ ପୁଅ ରାଜକୁମାର ଭଳି। ଆମ ବାବୁଙ୍କୁ କଣ ପାରିହେବ, ସବୁ ଜିନିଷ ଦେଇଛନ୍ତି। ଟିଭି, ଫ୍ରିଜ୍, ପଲଙ୍କ ଇତ୍ୟାଦି ଇତ୍ୟାଦି। ପାରର ଦାଦା ହେଲେ କଣ ହେବ ବାପା ସମାନ ସେ।

ବୋଉ ପାର ଖୁଡ଼ୀକୁ କହୁଥିଲା, ନେଉ ପଛେ ଖୁସିରେ ରହୁ, ବିଚାରୀର ବହୁତ ଦୁଃଖ। କେମିତି ଗୋଟେ ନିସ୍ତାର ପାଇଗଲା ପରି ବୋଉ ନିଃଶ୍ୱାସ ନେଇ କହୁଥାଏ।

ମୁଁ ଭାବିନେଇଥିଲି ଯେ ପାର ନିଶ୍ଚୟ ସେଠି ଖୁସିରେ ଥିବ। ଏ ଭିତରେ ଆଉ ପାରର କାହାଣୀ ଆମ ଘରେ କି ପଡ଼ିଶା ମାଉସୀଙ୍କ ଘରେ ଶୁଣିନି। ସେଦିନ ମାଉସୀ ଆମ ଘରେ ଚାବିକାଠି ଦେଇ ଗାଁକୁ ବାହାରିଲେ। କହିଲେ, ମୁଁ ଟିକେ ଚାଷବାସ ଦେଖି ଆସେ। ପାରର ସାବତ ମା' ଯୋଗୁଁ ଗାଁ ଆଡ଼େ ଆଉ ଯାଇହେଉନି। ମୋ ଛାଇ ଦେଖିଲେ ସେ ଡେଉଁଛି।

ମାଉସୀ ଦୁଇ ଦିନ ପରେ ଫେରିଆସିଲେ ଆଉ ବୋଉ ସହ ବାରିପଟେ କଥା ହେଉଥାନ୍ତି। ସେ କହୁଥିଲେ, ପାରର କିଛି ଠିକଣା ମିଳୁନି, ଆମ ଗାଁର କିଛି ପିଲା କଲିକତା ଯାଇଥିଲେ। ସେମାନେ କହୁଛନ୍ତି ପାରକୁ କୋଉ ହୋଟେଲ୍‌ରେ ଦେଖିଛନ୍ତି। ପାର କାଳେ ଖୁବ୍ କାନ୍ଦୁଥିଲା ମୋତେ ଏଠୁ ନେଇଯାଅ ବୋଲି। ବାହାଘର ପରେ ସେ ଆମକୁ ଫୋନ୍‌ଟିଏ ତ କେବେ କରିନି। ମାଉସୀ କହୁଥିଲେ ବିଚଳିତ ହୋଇ। ମାଉସୀଙ୍କ କଥାରେ ବୋଉ ସେଦିନ ବ୍ୟସ୍ତ ହୋଇପଡୁଥିଲା। ମୁଁ ହଠାତ୍ ଯାଇ ତା ପାଖରେ ଠିଆ ହୋଇଯାଇଥିଲି। ବୋଉ କହିଲା, ତମେ କଣ ପାରକୁ ଆଉ ଘରକୁ ଆଣିବନି? ବୋଉ ବୋଧେ ଭାବୁଥିଲା ମୁଁ ସେମାନଙ୍କ କଥା କିଛି ଶୁଣିନି। ମାଉସୀ କହୁଥିଲେ, ନାଇଁ ଆଉ କାଇଁ ସେଭଳି ଅଲିଆ ଘରକୁ ଆଣିବୁ। ବାହାଘର ତ କଲୁ,

ତା ଭାଗ୍ୟରେ ଯାହା ଥିଲା ଭୋଗିଲା। ଆଉ ବଦନାମକୁ ପୁଣି ଘରେ ପୂରେଇବୁ। ତାକୁ କଳଙ୍କିନୀ ବୋଲି ଦୁନିଆ ଜାଣିଲା। ଆଉ ଆମେ କଣ କଳଙ୍କ ବୋଲି ହେବୁ ତାକୁ ଘରକୁ ଆଣି! ମୁଁ କିଛି ବୁଝିପାରୁଥିଲି ଆଉ କିଛି ବୁଝିପାରୁ ନ ଥିଲି। ହେଲେ ସେହିଦିନ ରାତିରେ ବୋଉ ବାପାଙ୍କୁ କହିଥିବା କଥା ଆଜି ବି ମନେପଡ଼େ, "ଝିଅ ଜନ୍ମ ନେବାଟା କଣ ଗୋଟେ ଅଭିଶାପ! କେତେ କଷ୍ଟ ପାଉ ନ ଥିବ ବିଚାରୀ! କେତେ ଦୁର୍ଭାଗ୍ୟ ଭୋଗ କଲା ପିଲାଟି!"

ତା'ପରେ ବହୁତ ସମୟ ବିତିଗଲାଣି। ପଢ଼ାପଢ଼ି ସାରି ଚାକିରି କରୁଛି। ମୋର ବାହାଘର କାର୍ଡ ଦେବାକୁ ମୁଁ ମାଉସୀଙ୍କ ଘରକୁ ଯାଇଥାଏ। ମୁଁ ପାର କଥା ପଚାରିଲି, ପାର କୁଆଡ଼େ ଗଲା? ମାଉସୀ କହିଲେ, ତା ବର ଗାଁକୁ ଫେରିଆସିଛି ଆଉ ବାହାହେବ କହୁଛି ଆଉ ଗୋଟେ ଝିଅକୁ। ଏମିତି କେଇଟା ବାହା ହେବଣି ଠିକଣା ନାହିଁ, ଟଙ୍କା ପଇସା ବହୁତ ତା ପାଖରେ। କିଏ ଯିବ ତାକୁ ସାମ୍ନା କରିବାକୁ? ଗାଁ ଲୋକଙ୍କୁ ଡରେଇ ରଖିଛି।

ବହୁଦିନ ପରେ ସେଇ ପାରକୁ ଷ୍ଟେସନ୍‌ରେ ଦେଖିବି ବୋଲି କେବେ ଭାବି ନ ଥିଲି। ଆଗଭଳି ସେ ସରଳ କୋମଳ ଦିଶୁ ନ ଥିଲା। ମନରେ ଘୃଣା ଆଉ ଯନ୍ତ୍ରଣାର ପରସ୍ତ ଲେପି ହୋଇଥିଲା ତା' ମୁହଁସାରା ପାଉଡର ଭାବରେ। ତୁ ତା କରି କାହାକୁ କହୁଥିଲା ସେ! ମୁଣ୍ଡରେ ଜଞ୍ଜାଳର ବୋଝ ଭଳି ଦେଖାଯାଉଥିଲା ଶୁଖିଲା ମଲ୍ଲୀ ଫୁଲ। ସତେ ଯେମିତି କିଏ ଦଳିମକଚି ତାର ଶୁଭ୍ରତା ନଷ୍ଟ କରିଦେଇଛି। ତା ଲାଜଲାଜ ଓଠରେ ଯେମିତି କିଏ ମଖେଇ ଦେଇଛି ନିଆଁ ରଙ୍ଗର ଲିପ୍‌ଷ୍ଟିକ୍। ଆଉ ସେଇଠୁ ଫୁଟୁଛି ଅଶ୍ରାବ୍ୟ ଗାଳି, 'କେତେ ମଜା ନେଲୁ। ଆଉ ଦେଲା ବେଳକୁ ଶଳା ପାଞ୍ଚଶ' ଟଙ୍କା କମ୍ ଦେବୁ, ମୁଁ ଚଳିବି କେମିତି?'

ଛୋଟ ଝରଣା ପରି ଦିନେ ବହିଯାଉଥିବା ପାର କ'ଣ ଏମିତି ହୋଇଗଲା! ଗତିଶୀଳ ଟ୍ରେନ୍‌ର ଅସ୍ଥିରତା ସହ ମୁଁ ମନେପକାଉଥିଲି ଷ୍ଟେସନ୍‌ରେ ବସିଥିବାବେଳେ ଦେଖିଥିବା ସେହି ଦୃଶ୍ୟଟିକୁ। ପାର ବୋଲି ମୁଁ ଦେଖୁଥିବା ଝିଅଟି ତା ନିଜ ପରିଚୟ ମୋ ପାଖରୁ ଲୁଚେଇ ଛଳ ଛଳ ଆଖିରେ ମୋଠୁ ଦୂରେଇ ଯାଉଥିଲା।

ବୋଧହୁଏ ସେ କହିବାକୁ ଚାହୁଁଥିଲା, "ମୁଁ ସେହି ପାର ନୁହଁ ଯାହାକୁ ତୁମେ କୋଣେଇ କୋଣେଇ ଦିନେ ଚାହୁଁଥିଲ। ମୁଁ ଏଠି ଗରାଖ ଖୋଜେ। ତା'ଛଡ଼ା ମୁଁ ପାର କି ପାର୍ବତୀ ଏଥିରେ ଦୁନିଆର କଣ ଯାଏଆସେ?"

ମୁଁ ପୁଣିଥରେ ଝର୍କା ବାହାରେ ଉଇଁଆସୁଥିବା ଜହ୍ନକୁ ଚାହିଁଲି। ହଠାତ୍ କାହିଁକି ଜହ୍ନଟା ଜୀବନ ନ ଥିବା ପରି ଦିଶିଲା- ଯେମିତି ଗୋଟେ ମଲାଜହ୍ନ।

■

ଭାର

ଫ୍ଲାଇଟ୍ ଆଟେଣ୍ଡାଣ୍ଟ୍ ଦେଇଥିବା ପାଣି ବୋତଲରୁ ପାଣି ପିଇ ଝରକା ଫାଙ୍କ ମେଘ ଢେଉ ଆଡକୁ ଅନାଇ ଥିଲା ବିଶାଖା। ଭାବୁଥାଏ ପୁଣି ସେଇ ବାପାଙ୍କ କଥା। ହଁ, ବିକାଶ ଭଳି ଯୋଗ୍ୟ ପୁତ୍ରକୁ ପାଇ ତୁ ଏ ଭାଗ୍ୟ ଭୋଗ କରୁଚୁ। ମୁଁ ତୋ ବିଷୟରେ ଠିକ୍ ନିଷ୍ପତ୍ତି ନେଇଛି। ବାପାଙ୍କ ଏଇ କଥା ବିଶାଖାକୁ ବେଶି କଷ୍ଟ ଦିଏ। ମନହୁଏ କହିବାକୁ "ବାପା, ଝିଅମାନେ କଣ ଆଉ କାହାର ଯୋଗ୍ୟପଣିଆ ଭୋଗ କରିବାକୁ ଜନ୍ମ ନେଇଥାଆନ୍ତି? ସେମାନେ ସତରେ କଣ ଏତେ ଅସମର୍ଥ, ଟର୍ଁବୁଲାନ୍ସରେ ସେ ଶଙ୍କିଗଲା। ପାଗଟା ଖରାପ ଆଜି। ରାସ୍ତାସାରା ଆଜି ମେଘଙ୍କ ଅନୁପ୍ରବେଶ। ସେ ବର୍ଷାଦିନରେ ଯାତ୍ରା କରିବାକୁ ପସନ୍ଦ କରେନି। ଯା ଭିତରେ ସେ ଅନେକ ରାସ୍ତା ଅତିକ୍ରମ କରିସାରିବଣି ଆଉ ବୋଧେ ପାଖାପାଖି ଅଧଘଣ୍ଟା ବାକି ଥିବ ଭୁବନେଶ୍ୱରକୁ। ବିଶାଖାର ଅନିଚ୍ଛା ସତ୍ତ୍ୱେ ଆଜିର ଏ ବମ୍ବେରୁ ଯାତ୍ରା ଭୁବନେଶ୍ୱରରୁ ପୁଣି ଘଣ୍ଟେ ବାଟ ଗାଁକୁ। ବଡ଼ଭାଇ ସୁରେଶଙ୍କ ଏକ ଜିଦ୍ ତୁ ଗାଁକୁ ଆସିବୁ। ଶେଷ ସମୟରେ ବାପାଙ୍କୁ ନ ଦେଖିଲୁ ନାଇଁ, ନଅ କାମରେ ଠିଆ ହେବୁ, ନ ହେଲେ ଲୋକ କଣ କହିବେ ଆମର ସମାଜ ପୁଣି ଅଛି। ବିଶାଖା ମୁହଁ ବିଷଣ୍ଣ ଦିଶୁଥିଲା ଏଥର। ଏମିତି ଆମେ ସମାଜ ଆଉ ସମ୍ପର୍କମାନଙ୍କୁ ଭାର ଭଳି ବୋହି ଚାଲନ୍ତି। ଏମିତି ସବୁ ଅବାନ୍ତର ଯୁକ୍ତି ସେ ନିଜ ସହ କରୁଥିଲା। ଫ୍ଲାଇଟ୍ ଯଥା ସମୟରେ ଭୁବନେଶ୍ୱର ପହଞ୍ଚି ସାରିଥିଲା ସେଠାରୁ ସେ ପୁଣି ଗାଁ ଆଡ଼କୁ ମୁହାଁଇଥିଲା ବିଶାଖା। କେଇଦିନ ତଳେ ବାପାଙ୍କ ଦେହାନ୍ତ ଖବର ପାଇଥିଲା ବଡ଼ଭାଇ ସୁରେଶଙ୍କଠାରୁ। ସୁରେଶ ଭାରୀ କଷ୍ଟରେ ସେଦିନ ଫୋନ୍‌ରେ ତାକୁ କହିଥିଲେ ସେ କଥା। ସେ ଶୁଣି ଜାଣିପାରିଲାନି କିପରି ପ୍ରତିକ୍ରିୟା କରିବ। ଅବଶ୍ୟ ଚମକି ପଡ଼ିଥିଲା ଏ କଥାଟା ଶୁଣି ହେଲେ ସେ ଜାଣିପାରୁ ନ ଥିଲା କାନ୍ଦିବ ନା ନାହିଁ? ଏତେ ଅଭିମାନ ବୋଲି ତା ବାପା ଉପରେ ସେ ସେଦିନ ହିଁ

ଅନୁଭବ କଲା- ନା, ନା, ଏଇ ଅଭିମାନ ତାର ପିଲାବେଳୁ। ସେ ନିଜକୁ କହୁଥିଲା ଯେଉଁଦିନ ବାପା ବଡ଼ଭାଇଙ୍କୁ ହାତ ଧରି କହୁଥିଲେ ଏ ଘରଦ୍ୱାର, ଜମିବାଡ଼ି ସବୁ ସୁରେଶର। ଏ ଘରର ସେ ଦୀପ। ପୁଅଟିଏ ହିଁ ଘରର ମାନ-ସମ୍ମାନ। ତା ଆଡ଼କୁ ଚାହିଁ କହୁଥିଲେ କେତେଦିନର ଅତିଥି ସେ ଏ ଘରେ। ଝିଅ କେବଳ ପରଘର ପାଇଁ ଜନ୍ମ। ଦୁଇଦିନିଆ ଜୀବନ ଏ ଘରେ। ଏସବୁ ଯେମିତି ପିଲାବେଳୁ ସେ ଶୁଣି ଶୁଣି ବାପାଙ୍କ ପ୍ରତି ତାର ଯେମିତି ମନ ମରିଯାଇଛି ଗୋଟେ ନିରସ ପିଲାଦିନ ସହିତ ଝିଅଟିଏ ହେବାର ଯେତେସବୁ ବିଡ଼ମ୍ବନା। ସବୁ କାମରେ ବାପାଙ୍କ କଟକଣା। ଅନିଚ୍ଛା ସତ୍ତ୍ୱେ ସବୁ ତାଙ୍କ କଥାକୁ ମାନିନେବା ପରେ ତା ଭିତରେ କିଏ ବାପା ପରିବର୍ତ୍ତେ ଶାସକ ବୋଲି କିଏ ଲେଖିଦେଇଛି। ବିଶାଖା ଝିଅମାନଙ୍କର ଜୀବନକୁ ନେଇ ଏମିତି ଅନେକ ସମୟରେ ସମ୍ବେଦନଶୀଳ ହୋଇପଡ଼େ। ସମାଜରେ ଓ ପରିବାର ସ୍ତରରେ ହୀନମନ୍ୟତା ଦେଇ ଝିଅଟିଏ କୋଉ ରାସ୍ତା ଦେଇ ଗତି କରେ ସେକଥା ବିଶାଖାଠୁ ଅଧିକ କିଏ ବୁଝିବ? ବହୁଥର ଚେଷ୍ଟା କରିଛି ସେ ବାପାଙ୍କୁ ପଚାରିବାକୁ କାହିଁକି ପିଲାଦିନୁ ତା ପ୍ରତି ଏ ନିରାଶ ଭାବ? ସାହସ କରିପାରେନି। ବାପାଙ୍କୁ ଜଣେ ଶାସକ ହିସାବରେ ଦେଖିଆସିଚି। କେହି ଜଣେ ଶାସକଙ୍କୁ ତାଙ୍କ ଶାସନରେ ତ୍ରୁଟି କଥା କେମିତି ପଚାରିପାରେ? ବିଶାଖାକୁ ମାଡ଼ିପଡ଼େ ତା ବାପାଙ୍କ ସ୍ନେହ-ଶ୍ରଦ୍ଧାବିହୀନ ପ୍ରତିମୂର୍ତ୍ତି କେବଳ ପିଲାଦିନୁ ଶାସନ ଛାଡ଼ ସେ ବାପାଙ୍କ କିଛି ଛବି ଦେଖିନି ଝିଅଟିକୁ କେମିତି ରହିବାକୁ ହେବ, କେମିତି ଚାଲିବାକୁ ହେବ ସେଇ କାଇଦା କଟକଣା ସେ ଅଣନିଃଶ୍ୱାସୀ ହୋଇଆସିଚି ପିଲାଦିନୁ। ଏକାନ୍ତରେ ଆଜି ଏସବୁ ବହୁତ ମନେ ପଡୁଥିଲା ତାର।

ତା ବାହାଘର ପୂର୍ବରୁ ସେ ଧରି ବସିଥିଲା ସେ ଉଚ୍ଚଶିକ୍ଷା ପାଇଁ ବାହାରକୁ ଯିବ, ହେଲେ ବାପାଙ୍କ ଏକ ଜିଦ୍ - ନା ସେ ବାହାଘର ତାର ସାରିଦେବେ। ତାଙ୍କ କହିବାନୁଯାୟୀ ଆଜିକାଲି ଯେଉଁକଥା କାହିଁକି ଝିଅକୁ ପଢ଼ିବାକୁ ବାହାରକୁ ପଠେଇବେ? କେଉଁ ନା କମେଇଲେ ଏ ଘର ଉଜ୍ଜ୍ୱଳ ହେବ? ଆମକୁ ପୋଷିବ? ମୁଣ୍ଡରୁ ବୋଝ ଜଲ୍‌ଦି ଓହ୍ଲେଇଗଲେ ଗଲା। ସେଇକଥା ହିଁ କଲେ। ବାହାଘର ସାରିଦେଲେ। କଲେଜ ପଢ଼ା ସରୁ ସରୁ, ତା ସହ ମରିଯାଇଥିଲା ବିଶାଖାର ଅନେକ ସ୍ୱପ୍ନ। ଶାଶୂଘର ଜଞ୍ଜାଳ। ସ୍ୱାମୀ, ସଂସାର ଭିତରେ ଏମିତି ଜୀବନ ପରିବର୍ତ୍ତନ ହୋଇଗଲା ଯେ ସେ ଭୁଲିଗଲା ତାର ନିଜର ପରିଚୟ ସ୍ୱପ୍ନ। ତା ଭିତରେ ମୃତ ସ୍ୱପ୍ନସବୁ ଚେଇଁଦେବାକୁ ବିଶାଖା ବାଟ ପାଏନି। ସେ ସେତିକିବେଳେ ହିଁ ଅନୁଭବ କରେ ବାପା ତା ଭାର ମୁଣ୍ଡରୁ ଉତାରି ବେଶ୍ ଆନନ୍ଦରେ ଦିନ କଟାଉଛନ୍ତି। ବିଶାଖାର ବାପା ପ୍ରତି ଗୋଟେ ନିରାଶିଆ ଭାବ ମନେ ମନେ ବାପା ବୋଲି ସମ୍ମାନ ଥିଲେ ବି

ତାଙ୍କ ସଂକୁଚିତ ମନୋଭାବକୁ ଗ୍ରହଣ କରିପାରିନି। ଯା ଭିତରେ ଅନେକ ଜାଗା ବୁଲିଲାଣି, ଅନେକ ସହର, ଅନେକ ନାରୀଙ୍କ କାହାଣୀ ସେ ଦେଖିଲାଣି। ସବୁ ପରେ ସେ ଏଇଆ ବୁଝିଛି ଝିଅମାନେ ନିଜ କାହାଣୀ ନିଜେ ଲେଖିପାରିବାକୁ ସମର୍ଥ ଏଇମିତି। ନିଜର ପରିଚୟ ସମ୍ମାନ ପାଇଁ ନିଜେ ଆଗକୁ ଆସିବା ଦରକାର। ଏବେ ତାର ବମ୍ବେ ସହରର ରହଣି, ସ୍ୱାମୀଙ୍କ ସହ। ଯା ଭିତରେ ସେ ଜୀବନ ଦେଖିଲାଣି, ଦେଖେ ସ୍ୱାବଲମ୍ବୀ ନାରୀଙ୍କ ସ୍ୱାଧୀନତା, ମୁକ୍ତ ଚିନ୍ତାଧାରା, ଭୟଶୂନ୍ୟ ଜୀବନଯାପନ, ନିଜ ଢଙ୍ଗରେ ନିଜ ଜୀବନ ଜିଇବାରେ ସେମାନେ କେତେ ଆଗୁଆ ତାଠୁ। ଏସବୁ ଦେଖିବା ପରେ ସେ ପୁଣିଥରେ ଆଶାବାଦୀ ହୋଇଉଠିଛି ଏମିତି ଜୀବନଟେ ପାଇବା ପାଇଁ କଣ ସେ ହକ୍‌ଦାର ନଥିଲା ? କାହିଁକି ସେ ଝିଅଟିଏ ବୋଲି ନିଜ ସ୍ୱପ୍ନରୁ ବଞ୍ଚିତ ହେଲା ? ଏସବୁ ଯୁକ୍ତି ଭିତରେ ଅନେକ ସମୟ କାଟିସାରିଥିଲେ ବି ସେ ନିଜକୁ ଖୋଜିବାକୁ ଚେଷ୍ଟା କରେ, ଆଗକୁ ବଢ଼ିବାକୁ ଚାହେଁ।

ଆଜିକାଲି ସେ ସ୍ୱପ୍ନ ଦେଖେ ଏବେ ତାର ପିଲାମାନଙ୍କ ପାଇଁ ସ୍କୁଲ୍‌ଟିଏ ପ୍ରତିଷ୍ଠା ଆଗ୍ରହ ଜନ୍ମିଛି। ବାକି ଜୀବନ ଛୋଟ ପିଲାଙ୍କ ମେଳରେ ସମୟ କାଟିବ, ନୂଆ ରଙ୍ଗଢଙ୍ଗରେ ସ୍କୁଲ୍ ଦିଶିବ ନିଆରା, ନୂଆ ଢାଞ୍ଚାରେ ପିଲାଙ୍କୁ ଗଢ଼ିବ। ଆଗରେ ଦୋଳି, ଅନେକ ଧରଣର ଖେଳନା, ପାଠପଢ଼ା ଛବି ବହି, ପିଲାଙ୍କ ଗହଳି ଏମିତି କେତେ କଣ ସ୍ୱପ୍ନ ଭିତରେ ସେ ଅନ୍ୟମନସ୍କ ହୁଏ। ଯୋଜନାରେ ଯୋଜନାରେ ଅନେକ ସମୟ ବିତିଗଲେ ବି ଏବେବି ସ୍ୱପ୍ନ ପୂରା ହେଇନି। ସେ ଭାବିବସେ ଏସବୁ। ହେଲେ ସାହସ ପାଏନି। ଅନେକ ଦିନରୁ ପ୍ଲାନ୍ କରିଆସୁଥିଲେ ବି ସ୍ୱାମୀଙ୍କୁ ସହଯୋଗ କରିବା ପାଇଁ କହିପାରିନି। ଏତେଗୁଡ଼ା ଖର୍ଚ୍ଚ ଚିନ୍ତା କରି ପାଦ ସବୁବେଳେ ପଛକୁ କରିଆସିଛି। ଚିନ୍ତାକରେ ଝିଅମାନେ ଏମିତି ଅନେକ ଜାଗା ଅଟକିଯାନ୍ତି। ବାପାଙ୍କୁ ସେ ଏକଥା କେବେବି କହିପାରିବନି। ଏଇଆ ଭାବି ହିଁ ମନକୁ ବୁଝାଇ ଆସିଲାଣି ଅନେକ ଦିନ ହେଲା। ଅନେକ ଦ୍ୱନ୍ଦ୍ୱ ଓ ଦ୍ୱିଧା ଭିତରେ ସମୟ କାଟେ।

ସେ ଅନ୍ୟମନସ୍କତା ଭାଙ୍ଗି ଗୋଟେ ଲମ୍ବା ନିଃଶ୍ୱାସ ନେଇଥିଲା। ଦେଖିଥିଲା ତା ଗାଁ ରାସ୍ତାକୁ। ସତରେ ଅନେକ ଦିନ ପରେ ତାର ଏ ଘରକୁ ଆସିବା। ଏଇଆ ଭାବି ଚାହିଁଥିଲା ଘର ମୁହଁ ରାସ୍ତାକୁ। ବାପାଙ୍କ ଦଶାହ କାମ ପାଇଁ ତାର ଏ ଯାତ୍ରା। ଘରେ ପହଞ୍ଚିବା ପରେ ସେ ଟଳମଳ ଲୁହଭରା ଆଖି ଅନେଇ ଦେଖୁଥିଲା, ସମସ୍ତେ ତାକୁ ସାନ୍ତ୍ୱନା ଦେଉଥିଲେ ହେଲେ ଆଶ୍ଚର୍ଯ୍ୟର କଥା ସେ କାନ୍ଦିପାରୁନାହିଁ ନିଜକୁ ବ୍ୟସ୍ତ କରିବାକୁ ଯାଇ ସେ କାମଦାମ ବୁଝାଶୁଝା ଆରମ୍ଭ କରିଥିଲା। ତା ଭିତରେ ସେ ଦୁଇଦିନ ସେ ଘର ଭିତରେ ବିତାଇ ସାରିଛି। ବାପାଙ୍କ କଥା ସେ ବଡ଼ଭାଇଙ୍କୁ ପଚାରିବ

ନାହିଁ ବାପାଙ୍କ ଶେଷ ସମୟ କଥା। ଲୋକଦେଖାଣିଆ ଦୁଇଟୋପା ଲୁହ ବି ଆସିନି ତା ଆଖିରେ। ସେ କେବଳ ତାର ଏହି ଭାବକୁ ଲୁଚାଇବାକୁ କାମ କରିଚାଲିଛି। ବନ୍ଧୁବାନ୍ଧବ କଥା ବୁଝିବା, କ୍ରିୟାକର୍ମ କାମରେ ଖିଲାପ ନକରି ସବୁ କିପରି ସୂଚାରୁରୂପେ ହେବ ସେଇଆ ହିଁ ଭାବି ସେ କାମ କରି ଚାଲିଥାଏ। ସରିଥିଲା ସବୁ ଦଶାହ କାମ। ସମସ୍ତେ ଫେରିଥିଲେ। ବାପାଙ୍କ ଫଟୋ ଡ୍ରଇଂରୁମ୍‌ରେ ଫୁଲମାଳ ସହ ଝୁଲୁଥିଲା। କାମ ଭିତରେ କେବେ କେମିତି ବିଶାଖାର ଆଖି ଆଗରେ ଫଟୋଟି ପଡ଼ିଗଲେ ସେ ଆଖି ଫେରେଇ ଆଣେ, ଯେମିତି ତାର ଅସରନ୍ତି ଅଭିମାନର ଅନ୍ତ ନାହିଁ। କ୍ରମେ ତାର ଫେରିବାର ବେଳ ଆସି ପହଞ୍ଚିଥିଲା। ସୁରେଶ ଫେରି ଯାଉ ଯାଉ କହିଲେ ବାପାଙ୍କ ରୁମ୍ ଆଉ ଥରେ ବୁଲିଆସ। ଅନେକ ଆଗରୁ ବାପା କେବେ ଠାରେ କହୁଥିଲେ ତାଙ୍କ ଥାକରେ ତୋ ପାଇଁ କଣ ରଖିଯାଇଛନ୍ତି। ବିଶାଖା ଅସଂଖ୍ୟ ପ୍ରଶ୍ନ ଭିତରେ ବୁଡ଼ିଯାଇଥିଲା। ବଡ଼ଭାଇଙ୍କୁ ଚାହିଁ ରହିଲା କ୍ଷଣିଏ ତାଙ୍କ ଏଇ ପଦକ କଥାରେ। କିଛି ସ୍ନାୟୁ କୋଷ ଚମକି ପଡୁଥିଲେ ହଠାତ୍ ତା ଭିତରେ। ଶୁଖିଲା ମରୁରେ ବର୍ଷା ବୁନ୍ଦେ ପରି ତା ଛାତି ଭାରୀ ହୋଇଆସିଲା। ସେ ଧୀରେ ଧୀରେ ବାପାଙ୍କ ରୁମ୍‌କୁ ଯାଇଥିଲା। ଗୋଟାଏ ଶୂନ୍ୟତା ତାକୁ ମାଡ଼ି ପଡୁଥିଲା ସେଠି ଏବେ, ଯେଉଁଠି ସେ ପିଲାଦିନୁ ବାପାଙ୍କ ବସାଉଠା ଦେଖୁଥିଲା ସେଇଠି ମୁଠାଏ ଧୂଳି ଭଳି ସ୍ମୃତି ଖେଳେଇ ହୋଇପଡୁଥିଲା। ବିଶାଖା ଏଥର ସ୍ୱତଃସ୍ଫୂର୍ତ୍ତ ଭାବେ ଭାବପ୍ରବଣ ହେବା ପରି ଅନୁଭବ କରୁଥିଲା। ସେ ଥାକ ଆଲମିରା ଆଡ଼କୁ ବଢ଼ିଥିଲା। ସେଠି ପାଇଥିଲା ଖଣ୍ଡେ ଧଳା କାଗଜର ଲଫାପାଟିଏ। ଚିଠିଟି ପଢ଼ିବାକୁ ସାହସ ଆଉ ତାକୁ ପାଇନଥିଲା ସେତିକିବେଳେ। ପିଲାଦିନର ଆଜ୍ଞାଧୀନା ଝିଅଟିଏ ପରି ଫେରିଆସିଥିଲା ସେ ରୁମ୍‌ରୁ। ସାଇତି ଥିଲା ଚିଠିଟି ତା ବ୍ୟାଗ୍‌ରେ ତାର ସବୁ ଅନୁସନ୍ଧିତ୍ସାମାନଙ୍କୁ ଚାପି ଧରି।

ଫ୍ଲାଇଟ୍ ଟେକ୍ ଅଫ୍ ପରେ ସେ ବସିଥିଲା। ଅନେକ ବେଳୁ ସେ ଚିଠିଟି ବିଷୟରେ ହିଁ ଭାବୁଛି। କଣ ଲେଖିଥିବେ ବାପା! ସତରେ ସେ କଣ ଜାଣିପାରିଛନ୍ତି ତାର ଶ୍ରଦ୍ଧାଶୂନ୍ୟ ମନୋଭାବ କଥା? ଆଉ ସେଇକଥାକୁ ହିଁ ଲେଖିପକାଇଛନ୍ତି ଏ ଚିଠିରେ। ସେ ଝାଳେଇ ଯାଉଥିଲା ଏ କଥା ଭାବିଲା ବେଳକୁ। ତା ଆଖି ପହଁରୁଥିଲା ଗୋଟେ ନିରୋଳା ସମୟ ପାଇଁ। ନିଶ୍ଚିତ ତାର କିଛି ଭୁଲ, ଅନାଦର ଭାବକୁ ହିଁ ବାପା ଲେଖିଥିବେ। ଏଇଆ ହିଁ ସେ ଭାବିସାରିଥିଲା ଶେଷରେ। ଚିଠିଟି ପଢ଼ିବାକୁ ସେ ଫ୍ଲାଇଟ୍ ଭିତରେ ସମୟ ପାଇଲା। ବାହାରକୁ ଥରେ ଚାହିଁ ସେ ଚିଠିଟି ଖୋଲିଥିଲା। ଚିଠିଟି ମେଘମୁକ୍ତ ଆକାଶ ପରି ପରିଷ୍କାର ଦିଶୁଥିଲା ତା ଆଖିକୁ। ସେଇ ପୁରୁଣା ବାପାଙ୍କ ଅକ୍ଷର କେବଳ ଦୁଇଧାଡ଼ି ହିଁ ଲେଖାଥିଲା ଛୋଟ କାଗଜରେ 'ମା'ରେ, ଗାଁ

ଘର କାଗଜ ପଟା ତୋ ନାଁରେ କଲି । ଭାବୁଛି ଏତେସବୁ ଭାର ପରେ ଏଇ ଭାରଟିକୁ ବି ସମ୍ଭାଳିବୁ । ତୋ ଜୀବନରେ କିଛି ଭଲ କାମରେ ଲଗାଇବୁ । ତୋର ବାପା । ପଢ଼ିସାରିଥିଲା ବିଶାଖା । ସେ ଆଖି କାଗଜରୁ ଫେରେଇ ପାରୁ ନ ଥିଲା । ଦୁଇ ଟୋପା ଟଳଟଳ ଲୁହରେ ବାପା କାଗଜ ଉପରେ ଫୁଲି ଫୁଲି ଉଠୁଥିଲେ । ବିଶାଖା ମୁହଁ ଉଠେଇ ପାରୁ ନ ଥିଲା ।

ଜୀବନବୀମା

ବେଶ୍ ହାଲୁକା ପରିବେଶ। ଲିଭିଙ୍ଗ୍ ରୁମ୍‌ଟା ସଞ୍ଜୟର ବେଶି ଟିକେ ପ୍ରିୟ। ଆକାଶଟା ଅଧେ ଦିଶେ ସେଇଠୁ। ଫ୍ଲାଟ୍‌ର ଝର୍କା ବାହାରେ ଅନ୍ଧାରର ଆବରଣ। ସନ୍ଧ୍ୟା ଚା ପାଇଁ ସ୍ମୃତିକୁ ବରାଦ କରିସାରିଥିଲା ସଞ୍ଜୟ। ୟୁଟ୍ୟୁବ୍‌ରେ ସନମ କପୁରର ପୁରୁଣା ରିମିକ୍ସ। ନୀଳସଂଜରେ ସଞ୍ଜୟ ବେଳେ ବେଳେ ଏମିତି ରୋମାଣ୍ଟିକ୍ ହୋଇପଡ଼େ। ବିଶେଷ କିଛି ଅଫିସ୍ କାମ ନ ଥିବାରୁ ଫୋନ୍ ଖେଳଉଥିଲା। ଫେସ୍‌ବୁକ୍‌ରେ ଦୁଇ ହଜାର ମାଇଲ ବୁଲି, ହ୍ୱାଟ୍‌ସଆପ୍‌ରେ କୋଡ଼ିଏ-ଚାଳିଶଟା ମେସେଜ ଟାଇପ୍ ପରେ ଏ ବିକଳ୍ପ ଦୁନିଆରେ ଘୂରି ବୁଲୁଥିଲା ସଞ୍ଜୟ। କିଛି କଥା କାହା ସହ ଏମିତି ଲମ୍ୱେଇଦେଲେ ଘଣ୍ଟା ଘଣ୍ଟା ବିତିଯାଏ। ଚା କପ୍ ସ୍ମୃତି ହାତକୁ ଦେଉ ଦେଉ ପାଖରେ ବସିପଡ଼ିଥିଲା। ଆଜି ଚା'ଟା ଏକଦମ୍ ଏକ ନମ୍ବର କହୁଥିଲା ସଞ୍ଜୟ। ମୁହଁର ଅଳ୍ପ ହସ ସଂକ୍ରମିତ କରୁଥିଲା ସ୍ମୃତିକୁ। ଏତେ ଟିକେ ପ୍ରଶଂସାରେ ବି ସ୍ମୃତି ଆଉଜିପଡ଼ିଥିଲା ସଞ୍ଜୟ କାନ୍ଧ ଉପରେ ଯେମିତି ସଞ୍ଜୟକୁ ଖୁସି କରି ସେ ଗଡ଼ ଜିଣିଯାଇଛି। ଟିଂ ଟିଂ ଦୁଇଟା ମେସେଜ ସଞ୍ଜୟ ଫୋନ୍‌ରେ ନୀଳ ଲାଇଟ୍ ଦେଇ ଉପସ୍ଥିତି ଜାହିର କରିଥିଲେ। ଠିକ୍ ଏତିକିବେଳେ ସ୍ମୃତି ସଞ୍ଜୟକୁ ଇଙ୍ଗିତ କରି କହିଲା, ଦେଖ ମେସେଜ ଆସୁଛି। କେତେ ସାଙ୍ଗ ରଖୁଛ କି ? ସବୁବେଳେ ତୁମ ଫୋନ୍ ବିଜି ! ସଞ୍ଜୟ ହାଲୁକା ସ୍ୱରରେ କହୁଥାଏ- ଏଇ କେଇଟା ପୁରୁଣା ସାଙ୍ଗ ଗ୍ରୁପ୍ ଯାହା, ଆଉ କିଛି ନାହିଁ। ଯାହା ବି ହେଉ ଏତିକିପାଇଁ ମଣିଷର ସମୟ କୁଆଡ଼େ ଚାଲିଯାଏ ଜଣାପଡ଼େନି। ନ ହେଲେ ତୁମକୁ ଦେଖୁ ଦେଖୁ ମୋ ବେଳ ଯାଆନ୍ତା। ସ୍ମୃତି ସହ ମଜା କରିବା ଉଦ୍ଦେଶ୍ୟରେ ସଞ୍ଜୟ ଏମିତି କହୁଥାଏ। ସ୍ମୃତି ଏଥର ଜାଣିଜାଣି ମୁହଁ ଫୁଲେଇ କହୁଥିଲା, ତୁମର ସେ ଫୋନ୍‌ରେ କେତେ ମୁହଁ ଦେଖା ଚାଲିଛି କେଜାଣି ? ବାପରେ ପଚାରିଲେ ଏଇଟା ତୁମର ବ୍ୟକ୍ତିଗତ ବ୍ୟାପାର କହି ଏଡ଼େଇ ଯିବ। ଆଖି ନଚେଇ କହୁଥିଲା

ସ୍ମୃତି। ଏମିତି ଜାଣିଶୁଣି କୌଣସି ଖିଅ ନ ଥାଇ ହାଲୁକା ଗପ ଜମେଇଥାନ୍ତି ପରସ୍ପର ସହ ଦୁହେଁ। ସ୍ମୃତି ଇଙ୍ଗିତରେ ସଞ୍ଜୟ ଫୋନ୍ ଉଠେଇ ଆଣିଲା ତା ଆଡ଼କୁ। ଫୋନ୍‌କୁ ଅନେଇ ସଞ୍ଜୟ ସ୍ମୃତିକୁ କହୁଥିଲା, ହେଇ ଦେଖ କିଏ ସହୃଦୟ ଅଜଣା ମଣିଷ ଜୀବନବୀମା ପାଇଁ ମେସେଜ ପଠେଇଛନ୍ତି। ଦୁଇଦିନ ହେଲା ଲାଗିଛନ୍ତି ପଛରେ। କାଲି ଭଲରେ ଲେଖିଥିଲି ତାଙ୍କୁ, ନାଇଁ ଆଉ ମୋର ବୀମା ପାଇଁ ପ୍ଲାନ୍ ନାହିଁ। କାଲି ପାଇଁ ଏତେ ଚିନ୍ତା କଲେ ଆଜିଟା ବି ହାତରୁ ଚାଲିଯିବ। ମୋବାଇଲ୍ ସ୍କ୍ରିନ୍‌କୁ ସ୍କ୍ରଲ୍ କରି ଏସବୁ କହୁଥାଏ ସଞ୍ଜୟ। ଅସନ୍ତୁଷ୍ଟ ଭାବ ବାରି ହୋଇ ପଡୁଥିଲା ତାଠିଁ। ସ୍ମୃତିକୁ ଅନେଇ କହିଲା, କେତେଥର ଏମାନଙ୍କୁ କହିଲିଣି ଦେଖିଲ ଆରେ ଭାଇ ଦରକାର ନାହିଁ ବୀମା। ଆଉ ସବୁତ ବୀମା ପାଇଁ ଭରିବି, ଆଉ ଆଜି ଖାଇବି କଣ। ଏମାନେ ଜୋକ ଭଳି ଲାଗିଯାଆନ୍ତି ପଛରେ! ଟିକେ ଚିଡ଼ିଗଲା ପରି ଫୋନ୍‌କୁ ଦୂରରେ ରଖିଦେଲା ସଞ୍ଜୟ। ଏତକ କହିଲା ପରେ ସ୍ମୃତି ତାକୁ ହାଲୁକା କରିବାକୁ କହିଥିଲା, ସେମାନେ ପୁଣି ବଞ୍ଚିବେ କେମିତି ? ତାଙ୍କ ବ୍ୟବସ୍ଥା ସେମାନେ କରୁଛନ୍ତି, ତାଙ୍କୁ ବି ବାରମ୍ବାର କହିବାକୁ ଭଲ ଲାଗୁ ନ ଥିବ। କିଛି ଅଭାବ ଅସୁବିଧା ଥାଇପାରେ ତାଙ୍କର ବି। ତୁମେ ଅଣଦେଖା କର ଏସବୁ ମେସେଜ ଯଦି ଦରକାର ନାହିଁ ଆମର। କାମ ଡା... ଉନ୍! ଚା ପିଅ। ଏତିକି କଥା ସ୍ମୃତି ପାଟିରୁ ନ ସରୁଣୁ ପୁଣି ଆଉ ଦୁଇଟା ମେସେଜ ମୋବାଇଲ୍ ସ୍କ୍ରିନ୍ ଉପରେ ଧପଧପ ହୋଇ ଡେଇଁ ପଡ଼ିଥିଲେ। ସଞ୍ଜୟ ମୋବାଇଲ୍ ଆଡ଼େ ଧ୍ୟାନଦେଲା ପୁଣି ଥରେ ଗପ ବନ୍ଦକରି। ସଞ୍ଜୟ ମୁହଁ ଆମ୍ବିଲା କରିଆଣିଲା ଏଥର। ମୁହଁ ଆଗରେ ମୋବାଇଲ୍‌ଟିକୁ ଟେକି ଧରିଲା, ଗୋଡ଼ ଦିଇଟାକୁ ଚେୟାରରେ ଲମ୍ବେଇ ବେକ ଭାଙ୍ଗି ମୋବାଇଲ୍‌କୁ ଚାହିଁଲା। ଅନ୍‌ଲକ୍ କରି ସ୍କ୍ରିନ୍‌କୁ ନିରିଖେଇକି ଦେଖିଲା, ମୋବାଇଲ୍ ଚାଟିଙ୍ଗ୍ ବକ୍ସରେ ନାଲି ନୋଟିଫିକେସନ୍। ଦୁଇଟା ଟ୍ୟାପ୍ ପରେ ପଢୁଥିଲା ମେସେଜ। ତା ଆଖି ଦୁଇଟା ବଡ଼ ବଡ଼ ଦେଖାଯାଉଥିଲା ଆଗ ଅପେକ୍ଷା ମୁହଁରେ ବିରକ୍ତଭାବ। କହିଲା, ସ୍ମୃତି ଦେଖିଲ ଏମାନେ ଛାଡ଼ିବେନି ସହଜେ। ରୁହ ସେ ଲୋକକୁ ଫୋନ କରେ ମୁଁ। ମାଗଣା ମେସେଜ ହେଇଚି ତ, ଏମାନଙ୍କୁ ଜଣାପଡୁନି ଭଲ ଭାବେ ମନା ନ କଲା ଯାଏଁ। ଆରେ ବୁଝ ଟିକେ ମଣିଷର ଅବସ୍ଥା। ସ୍ମୃତି ବୁଝି ନ ବୁଝିଲା ପରି କପ୍ ନେଇ ଚାଲିଗଲା ରୋଷେଇଘରକୁ। ସଞ୍ଜୟ କାନରେ ଫୋନ୍ ଦେଇ ଅପେକ୍ଷା କରୁଥିଲା ଅପର ପକ୍ଷରୁ ଉତ୍ତରକୁ। ଦୁଇ ଦୁଇଥର ଚେଷ୍ଟା ପରେ ବି କେହି ଫୋନ୍ ଉଠାଉ ନ ଥିଲେ, ସଞ୍ଜୟ ବାରମ୍ବାର ଡାଏଲ୍ କରୁଥିଲା ସେହି ଅଜଣା ବ୍ୟକ୍ତିଙ୍କ ନମ୍ବରକୁ, ଫୋନ୍‌କୁ କାନ ପାଖରୁ ଖସାଇ ନେଇ ଥରେ ପ୍ରୋଫାଇଲ୍ ଆଡ଼େ ଚାହିଁ ସଞ୍ଜୟ ଭାବୁଥାଏ କି ମଣିଷ କେଜାଣି ଏମାନେ, ଫଟୋ

ନାହିଁ, ଅତାପତା କିଛି ନାଇଁ, କୋଉଠୁ ନମ୍ବର ସବୁ ପାଆନ୍ତି କେଜାଣି ଏମାନେ, ମଣିଷ କେମିତି ଠାବ କରିବ ଏମାନଙ୍କୁ? କି ମଣିଷ କିରେ ଏଇ ଲୋକମାନେ, ଏଇନେ ମେସେଜ କଲା। ସାଙ୍ଗେ ସାଙ୍ଗେ ଲାପତା। ରୋଷେଇ ଘରୁ କାନ ପାତିଥାଏ ସ୍ମୃତି ସଞ୍ଜୟ କଥାକୁ। ବିଶେଷ ଧ୍ୟାନ ନ ଦେଇ ଅନ୍ୟମନସ୍କ ଭାବେ କଣ ସବୁ ସଜାଡ଼ିବାରେ ଲାଗିପଡ଼ିଲା। ସଞ୍ଜୟ ଫୋନ୍ କରୁଥିଲା ସେଇ ଜୀବନବୀମା ଅଫର ଆସୁଥିବା ଅଜଣା ନମ୍ବରଟିକୁ। ଦୁଇଥର ଚେଷ୍ଟା ପରେ ହଠାତ୍ ଜଣେ ନାରୀ ସ୍ୱର ଶୁଭୁଥିଲା ସେପାଖୁ ସଞ୍ଜୟକୁ। ଫୋନ୍‌ରୁ ଶୁଭୁଥିଲା "ହାଲୋ"। ସଞ୍ଜୟ ନିଃଶ୍ୱାସ ନେଲା ଏପଟୁ। ମହିଳା ଜଣକ ବେଶ୍ ଉତ୍ସାହିତ ହୋଇ କହୁଥିଲେ, "ହାଲୋ ସଞ୍ଜୟ, କେମିତି ଅଛ?" ସଞ୍ଜୟ ଚମକିପଡ଼ିଲା। ଚିହ୍ନାପରିଚିତ ସ୍ୱର ପରି ତାକୁ ଲାଗୁଥିଲା। କିଛି ସମୟ ପାଇଁ ଚୁପ୍ ସଞ୍ଜୟ। ମନେପକାଉଥିଲା କାହା ପରି ଏ ସ୍ୱର, ବହୁତ ଜଣାଶୁଣା ହୁଏତ। ବାଜୁଥିବା ଧୁନ୍‌ଟା ଆଉ ଶୁଣିପାରୁ ନ ଥିଲା ସଞ୍ଜୟ। ଟିକକ ପରେ ସେପଟୁ ନାରୀ ଜଣକ କହୁଥିଲେ, "ତୁମେ ଜାଣିପାରିଲନି ବୋଧେ ସଞ୍ଜୟ। ମୁଁ ଶେଫାଳୀ।" ସଞ୍ଜୟ ଆହୁରି ବିସ୍ମିତ ହୋଇ ଉଠିଲା ଏବେ। ଠିଆ ହୋଇଗଲା ବସିଥିବା ଜାଗାରୁ ସଞ୍ଜୟ। ଅନ୍ୟମନସ୍କ ହୋଇ ଦୁଇ ଚାରି ପାଦ ପକାଇ ସାରିଥିଲା ଆଗକୁ ଅଜାଣତରେ। ଆପେ ଆପେ ଚାଲିଯାଉଥିଲା ଝର୍କା ପାଖ ଏକ ନିର୍ଦ୍ଦିଷ୍ଟ ଜାଗାକୁ। ଆକାଶରେ ଉଡ଼ିଯାଉଥିବା ପକ୍ଷୀକୁ ଦେଖି ମନେ ମନେ କହୁଥିଲା ଆଃ, ଏତେ ଦିନ ପରେ ତୁମେ ଶେଫାଳୀ। ଏଥର ସଞ୍ଜୟ ମୁହଁରୁ ବାହାରିପଡ଼ିଲା, "ମୁଁ ଭଲ ଅଛି। ଆଉ ତୁମେ?" ସେପଟୁ ଶେଫାଳୀ କହିଥିଲା, "ମୁଁ ବି ଭଲ ଅଛି।" କିଛି ସମୟ ନିରବତା ପରେ ଦୁହେଁ କଥା ସୁଅକୁ ଆଗେଇ ନେବାକୁ ଯାଇ ସଞ୍ଜୟ ଆରମ୍ଭ କଲା, "ଆରେ ତୁମେ ବୀମା ପାଇଁ ମେସେଜ ପଠାଇଥିଲ?" ପ୍ରଶ୍ନ କଲା ପରି କହୁଥିଲା ଏଇ ଟିକକ ଆଗରୁ ଏଇ ମେସେଜକୁ ନେଇ ଚିଡ଼ିଯାଇଥିବା ସଞ୍ଜୟ ମୁଣ୍ଡରେ କିଏ ଥଣ୍ଡା ପାଣି ଢାଳିଦେବା ପରି ଥଣ୍ଡା ପଡ଼ିଯାଇଥିଲା। ଶେଫାଳୀ କହୁଥାଏ- ଏଇ କିଛିଦିନ ହେବ ଏ ସବୁ ଆରମ୍ଭ କରିଛି। ଆଉ କେତେଟା ହୋଇଗଲେ ବୀମା ଟାର୍ଗେଟ୍ ପୂରା ହୋଇଯିବ। ଅନ୍ୟ ସାଙ୍ଗ କେଇଜଣଙ୍କୁ କହିସାରିଛି। ଭାବିଲି ତୁମକୁ ବି କହିଦେଖେ। ସଞ୍ଜୟ ଭାବୁଥିଲା ଏତେଦିନ ଭିତରେ ଶେଫାଳୀ କୌଣସି ଭଲମନ୍ଦ ଆଜିଯାଏଁ ସଞ୍ଜୟକୁ ପଚାରିନାହିଁ। ଆଜି ହଠାତ୍ ତାର ସଞ୍ଜୟ କଥା ମନେପଡ଼ିଗଲା। ଶେଫାଳୀ କହୁଥିଲା, ମୁଁ ତୁମ କଥା ବିକାଶଠାରୁ ଶୁଣିଥିଲି। ସେ କହୁଥିଲେ ତୁମେ ଆଇ.ଟି. ସେକ୍ଟରରେ କାମ କରୁଛ। ଭାବିଲି ତୁମେ ବୀମା କରିବା ପାଇଁ ଆଗ୍ରହ ଦେଖାଇବ। ସଞ୍ଜୟ ଭାବୁଥାଏ ଶେଫାଳୀର ଏ ଫୋନ୍ ପାଇଁ ସେ ଦୁଃଖ କରିବ ନା ତା ଯୋଗ୍ୟତାକୁ

ପରଖି ତାକୁ ମନେପକାଇଛି ସେ ନେଇ ଧନ୍ୟ ମନେକରିବ। ଶେଫାଳୀ ବିଷୟରେ ସେ ଅନ୍ୟ ସାଙ୍ଗମାନଙ୍କଠାରୁ ଶୁଣିଥିଲା, ସହରର ଜଣେ ପ୍ରତିଷ୍ଠିତ ବିଜିନେସ୍‌ମ୍ୟାନ୍‌ଙ୍କ ପତ୍ନୀ, ସଂଭ୍ରାନ୍ତୀୟ କଥାବାର୍ତ୍ତା ତା କଥାରୁ ହିଁ ବାରି ହୋଇ ପଡୁଛି ଏବେ। ଆଜିକାଲି ସାଙ୍ଗମାନଙ୍କୁ ଧରିହୁଏ ଫେସ୍‌ବୁକ୍‌ରେ କେତେ ସହଜରେ। ସବୁ ପୁରୁଣା ସାଙ୍ଗ ଭେଟିଯାଆନ୍ତି ଫେସ୍‌ବୁକ୍‌ରେ, ହେଲେ ଏତେ ଦିନ ବ୍ୟବଧାନ ପରେ ବି ଶେଫାଳୀକୁ କେବେ ସେ ଭେଟିନି ସୋସିଆଲ୍ ସାଇଟ୍‌ରେ। ସବୁ ସାଙ୍ଗଙ୍କୁ ଭେଟିସାରିଲାଣି ସେ ଅନେକଦିନରୁ, ହେଲେ ତା ଫେସ୍‌ବୁକ୍ ସାଙ୍ଗ ଲିଷ୍ଟରେ ବି ଶେଫାଳୀକୁ ପାଇନି। ଆଜି ହଠାତ୍ ଶେଫାଳୀ ସେଇ ପୁରୁଣା ପରିଚୟ ନେଇ ଠିଆ ହୋଇଛି ତା ଆଗରେ। ସଞ୍ଜୟ ଏତକ ଅନୁଭବ କରୁଥିଲା ଅନୁଭବୀ ମଣିଷଟିଏ ପରି ଯାହା ସେ ଆଗରୁ ନଥିଲା।

ସଞ୍ଜୟ ଆଗରେ ନାଚୁଥିଲା ହଳଦୀବସନ୍ତ ପରି ଗୋଟେ ଚଢ଼େଇ, କଲେଜ କ୍ୟାମ୍ପସ୍, ଆଉ ସେଇ ମାୟାବୀ ମୁହୂର୍ତ୍ତସବୁ। ଶେଫାଳୀ କଣ କହୁଥିଲା ତାକୁ ଶୁଭୁ ନ ଥିଲା। ଢେଉ ଉପରେ ବସି ଭାସିଲାପରି ଦଶବର୍ଷ ପୁରୁଣା ଦିନ ଗୁଡ଼ିକରେ ସେ ଭାସୁଥିଲା। ନୂଆ କ୍ୟାମ୍ପସ୍ ରସାୟନ ବିଜ୍ଞାନ ଡିପାର୍ଟମେଣ୍ଟ, ଆଗରେ କେମିକାଲ୍ ବାସ୍ନା ଛଡ଼ା ଆଉ କିଛି ଗହଳିଆ କାଗଜ ଫୁଲ କଣ୍ଟା ଗଛ, ନିହାତି ବେରୋମାଣ୍ଟିକ୍ ଜାଗାଟିଏ କହିଲେ ଭୁଲ୍ ହେବ ନାହିଁ। ସେଇଠି ଭେଟିଥିଲା ଶେଫାଳୀକୁ କଲେଜ ଜୀବନରେ। ପ୍ରଥମ ପ୍ରେମର ହାବୁକାଏ ମିଠା ଅନୁଭୂତିକୁ ଆବିଷ୍କାର କରିବସିଥିଲା ଏମିତି ଗୋଟେ ପ୍ରେମର ନିର୍ଯ୍ୟାସବିହୀନ ଜାଗାରେ। ପ୍ରଥମ ପ୍ରାକ୍ଟିକାଲ୍ କ୍ଲାସ୍‌ରେ ସଲ୍‌ଫ୍ୟୁରିକ୍ ଏସିଡ୍‌ର ଡିଲୁସନ୍ ବେଳେ ଏଇ ଶେଫାଳୀ ଡରି ଡରି ଆସି ସଞ୍ଜୟକୁ କହିଥିଲା, ପ୍ଲିଜ ମୋତେ ଟିକେ ସାହାଯ୍ୟ କରନ୍ତୁ। ମୋତେ ଏ ଏସିଡ୍ କାରବାରଟା ଭାରି ଡର ଲାଗେ। ସଞ୍ଜୟ କ୍ଲାସ୍‌ର ଭଲ ପିଲା ହୋଇଥିବାରୁ ସମସ୍ତେ ତା ସାହାଯ୍ୟ ଲୋଡ଼ିଥାନ୍ତି ପ୍ରାୟତଃ। ହେଲେ ଶେଫାଳୀର ଡରକୁରା ମୁହଁ ଭିତରେ ସଞ୍ଜୟ ସେଦିନ ଦେଖିଥିଲା ଦୁଇଟା କଥାକୁହା ଆଖି, ସୁନ୍ଦର ଗଢ଼ଣ ସାଙ୍ଗକୁ ଅଳ୍ପ ଲାଜର ଭଉଁରୀ ପରି ଦିଶୁଥିବା ତା ଗହମୀ ଗାଲର ଦୁଇଟା ଭଉଁରୀ। ଅନେକ ଥର ଲୁଚି ଲୁଚି ତାକୁ ପଛରୁ ଚାହିଁ ଦେଖେ। ଅନ୍ୟମନସ୍କ ହୋଇ ଅନେକ ବାଟ ଭୁଲିଯାଏ। ତା ଘରଯାଏଁ ଛୁଟିଯାଏ ତା ସାଇକେଲ୍ ପଛେ ପଛେ। ସେଇ ଶେଫାଳୀ ଆଖିର ମିଛ ସମ୍ମୋହନରେ ଭାସି ଭାସି ସ୍ୱପ୍ନ ଦେଖେ। ସଞ୍ଜୟ ସଜାଏ ଫୁଲର ସହର, ଯେଉଁଠି ଶେଫାଳୀ ଉଡ଼ିବୁଲେ ଚିତ୍ରିତ ପ୍ରଜାପତିଟିଏ ପରି। ହାୟ, ବୟସର ସେ ରଙ୍ଗିନ ହାଟରେ ଅନେକ ଝିଅ ଦେଖିଚି, ହେଲେ ଶେଫାଳୀ ଭଳି ଆକର୍ଷକ ତାକୁ କେହି ଲାଗି ନଥିଲେ ସେଯାଏଁ।

ଶେଫାଳୀ ବି ଜାଣିଥାଏ ସଞ୍ଜୟ ତା ପଛରେ ସବୁଦିନ ଘରଯାଏଁ ଆସେ। ଥରୁଟିଏ ହେଲେ ସେ ବୁଲି ଚାହିଁନି ସଞ୍ଜୟକୁ। କେବଳ ତା ଘରର ଫାଟକ ଗେଟ୍ ଖୋଲିବା ଆଗରୁ ଶସ୍ତା ହସଟାଏ ଯାଚିଦେଇଯାଏ ସଞ୍ଜୟ ଆଡ଼େ। ସେଇ ହସ ଟିକେ ପାଇଁ ଧାଇଁ ଆସିଥାଏ ସବୁଥର ସଞ୍ଜୟ ତା ପଛେ ପଛେ।

ସେଦିନର କାହାଣୀ ସେଇଠି ବିରାମ ନିଏ। ହେଲେ ପ୍ରତିଥର ସଞ୍ଜୟ ଲେଖିବସେ କାହାଣୀର ନୂଆ ସମ୍ଭାବନା ଆଗାମୀ ପୃଷ୍ଠାରେ। ତା ଘର ପାଖ କଲୋନି ପାର୍କରେ କେତେ ସମୟ ସେ କାଟିଛି ତାରି ଅପେକ୍ଷାରେ। ତାକୁ ଥରେ ଦେଖିବା ଆଶାରେ ଶିହରେ ତା ଦେହମନ। ପାର୍କ, ତା ଘର ପାଖର ସବୁ ସ୍ଥାନ ତାର ପରିଚିତ ହୋଇଯାଉଥିଲେ ଦିନକୁ ଦିନ। ରାତିରାତି କେତେ ଚିଠି ଲେଖି ଚିରିଛି ମନ କଥା କହିବାକୁ ଯାଇ। ପ୍ରଥମ ବର୍ଷ କଲେଜ ମାଗାଜିନ୍‌ରେ ପ୍ରକାଶ ପାଇଥବା ତାର କବିତା 'ଶେଫାଳୀ ତୁମେ' ପାଇଁ ବହୁ ଟାହିଟାପରା ସହିଛି। ତଥାପି ତାକୁ ବେଶି ବେଶି ଆବୋରି ବସିଛି ଶେଫାଳୀ ଦିନକୁ ଦିନ। ଶେଫାଳୀର ଅପେକ୍ଷାରେ ବି ତା ପୃଥିବୀ ଶେଫାଳୀମଗ୍ନ ହୋଇଉଠିଛି ହେଲେ ତା ଆଗେ ଶେଫାଳୀ କେବେ ଭାବପ୍ରବଣ ହେବାର ସେ ଦେଖିନାହିଁ, ସଞ୍ଜୟକୁ ଅଣଦେଖା କଲାପରି ଏଡ଼େଇଯାଇଛି। ଶେଫାଳୀ ନିଜେ ନ ବୁଝିପାରିଲେ ବି ସଞ୍ଜୟ ବୁଝେ ଶେଫାଳୀର ଓଠ ଓ ଆଖିରେ ଲେଖା ଥିବା କଥା। ସଞ୍ଜୟ ଏମିତି ଭାବିବସେ ଏକା ଏକା। ଶେଫାଳୀ ପରି ଦୃଢ଼ମନା ଝିଅ ଆଗେ ପ୍ରକାଶ କରିବାକୁ ସାହସ କରିନି ବି ସଞ୍ଜୟ ତାର ଏଇ ଦୁର୍ବଳତା। ପ୍ରତିଥର ଆଗେଇ ଯାଉଥିବା ଓଠ ଦିଇଟା ସନ୍ତର୍ପଣରେ ବୁଜିହୋଇ ଯାଇଛି ଶେଫାଳୀର କଠିନ ଭାବମୂର୍ତ୍ତି ଆଗରେ। ଶେଫାଳୀ ସଞ୍ଜୟଠୁଁ ନୋଟ ଖାତା ମାଗେ। ସବୁଥର ସଞ୍ଜୟ ଅପେକ୍ଷା କରେ ଏଇ ଗୋଟେ ସମୟକୁ। ଖୋଜିନିଏ ଶେଫାଳୀର ବାସ୍ନାଟିକକୁ ସଞ୍ଜୟ ତା ନୋଟ ଭିତରର ଫର୍ଦ୍ଦରେ। ଶେଫାଳୀ ଭାବେ କାଳେ ଖାତାରେ କେଉଁଠି ତା ମନକଥା ଲେଖି ପଠେଇଥିବ, ହେଲେ ସେମିତି କିଛି ଘଟେ ନାହିଁ। ସଞ୍ଜୟ କାଟେ ଲାଇବ୍ରେରୀରେ ଘଣ୍ଟା ଘଣ୍ଟା ସମୟ ଶେଫାଳୀକୁ ନିରୋଳାରେ ଦେଖିବାକୁ। ଅଲକ୍ଷ୍ୟରେ ବି ସବୁ ଲକ୍ଷ୍ୟ କରିନିଏ ଶେଫାଳୀ ତାର ଏଇ ପ୍ରେମିକପଣ।

ସଞ୍ଜୟର ଶବ୍ଦସବୁ ଲାଇବ୍ରେରୀର ଚାରିକାନ୍ଥ ଭିତରେ ହିଁ ଭିଜୁଥାଏ। ସଞ୍ଜୟ ଅପେକ୍ଷା କରିବସେ ଏ ମୁହୂର୍ତ୍ତ ସବୁ ସରି ନ ଯାଉ। ତଥାପି ଶେଫାଳୀ ନିରବ। ତାକୁ କଷ୍ଟ ଦିଏ ତାର ଏଇ ନିରବତା। ସତରେ କଣ ଶେଫାଳୀ ବୁଝିପାରି ନ ଥିଲା ତା ପ୍ରେମିକପଣକୁ, ନା ବୁଝି ଅବୁଝା ହୋଇ ରହିଯାଇଥିଲା। ସତରେ ଶେଫାଳୀ ହୃଦୟହୀନା ନା ଆଉ କିଛି ସଞ୍ଜୟକୁ ଆପଣେଇବା ପାଇଁ ତା ପାଖରେ କିଛି ପ୍ରତିବନ୍ଧକ ସାଜିଛି।

ବାସ୍ ସେଇକଥା ଭାବି ଭାବି ସଞ୍ଜୟ ତିନିବର୍ଷ କାଟିଥିଲା କଲେଜରେ, ଅପବାଦ ଛଡ଼ା ଆଉ କିଛି ପାଇ ନଥିଲା। ଶେଷକୁ ସାଙ୍ଗସାଥୀଙ୍କ ପାଖରେ ପରିହାସର ପାତ୍ରଟିଏ ସଜାଇଥିଲା ତାର ଏଇତକ ନିଃସର୍ତ୍ତ ପ୍ରେମ।

ଶେଷବର୍ଷ ପରୀକ୍ଷା। ସଞ୍ଜୟ ଜାଣିଥାଏ ଶେଫାଳୀର ଦୁଇଟା ବ୍ୟାକ୍ ପେପର ଆଗରୁ। ଶେଫାଳୀ ପାଇଁ ବେଶି ବ୍ୟସ୍ତ ହୋଇପଡୁଥିଲା ସଞ୍ଜୟ। ଭାଗ୍ୟକୁ ସିଟ୍ ପଡ଼ିଥାଏ ସେ ବର୍ଷ ସଞ୍ଜୟ ପଛକୁ। ସେଦିନ ପରୀକ୍ଷା ଅଧା ସମୟ ଯାଏ କିଛି ନ ଲେଖି ଶେଫାଳୀ ମୁହଁ ଶୁଖେଇ ବସିଥାଏ, ସ୍ୱଇଚ୍ଛାରେ ସଞ୍ଜୟ ବଢ଼ାଇ ଦେଇଥିଲା ତା ଉତ୍ତର ପେପର ତାରି ଉଦ୍ଦେଶ୍ୟରେ। ସେ ବି ବିନା ବିଧାରେ ନେଇ ଲେଖିଲା ଉତ୍ତର ସଂଜୟ ପେପରରୁ। ଅଧା ଘଣ୍ଟା ଲେଖିସାରିଥିଲା ଶେଫାଳୀ ପ୍ରାୟ। କେମେଷ୍ଟ୍ରି ସାର୍ ଆସି ଠିଆ ହୋଇଗଲେ ଶେଫାଳୀ ଆଗରେ। ଟାଣି ନେଇଥିଲେ ସଞ୍ଜୟ ପେପରଟିକୁ। ସିଧା ଯାଇ ପ୍ରିନ୍ସିପାଲ୍ଙ୍କ ପାଖେ ହାଜର। ଧରାପଡ଼ିଯାଇଥିଲେ ଦୁହେଁ। ଶେଫାଳୀକୁ କ୍ଷମା ମିଳିଥିଲା ସହଜରେ। ସଞ୍ଜୟ ସ୍ୱଇଚ୍ଛାରେ ପେପର ଦେଇଥିବା ଜାଣି ଶେଫାଳୀକୁ ମୁକ୍ତି ମିଳିଗଲା। ସଞ୍ଜୟ ମୁଣ୍ଡେଇଲା ସବୁତକ ଦୋଷ। ସଞ୍ଜୟକୁ ମିଳିଥିଲା କେମେଷ୍ଟ୍ରି ସାର୍ଙ୍କ ଠାରୁ ଗୁଡ଼ାଏ ଭର୍ତ୍ସନା। ପ୍ରିନ୍ସିପାଲ୍ଙ୍କ ଠାରୁ ଅପମାନ, ଧମକ ଚମକ। କୋଣସିମତେ ଭୁଲ୍ ମାଗି ନେହୁରା ହୋଇ ଫେରିପାଇଥିଲା ଉତ୍ତର ପେପରଟିକୁ ପ୍ରିନ୍ସିପାଲଙ୍କ ପାଖରୁ। କେମେଷ୍ଟ୍ରି ସାର୍ଙ୍କ ଠାରୁ ଗୁଡ଼ାଏ ଭର୍ତ୍ସନା। ପ୍ରିନ୍ସିପାଲ୍ଙ୍କ ପାଖରେ ଅପମାନ, ତଥାପି ଖୁସିଥିଲା ସଞ୍ଜୟ। ଦୌଡ଼ି ଆସିଥିଲା ଶେଫାଳୀ ପାଖକୁ, ଯାହାହେଉ ଶେଫାଳୀ ଅନ୍ତତଃ କିଛି ତା ଖାତାରୁ ଲେଖିସାରିଥିବ ପେପର ଛଡ଼ାଇ ନେଲାବେଳକୁ, ସେକଥା ଭାବି ଆଶ୍ୱସ୍ତି ଅନୁଭବ କରିଥିଲା, କିନ୍ତୁ ଶେଫାଳୀ ଠାରୁ କୃତଜ୍ଞତାର ଅକ୍ଷରଟାଏ ବି ସ୍ଫୁରି ନଥିଲା। ପରୀକ୍ଷା ପରେ ମୁହଁ ଭାଙ୍ଗି ଚାଲିଯାଇଥିଲା ତା ବାଟରେ। ପରୀକ୍ଷା ସରିଯାଇଥିଲା। ଶେଫାଳୀ ସୁବିଧାବାଦୀ ଓ ସ୍ୱାର୍ଥମନସ୍କ ଏଇତକ ବୁଝେଇଦେଇଥିଲା ତାକୁ ସମୟ। ପରୀକ୍ଷା ଫଳ ବାହାରିବ ଦିନ ସଞ୍ଜୟ ଦୌଡ଼ି ଯାଇଥିଲା ଶେଫାଳୀ ପାଖକୁ। ନିଜ ଫଳ ଯେତିକି ଖୁସି ନୁହଁ ବରଂ ଶେଫାଳୀର ରେଜଲ୍ଟ ତାକୁ ବେଶି ଆତ୍ମହରା କରିପକାଉଥାଏ। ସତରେ କେତେ ଖୁସି ନ ହେବ ଶେଫାଳୀ ଏବେ ତା ଫାଷ୍ଟକ୍ଲାସ୍ ପାଇବା କଥା ଶୁଣି। ସାଇକେଲ୍ ବାହାରେ ରଖି ସଞ୍ଜୟ, ଶେଫାଳୀ ଘର ଆଗରେ ହାଜର ହୋଇଯାଇଥିଲା। ତାଙ୍କ ଘରୁ ସେତେବେଳେ ଦୁଇଜଣ ଭଦ୍ରବ୍ୟକ୍ତି ବାହାରି ଆସିଲେ। ଶେଫାଳୀ ବାପା ଆଡ଼କୁ ହାତ ହଲାଇ ବିଦାୟ ନେଉଥିଲା। ସଞ୍ଜୟ ଶେଫାଳୀ ବାପାଙ୍କୁ ସେମାନେ ଯିବା ମାତ୍ରେ ଖୁସିରେ ଶେଫାଳୀ ରେଜଲ୍ଟ କଥା କହି ପକାଇଲା। ଶେଫାଳୀ ବାପା ଶେଫାଳୀକୁ ବାହାରକୁ ଡାକିଥିଲେ ସଞ୍ଜୟ

ଉଦ୍ଦେଶ୍ୟରେ, ଶେଫାଳୀ ବି ଆସୁଥିଲା, ଖୁବ୍ ସୁନ୍ଦର ଦିଶୁଥାଏ ଶେଫାଳୀ ସେଦିନ। ରେଜଲ୍ଟ ଶୁଣି ବହୁତ ଖୁସି ହେଲା ଆଉ କହିଲା ଚାଲ ମୁଁ ତୁମକୁ ଆଉ ଗୋଟେ ଖୁସି କଥା କହିବି। ଦୁହେଁ ପ୍ରଥମ ଥର ପାଇଁ ଆଇସ୍‌କ୍ରିମ୍ ପାର୍ଲର ଯାଇଥିଲେ। ସଞ୍ଜୟକୁ ଲାଗୁଥାଏ ସବୁ ଖୁସି ଏଇ ଗୋଟିଏ ଦିନରେ ସେ ପାଇଯାଇଛି। ଆଜି ହୁଏତ ଶେଫାଳୀ ତାର ସାହାଯ୍ୟ ପାଇଁ ତାକୁ ଧନ୍ୟବାଦ ଦେଇ ତାକୁ କୃତଜ୍ଞତାରେ ଚାହିଁ ଦେଖିବ ସେ ବି ସେଇଆ ହିଁ ଚାହେଁ। ତା ଆଖିରେ ଥରେ ସେ ଦେଖୁ ଦିନ ଦିନ ଧରି ତିନ୍ତିଥିବା ତା ଭଲପାଇବାର ଶବ୍ଦସବୁକୁ। ଶେଫାଳୀ ଆଉ ସେ ଆଇସ୍‌କ୍ରିମ୍ ଖାଇଲେ, ଚକୋଲେଟ୍ ମିଲ୍କ ଅର୍ଡର ଦେଇ ଦୁହେଁ ବସିଥିଲେ ସାମ୍ନାସାମ୍ନି। ସଞ୍ଜୟ ପାଇଁ ଏସବୁ ଥିଲା ବହୁ ପ୍ରତୀକ୍ଷିତ ମୁହୂର୍ତ୍ତ। ସତେକି ସେ ଆଜି ବସିଛି ସେ ସ୍ୱପ୍ନ ଦେଖୁଥିବା ସେଇ ରଙ୍ଗିନ ପ୍ରଜାପତିର ଦୁନିଆରେ। ଗୋଟେ ସ୍କୁପ୍ ଆଇସ୍‌କ୍ରିମ୍ ଖାଇବା ପରେ ଶେଫାଳୀ ଆରମ୍ଭ କଲା, ଶୁଣ ସଞ୍ଜୟ, ଗୋଟାଏ କଥା କହିବାକୁ ମୁଁ ଏଠାକୁ ତୁମକୁ ଡାକି ଆଣିଛି। ଏତିକି ଶୁଣି ସଞ୍ଜୟ ଛାତି ଭିତରେ କଣ ଗୋଟେ ଖସିପଡୁଥିଲା। ହୃତ୍‌ସ୍ପନ୍ଦନ ବଢ଼ିଯାଇଥିଲା ଏମିତି ଏକ ମୁହୂର୍ତ୍ତର ଅପିଚିଚିତ ଛୁଆଁରେ। ସେ ତା ଅଧୀନରେ ନ ଥିଲା। ଆବଶ୍ୟକତାରୁ ଅଧିକ ସେ ବିଭୋର ହୋଇପଡୁଥିଲା ହୁଏତ। ନିଜକୁ ନିୟନ୍ତ୍ରିତ କରି କେବଳ ଶେଫାଳୀ ଆଡ଼କୁ ଚାହିଁଥିଲା। ଭାବୁଥିଲା ଆଜି ହିଁ ସେ ଶୁଣିବ ଶେଫାଳୀ ଓଠରୁ ତା ପ୍ରେମର ଅଭିବ୍ୟକ୍ତି ଆଉ କିଛି ସମୟ ପରେ ଶେଫାଳୀ ବି କହିଥିଲା କିଛି - "ସଞ୍ଜୟ ମୋତେ ଭୁଲିଯାଅ। ମୁଁ ଜାଣେ ସଞ୍ଜୟ ତୁମେ ମୋତେ ଭଲପାଅ, ହେଲେ ମୋ ବାହାଘର ଠିକ୍ ହୋଇସାରିଲାଣି। ଏସବୁରେ ତୁମେ ମନ ନ ଦେଇ ଆଗକୁ ଆଗେଇ ଗଲେ ଭଲ ତୁମ ପାଇଁ।" ଟିକେ ସମୟ ତଳକୁ ଚାହିଁ କହିଗଲା ଏକା ନିଃଶ୍ୱାସରେ ଶେଫାଳୀ। ସଞ୍ଜୟ ପ୍ରସ୍ତୁତ ନ ଥିଲା ଅଚାନକ ଏସବୁ ଏମିତି ଶୁଣିବା ପାଇଁ ସେ ସମୟରେ। ଏ କଣ ଶୁଣୁଛି ଭାବି ଅବିଶ୍ୱାସରେ ଚାହିଁରହିଲା ତାକୁ। ପୁଣି ଶେଫାଳୀ କହିଲା ମୋର ଆରମାସକୁ ବାହାଘର ଠିକ୍ ହେଇଛି। ଏତେ ଭଲ ପ୍ରସ୍ତାବଟା ବାପା ଛାଡ଼ିବାକୁ ନାରାଜ। ସଞ୍ଜୟ ଭିତରେ ଗୋଟାଏ ଝଡ଼ ସୃଷ୍ଟି ହୋଇସାରିଥିଲା। ଏତେବେଳ ଯାଏଁ ସେ ଭାବୁଥିଲା ଦୁନିଆଁର ଯୋଗ୍ୟ ପୁରୁଷ ବୋଧେ ସେ। ଶେଫାଳୀର ଏଇ ଗୋଟିଏ ଧାଡ଼ି ତା ପାଦ ତଳର ମାଟିକୁ ଖସାଇ ଦେଇଥିଲା। ଝଡ଼ ଭିତରୁ ମୁଣ୍ଡ କାଢ଼ିଲା ପରି ନିଃଶ୍ୱାସ ନେଇ ପଚାରିଲା ଆଉ ତୁମେ ଶେଫାଳୀ, ତୁମେ ବି ରାଜି ଏଇ ପ୍ରସ୍ତାବରେ। ଶେଫାଳୀ ତଳକୁ ମୁହଁ କରି ହଁ ଭରିଥିଲା। ତାପରେ ସବୁ ନିରବ, ସବୁ ସ୍ଥିର। ଆଇସ୍‌କ୍ରିମ୍ ତରଳି ଯାଉଥିଲା ଏତିକି ଭିତରେ। ଥପଥପ ଖସିଯାଉଥିଲା କପ୍‌ରୁ ତଳକୁ ସଞ୍ଜୟର ହୃଦୟର ଚେନାଏ ସ୍ୱପ୍ନ ପାଣି ପରି। ଦୁହେଁ ଚୁପ୍ ଥିଲେ। କେହି

କାହାକୁ ଚାହିଁବାକୁ ସାହସ ନ ଥିଲା ଆଉ ତା ପରେ, ସଞ୍ଜୟକୁ ଲାଗୁଥାଏ ତା ପୃଥିବୀ ବଦଳିଯାଉଛି। ଖୁବ୍ ଜୋର୍‌ରେ କାନ୍ଦିବାକୁ ଇଚ୍ଛା ହେଉଥିଲା। ତା ଆଖି ସତରେ ଧୋକା ଖାଇଗଲା ଏତେ ସହଜରେ। ଶେଫାଳୀ ତାକୁ ଭଲପାଏନି। କାହିଁକି ସେ ନିଜେ ନିଜେ ସବୁ ଭୁଲ୍ କରିବସିଲା। ଭାବୁଥିଲା କେମିତି ଦୌଡ଼ିଯିବ ସେଠୁ ବହୁତ ଦୂରକୁ, ଯେଉଁଠି ସେ କାହାକୁ ଦେଖିପାରିବିନି। ତା ନିଜକୁ ବି ସେ ଦେଖିବାକୁ ଆଉ ପ୍ରସ୍ତୁତ ନୁହଁ। ଏମିତି ସେଦିନ ଅଚାନକ ସଞ୍ଜୟ ହୀନମନ୍ୟତାରେ ସିଝିଯାଇଥିଲା ଗୋଟାପଣେ। ବହୁ କଷ୍ଟରେ ସେ ନିଜକୁ ବୋହି ଆଣିଥିଲା ସେଦିନ ସେଇ ଜାଗାରୁ। ଅବଶ୍ୟ ଫେରିବା ବେଳେ ଶେଫାଳୀକୁ ଶୁଭେଚ୍ଛା ଜଣାଇବାକୁ ଭୁଲି ନ ଥିଲା ସୌଜନ୍ୟତା ଦୃଷ୍ଟିରୁ।

ଧୀରେ ଧୀରେ ରାତିଫୁଟା ଶେଫାଳୀ ପରି ବାସ୍ନା ହରାଇଛି ସଞ୍ଜୟର ପ୍ରଥମ ପ୍ରେମ। ଆଜିଯାଏଁ ସେ କାହାରି ଭିତରେ ଖୋଜିନି ଶେଫାଳୀକୁ, ଶେଫାଳୀ ପାଇଁ ଭିଜିଥିବା ପ୍ରେମ ପାଇଁ ସେ ଅନୁତପ୍ତ ନଥିଲା ବରଂ ଅନିର୍ଦ୍ଦିଷ୍ଟ ଭାବେ ବଢ଼ିଥିବା ଫୁଲବିହୀନ ବଣୁଆ ଗଛ ବୋଲି ଭାବିଛି ଅନେକଥର। ସ୍ମୃତି ଆସି ହଲେଇ ଦେଲା ତାକୁ - ଆରେ କଣ ଶୁଣୁଛ ଏଯାଏଁ? ସ୍ୱପ୍ନ ଭାଙ୍ଗିବା ପରି ଚିହିଁକି ଦେଖିଲା ସେ ସ୍ମୃତିକୁ। ଗଲା ରାତିର ଫୁଲ ପରି ଖସି ପଡୁଥିଲା ତାର ସେସବୁ ଦିନ। ସେ ଆକାଶ ଆଡୁ ତାର ଆଖି ଫେରିଆସିଥିଲା। ସେପଟୁ ଶେଫାଳୀ ବୀମା ପଲିସି ବିଷୟରେ ଅନେକ କଥା କହୁଥାଏ, ସଞ୍ଜୟ କିଛି ଶୁଣି ନ ଥାଏ। ଭାବୁଥାଏ ଆଞ୍ଜୁଳାଏ ସ୍ୱପ୍ନ ନେଇ ପ୍ରେମର ବୀମାଟେ କରିଥିଲି ଅନେକ ବର୍ଷ ତଳେ, ପ୍ରତିବଦଳରେ ଅତୃପ୍ତି, ଅବସୋସ, ହୀନମନ୍ୟତା ଛଡ଼ା ଆଉ କିଛି ଭରଣି ନାହିଁ ପୁଣି କାହିଁକି ଜୀବନ ପାଇଁ ବୀମାଟାଏ କରିବି? ଶେଫାଳୀ ତା କଥା ବନ୍ଦକରି ସେପଟୁ ପଚାରୁଥିଲା, କଣ ତୁମେ ରାଜି ତ ସଞ୍ଜୟ? କାହିଁକି କେଜାଣି ଅନିଚ୍ଛା ସତ୍ତ୍ୱେ ସଞ୍ଜୟ ଶେଫାଳୀକୁ 'ନା' କହିପାରୁ ନଥିଲା।

ଲେଡିଜ୍ ହଷ୍ଟେଲ୍ ରୁମ୍ ନମ୍ବର ୮୨

ରାତି (୯ଟା)

ବର୍ଷା ଗଳାଫଟେଇ କହୁଥିଲା ସ୍ମିତା ଆଡ଼କୁ, ଏ ବାହାଘରଗୁଡ଼ା ଝିଅମାନଙ୍କ ଜୀବନରେ ଏତେ ଜରୁରୀ କଣ ପାଇଁ ? ବାହା ନ ହେଲେ କଣ ମଣିଷ ବଞ୍ଚିପାରିବନି ? ପରୀକ୍ଷା ସରୁ ନ ସୁରୁଣୁ ଘରେ ବାହାଘର ଜିଦ୍, ଯେମିତି ଏଇ ପୁଅକୁ ବାହା ନ ହେଲେ ସରିଯିବ ଦୁନିଆ। କି ଭୂତ ବାପା ମା' ମୁଣ୍ଡକୁ ପଶିଚି କେଜାଣି ? ସ୍ମିତା ଅଳ୍ପ ହସି କହୁଥିଲା ବାହା ହେଲେ କ୍ଷତି କଣ, ନ ତୁମେ ଆଉ କଣ ଚିନ୍ତା କରୁଛ ? ବର୍ଷା ଏଥର ଟିକେ ଭାବପ୍ରବଣ ହୋଇ କହୁଥିଲା ସମୀର ଏଯାଏଁ ଫୋନ୍ କରିନି। ଦିଲ୍ଲୀ ଗଲା ପରେ ତାର କଣ ହେଲା କେଜାଣି ! ଆରେ ସତରେ ସ୍ମିତା ସେ କଣ ମୋତେ ଭୁଲିଗଲା ? ବର୍ଷା ପଚାରୁଥିଲା ସ୍ମିତାକୁ। ଆରେ ତା ଫେସ୍‌ବୁକ୍ ଦେଖି ତ ଲାଗୁଚି ସେଇଆ। ଆଉ କାହା ସହ ଏତେ ଫଟୋ ଦେଖି ତୁମେ କଣ ଆହୁରି ବୁଝିବା ବାକି ଅଛି। ଏଇ ପୁଅଗୁଡ଼ାକ ସେମିତି। ବର୍ଷା ଖପା ହେଲା ଭଳି କହୁଥିଲା ସମୀର ସେମିତି ନୁହଁ। ମୋ ସହ କଥା ନ ହେଲେ ବି ମୁଁ ତାର ନିଶ୍ଚୟ ମନେ ଥିବି। ଆରେ ଏତେ କଥା ଭାବି ଲାଭ କଣ ଯଦି ସମୀର ଭୁଲିଗଲା ତାହେଲେ ଆଉ କିଏ ଗୋଟେ ତ ମିଳିଯିବ। ଏତେ ମନ ଖରାପ କରି ଲାଭ କଣ ? ସ୍ମିତା କହୁଥିଲା, ପୁଣି ସ୍ମିତା ଚିଡ଼େଇବା ଛଳରେ କହୁଥିଲା ଅବଶ୍ୟ ଏଇ ବର୍ଷାରେ ତୋର ସମୀର କଥା ମନେ ପଡ଼ିବାଟା ସ୍ୱାଭାବିକ। ବର୍ଷା କହୁଥିଲା ବାହାରର ଝରଝର ବର୍ଷାକୁ ଚାହିଁ- "ମୋର ଯଦି ବାହାଘରଟା ଆଉ କୋଉଠି ହୋଇଯାଏ ସମୀର ମୋ ଜୀବନରେ ଗୋଟେ ଅବସୋସ ପାଲଟିଯିବ।" ଲୁସି ପଛରୁ ବର୍ଷାକୁ ଭିଡ଼ିଧରି କହିଲା, ଆହା ଗୋଟାଏ ମିଠା ଅବସୋସ ନୁହଁ ବର୍ଷା ? ଏଇ କଥାରେ ଲୁସି ଆଉ ସ୍ମିତା ଖୁବ୍ ଜୋର୍‌ରେ ହସୁଥିବା ବେଳେ ବର୍ଷା ଝର୍କା ଦେଇ କାଲୁଆ ପବନରେ ଅଳ୍ପ ଶିହରୁଥିଲା।

ସ୍ମିତାର ସବୁଦିନର ସେଇ ଅଭ୍ୟାସ, ରାତି ୯ଟାରେ ମାଟ୍ରିମୋନି ସାଇଟ୍‌ରେ ବରପାତ୍ର ଖୋଜିବୁଲିବା। ଲୁସି ପଛରୁ ଚମକେଇ କହିଲା, କଣ ଆଜି କେହି ଭଲ ଦିଶୁଛନ୍ତି ? ସ୍ମିତା ଅଳ୍ପ ହସି ହସି କହିଲା, ନା'ରେ, ନୋ ହୋପ୍। କେହି ମିଳୁନାହାନ୍ତି। ଶେଷରେ ମଣିଷ ଅବାଡୁଆ ହିଁ ରହିବ ଲାଗିଲାଣି। ମୋର କିଛି ଅସୁବିଧା ନାହିଁ, ଚାକିରିଟିଏ ତ ମିଳିଯିବ ଯେଉଁଠି, ହେଲେ ବାପା ମା' ଝିଅ ବାହାଘର କରିପାରିଲୁନି ଚିନ୍ତାରେ ସରିଯିବେ। ଲୁସି ସ୍ମିତାର ଦୁଃଖ ବୁଝିପାରିବା ପରି ଦୀର୍ଘ ନିଃଶ୍ୱାସ ନେଇ ତା ବହିପତ୍ର ସଜାଡ଼ିବାକୁ ଲାଗିଲା। ସ୍ମିତା ଅନ୍ୟମନସ୍କ ଭାବେ ଝର୍କା ଆରପଟେ ବର୍ଷାତିନ୍ତା ବତିଖୁଣ୍ଟକୁ ଚାହିଁଥିଲା। ଏତେ ଝାପ୍‌ସା ଆଲୁଅରେ ତାକୁ ରାସ୍ତା ପରିଷ୍କାର ଦିଶୁ ନ ଥିଲା। ଆଗକୁ କିଛି ସମୟ ପରେ ସ୍ମିତା ମା' ଫୋନ୍ କରିଥିଲେ ତା ଫୋନ୍‌କୁ। ସବୁଦିନ ପରି କହୁଥିଲେ ଏ ପ୍ରସ୍ତାବଟି ବି ଆଜି ପୁଅଘର ମନା କରିଦେଲେ ଆଉ ସବୁଥର ଭଳି ସମାନ ଉତ୍ତର ଝିଅ ପୁଅଠୁ ବୟସରେ ବଡ଼। ମା' ଆଜି ଚିଡ଼ିଯାଇଥିଲା। ସେପଟୁ ଫୋନ୍‌ରେ ରାଗି କହୁଥିଲା ଦେଖିଲୁ ତ କାହିଁକି ତୋତେ ଏତେ ପଢ଼ା, ଚାକିରି କଥା ମନା କରୁଥିଲୁ। ଝିଅର ବୟସ ଗଡ଼ିଗଲେ ଏଇଆ ହିଁ ହୁଏ। ହେଲେ ତୋର ଏକ ଜିଦ୍, ପଢ଼ା ସରୁ, ଚାକିରି କରିବି, ତାପରେ ଯାହା କଥା। ଏବେ କଣ କରିବୁ କହ ? ମା'ଙ୍କଠୁ ଏତକ ଶୁଣିବା ପରେ ସ୍ମିତା ରାଗରେ ଫୋନ୍ କାଟିଦେଇଥିଲା।

ରାତି (୧୦.୩୦)

ସ୍ମିତା ଶୋଇଯାଇଥିଲା। ବର୍ଷା କାନରେ ଇୟାରଫୋନ୍ ଦେଇ ଘୁମେଇଥିଲା କାହିଁକୁ ଆଉଜି। ଲୁସି ଆଖିର କଜଳକୁ ପୋଛୁଥିଲା ମିରରରେ ଦେଖି। ତାର ସେଇଟା ନିତିଦିନର ଅଭ୍ୟାସ। ଶୋଇବା ପୂର୍ବରୁ ପରସ୍ତେ ପୋଛିବ, ସକାଳୁ ଉଠିଲେ ପୁଣି ଲଗେଇବ। ସେଦିନ ବି ସେମିତି ରାତି ଅଧଟାରେ ଲୁସି ପୋଛୁଥିଲା ଆଖିରୁ କଜଳ। ତା ସହ ଲୁହ ଠୋପେ ଅଜାଣତରେ ଖସି ପଡୁଥିଲା ତା ଆଖିରୁ ଗାଲ ଉପରକୁ। ଲୁସି ଆଉଟିକେ ଦର୍ପଣ ପାଖକୁ ନେଇ ସେଇ ନୂଆ ନୂଆ ପିନ୍ଧୁଥିବା ସିନ୍ଦୂରକୁ ଚାହିଁଥିଲା। ମନେ ମନେ ଭାବୁଥିଲା ସତରେ କଣ ସେ ସିନ୍ଦୂରକୁ ସମ୍ମାନର ସହ ନାଇପାରିଛି। ଏଇ ଦଶଦିନର ବାହାଘର ଜୀବନ ତାକୁ ମାଡ଼ି ମାଡ଼ି ପଡୁଛି। ବାପାଙ୍କ ଏକା ଜିଦ୍‌ରେ ସେ ମାନବକୁ ବାହା ହୋଇଛି। ପରୀକ୍ଷା ଦେବା ପାଇଁ ସେ ଫେରିଛି ଏଇଥିକୁ। ପରୀକ୍ଷା ସରିଲେ ପୁଣି ସେଇ ପୁଣି ଶାଶୂଘର, ମାନବ ସହ ସଂସାର କେଜାଣି ଦୁଇ ତିନି ମାନବ ସହ ରହଣି ପରେ ସେ କେତେ ବୁଝେ ତାଙ୍କୁ ? ସେ ଆଗକୁ ପାଠପଢ଼ା, ଚାକିରି କରିବାକୁ ପସନ୍ଦ କରିବେ କି ନାହିଁ ପୁଣି ଲୁସି ଭାବୁଥିଲା, କଣ ଯାଏ ସେଥିରୁ ବାହାଘରଟା ତ ସରିଯାଇଛି ଏଥର। କିଛି ନ ବୁଝିଲେ ବି ମାନବ ବିଷୟରେ ନିଜକୁ

ବୁଝେଇ ଜୀବନ ଚଳେଇବାକୁ ହେବ। ଏମିତି ଭାବୁ ଭାବୁ ଲୁସି କେତେବେଳେ କଜଳ ଧାରେ ଲଗେଇ ସାରିଥିଲା ଆଖିରେ। ଆଗରୁ କହୁଥିବା ସେଇ ସମାନ ବାକ୍ୟଟି ତା କାନରେ ପ୍ରତିଧ୍ୱନି ସୃଷ୍ଟି କରୁଥିଲା, ଏଇ ଦୁଇ ମାସ ତଳେ ତ ସେ ତା ମା'କୁ ପଚାରୁଥିଲା, ମା' ଜଣେ ଅଜଣା ଅଶୁଣା ମଣିଷକୁ ବାହା ହୋଇ କେମିତି ଜୀବନ କାଟିବାକୁ ହୁଏ। ମା' ଆଖି ରାଗରେ ଲାଲ ପଡ଼ିଯାଇଥିଲା ସେଦିନ। ମା' ତାକୁ କହିଥିଲା ସେ ବଙ୍ଗାଳୀ ପିଲା 'ପବନ'କୁ ଭୁଲିଯା। ସେ ଆମ ସମାସ୍କନ୍ଦ ନୁହଁ। ଏଭଳି ନିଜ ପାଇଁ ଜୀବନସାଥି ବାଛିବା ତୋର ମୂର୍ଖାମି ଲୁସି। ମା'ଙ୍କ କଥା ସେଦିନ ଲୁସିକୁ ଖୁବ୍ ବାଧିଥିଲା। ଆଜିବି ସେ ଆଲୋଡ଼ନକୁ ନିଜ ଭିତରେ ଅନୁଭବ କରେ କିଛି ଗୋଟେ ଭାଙ୍ଗିଯିବା ପରି। ତା ଛାତିକୁ ଲହୁଲୁହାଣ କରେ। ପବନକୁ ସେ ଠକିଦେଇଛି। ଆଉ କଣ ବା କରିଥାନ୍ତା ଯେ ସେ ! ସେ ଉପାୟଶୂନ୍ୟ। ସେ ଏଇକଥା ହିଁ ଭାବିବାକୁ ଲାଗିଥିଲା। ଓଃ ଏ ରାତି ସବୁ ଏତେ ଅନ୍ଧକାର କାହିଁକି ? ତା ଆଖିର କଜଳଠୁଁ ବି ଗାଢ଼ ଏ ରାତି ସବୁ ତା ଜୀବନରେ ଏବେ। କାଲି ଯାହାହେଉ ସେ ପବନ ପାଖକୁ ଯିବ। ଶେଷଥର ପାଇଁ ଅନ୍ତତଃ ସେ ଦେଖିବାକୁ ଚାହେଁ ତାକୁ। ଓଃ ସେ କାହିଁକି ଏମିତି ଭାବୁଛି ! ଲୁସି ନିଜ ସହ ଯୁକ୍ତି କରୁଥାଏ। ମାନବର କଲ୍ ଆସିଥିଲା ଲୁସି ମୋବାଇଲ୍ ଫୋନ୍‌କୁ। ସେତିକିବେଳେ ଲୁସି ଫୋନ୍‌କୁ ଚାହିଁ ନିଜକୁ ନିଜେ କହୁଥିଲା ଆଜି ମାନବ ମୋତେ ଟିକେ ବଞ୍ଚିବାକୁ ଦିଅ। ଘରେ ଏ ବାହାଘରଟା ସାରିଦେଲେ ବି "ମୁଁ ପ୍ରକୃତରେ ତୁମକୁ ଗ୍ରହଣ କରିପାରିନି ମାନବ" ଏହି କଥା ଲୁସିକୁ ଭିତରୁ ଠେଲିପକାଉଥିଲା। ମାନବକୁ ବି କହିଦେବାକୁ ଇଚ୍ଛା ହେଉଥିଲା ସେଦିନ ଫୋନ୍‌ରେ, ହେଲେ ସେ ପାରିଲାନି।

ସେପଟ ବେଡ୍‌ରେ ଶୋଇଥିଲା ସ୍ମିତା। ବର ଖୋଜି ଖୋଜି ଅନ୍‌ଲାଇନ୍‌ରେ ହାଲିଆ। ଏକ ପ୍ରକାରେ ନୂଆ ଚାକିରିଟେ ପାଇଛି। କାଲି ଜଏନ୍ କରିବ ବୋଲି ତ ଗୋଡ଼ ତଳେ ଲାଗୁନି। ଆଉ ଆଜି ତ ଖୁସିରେ ଗଦଗଦ ହୋଇ ଗପୁଥିଲା। ବର ନ ମିଳିଲେ ନାହିଁ, ଲୁସିର ତ ଅଫର ଛାଡ଼ିବା କଥା ମନେ ପଡୁଥିଲା। ମାନବ ରାଜି ହେଲେନି ସେ ଚାକିରି ପାଇଁ। ସେଥିପାଇଁ ଲୁସି ଜଏନ୍ କରିପାରିଲାନି ତ ଗଲା ଅଫରଟି। ଲୁସି ତ ନିଜ ଉପରେ ହସୁଥିଲା କି ଜୀବନ ତାର, ତା ଖୁସି କଥା ଏବେ ମାନବ ସ୍ଥିର କରିବେ ଏଇଆ ଭାବି ଲୁସି ସେ ଆଇନା ଆଡ଼କୁ ଅନେଇ ଭାବିଲା ସତରେ ଆମ ଝିଅମାନେ କେତେ ଦ୍ୱନ୍ଦ୍ୱରେ ବଞ୍ଚନ୍ତି ! କ୍ୟାରିଅର୍, ବର, ଘର ସବୁକୁ ଦେଖୁ ଦେଖୁ ଜୀବନ ଖସିଯାଏ। ଆରପଟ ବେଡ୍‌ରେ ବର୍ଷା ଶୋଇସାରିଥିଲା ଅନେକ ବେଳୁ। କାନରେ ଇଅରଫୋନ୍, ବ୍ୟାଙ୍କ୍‌ର ଗୋଟାଏ ପରୀକ୍ଷାରେ ବି ଉତ୍ତୀର୍ଣ୍ଣ

ହୋଇପାରିନାହିଁ ଏ ଦୁଇବର୍ଷ ଭିତରେ। କିନ୍ତୁ ଏକା ଜିଦ୍ ଚାକିରିଟାଏ ନ କଲା ଯାଏଁ ବାହା ହେବନାହିଁ। ସେ ତା ବୟଫ୍ରେଣ୍ଡ୍ ନୁହଁ କି ଆଉ କାହାକୁ ବି ନୁହଁ ଲୁସି ତିନିଜଣଙ୍କ ଅବସ୍ଥା ଚିନ୍ତା କରି ଶୋଇବାକୁ ଚେଷ୍ଟା କରୁଥିଲା।

ଦୁଇମାସ ପରେ (ରାତି ୧୦.୩୦)

ବର୍ଷା ତା ବାପାଙ୍କୁ କହୁଥିଲା, ତୁମେ ଯେଉଁ ପ୍ରସ୍ତାବ ଦେଇଥିଲ ସେ ପ୍ରସ୍ତାବ ପାଇଁ ମୁଁ ରାଜି। ମୋ ମୁଣ୍ଡରେ ଆଉ ଚାକିରି ଭୂତ ନାହିଁ। ଅବଶ୍ୟ ପୁଅଟିଏ ହୋଇଥିଲେ ସିନା ଚାକିରି ଯାଏଁ ଅପେକ୍ଷା କରିଥାନ୍ତ। ମୋର ବୟସ ଗଡ଼ି ଯିବନି ନ ହେଲେ। ଗୁଡ଼ାଏ ଅଭିମାନ ତା କଣ୍ଠରୁ ଆପେ ଆପେ ବାରି ହୋଇପଡୁଥିଲା। ତେଣୁ ଯାହା ଚିନ୍ତା କରିଛ ଠିକ୍ କରିଛ। ଡେଟ୍ ଫାଇନାଲ୍ କର ଏଥର। ବର୍ଷା ସେଦିନ କାହାକୁ ଚାହୁଁ ନଥିଲା। ସେ ଡାଏରିରେ ଲେଖୁଥିଲା "ମୋତେ କିଛି ତ କରିବାକୁ ଦିଅ। ଚାକିରି ନ ହେଲେ କଣ ଆଉ କିଛି କରିବାର ଯୋଗ୍ୟତା ମୋର ନାହିଁ। ପୁଅଟିଏ କିପରି ଘରର ପେଟ ପୋଷିବ ସେ କଥା ଚିନ୍ତା କରାଯାଉଛି, ସେ ମନୋବୃତ୍ତି କାହିଁକି ଝିଅଟିଏ ପାଇଁ? ଆମମାନଙ୍କ ପାଇଁ ସମାଜ କାହିଁକି ଉଦାସୀନ? ଏମିତି କେତେ କଣ...."

(ରାତି ୧୧.୩୦)

ସେଯାଏଁ ଶୋଇନି ସ୍ମିତା। ଅନେକ ବର୍ଷାକୁ ବୁଝାଶୁଝା ପରେ ସେ ନିଜେ ବି ଏକରକମ ବ୍ୟସ୍ତ ଅନୁଭବ କରୁଥିଲା। ସ୍ମିତାର ଏନ୍‌ଆର୍‌ଆଇ ବରଙ୍କ ଫୋନ୍ ଆସିବା ସମୟ ଏଇ ଫୋନ୍ ଧରୁ ଧରୁ ସେପଟୁ ଶୁଭୁଥିଲା ତୁମେ ଏଇଠିକି ଶୀଘ୍ର ଚାଲିଆସ। ତୁମ ବାପା ମା'ଙ୍କ ଦେହ ଖରାପ କଥା ତା ଫୋନ୍‌ରେ ବି ବୁଝି ପାରିବ। ସେମାନେ କଣ ତୁମ ସହ ଏମିତି ବନ୍ଧା ଥିବେ। ଏତେ ଗୁଡ଼େ କଥା ଏକା ନିଃଶ୍ୱାସରେ କହୁଥିଲେ ସେ। ସେମାନେ ଆପେ ଆପେ ବୁଝିବେନି ତାଙ୍କ କଥା। ସ୍ମିତା ଚୁପ୍ ଥିଲା ଏକଥା ଶୁଣି। କହିପାରୁ ନ ଥିଲା, ସେମାନେ ରୋଗିଣା। ଏବେ ତା ଉପରେ ନିର୍ଭର କରନ୍ତି। ସେ ତାଙ୍କର ଏକମାତ୍ର ଝିଅ। କେମିତି ଏ ଅବସ୍ଥାରେ ସେ ଛାଡ଼ିଦେଇପାରିବ? ତୁମେ ତାଙ୍କ ପୁଅ ହୋଇଥିଲେ କଣ ଏମିତି କରିପାରିଥନ୍ତା। ସ୍ମିତା ସବୁ ଶୁଣିସାରି କିଛି ନ କହି ସବୁଥର ପରି ଫୋନ୍ କାଟିଦେଲା। ଏବେ ରୁମ୍‌ସାରା ନିରବତା।

(ରାତି ୧୨.୩୦)

ଲୁସିର ପୁରୁଣା ଅଭ୍ୟାସ ଅନେକ ରାତି ଯାଏଁ ଚାହିଁ ରହିବା। ଆଜି ଆଉ ଦୁଇଜଣଙ୍କ ଅବସ୍ଥା ଦେଖି କିଛି ନ କହି ବି ଚୁପ୍‌ଚାପ୍ ବସିପାରୁ ନଥିଲା। କେବଳ ନିଜକୁ ଅସହାୟ ଭାବେ କହୁଥିଲା ଆମ ଝିଅଙ୍କ ଜୀବନ ଏମିତି କାହିଁକି? ଲୁସି ପୁରୁଣା ଅଭ୍ୟାସରୁ ହିଁ ଆଗ ଭଳି କଜଳ ପୋଛୁଥିଲା। ତା ସହ ତାର ଆଜି ଗାରେ

ସିନ୍ଦୂରକୁ ବି ପୋଛିଦେବାକୁ ଇଚ୍ଛା ହେଉଥିଲା। ଦୁଇଦିନ ତଳେ ମାନବ ମାରିଥିବା ଶକ୍ତ ଚାପୁଡ଼ାର ଚିହ୍ନ ସିନ୍ଦୂରଠୁ ବି ବେଶି ଲାଲ ଦିଶୁଚି ଗାଲ ଉପରେ। ୟା ପରେ ତାର ଏମିତି ଇଚ୍ଛା ହେବାଟା ସ୍ୱାଭାବିକ ନୁହେଁ କି? ଏକଥା ଲୁସି ଅବଶ୍ୟ ନିଜକୁ ପଚାରୁଥିଲା, ଆଖିର କଜଳ ସବୁ ବୋହିଯିବାର ଆଇନାରେ ଦେଖୁଥିଲା। ପବନରେ ସେ ଲୁହ ଦାଗ ସବୁ ଶୁଖି ଆସୁଥିଲା। ସେ ଝର୍କା ବାହାରର ଅନ୍ଧାରକୁ ଅପଲକ ଚାହିଁଥିଲା। ଆଜି ବି ଧୀରେ ପବନ ତାକୁ ଝର୍କା ଦେଇ ଛୁଇଁଯାଉଥିଲା। ସେଦିନ ସମସ୍ତେ ନିସ୍ତବ୍ଧରେ ଶୋଇବାକୁ ଚେଷ୍ଟା କରୁଥିଲେ ଲେଡିଜ୍ ହଷ୍ଟେଲ୍ ରୁମ୍ ନମ୍ବର ୮୨ରେ। ସେଦିନ ବି ସବୁଦିନ ପରି ଦର୍ଜା ଭିତରୁ ବନ୍ଦ ଥିଲା। ବାହାରେ ସେମିତି ବୋର୍ଡଟି ଝୁଲୁଥିଲା- Freedom is our birth right and I shall have it.

■

ସହଯାତ୍ରୀ

ଅରୁଣିମା ତିନି ପେଗ୍ ପରେ ସୀତାଂଶୁକୁ ହିଁ ବାରମ୍ବାର ଚାହୁଁଥିଲା। ଯା ଭିତରେ ସେ କେଇଥର ଚେଷ୍ଟା କରିସାରିଲେଣି ନିଜକୁ ନିୟନ୍ତ୍ରଣରେ ରଖିବାକୁ। କିନ୍ତୁ ହୃଦୟ ମାନେ କୋଉଠିମାନନ୍ତି ଯେ। ସୀତାଂଶୁ ଆଡ଼କୁ ସେ ଢଳିପଡ଼ି ପଚାରୁଥିଲା କୁହ ମିଷ୍ଟର "ଡୁ ଆଇ ହାଭ୍ ବିଉଟିଫୁଲ୍ ଆଇଜ୍ ଅର୍ ଲିପ୍ସ ?" ସୀତାଂଶୁ ହାତରେ ଗ୍ଲାସ୍ ଥାଇ ବି ଅରୁଣିମାକୁ ଅକ୍ତିଆର କରିବାକୁ ଯଥେଷ୍ଟ ଖାଲି ସ୍ଥାନ ଥିଲା। ଅରୁଣିମା ଢଳି ପଡ଼ିଥିଲା ସୀତାଂଶୁଙ୍କ କାନ୍ଧ ଉପରେ। ସେଇଠୁ ସୀତାଂଶୁ ଅରୁଣିମାକୁ ଆଉଜେଇ ନେଇ ନିଜେ କାନ୍ଥକୁ ଆଉଜିପଡ଼ି କହିଥିଲେ, ଚାଲ... ଲେଟ୍ ହେଲାଣି। ତୁମକୁ ତୁମ ଘରେ ଛାଡ଼ିଦେଇ ଯିବି। ନା ଆଜି ତୁମେ ମୋ ସହ ରହିବ ସୀତାଂଶୁ। ଅରୁଣିମା କହୁଥିଲା ମତୁଆଲା ଆଖିରେ ସୀତାଂଶୁକୁ ଚାହିଁ। ସୀତାଂଶୁ ତାକୁ ଏମିତି ନିୟନ୍ତ୍ରଣ କରିବା ଭଲ ଲାଗେ। ସେ ଏମିତି ଅନେକ ଅମାନିଆ ଜିଦ୍ କରେ ଆଉ ସୀତାଂଶୁ ସମ୍ଭାଳିଥାଏ, ତା ମୁରବିପଣିଆ ଦେଖେଇ ତାକୁ ଘରେ ଛାଡ଼ିଦିଏ ଠିକ୍ ସମୟରେ। ଅନେକ ସମୟରେ ଅଫିସ୍ କାମରେ ସାହାଯ୍ୟ କରେ। ଅରୁଣିମାର ଏକୁଟିଆ ଜୀବନରେ ସେ ସହଯାତ୍ରୀ ପରି ଠିଆ ହୋଇଥାଏ। ରାତିରେ ଚେଇଁଥିବା ଦୁଇଟି ଚିକ୍‌ମିକ୍ ତାରା ପରି ସେମାନେ ସହରରେ ଘୂରିବୁଲନ୍ତି। ମୁକ୍ତ ପବନରେ ସୁପ୍ତ ଜୀବନର ମାଇଲ ଖୁଣ୍ଟକୁ ଆବିଷ୍କାର କରନ୍ତି। ଖୋଲା ଆକାଶକୁ ଚାହିଁ ନୂଆ ପୁରୁଣା ମନଖୋଲା ଗପ ଗପିଚାଲନ୍ତି। ସେଥିରେ ଯୋଡ଼ିହୁଏ ପିଲାଦିନ, ସ୍କୁଲ୍‌କଥା, କଲେଜ ଜୀବନ, ପୁଣି ଚାକିରି ଜୀବନର ଉତ୍‌ଥାନ ପତନ। ଏମିତି ସମୟ କାଟିବା ପରେ ଅରୁଣିମାକୁ ତା ଘର ଆଗରେ ଛାଡ଼ିଦେଇ ଯାଏ ନିଜ ଘରକୁ। ବାର୍‌ରେ ସେଦିନ ବି ଅରୁଣିମାର ସେଇ ପୁରୁଣା ଆଲୋଚନା ଥିଲା, ମ୍ୟାନେଜର ଗାଳି ଦେଇଛି, ଆସାଇନ୍‌ମେଣ୍ଟ ସରିପାରୁନି, କାମ ପ୍ରେସର୍, ଘରେ ବାପା ମା'ଙ୍କ ନିତିଦିନ ଲଢ଼େଇ, ସବୁ ପରେ ଆଜିକାଲି ତାକୁ ଏଇ ବାର୍ ହିଁ ଭଲ

ଲାଗେ। କାହିଁକି ନା ଏଠି ସେ ସୀତାଂଶୁକୁ ନିରୋଳାରେ ଦେଖିପାରେ, ତାକୁ ମନଖୋଲି ଏସବୁ ଗପିପାରେ। ସବୁ ଗପ ପରେ ଅନେକ ସମୟରେ ସେ ଡ୍ରିଙ୍କ୍ସ ନ କରି ବି ତାକୁ ନିଶା ହେଲା ପରି ଲାଗେ। ସେଇ ସୀତାଂଶୁ, କାହିଁକି ତାକୁ ଏତେ ଭଲ ଲାଗେ କେଜାଣି। ସେ ପାଖରେ ଥିଲେ ଅନର୍ଗଳ ଗପିବାକୁ ଇଚ୍ଛା ହୁଏ। ଅବଶ୍ୟ ଯେଉଁଦିନ ସୀତାଂଶୁ ବିବାହିତ ବୋଲି କହିଥିଲା ସେଦିନ ଟିକେ କମ୍ ଗପିବାକୁ ଚେଷ୍ଟା କରିଥିଲା ଅରୁଣିମା। ସୀତାଂଶୁ ବି ତା ଆଡୁ ଜାଣିଶୁଣି ଦୂରତା ରଖିବାକୁ ଚେଷ୍ଟା କରିଥିଲା, କିନ୍ତୁ ଅରୁଣିମାର ବ୍ୟକ୍ତିତ୍ୱ ଆଗରେ ସେ ସବୁବେଳେ ହାର୍ ମାନିଯାଇଚି। ଅରୁଣିମା ବି ସୀତାଂଶୁର ସୌମ୍ୟସୁଦର୍ଶନ ବ୍ୟକ୍ତିତ୍ୱ ପାଖରେ ନିଜ ଦୁର୍ବଳତାକୁ ଲୁଚାଇ ପାରିନାହିଁ।

ସେଦିନ ଅରୁଣିମା ସିଧା ନିଜ ବ୍ୟାଗ୍ ପ୍ୟାକ୍ ଧରି ସୀତାଂଶୁ ଘର ଆଗରେ ହାଜର। ସୀତାଂଶୁ କିଛି ପ୍ରଶ୍ନ କରିବା ପୂର୍ବରୁ ଅରୁଣିମା ନିଜ ଆଡୁ ସଫେଇ ଦେଇ କହିଲା, ଘରବାଲା ହଠାତ୍ କହିଲା ଘର ଛାଡ଼। ଏତେ ଶୀଘ୍ର ଘରଟାଏ ଯୋଗାଡ଼ କରିପାରିଲିନି। ଏ ସହରରେ ତୁମ ଛଡ଼ା ଆଉ କାହା ଘରେ ରହିପାରିବି ? ଏଇ କଥା ଭାବି ଚାଲିଆସିଛି। ସୀତାଂଶୁ ତା କଥା ଶୁଣି ଦରଆଉଜା କବାଟ ସମ୍ପୂର୍ଣ୍ଣ ଖୋଲା କରିଥିଲା।। ହୁଁ ସେ କଣ ଆଉ ନାଇଁ କରନ୍ତା ଏମିତି ଗୋଟେ ପ୍ରସ୍ତାବକୁ ଅରୁଣିମାଠୁ। ତାଛଡ଼ା ସେମାନଙ୍କ ଅନ୍ତରଙ୍ଗତା ଦୁନିଆ ନ ଜାଣିଲେ ସେ ଦୁଇଜଣ ତ ଜାଣନ୍ତି। ଅରୁଣିମାର ଏମିତି ଅସୁବିଧା ସମୟରେ ସେ କିପରି ମନା କରିବ ତା ଘରେ ସ୍ଥାନ ନ ଦେବା ପାଇଁ? ଅରୁଣିମା ତା ଘରକୁ ଆସିବା ନୂଆକଥା ନୁହଁ। ବେଳେ ବେଳେ ଗପସପ ହେଉ ହେଉ ଅଧିକ ରାତି ସେମାନେ ସେଇଠି ଅନେକ ରାତି କାଟିଛନ୍ତି। ଅରୁଣିମାକୁ ନିଜ ପାଖରେ ପାଇ ସେ ବିତିଥିବା ରାତିକୁ ଅନେକ ଧନ୍ୟବାଦ ଦେଇଛି। ସୀତାଂଶୁ ମନେ ମନେ ଭାବିଲା ସମୟ ଆଉ ଏମିତି ସୁବର୍ଣ୍ଣ ସୁଯୋଗ ଗୁଡ଼ାକୁ ସେ ବା ମନା କରିବ କିପରି ! ତାଛଡ଼ା ସ୍ମିତା ଅନେକ ଦିନରୁ ତା ପାଖରେ ରହୁନାହିଁ। ସାମାନ୍ୟ କଥା କଟାକଟି ପରେ ବର୍ଷେ ହେଲାଣି ତା ବାପଘରେ। ସେମାନେ ଦୁହେଁ ବାପା ମା' ହେଉଛେ ବୋଲି ଖୁସି ହୋଇ ଫୋନ୍ କରିଥିଲା ଦୁଇମାସ ପରେ। ତା ପରେ ପୁଣି ଛଅ ମାସରେ ସନୋଗ୍ରାଫି ପରେ, ଦିନେ ବିଡିଓରେ ନିଜ ଆଡୁ କଲ୍ କରି ବେବୀ ବମ୍ପ୍ ଦେଖାଇ ଖୁସି ହେଉଥିଲା। ପ୍ରକୃତରେ ସୀତାଂଶୁ ଭାବୁଥିଲା ସେ ଏଯାଏଁ ସ୍ମିତାକୁ ବୁଝିପାରିନି। କେଉଁ କଥାରେ ଖୁସି ହୁଏ, କେଉଁ କଥାରେ ରାଗିଯାଇ ତାକୁ ଜଣାପଡ଼େନି। ରାଗିଯାଇ କହେ- ମୁଁ ଏଇ ମୁହୂର୍ତ୍ତରେ ତୁମକୁ ଛାଡ଼ି ଚାଲିଯିବି। ତାପରେ ତା ବାପା ମା'ଙ୍କ ପାଖକୁ ଚାଲିଯାଏ ମାସ ମାସ, ଫୋନ୍ କଲେ ଫୋନ୍ ଉଠାଏନି। ଧମକ

ଦିଏ। ଓଃ... ଏସବୁ କେମିତି ସମ୍ଭାଳିବାକୁ ହେବ ସୀତାଂଶୁକୁ ଏଯାଏଁ ଧରା ପଡ଼େନି। ଏତିକି ବୁଝିଛି ସ୍ମିତା ସହ ସେ ଖୁସିରେ ରହିପାରିନି କେବେବି। କେବଳ ସ୍ମିତା ସହ ବାହାଘର ହୋଇଯାଇଛି ବୋଲି ସେ ଅନେକ ଚେଷ୍ଟା କରିଚାଲିଛି ତାକୁ ବୁଝିବାକୁ। ଏତେ କଥା ଭାବିଲାବେଳକୁ ଅରୁଣିମା ଘର ଭିତରେ ସବୁକାମ ସାରି ତାକୁ କଫି ବଢ଼େଇଦେଇଥିଲା ସେ ଘରକୁ ଆସିବା ଦିନ। ଆଉ କହିଥିଲା ଏତେ କଣ ଭାବୁଛନ୍ତି। ମୁଁ ଅଳ୍ପ କେଇଦିନ। ମାନେ ଘରଟାଏ ମିଳିଲା ପରେ ଏ ଘରେ ନ ଥିବି। ବ୍ୟସ୍ତ ହୁଅନ୍ତୁନି। ସୀତାଂଶୁକୁ ହୃଦୟରୁ କିଏ କହୁଥିଲା, ଅରୁଣିମା ତୁମେ ସବୁଦିନ ପାଇଁ ମୋ ସହ ରହିଯାଅ। ମୋହଗ୍ରସ୍ତ ପରି ତା ମୁହଁକୁ ଚାହିଁ ରହିଲା କିନ୍ତୁ ସେ କଥା ସେ ମୁହଁରେ କହିପାରୁ ନ ଥିଲା। କେବଳ ମୁଣ୍ଡ ହଲାଇ କଫି ପିଉଥିଲା। ଏମିତିକି କଫି ଭଲ ହେଇଚି ବୋଲି କହିବାକୁ ସେ ଭୁଲୁଥିଲା।

ସେଇ ଅଳ୍ପ କେଇଦିନ ଭିତରେ ଅରୁଣିମା ସୀତାଂଶୁ ଘରେ କାୟାବିସ୍ତାର କରିସାରିଛି। ଉଭୟ ମିଶି ଘରକାମ କରୁଥିଲେ, ଘର ସଜାଉଥିଲେ, ଅଫିସ୍ କାମରେ ଉଭୟ ଉଭୟଙ୍କୁ ସାହାଯ୍ୟ କରୁଥିଲେ। ଘର ଚଳିବା ପାଇଁ ପ୍ରତ୍ୟେକଟି ଅଭାବ ପୂର୍ଣ୍ଣ ହେଉଥିଲା ଅନାୟାସରେ, ଲେଟ୍ ନାଇଟ୍ ଟିଭି ଦେଖା, ସବୁ ପରେ ଅରୁଣିମା ସୀତାଂଶୁର ବାହୁ ଭିତରେ। ସତେ ଯେମିତି ତାଙ୍କ ସବୁ ସ୍ୱପ୍ନ ସତ ହୋଇଯାଇଛି। ଅରୁଣିମାକୁ ଏସବୁ ବହୁତ ଭଲ ଲାଗୁଥିଲା। ଦେଖୁଥିବା ସ୍ୱପ୍ନ ସବୁ ଯେମିତି ସତରେ ପରିଣତ ହୋଇଛି। ତା ମଝିରେ ମଝିରେ ସୀତାଂଶୁକୁ ସ୍ମିତାଠୁ ଫୋନ୍ ଆସେ, ହେଲେ ଅରୁଣିମା ଏ ନେଇ କେବେ ବିବାଦ କରିନାହିଁ, ବରଂ ସେ ସୁବିଧା ଦେଇଛି ସୀତାଂଶୁ ସହଜର ସହ କଥା ହେବାକୁ। ଅରୁଣିମାକୁ ଲାଗୁଥାଏ ସେ ଯାହା ଖୋଜୁଥିଲା ତାହାହିଁ ତ ପାଇଛି। ଆଉ କେଉଁଥିରେ ତାର ଯାଏଆସେ କେତେ? ଅଫିସ୍‌ରୁ ଡେରି ହେଲେ ସୀତାଂଶୁ ମେସେଜ କରେ ରିଚିଙ୍ଗ୍ ଲେଟ୍, ଶୋଇପଡ଼ିବନି। ମୋ ପାଖରେ କିଛି ନୂଆ କଥା କହିବାକୁ ଅଛି। କାଲେ କାଲି ଆମ ପାଖରେ ସମୟ ନଥିବ। ଅରୁଣିମା ବି ସେମିତି ଚାହିଁରହେ। ବେଳେ ବେଳେ ନିଜ ଲାପ୍‌ଟପ୍ ପାଖରେ ଢୁଳେଇ ପଡ଼ିଥାଏ। କଲିଂବେଲ୍ ଶୁଣି ଉଠିବସେ। ଦୁହେଁ ଖୁବ୍ ଗପନ୍ତି, ଉଭୟ ଉଭୟଙ୍କୁ ନୂଆ ନୂଆ ଆବିଷ୍କାର କରିବାଟା ଯେମିତି ସେମାନଙ୍କ ଅଭ୍ୟାସରେ ପଡ଼ିଯାଇଥାଏ। ଅରୁଣିମାକୁ ସୀତାଂଶୁର ସବୁ ଦୁଃଖସୁଖ ଭାଗ କରିନେବାକୁ ଭଲ ଲାଗେ। ସ୍ମିତା ସହ ସୀତାଂଶୁର ବାହାଘର, ତା ପରର ଛୋଟବଡ଼ କାହାଣୀ, ତା ଅନୁଭୂତି ଅବସୋସକୁ ମଧ୍ୟ ଆପଣେଇ ନିଏ ଅରୁଣିମା ଖୁସିରେ। ସେ କେବେ ଈର୍ଷାନ୍ୱିତା ହୁଏନି ସୀତାଂଶୁର ସ୍ମିତା ସହ ବିବାହିତ ଜୀବନ କଥା ଶୁଣି, ବରଂ ସୀତାଂଶୁର ସଙ୍କୋଚତା ନେଇ ଅଭିଭୂତ ହୁଏ।

ଭାବେ ଏଇଥିପାଇଁ ସେ ସୀତାଂଶୁକୁ ପସନ୍ଦ କରେ। ଏମିତି କେତେବେଳେ ଦୁଇମାସ ସମୟ ବିତିଯାଇଥିଲା ଆଖିପିଛୁଳାକେ ସୀତାଂଶୁ ଓ ଅରୁଣିମାର, ଅରୁଣିମାକୁ ଜଣାପଡ଼ିଲା ନାହିଁ।

ଶେଷରେ ତାର ସେ ଅପେକ୍ଷିତ ଦିନଟି ଆସି ପହଞ୍ଚିଥିଲା। ସେ ଅନେକ ଦିନ ଆଗରୁ ଏହି ଦିନଟି ପାଇଁ ପ୍ଲାନ୍ କରିସାରିଥିଲା। ସୀତାଂଶୁର ଜନ୍ମଦିନ, ସରପ୍ରାଇଜ ଉଦ୍ଦେଶ୍ୟରେ ସେ କିଛି ବି ଜଣାଇ ନ ଥିଲା ସୀତାଂଶୁକୁ, କିନ୍ତୁ ମନେ ମନେ ସବୁ ପ୍ଲାନ୍ ସେ କରିସାରିଥିଲା। ଘରସାରା ନାଲି ମହମବତି। ନିଜେ ବେକିଙ୍ଗ୍ କ୍ଲାସ୍ କରି କେକ୍ ବନେଇବା ଶିଖି ନେଇଛି। ତା ସହ ସୀତାଂଶୁ ମନପସନ୍ଦର ଫ୍ଲେଭର କେକ୍ ଆଉ ଫୁଲର ତା ସହ ଗିଫ୍ଟ ଏସବୁ ସଜାଇବାରେ ସେ ଦିନସାରା ଥକିପଡ଼ିଲାଣି। ଯେମିତି ଏ ଦିନଟିକୁ ଜୀବନରେ ସବୁଦିନ ପାଇଁ ମନେ ରଖିବ। ସୀତାଂଶୁ ଭଲ ଲାଗୁଥିବା ଘରୋଇ ଖାଇବା ତିଆରି ସବୁ ସଜେଇବାରେ ବ୍ୟସ୍ତ ଥିଲା। ସେ ଦିନସାରା ଘରର ମୁଖ୍ୟ ଫାଟକ ପାଖରେ ପାଇଁ କିଛି ବେଲୁନ୍ ଲଗାଇବାରେ ସେ ବ୍ୟସ୍ତ। ସେ ଜାଣେ ସୀତାଂଶୁକୁ ଏ ପିଲାଳିଆମି ପସନ୍ଦ ନୁହଁ। କିନ୍ତୁ ସଜଡ଼ା ହୋଇଥିବା ଘର ଭାରି ଭଲ ଲାଗେ। ସରିଆସୁଛି କାମ। କେବଳ ଏବେ ସୀତାଂଶୁ ଆସିବାର ସମୟକୁ ଅପେକ୍ଷା, କେତୋଟି ଫଟୋ ସେ ସନ୍ଧ୍ୟାର ଶେଷ ସଜା ସାରି ସୀତାଂଶୁ ପାଖକୁ ପଠାଇବାକୁ ଚେଷ୍ଟା କରୁଥିଲା। ଏତିକିବେଳେ ସେ ସୀତାଂଶୁଠୁ ମେସେଜ ପାଇଲା, ଆଗ୍ରହରେ ନିଜକୁ ସଜାଡ଼ି ନେଇ ଅରୁଣିମା ଇନ୍‌ବକ୍ସ୍ ଖୋଲି ଦେଖିଥିଲା ମେସେଜ- "ସରି ଡିଅର୍, ଆଜି ରାତି ମୁଁ ଘରକୁ ଫେରୁନି। ସୀତାଂଶୁ ଲେଖିଥିଲେ ସ୍ମିତା ଫୋନ୍ କରିଥିଲା ଆମର ଝିଅଟିଏ ହୋଇଛି। ମୋତେ ଦେଖିବାକୁ ଯିବାକୁ ହେବ। ସେଠି ସମସ୍ତେ ମୋତେ ଅପେକ୍ଷା କରିଛନ୍ତି। ଟେକ୍ କେୟାର...।"

ଅରୁଣିମା ହାତରୁ ଫୋନ୍ ଖସିଯାଇଥିଲା। ସିଧା ଖୋଲା ବାଲ୍‌କୋନିରୁ ଆକାଶ ଆଡ଼କୁ ଚାହିଁଲା। ତା ପାଦ ଦୁଇଟି ଆପେ ଆପେ ବଢ଼ିଯାଇଥିଲା ସେଦିନ ବାହାରର ଅନ୍ଧାର ଆଡ଼କୁ। ଅଳ୍ପଦିନରେ ଆକାଶରେ ଦିଶୁଥିବା ସେ ଖିଆଲୀ ତାରା ଦୁଇଟି ଉଭାନ ଥିଲେ। ବାଲକୋନିର ଫୁଲକୁଣ୍ଡ ଆଡ଼କୁ ଚାହୁଁଥିଲା ଛଳଛଳ ହୋଇ। ଏଇ କେଇଦିନ ଭିତରେ ସେ ଲଗାଇଥିବା କିଛି ଫୁଲ ଫୁଟି ଝଡ଼ିବାର ଅପେକ୍ଷାରେ ଥିଲେ। ଦିନେ ତାରି ବାସନାରେ ସେ ଆକର୍ଷିତ ହୋଇ ମଲ୍‌ରୁ ଆଣି ଘରେ ରଖିଥିଲା। ସେଗୁଡ଼ିକୁ ଚାହିଁବାକୁ ତାକୁ ଇଚ୍ଛା ହେଲାନାହିଁ। ସେ ଅନୁଭବ କରିଥିଲା କ୍ରମେ କ୍ରମେ ଅଣନିଃଶ୍ୱାସୀ ହୋଇଯାଉଛି ସେ ପରିବେଶରେ। ବାଲ୍‌କୋନିରୁ ଘର ଭିତରକୁ ଲେଉଟି ଆସିଲା। ଘର ଭିତରେ କ୍ୟାଣ୍ଡଲ୍ ସବୁ ସ୍ଥିର କ୍ଷୀଣ ଆଲୁଅରେ ଜଳି ସରିଯାଉଥିଲେ। ଟେବୁଲ୍

ଉପରେ ସଜା ଧଳା ଫୁଲତୋଡ଼ାମାନ ତା ବିଦାୟୀ ଗୀତ ଗାଇବାର କ୍ଷଣକୁ ଅପେକ୍ଷା କରୁଥିବା ପରି ଲାଗୁଥିଲା ଅରୁଣିମାକୁ ଏଥର। ଯେମିତି ସେ କଲେଜର ଶେଷବର୍ଷ ଫେୟାରୱେଲ୍‌ର ସଭା ଭିତରକୁ ପଶି ଆସିଛି। ସେ ପୁଣି ସୀତାଂଶୁ ଆଉ ତାର ଶୋଇବା ଘରକୁ ଚାହୁଁଥିଲା। ଗୋଟେ ସ୍ମୃତିର ସାମ୍ରାଜ୍ୟ ସେଠି ସେ ଦେଖିପାରୁଥିଲା। ଯେଉଁ କୁହୁଡ଼ିର ଘର ଗଢ଼ି ଚାଲିଛି ତାହା ଆଜି ମହମ ଆଲୁଅରେ ମିଳେଇ ଯାଉଛି। ସେ ଯେତେ ଚେଷ୍ଟା କଲେ ବି ତାକୁ ଧରି ରଖିପାରିବନି। ସୀତାଂଶୁକୁ ତା ସାମ୍ରାଜ୍ୟରୁ ଯିବାକୁ ହେବ ଆଉ ଏକ ଲକ୍ଷ୍ୟରେ ଆଉ ତାକୁ ହିଁ ସାହାଯ୍ୟ କରିବାକୁ ପଡ଼ିବ ସହଯାତ୍ରୀଟିଏ ପରି। ତାକୁ ଆପଣେଇବାକୁ ପଡିବ ସତ୍ୟତାକୁ। ସହଯାତ୍ରୀ ତ ସେଇ ଯେ ସମୟ ସହ ଗୋଟିଏ ନିର୍ଦ୍ଦିଷ୍ଟ ସମୟକୁ ସାଥି ହୋଇ ପାରି କରିଥାନ୍ତି। ଗୋଟାଏ ପାହାଡ଼ ଲଦି ହେବା ପରି ତା ଛାତିଟା ହଠାତ୍ ଭାରୀ ହୋଇପଡ଼ିଲା। ଅସ୍ତବ୍ୟସ୍ତ ହୋଇ ସେ ସଜାଡ଼ିବାକୁ ଲାଗିଲା ତାର ଲଗେଜ୍ ବ୍ୟାଗ୍, ପ୍ରତ୍ୟେକଟି ବିଛେଇ ପଡ଼ିଥିବା ସ୍ମୃତିସବୁକୁ ଏବଂ ସୀତାଂଶୁ ସହ ବିତେଇଥିବା ମୁହୂର୍ତ୍ତସବୁକୁ। ଯେମିତି ସୀତାଂଶୁ କି ତା ପରିବାର ତାର ଚିହ୍ନବର୍ଣ୍ଣ ସୁଦ୍ଧା ନ ପାଆନ୍ତି। ସବୁ ସଜାଡ଼ିବା ପରେ ଲାଇଟ୍ ଅଫ୍ କଲା ସେ। ସେ କୁଆଡ଼େ ଯାଉଥିଲା ଜାଣି ନ ଥିଲା। ହିଁ ସୀତାଂଶୁ ପାଇଁ ମେସେଜ ଇନ୍‌ବକ୍ସ୍‌ରେ ଲେଖିଥିଲା ଜନ୍ମଦିନର ଅନେକ ଶୁଭେଚ୍ଛା ତୁମକୁ, ମୋତେ ଆଉ ଆଗନ୍ତୁକଙ୍କୁ।

■

ଝଡ଼ ପରର ପୃଥିବୀ

ମୁଁ ଥରେ ବାହାରକୁ ଓ ଥରେ ଭିତରକୁ ଚାହୁଁଥିଲି। ଭାବୁଥିଲି, ଗୋଟିଏ ଗୋଟିଏ ରାତି କେତେ କ'ଣ ସବୁ ବଦଳେଇ ଦେଇ ନ ପାରେ! ଆମେ ସମସ୍ତେ ଖାଇସାରିଥିଲୁ, ଅନିଚ୍ଛା ସତ୍ତ୍ୱେ।

ବାପା ଭାଗବତରୁ ଅଧ୍ୟାୟେ ପଢ଼ିବାକୁ ଚେଷ୍ଟା କରୁଥିଲେ। ସବୁଦିନେ ଇଟାକାନ୍ଥ ପରି କଠୋର ଆଉ ଆବେଗଶୂନ୍ୟ ଚେହେରା ଟିକିଏ ବଦଳିଲା ପରି ଲାଗୁଥିଲା, ଝଡ଼ ପୂର୍ବର ଆକାଶରେ ବାଦଲର ଇସାରା ପରି। ମାତ୍ର ସେ ଅବିଚଳିତ ଥିଲେ।

ବାହାରେ ପ୍ରକାଣ୍ଡ ଆମ୍ବଗଛଟା ପବନରେ ଦୋହଲୁଥିଲା। ତା'ର ପତ୍ର ଗହଳରେ ଖୁନ୍ଦି ହେଇଥିବା ବଉଳନେନ୍ଥାଗୁଡ଼ିକ ସୁଦ୍ଧା ମଝିରେ ମଝିରେ ଦୋହଲି ଯାଉଥିଲେ।

ମୁଁ ଆଉ ଥରେ ବାପାଙ୍କୁ ଅନେଇଲି।

ସେ ସବୁଦିନେ ଏମିତି। ରୁଟିନ୍‌ରେ ବନ୍ଧା, ଶୃଙ୍ଖଳାରେ ଛନ୍ଦା। କୋଉଠି ତ୍ରୁଟିବିଚ୍ୟୁତି ନ ଥାଏ। ଯେମିତି ଗୋଟେ ଏକଟଣାର ରାଗ।

କେହି ଚାଲିଗଲେ ବାପା ଦୁଃଖ କରନ୍ତି ନାହିଁ। କେହି ମରିଗଲେ ସେ ବିଚଳିତ ହୁଅନ୍ତି ନାହିଁ। କହନ୍ତି, ପୃଥିବୀରେ ସବୁକିଛି ପୂର୍ବ ନିର୍ଦ୍ଧାରିତ। ଯାହାର ଯିବାର ଥିଲା ସେ ଯାଇଛି। ଆମକୁ ଆମର କାମ ସାରି ଯିବାକୁ ପଡ଼ିବ। ଏଥିରେ ଦୁଃଖ କରିବାର, ଲୁହ ଢାଳିବାର କି ମୁଣ୍ଡ ପିଟିବାର କ'ଣ ଅଛି ?

ମୋତେ ବାପାଙ୍କର ଏହି କଥାଗୁଡ଼ାକ ଭଲ ଲାଗେ ନାହିଁ। ମାତ୍ର ସିଏ ସେଇମିତି। ଝଡ଼ ଆସିଲା। ସବୁ ଉଡ଼େଇନେଲା। ତା' ସାଙ୍ଗରେ ମୌରସୀ ଆମ୍ବଗଛ ଏବଂ ଘରର ମେରୁଦଣ୍ଡ- ବୋଉ। ଏବେ ବାପା ଅଲଗା ଦିଶୁଛନ୍ତି। ଘର ବଗିଚା ଦିଶୁଛି ଶୂନ୍ୟ।

କିଛି ଝଡ଼ ଘର ବାଡ଼ି ଭାଙ୍ଗେ, କିଛି ହାଡ଼କୁ ଦୋହଲେଇ ଦିଏ। ଆମ ଘରେ ଦିଇଟା ଯାକ ଝଡ଼ ଏକାସମୟରେ ବୋହି ଯାଇଥିଲା।

ବୋଉର ସବୁ କୃତ୍ୟ ସରିଗଲାଣି।

ଏବେ ମୋତେ ବିଦେଶକୁ ଫେରିଯିବାକୁ ପଡ଼ିବ।

ବାପାଙ୍କର କଠୋରପଣକୁ ମୁଁ ସବୁବେଳେ ନାପସନ୍ଦ କରିଆସିଥିଲି। ମାତ୍ର ଆଜି ମନେ ହେଉଥିଲା, ବାପା ସେମିତି କଠୋର ଦିଶନ୍ତେ କି, ମୋର ଘରୁ ବାହାରିଯିବା ସହଜ ହୁଅନ୍ତା। ମୁଁ ପୁଣି ମୋ କାମ ଜାଗାକୁ ଚାଲିଯାଆନ୍ତି!

ମାତ୍ର ବାପା କଠୋର ହେଇ ନ ଥିଲେ।

ଅନ୍ୟମନସ୍କ ଭାବେ ପୁରାଣ ପୃଷ୍ଠା ଉପରେ ଆଖି ପହଁରଉଥିଲେ। ବେଳେବେଳେ, ମନକୁମନ କ'ଣ ଗୁଣି ହେଉଥିଲେ ଓ ଗୋଟେ ଖାତା ଦେହରେ କିଛି ଆଧାତ୍ମିକ ଧାଡ଼ି ଲେଖିପକାଉଥିଲେ। ମୋତେ ତାଙ୍କର ଏ ମୁଦ୍ରା ଅଥୟ କରୁଥିଲା। ମୁଁ ମନେ ମନେ ବିକଳ ହେଉଥିଲି।

ବୋଉହୀନ ଏ ଘରେ ଅବଶିଷ୍ଟ କିଛି ବୟସ ବାପା କିଭଳି ବିତାଇବେ?

ପିଲାଦିନେ ଭାବୁଥିଲି, ବାପାଙ୍କ ଭିତରେ ବୋଉ ପ୍ରତି ଭଲପାଇବା ଜିନିଷ ନାହିଁ। ସେଠି ଅଛି ବଜାର ଚିଠା, ହିସାବ, ପିଲାଙ୍କ ପାଠପଢ଼ା, ଘରଖର୍ଚ୍ଚ। କିନ୍ତୁ ଯାହା ଦୀର୍ଘ ବର୍ଷର ଜୀବନ ବତେଇ ପାରି ନ ଥିଲା, ତାହା ଗୋଟିଏ ରାତିର ଦୀର୍ଘଶ୍ୱାସ ପ୍ରାଞ୍ଜଳ ଭାବେ ବୁଝେଇ ଦେଇଥିଲା। ମୋର ସେ ଧାରଣା କେତେ ଭୁଲ୍ ଥିଲା ତାହା ଆଜି ବୁଝିପାରୁଥିଲି।

ମୁଁ ଉଠି ବାପାଙ୍କ ପାଖକୁ ଗଲି।

ତାଙ୍କୁ ଛୁଇଁବାଲାଗି ଭୟ ହେଉଥିଲା।

ସତେ କି ମେଘଭର୍ତ୍ତି ଆକାଶ। ଟିକିଏ ଶୀତଳ ପବନର ସ୍ପର୍ଶରେ, ଅଜାଡ଼ି ପଡ଼ିବ।

ସେ ଅଜାଡ଼ି ପଡ଼ିଲେ ମୋ କାନ୍ଧରେ। ସାନପିଲା ପରି କଇଁ କଇଁ କାନ୍ଦିଉଠିଲେ। ତାଙ୍କ ଆଖିରେ ସାତମେଘର ଲୁହ, ସେ ଲୁହ ଓଡ଼ିଶାରୁ ମାଲୟେସିଆ ଯାଏ ବୋହିଯିବ, ଭସେଇନେବ ସବୁ କିଛି - ଆକାଶର ତାରା, ଗଛ ଶାଖାର ଚଢ଼େଇ, ଅପନ୍ତରାର ବାଲି, ଆଉ ସମୁଦ୍ରର ଶାମୁକା।

ମୁଁ ତାଙ୍କୁ ଭିଡ଼ିଧରିଲି। ଦିନେ ଯେମିତି ସେ ଭିଡ଼ିଧରିଥିବେ ନୂଆ ଜନ୍ମ ହେଇଥିବା ତାଙ୍କ ଝିଅକୁ। ତାଙ୍କୁ ଆଉଁଶିଦେଲି। ଅନେକ କଥା କହିବା ପାଇଁ ଇଚ୍ଛା ହେଉଥିଲା, କିନ୍ତୁ ପାଟିରେ ଗୋଟିଏ ହେଲେ ଶବ୍ଦ ନ ଥିଲା।

କେତେ ସମୟ ବିତିଗଲା ଜାଣେ ନାହିଁ।

ଗୋଟେ ଯୁଗ ବୋଧହୁଏ।

ମୁଁ ଉଠି ଠିଆହେଲି। ତାଙ୍କ ପାଦ ତଳେ ମୁଣ୍ଡିଆ ମାରିଲି। ଭାବିଲି, ବାପାଙ୍କ ଆଖିରୁ ଲୁହ ବୋହୁଥିବ। ତାହା ମୋ ରାସ୍ତା ରୋକିଦେବ। ମୁଁ ଯାଇପାରିବି ନାହିଁ। ସେ ମୋ ମୁଣ୍ଡ ଉପରେ ହାତ ରଖିଲେ। ଆଉ ଥରେ ତାଙ୍କ ଛାତି ଉପରକୁ ଆଉଜେଇନେଲେ ତାଙ୍କର ଗେହ୍ଲା ଝିଅକୁ।

ମୁଁ ମୁଣ୍ଡ ଉଠେଇ ତାଙ୍କ ମୁହଁକୁ ଚାହିଁଲି। ନା ତାଙ୍କ ଆଖିରେ ଲୁହ ନ ଥିଲା। ଲୁହର ମାଛ କାନ୍ଦଣା ପୁଣି ପାହାଡ଼ର ଗୁମ୍ଫା ଭିତରକୁ ଫେରିଯାଇଥିଲା।

: ଯା, ମାଆ। ଭଲରେ ଭଲରେ ଯାଆ। ସେଠି ପହଞ୍ଚିସାରି ଫୋନ୍ କରିବୁ। - ସେ କହୁଥିଲେ।

ମୁଁ ଚମକିପଡ଼ିଲି। ବାପାଙ୍କ ତୁଣ୍ଡରେ ଆଜି ବୋଉ ମୁହଁର ଭାଷା। ପାଦ ଯୋଡ଼ିକ ମୋର ପଥର ପାଲଟିଯିବା ଆଗରୁ ମୁଁ ଘରୁ ବାହାରି ଆସିଲି।

BLACK EAGLE BOOKS

www.blackeaglebooks.org
info@blackeaglebooks.org

Black Eagle Books, an independent publisher, was founded as
a nonprofit organization in April, 2019. It is our mission to
connect and engage the Indian diaspora and the world at large
with the best of works of world literature published on a
collaborative platform, with special emphasis on
foregrounding Contemporary Classics and New Writing.